00:35

Draußen immer noch Geknalle. Im Radio spielt Carmen Piazzini das vierte Klavierkonzert Beethovens. Im Glas St. Emilion Grand Cru Classé Château Larcis Ducasse '95. Dunkler, trauriger Wein, wie ein feuchter Wald im Spätherbst. Vielleicht auch noch ein Jahr zu jung.

Beatrice liegt im Bett. Wir feierten zu zweit, es hat uns meistens Glück gebracht.

Niemand konnte einen orchestralen Klang so strukturieren wie Beethoven, so sehnig und zielstrebig und vielflächig, seine symphonischen Werke gleichen Kathedralen, die wie schlanke, steile Fachwerkbauten aus schwarzen Äckern emporragen zum Himmel.

Feuerwerkskörper zerplatzen vor dem Fenster. Was erwarte ich vom Jahr? Was erwartet das Jahr von mir? Wo treffen wir uns?

Ich hol mir nochmal das Cäsarmanuskript, ändere eine Stelle. Warum ich das gemacht hab? Shakespeare neu zu übersetzen, abzuändern, neu zu deuten? Keine Ahnung. Kam so über mich und machte Spaß.

Im Winter 77/78 hab ich mein erstes Stück geschrieben: CASSIUS – eine Variation des Stoffes in Brecht-Manier, mit Songeinlagen, furchtbar. Und jetzt, vor vier Wochen, nehm ich mir den Cäsar aus dem Regal, und fange einfach an, übersetze, metrisch präzise, laß hier und da was weg, ohne Shakespeare je zu widersprechen, bis zum Ende des dritten Aktes. Vom vierten und fünften nehm ich nur was wichtig ist, schreibe ein Konzentrat, füge eine neue Dimension hinzu. J.C. ist ein Stück über Eitelkeit und Theatralik. Die Figuren handeln im Bewußtsein, vorm Auge der Geschichte einmal Rechenschaft abzulegen. Was lag näher, als das Stück endlich als Stück zu begreifen? Historie im Theater der Historie, in das am Ende die Historie eingreift. Ich glaube, der Trick ist noch nicht arg abgenutzt.

Diese Arbeit war wie ein Monat Demutsdienst am Friedhof. Leichen aufschütteln, Frischfleisch auf die Knochen legen, Blumen pflanzen. Seine Schuldigkeit abarbeiten. Auch eine Art selbstverordneter geistiger Hygiene nach dem Ärger mit Hamburg.

Shakespeares Tricks sind sehr oft simpel, fallen in ihrer Simplizität als Trick erst gar nicht auf, das oberste Gebot für jeden Trick.

Ich konnte am Text seine jeweilige Stimmungslage ablesen, die inneren Kämpfe, sogar seine Trinkgewohnheiten. Jede Zeile übermittelte mir ihren Promillegehalt. Wir hatten Kontakt, auf eine gewisse Art. Als gäbe es ein Band, das uns verknüpft, noch über die Jahrhunderte hinweg. Ich glaube daran.

Gestern schrieb ich Walter einen Brief, indem eine Stelle lautete:

«Immer öfter denke ich nicht wie das Individuum HelK, sondern eher wie ein Kollektiv alljener, die ich als Kettenglieder meiner Tradition betrachte. So ein bißchen wie Mr. Spock. Ob das nun das Ergebnis eines inneren Reifeprozesses ist, oder ein gedankliches Krückenkonstrukt, weil einem der äußerliche Reifungsprozess langsam unangenehm wird und unbarmherzig in Richtung zweite Lebenshälfte weist – das kann ich ehrlich nicht entscheiden.»

*

Wenn man einen Monat lang Blankverse schreibt, braucht man ein paar Tage, um sich davon freizuschaufeln. Es ist nach einiger Zeit ganz leicht, ein ordinäres Gespräch, ohne lang grübeln zu müssen, in fünfhebigen Jamben zu führen. Als ich zwanzig war, diskutierte ich mit Jo, dem Darsteller des Faust unsrer Schulaufführung, einen Nachmittag lang im gereimten Versmaß. (Jo war eine lustige Figur. Wollte sich einen Harem aus 32 Frauen erarbeiten, kam nie über die Zahl von vierzehn hinaus. Immerhin.) Man könnte Kinder *so* erziehen, daß eine andere Form der Kommunikation ihnen ganz krank und tabu vorkäme. Wozu? Ich sage nur: man könnte. Turniere von Dichtern am Hof des Sonnenkönigs, in denen man spontan gereimte, möglichst auch geistvolle Alexandriner hervorsprudeln mußte, Hexameter oder Hinkjamben – die Vorstellung, bzw. die Vorgabe wirkt übermenschlich heutzutage, aber es ist nur eine Sache des ins Blut, in die geistige Motorik übergegangenen Rhythmus, ein Sport wie jeder andere.

*

2:00
Wenn der Tagebuchmonat vorüber sein wird, muß ich ernsthaft am Roman arbeiten, drei Jahre lang. Ohne etwas in Reserve zu haben, außer Lyrik. Im März erscheint die Schmerznovelle. Die muß mich so lange über Wasser halten. Nach den bisherigen Reaktionen könnte das gelingen. Doch wird sie wie immer polarisieren. In diesem dünnschißgefüllten Land. Wie es sein muß. Ich habe mich an den Gedanken gewöhnt, nie die Füße auf die Heizung legen zu dürfen. Man darf schon froh sein, wenn etwas Neues, Schönes nicht die völlige Ablehnung des Rezensen-

tentums erfährt, wie es *Haltestelle. Geister.* passiert ist, meinem besten Stück. Seit Anfang Oktober lebte ich in einem Alptraum. Man muß an Puccini erinnern, um ein Exempel zu finden, für eine solch absurde Treibjagd auf alles was gut und echt und recht ist. Und notwendig.

Vorhin, als wir im Garten dem Feuerwerk zugesehen haben, habe ich das alles in den Schnee gespuckt. Dort soll es bleiben. Ein Batzen Schleim im Eis. Kaltgestellt.

✳

Und glaubst du gar, jetzt bin ich wer
kommt irgendwo ein Wichtlein her
und sagt dir, daß du niemand bist.

Was letztlich sicher richtig ist,
betrachtet man den Stoßverkehr,
dahinter, weit und still, das Meer.

✳

Und doch wars ein gutes Jahr.

Viele Gedichte entstanden, viel Musik – 600 Seiten Partitur, die Reunion von Genie&Handwerk ist geglückt, die Schmerznovelle wurde fertig, zuletzt das Cäsarkonzentrat, der Anfang vom Ultrachronos ist gemacht. Der Johanna-Zyklus, eine Installation von M+M auf sechs Synchronleinwänden, zu der ich das Drehbuch schrieb, war auch ziemlich klasse. Axel Milberg hat meine Texte, als erster Schauspieler überhaupt, hundertprozentig so gesprochen, wie ich mir das vorgestellt hatte. Ohne daß wir darüber geredet hätten.

Niederlagen: *Haltestelle.* Wie gesagt. Keine echte Niederlage, das Stück wird leben, sicher. Ich habe das Hamburger Schauspielhaus, das Premierenfieber, die Schauspieler, bis auf Ilse Ritter – sie verschlinge der Unterboden – genossen, auch wenn die Inszenierung schwach war, wie immer bei meinen Uraufführungen. Man kann nicht alles haben. Selbst der Hexenkessel war auf seine Weise ergreifend. Schwerer wiegt: Die Arbeit an den Hunden von Pompeii hab ich vorerst eingestellt und warte ab, zweifle an meinen Fähigkeiten, den Stoff zu bändigen. *Dienstag* ist als Hörspiel ganz okay geworden, mehr aber nicht, wurde Hörspiel des Monats – wenn ich mal Anerkennung bekomme, dann immer für die falschen Sachen. Und das Treatment für Franka: naja, nicht arg brillant. Kann zwar noch was draus werden, könnte ich aber nicht versprechen. Bin vielleicht nicht der Richtige für diesen Stoff.

Und sonst: Der übliche Flow an Freunden und Freundinnen. Turteleien. Nie was Ernstes. Ich habe das Gefühl, bei meinen Affären die Geliebten mehr zu hintergehen als meine Frau. Sie weiß das und amüsiert sich darüber.

Manches bedrückt mich sehr. Die Sache mit Bernhard. Wie wir uns auseinandergelebt haben.

*

Zu Bett. 2001. Welche enttäuschten Kinderhoffnungen haben sich einmal an dieses Datum geklebt? Eine gemeinsame Weltregierung, hundertprozentige Ausnutzung der Sonnenenergie, Besiedelung des Mondes etc.

Und wieviel Unwahrscheinlicheres wurde doch Wirklichkeit?

Der tragbare DVD-Player, der Zladdismus, die Entschlüsselung des Genoms. (Irgendwo las ich vor fünf Jahren, das werde sicher noch fünfzig Jahre dauern.)

Und selbstverständlich die Renaissance des Tretrollers.

Fortschritt im Sinne einer chronologischen Automechanik ist kein Unwort mehr. Nur ist er eben undemokratisch. Neulich hatte ich Menschen zu Gast, für die existiert kein Fortschritt, solange nicht alle Menschen gleichermaßen davon profitieren. Die sehen Fortschritt als etwas, was geleugnet werden müsse, weil heute mehr Menschen auf der Welt hungern als vor 50 Jahren. Das ist kein Gesamtschuldenken, das ist die Ethik eines Kindergeburtstags. Und bringt niemandem was.

*

11:00

E-Mail-Grüße eines Lesers aus Australien. Bin zur Zeit für Zuspruch sehr dankbar. Neulich bekam Beatrice ihre erste Fanpost, und war ganz verstört.

Die Waage verbreitet Schreckenspropaganda. Ich werde den ganzen Winter über nur noch Suppe essen.

Schrieb T. in einer Sache, die mich seit Monaten bedrückt. So was muß nach dem Aufstehen raus, in die Tasten gefetzt und schnell ins Netz gefeuert werden, sonst verwirft man es im Lauf des Tages wieder. So nötig es auch ist.

*

Den Nachmittag damit verbracht, den Schreibtisch zu ordnen, Stapel von Blättern aus einer Ecke in die andere zu tragen, Dateien zu löschen, Ausdrucke zu machen, undsoweiter. Auf dem «Dringend lesen!»-Stapel liegen 78 Bücher, drum herum weitere drei- bis vierhundert. Und böse Menschen schenken mir immer neue Bücher, und wenn sie besonders böse sind, dann schenken sie mir auch noch *interessante* Bücher.

Ausweitung der Kampfzone – öde Scheiße, die Elementarteilchen waren wenigstens noch stilistisch passabel. Und im Forum der 13, im Internet, beklagen sich junge Literaten, daß es in Deutschland eben keinen Houellebecq gegeben habe. Wenn ich da nur an Thomas Palzers *Pony* denke – der hat, was Houellebecq zu sagen versucht, hundertmal poetischer und komplexer aufs Papier gebracht. Ein großes Buch, das 1993 beinahe jeder übersah. Und die, die ich darauf aufmerksam gemacht habe, lehnten es in der Mehrzahl als altmodisch (!) ab. Es war seiner Zeit voraus.

✳

Zum Abendessen Lasagne, dazu noch die Hälfte von Beas Nudelsalat – Conchiglie in Knoblauch-Avocadocreme.

Danach Spielfilm-Doppelpack. *Leon – der Profi.* Im Directors Cut gewinnt der Film ungemein. Kann nicht mehr ganz nachvollziehen, was ich dagegen mal einzuwenden hatte. Und *Very Bad Things.* Erfrischend anders, mutig, aber nicht wirklich gut. Schade.

Es stimmt mich immer traurig, wenn jemand etwas gewagt und nicht gewonnen hat.

✳

Ein Mail von T., das das Mißverständnis ausräumt und mich ganz leicht und froh stimmt.

Freunde sind heilig, und ich weiß manchmal nicht, ob

ich sie alle auch so behandle, wie ich es umgekehrt von ihnen verlange. War in letzter Zeit oft durch den Wind, und meine überzüchtete Phantasie verwandelt sich schnell in Mißtrauen, Paranoia, Angst, selbst bei geringsten Anlässen.

*

Habe heute auch erfahren, daß ich nicht an der Zugspitzeinzelmeisterschaft teilnehmen darf, was ich gern getan hätte. Ich darf nicht mitspielen, weil ich als Sechster der letztjährigen Oberbayrischen Meisterschaft für die nächste Oberbayrische Meisterschaft vorberechtigt, somit überqualifiziert bin. So ein Mist. Die Zugspitzeinzel findet immer irgendwo ganz in der Nähe statt, die Oberbayrische wird meistens irgendwohin in die Pampa vergeben.

Die letzte oberbayrische Schacheinzelmeisterschaft fand in einem Kuhdorf namens St. Leonhard statt, im Wessobrunner Forst hinter Weilheim gelegen. Es gab dort zwei Zigarettenautomaten, eine Telefonzelle, keinen Zeitungskasten, keinen Supermarkt, nicht einmal eine Tankstelle oder einen Tante-Emma-Laden. Der einzige Fernseher des Gasthauses «Zum bayerischen Hiasl» war kaputt. Das alte Gebäude stank nach Bratfett und beherbergte im Hinterhof einige sehr schüchterne Mischlingshunde.

Dort verbrachte ich fünf Tage im April, spielte sieben Partien, gewann zwei, remisierte vier, verlor eine. Die Lichtverhältnisse waren gewöhnungsbedürftig, das Essen konnte man als passabel bezeichnen. Sowohl Zanderfilet wie Rehrahmgoulasch entstammten frisch geschlachteten bzw. frisch gefangenen Tieren. Auf den Wiesen der Umgegend blühten Unmengen von Löwenzahn, und die schneebedeckten Alpen boten das ortsübliche Panorama.

Auf einer gilbfleckigen Tafel des örtlichen Krieger- und Soldatenvereins (wo liegt da eigentlich der Unterschied?) wurde der Toten des Dorfes im ersten Weltkrieg gedacht, die, so wurde stolz vermerkt, mit 31 Völkern (Nationen? Ländern?) im Krieg gelegen waren. Touristische Formulierung, sicher kein Zufall. Krieg hieß damals auch, und nicht zuletzt, etwas von der Welt zu sehen.

Ich zählte insgesamt 85 Gefallene und Vermißte. Ein Name kam besonders oft vor: Resch. Zwölf Söhne der Sippe Resch sind im Feld geblieben. Drei von ihnen an ein und denselbem Tag.

In der kleinen Dorfkirche hing ein Schild: UNSERE ALARMANLAGE IST AUF DEM NEUESTEN TECHNISCHEN STAND. WER DIE BILDER BERÜHRT, MUSS MINDESTENS BEARBEITUNGSGEBÜHREN IN HÖHE VON DM HUNDERTUNDFÜNFZIG LEISTEN. Was für Bilder? In der Tat, da hingen einige verrußte Produkte religiöser Volkskunst, von Wert höchstens für ganz verschrobene Sammler. Auf dem Dorffriedhof fiel mir die Häufigkeit des Vornamens Kreszenz auf

Zwischen den Runden machte ich lange Spaziergänge bei schwülem Wetter. Jeder, der meinen Weg kreuzte, sagte «Grüß Gott». Und als ich ins Nachbardorf kam, rannte ein kleines Kind vom Pferdestall ins Haus und schrie: «DA IST EINER VON DEN SCHACHSPIELERN!» So war das, im Wessobrunner Forst.

Vier Tage kein Internet, keine E-Mails. Kein Fernsehen. Nichtmal eine Zeitung. Der Empfang von B4 auf meinem Taschenradio war trotz der nahen Senderstation Hohenpeißenberg mäßig bis milde ausgedrückt.

Wie man sich auf Mahlzeiten freuen kann, die zu Ereignissen werden. Wie man die kleinen Abwechslungen zu zelebrieren beginnt, zu Ritualen erhebt. Das Bier im Gasthaus «Zum Bayrischen Hiasl» war von Hacker-Pschorr. Wenigstens machte es irgendwann betrunken.

Der Wirt, der außer uns 14 für die Meisterschaft Qualifizierten keine sonstigen Gäste hatte, erzählte beim Frühstück peinliche Zoten und zeigte ein Foto, auf dem er mit Lisa Fitz und Wolfgang Fierek zu sehen war, maßkrugstemmend. Muß schon einige Jahre zurückgelegen haben. Der Turnierleiter wollte wissen, ob ich nicht der sei, der mal ein Buch über Obdachlose geschrieben hätte, und ob das Buch noch erhältlich sei. Ich sagte ja, aber daß es ihm vermutlich nicht gefallen würde. Blöd. Ich neige dazu, mich bei einfachen Menschen für meine Sachen zu entschuldigen. Als besonderes Kuriosum muß erwähnt sein, daß für jeden Teilnehmer der oberbayrischen Schach-Einzelmeisterschaft rechts neben dem Partieformular eine Fliegenpatsche bereit lag, von der im Laufe der Partie zu Anfang zögerlich, später hemmungslos Gebrauch gemacht wurde. Einmal habe ich fünf Fliegen mit einem Streich erledigt und notierte auf meinem Formular, nach dem 36. Zug (Dame g4): FÜNF!

Das war toll, im Wessobrunner Forst.

*

Der Glühwurm, der sich in Liebe zum Abendstern verzehrt, der sich eines Nachts aufmacht, seiner Geliebten mutig zufliegt, hinauf in den Himmel zu ihr, bis die Luft kalt wird und knapp, der Glühwurm hinabstürzt und im Meer ertrinkt, im glitzernden Spiegelbild der Geliebten, das zärtlich auf den Wassern schaukelt.

2. 1.

Der Wagen ist krank. Springt nicht an. Die Leute aus der Werkstatt schieben unsern Fall trotz Überlastung dazwischen, kommen gegen zehn Uhr vorbei, holen ihn ab – und seither nichts Neues.

Andrea hat endlich ihre herrlichen *Reisenotizen aus der Realität* vervollständigt (www.speculum-mundi.de). Und aus dem Internet prasseln Fragen auf mich ein. Wieder Australien, dreimal Deutschland, einmal England. Und mein frz. Übersetzer möchte folgende Begriffe erklärt bekommen: *Beinhart, Montsalvatsch, Spareribs, Velvet Underground.*

(Ruhig, das muß nichts bedeuten, sag ich mir.) Mit dem Beantworten all dieser Kleinigkeiten gehen zwei Stunden verloren.

✳

Die Werkstatt meldet sich nicht. Ich gehe zu Fuß zum Bahnhof. Es taut. Das Schlimmste am Winter scheint bereits überstanden. November und Dezember gingen dank des milden Wetters diesmal schnell vorüber. Wir waren noch spät im November fast jeden Tag im Wald. Ganz mystische Lichterlebnisse. Weil das Moos anders gefärbt ist und das Licht aus ungewohnten Winkeln auftrifft. Und ungewohnte Fauna tritt ans Licht: türkisfarbene Laubfrösche. Fasanenhennen, Ringelnattern. Und von Dachsen zerfetzte Eichelhäher.

✳

Theater der Zeit: Voll mit Beiträgen über Houellebecq. AUS. Ein Artikel von M. Börgerding beginnt ganz anständig, hat danach nichts Besseres zu tun als Blödeleien von Lau und Theweleit unkommentiert zu zitieren, endet im Nichts, in der sprachlosen Ratlosigkeit.

AUS. Alles unwichtige Scheiße. Theater der Zeit ist aber auch so ein dröges Blatt. Wohl mit Absicht. Aus meinem Interview im Novemberheft wurde alles rausgekürzt, was in deren Ohren irgendwie provokant geklungen haben mag. Der Rest – so brav, ach je …

✳

Bin auf dem linken Ohr taub. Habe mit dem Wattestäbchen wieder mal zu tief gebohrt, das Ohr machte zu, ließ mich ziemlich orientierungslos zurück.

✳

Ich fahre in die Stadt, um meinen neuesten Sport auszuüben: DVD-Angebote miteinander vergleichen und die Schnäppchen abgreifen. Obwohl ich weiß, daß das alles in einem halben Jahr wahrscheinlich nur noch die Hälfte kosten wird. Einen großen, wichtigen Film nicht sofort als DVD zu besitzen, würde mich auf heiße Kohlen betten. Verrückt.

✳

Im SZ-Feuilleton ein schöner kleiner Artikel über den Seligen Nantwein, dessen nach der Verbrennung auf dem Scheiterhaufen übriggebliebene Hirnschale aufbewahrt und später in einen Kelch eingefaßt wurde, aus welchem man in der Wolfratshausener Kapelle jahrhundertelang Wein an Pilger ausgeschenkt hat. Wein aus einem Schädeldach trinken – klingt sehr normannisch.

Der SPIEGEL bauscht Botho Strauß' neuesten Essay zum zweiten Bocksgesang auf

Haben wohl nichts anderes zu tun. Diese aufgebackene Altkacke. Diese wasserbäuchige Sprache, die man nach jedem Satz mit einer Nadel pieken möchte. Gabriele Killert findet das wahrscheinlich höchst erregend. Schreibt in der ZEIT, es sei dank Strauß und Houellebecq literarisch ein guter Jahrgang gewesen.

Wahnsinn.

Man müßte bei jedem Schritt, den man tut, vorher kotzen, so eine Art negativer Libation ableisten, um sich bei den Göttern für diese Zeit und ihre Dummheit zu entschuldigen.

Wenn ich dran denke, wie einfach es wäre, solche Leute zu beeindrucken. Um Gesülze wie diesen Strauß-Essay abzuliefern, müßte ich eigentlich nur drei Liter Wein trinken.

*

Abends Recherche im Internet über Bonnie Parker und ihre Gedichte.

Diese Frau, Jahrgang 1910, böte verdammt viel Stoff, aber er wäre zu amerikanisch für mich.

Oder? Muß mal sondieren, was es schon gibt. Eine 24jährige, in erster Ehe mit einem verurteilten Mörder verheiratet, die sich mit Revolver und Zigarre fotografieren läßt, bei Bedarf alle Skrupel ablegt, raubt und mordet, gar nicht so schlechte gereimte Gedichte schreibt und an die Zeitungen schickt, eine Volksheldin, die in der sozialen

Unterschicht wie ein weiblicher Robin Hood verehrt wird und nach einer wilden Menschenjagd im Kugelhagel der Polizei stirbt – erstaunlich, daß diese Figur bisher nicht arg oft ausgeschlachtet wurde. Ich überlege an einer fiktiven Talkshow herum, mit signifikanten Frauen des letzten Jahrhunderts.

✳

Danach eine Stunde Zeit vergeudet mit Dominik Grafs «München»-Film, Videoaufzeichnung von gestern. Laaangweilig, würde Homer Simpson sagen. Sowas von verstiegen. Beatrice sagt: Kunstscheiße. Ich finde es auf skurrile Art fast wieder sympathisch. Dennoch: AUS.

✳

Auf dem Sofa rumgetollt wie mit 16. Den Umstand, daß ich halbtaub bin, nutzt Bea, indem sie nur die Lippen bewegt, eine Realität schafft, in der ich Beethoven im Endstadium gleiche. Erschreckend. Ich ertrug es nicht, versuchte sie durch Kitzeln zum Quieken zu bringen. Sie hatte sich aber so sehr unter Kontrolle, daß jeder Versuch scheiterte – und so, aus einem infantilen Spiel heraus, erwuchs ein beklemmendes Szenario. Zuletzt hab ich sie geradezu angefleht, wieder vernehmlich zu sprechen, ich habe gelitten, ernsthaft, wie ein Kind, das Opfer seiner eigenen Phantasie geworden ist. Lieber wäre ich stumm als taub, das weiß ich jetzt definitiv.

In der Ally McBeal-Folge stirbt Billy an Gehirnblutung. Macht nix. Seine Fresse konnte ich schon lang nicht mehr ertragen. Aber Georgias Tod wäre mir lieber gewesen. Die genialen Momente bei Ally McBeal werden spärlicher und spärlicher. Die Serie somit in ihrer puritanischen Prüderie fast unerträglich. Wenn man Houellebecq dem entgegenstellt, wird er zum Aufklärer – und wirklich habe ich die Elementarteilchen genau dort gemocht, wo das Buch am deprimierendsten und wahrhaftigsten gewesen ist. Die Einsicht, daß sich die Menschen anscheinend lieber mit dem letzten Loser identifizieren, als zu jemandem aufzusehen, von dem sie etwas lernen könnten – das ist das Deprimierendste am ganzen Hype, Houellebecq trägt keine Schuld. Wo ist der Hype am größten? In Deutschland. Dem gelobten Land der Unglücklichen.

*

Frühe Fledermäuse rasen in späte Schmetterlinge.
Ein Satz aus Schweine und Elefanten.
Frühe Fledermäuse rasen in späte Schmetterlinge.
Frühe Fledermäuse rasen in späte Schmetterlinge.
Ich geile mich auf an diesem Satz, wiederhole ihn wie ein Mantra.

Wie gut, daß ich so vergeßlich bin. Werde einmal alle meine Bücher wie die eines anderen lesen können. Ein stolzes Fest wird das. Aber wie elendig bin ich sozialisiert: Gleich schäme ich mich für eben Geschriebenes. Eigenlob. Und lösche es trotzdem nicht. Weil Scham und Stolz nur einen Lidschlag auseinander sind, das ist bemerkenswert. Und es ist ja falsche Scham. Schämen müßte sich, wer nie etwas geschrieben hat, das ihn aufgeilen kann. Narzißmus ist was anderes. Narzißmus ist eine autotherapeutische Reaktion auf Ekel. Vor der Welt und vor sich.

*

Es gab im Cäsar eine Stelle, an der ich ziemlich lang herumgedoktert habe. Als Antonius über den toten Brutus sagt:

«His life was gentle; and the elements
so mix'd in him, that nature might stand up
and say to all the world: this was a man.»

Das klingt so schnittig, so fordernd. Das gluckst wie eine Wüstenquelle, das trinkt man mit den Ohren.

Wie übersetzt man denn: «His life was gentle«?

Marlon Brando spricht in der deutschen Synchro: «Sanft war sein Leben.»

Das kanns nun gar nicht sein. Schlegel hats leider ähnlich gelöst: «Sanft war er ...»

Eigentlich wäre gentle mit «edel» zu übersetzen. Aber das klänge in diesem Falle fürchterlich platt, erschlüge alle mitschwingenden Nuancen. Frank Günther hat weitergedacht:

«Großsinnig war er ...» heißt es bei ihm. Man könnte genauso gut sagen: Er hatte Stil, sein Leben verlief in Anstand, gesegnet, geglückt, mit dem Beistand der Götter, er war von Adel, ein guter Mensch, er lebte gut, er lebte beispielhaft. All das ist in ‹gentle› enthalten.

Ich entschied mich zuerst für:

Er lebte groß, in Brutus' Wesen warn
die Elemente derart ideal
gemischt, daß die Natur sich vor ihn stellen
und sagen könnte: Seht, das war ein Mensch!

Brutus' Namen in den Text aufzunehmen, hatte einen praktischen Grund, denn in meiner Version hält der Darsteller des Brutus sich selber die Leichenrede, und ich hielt es für nötig, diesen Umstand dem Publikum zu verdeutlichen, vor allem für die Hörspielfassung.

Die Alternative von gestern nacht:

Sein Leben war erfüllt. Und alles was
dazugehört so ideal in ihm
verteilt, daß die Natur vor aller Welt
verkünden könnte: Seht! Das war ein Mensch.

Ich habe mein Ego in den Tagebüchern ausgelebt, aber zugleich freiwillig auf etliche Möglichkeiten der Selbstzurschaustellung und -vermarktung verzichtet. Ich tat den ersten und den dritten Schritt, ließ den zweiten aus.

Etwas bis zur letzten Konsequenz zu treiben, fand ich schon immer langweilig, das ist ein mechanischer Prozeß, den genausogut andere erledigen können.

Ist es so unzeitgemäß pathetisch, an eine eigene historische Mission zu glauben? Nein, man glaubt ja nicht an eine Mission, man hat sie – einfach dadurch, indem man sie sich gibt. Man reiht sich in die Linie ein derer, die man für seine geistigen Vorväter hält – jene können sich kaum dagegen wehren. Man teilt seiner Mission Sinn zu, indem man Etappenziele benennt, solche, die schon erreicht sind, und solche, die noch erreicht werden müssen. Von da an ist man im Räderwerk einer geschichtlichen Fraktion – niemand kann einem das absprechen.

Man wird zum Zahnrad im Mechanismus der großen Zusammenhänge. Nur über die Effizienz der eigenen Person kann und darf und wird gestritten werden – dies ändert jedoch nichts an der erfolgreichen Sinngebung, die man sich zuteil werden ließ. Ob man fortan sein Leben als kleinstes oder wuchtigstes Zahnrad verbringt – einerlei, Tatsache ist, daß man wirkt, Einfluß nimmt, zum Faktor wird. Dieser freiwillige Eintritt in eine selbsterwählte Tradition, diese Selbstrekrutierung zur langen, ununterbrochenen Linie, zur Kontinuität und also zur Teleologie – hat sicher etwas Virtuelles an sich, da jedes intelligent denkende Wesen einmal vor dem Abgrund der Absurdität des Daseins stand und mit den Existentialisten um Worte für das Weiter rang. Dennoch ist es keine Flucht in ein Konstrukt, viel eher, wenn überhaupt, Zuflucht in etwas faktisch Vorhandenes, das immer bereit gewesen war, einen aufzunehmen.

Faktisch vorhanden ist alles, was als solches erkannt wird. Daß ungeachtet des festen Vertrauens in die Mission man sich immer ein heimliches Lächeln bewahrt, einen spöttisch-gerührt-liebevollen Blick auf die eigene Strampelei vor dem Nichts, genau das bewahrt einen vor der Lächerlichkeit des Missionars, des Eiferers und Fanatikers.

*

Die – wie virtuell auch immer – in die Wege geleitete Rückkehr der Götter begrüße ich als freiwillige Verbeugung vor den Kräften, die außerhalb unserer Wahrnehmung zusammenspielen. Die neuen Götter nehmen uns keine Verantwortung ab, sie beherrschen uns nicht, befehlen uns nichts, sie mischen sich nicht ein – gerade darum verehren wir sie in aufrichtiger Demut.

Demut, die so sehr verlorene Eigenschaft. Nur um die Demut wieder zu fühlen, geschieht dies alles? Vielleicht. Demut ist eine Variante der Geborgenheit.

3. 1.

Der ganze Schnee ist weggetaut. Sonne.

Neujahrsgrüße von E.S., von Tom («Greetings from Heaven» – das erste Photo aus dem Film, das ich zu Gesicht bekomme), von Ursula Doll und M. Brinkmann. Und von Marc und Susanne mit Bild vom frisch geschlüpften gähnenden Balg.

*

Um 15 Uhr fahren wir Richtung Tengelmann, einkaufen, und haben eine Begegnung der ganz besonderen Art. Auf der Hauptstraße, auf dem Gehweg rechts bewegt sich was, ich denke mir, hm, ist das ein Reiher, der auf einem Schneeball hockt und mit ihm herumtanzt? Aber es liegt ja kein Schnee mehr. Da ist etwas, etwas Großes, und flattert, ist es verletzt? Und dann, als wir eben dran vorbeifahren, hebt sich das Tier in die Luft – ein Habicht, der eine weiße Taube geschlagen hat, der sich mit seiner Beute in den Fängen in die Luft hebt, in die Luft schlägt und knattert, meine Güte, was für ein gigantisches Vieh, Spannweite bestimmt anderthalb Meter. Und das MITTEN IM ORT! Unglaublich. Wundervolles Schauspiel.

Filmwürdig.

Danach Diskussion. Beatrice würde stets versuchen, einen verwundeten Habicht zum Tierarzt zu bringen. Ich hab versucht, ihr das auszureden. Selbst wenn sie es schaffte, dem Raubvogel einen Sack über den Kopf zu ziehen, ohne daß ihr die Augen aus- oder die Finger wundgehackt würden – so ein flatterhaftes Tier im Auto zu transportieren ist viel zu gefährlich. Für sich und andere Verkehrsteilnehmer. Aber wenn ich drüber nachdenke – im Kofferraum ginge das schon. Die Hände könnte man z. B. mit Plastiktüten umwickeln. Dennoch möchte ich von einer solchen Situation verschont bleiben.

Unglaublich nett von der Taube, schneeweiß gewesen zu sein. Gab einen tollen Kontrast zum Grau des Habichts.

*

Abends *The Perfect Storm* gesehen. Gar nicht so schlecht, wie viele tun. Ich fand die Atmosphäre in Cloucester gut eingefangen. Die DVD-Klangqualität ist umwerfend.

Beatrice: «Sehr steriös.» Nur die übertrieben eingesetzte Musik nervt ebenso gewaltig wie der Sturm in Szene gesetzt ist.

Der Film ist unter den Amazon-Kunden-Kritiken der meistgehaßte.

Fand beim Stöbern noch eine Perle: Ein Kunde aus England schrieb zu *Dream Story* (Traumnovelle) von Schnitzler: «Schnitzler, you are no Kubrick!» Die Kritik hatte ungefähr den Tenor, welches Wunder Kubrick vollbracht hätte, aus einem so miesen Buch einen so großen Film gemacht zu haben.

*

Lektüre: Weiter in Thor Kunkels *Schwarzlichtterrarium*. Sehr gut. Ich verstehe, daß Thomas damals in Klagenfurt seine Kandidatin, T. Mora, durchsetzen wollte und es – bei dieser Jury – auch geschafft hat, aber Kunkel hätte den Preis weiß Gott eher verdient gehabt.

Bei allem Sprachwitz verliert er nie das Erzählen aus dem Auge, rekonstruiert die Siebziger mit akribischer Intensität. Die Wissenschaftsterminologie wird manchmal zu dick, wirkt protzig und drosselt das Tempo, aber das Buch besitzt ebensoviel Ambition wie Irrsinn. Kleinmut und falsche Bescheidenheit ist ihm völlig wesensfremd, das gefällt mir schon mal.

Danach weiter in den Tagebüchern Sandor Marais. Heute nicht sehr ergiebig.

*

Inwieweit hab ich mich im letzten Jahr verändert? Ich war dabei, ganz sanft zu werden.

Bis Ende September, als durch *Haltestelle* aller Haß wieder hervorkroch. Wieder blühten die Neurosen. Durch zu viele Hobbies litt die Disziplin, manchmal bin ich ungeduldig und ringe um etwas nicht genug. Die Zukunftsangst hat sich gesteigert, obwohl objektiv kein Grund zur Sorge vorliegt. Der dicke Roman – ich habe Angst vor ihm, Angst, meinen Ansprüchen nicht zu genügen. Nach diesem Januar muß ich endlich ran – und werde im März/April/Mai doch wieder massiv gestört werden, durch die Promotiontour zur Schmerznovelle. Die aber abgeleistet werden muß. Ich sehe schon die Verballhornungen: Scherznovelle. Oder Herzschmerznovelle. Den Titel finden dabei alle gut, bis auf Thomas. Mit der Traumnovelle hat das nichts zu tun. Obgleich sich Parallelen finden ließen, habe ich daran beim Schreiben nicht gedacht. Nur der Titel, auf den hat mich selbstverständlich Schnitzler gebracht, nicht Zweig.

Und sehr libidinös bin ich wieder geworden im letzten Jahr. Fast, als müsse noch alles mitgenommen werden, was sich nicht schnell genug in Sicherheit bringt.

Ich weiß nicht mehr so genau, was ich will. Früher – ja, da wollte ich viel. Heute fange ich einfach an und spare mir den Umweg des Wollens. Unnötig – wie Anlauf nehmen für einen Billardstoß. Wenn was fertig ist, und es gefällt mir, dann will ich das, wollte das, dann hab ich das immer gewollt.

*

Habe heute von einem befreundeten Autor gehört, daß ihm viel Gutes widerfahren ist. Und habe mich, ganz ohne jeden Neid, für ihn gefreut.

Nun, ich habe mich schon vorher für befreundete Autoren gefreut, wenn sie Glück, vor allem das Glück des Tüchtigen hatten.

Aber ein kleines bißchen Neid und Territorialdenken blieb dabei immer im Hinterkopf vorhanden.

Heute nicht. Werde ich zum guten Menschen? Oder bin ich meiner nur zu sicher geworden?

Werde ich, wenn sich mein Stellenwert mal mindert, weniger großzügig sein?

Kann ich mir im brechtischen Sinne Moral leisten, weil gutes Fressen auf den Tisch kommt?

Bin ich einfach nur gönnerisch? Was und wer bin ich eigentlich? Hinter all den Masken und Strategien der Selbstdarstellung, des Selbstschutzes und des Private Marketings, die jeder von uns auf den Schultern als Polster mit sich rumträgt. Spiele ich ein Spiel bei Real-Big-Brother?

Schreibe ich, als verfolgten mein Schreiben laufende

Kameras? Und wenn das so ist, in welchen Proportionen ist es notwendig, förderlich oder krank? Die besagten Strategien, sind sie unendlich raffiniert durchdacht, oder sind sie wie eine natürliche Hornhaut gegen die Urinduschen gewachsen? Kann ich noch zu mir vordringen, zum Kern meiner Person und den unbeschadet nach außen kehren? Ehrlich, ich weiß es nicht. Vielleicht ist der Kern längst hohl, und nur die Parasiten phosphoreszieren und völlern noch auf dem toten Wirt. Oder mein Kern ist unverbessert vorhanden, ich will ihn aber nicht länger als meinen anerkennen, weil ich ihn mies finde. Könnte ich dann wenigstens darauf stolz sein, welch schöne Anbauten diese morsche Ruine um sich hochgezogen hat? Und ist es wirklich wichtig, wie mein Kern aussieht, interessiert es irgendwen, interessiert es denn mich, der längst kein *ich* mehr ist, sondern ein Projekt aus mir und allen Ichs, die ich mir im Lauf der Zeit zugelegt, die ich hinzugewonnen habe?

Lebt es sich vielleicht sogar viel unbeschwerter, mit ausgehöhltem Kern? Werde ich am Ende meines Lebens leicht wie Luft sein? Wird der Übergang zu den Schatten ein organischer, folgerichtiger Prozeß sein? Und habe ich mich, indem ich mir solche Fragen stelle, nicht längst schon verplant? Kann ich irgendwann wieder leben wie mit 18, von der Hand in den Mund, frei für Abenteuer jeder Art?

Fragen über Fragen. Wer nicht fragt, bleibt dumm.

✳

Gedanke: Die Schmerznovelle wird sich in 20 Länder verkaufen, wird mich reich machen.

Endlich. Zweiter Gedanke. Dem wird nicht so sein. Dritter Gedanke: Weil dem nun einmal nicht so sein darf. Und warum nicht? Weil das nicht wichtig ist. Aber vielleicht gerade deshalb, weil es nicht mehr wichtig ist, wird es so geschehen.

Ich habe immer Angst, uns beide irgendwann nicht mehr ernähren zu können. Wenn der Vorschuß des Lebens verbraucht ist und es die nächste Anerkennung erst posthum geben wird. Und komme mir wie ein winselnder Spießer vor. Dabei war, was in den letzten zehn Jahren passiert ist, ein Wunder, ein irres, wahrhaftiges Wunder, ich konnte nur für meine Texte leben – das hatte Sinn, warum soll dieses Wunder denn aufhören? Weil ich es selbst als Regisseur meines Lebens so gestalten würde, mit Rück- und Voraussicht auf den dramatischen Bogen?

Aber das Leben ist kein Spielfilm, mehr eine Vorabendserie.

4. 1.

Im Moment, da ich durch das Eis breche, bin ich selbst aus Eis, zerbreche. In hundert Stücke. Sofort schließt sich die Eisdecke wieder über mir, ich klopfe gegen ein Fenster aus Milchglas, unter mir das tiefe Dunkel, über mir die trübe Helle.

Ich sehe mich im Wasser um. Jedes meiner hundert Stücke sieht neunundneunzig andere, und jedes dieser Stücke glaubt vermutlich, ich zu sein. Wer dann die andern alle sind?

Ich weiß ja nur, daß ich zerbrochen bin, ahne, daß mein Bewußtsein nicht mehr als ein Hundertstel meines Lebens umfaßt, der ganze Rest verlorengegangen ist und vor meinen Augen im Wasser treibt. Endlich erkenne ich, daß es nur einen Weg für alle diese Teile gibt, um wieder eins zu werden: zu schmelzen. Aber ich habe Angst, meine hundert Bruchstücke fürchten sich, schwimmen in Haufen, wie Schwärme von Fischen, schleifen und reiben aneinander, und nichts klebt sie wieder zusammen, nichts haftet, nichts hält. So wehren sich meine hundert Relikte gegen das Schmelzen, hoffen auf ein Wunder, einen Fischer, der uns alle aus dem Eisloch schöpft und zu etwas aufschichtet, was unserem bisherigen Leben ähnelt, wiewohl es nur ein grobes, amorphes Gleichnis sein könnte, die Karikatur eines Denkmals. Und weil wir das insgeheim wissen, schwimmen wir im kalten See noch eine Weile umher, bis die Frühlingssonne schließlich das erledigt, wofür wir die Kraft nicht aufbringen können.

Ein Traum, so unverstellt, beinah obszön. Dachte gleich an einen Satz aus *Dienstag. Wenn wir erst tot sind, das wird schön.* Und so, wie ich Einblick gewinne in die innere Logik der Existenz, die essentielle Dramaturgie allen Seins, sind postmorte Überraschungen nicht auszuschließen.

Mir wäre schon eine Sekunde allumfassender Erkenntnis genug, um ausgesöhnt zu gehn, egal wohin.

*

Neujahrsanruf bei Michael Töteberg. Der Ärmste hatte keinen guten Rutsch und sich Silvester die Schulter gebrochen, liegt zuhaus in einer orthopädischen Zwangsjacke, ich schicke ihm eine DVD gegen die Langeweile. Er hat aber gute Nachrichten. Ins Puccini-Projekt, das jetzt fast zwei Jahre auf Eis lag, kommt neue Bewegung. Scripthouse will das Drehbuch optionieren. Die nicht so gute Nachricht: Auch in England soll ein Puccini-Film gemacht werden. Die Meldung war anderthalb Zeilen lang, nichts Genaues weiß man nicht.

*

La Strada. Ich habe noch nie La Strada gesehen. Ich müßte nur über die Straße laufen in die Videothek und könnte diesen Mangel beheben. Aber im Laufe der Zeit hat mir die Vorstellung gefallen, daß es noch etwas gibt, was ich mir aufspare. Etwas, von dem ich glaube, daß es groß und schön ist. Etwas, das ich mir ansehen werde, wenn ich alt bin.

Ist vielleicht blöd, das, hat aber was.

*

Fahrt in die Stadt, zum Kunstmann-Verlag. Heike zieht im Mai nach Wien um, sieht sehr gelöst und glücklich aus. Antje zeigt mir die Collagen eines Fräuleins Straßer, die mir wirklich gut gefallen, ich soll Texte dazu erfinden, für ein Bilderbuch. Sage zu, obwohl die Sache nicht lukrativ, höchstens mühsam sein wird. Bin bescheuert.

✳

In der Fußgängerzone eine auffallende Häufung laut vor sich hinschimpfender Freaks. Alle zwanzig Meter stampft einer an mir vorbei, heute durchweg ältere Männer, aber in letzter Zeit auch immer mehr Frauen.

✳

Ray Walston ist tot. Der Name sagte mir erst nichts – dann fiel mir der eifersuchtskranke Klavierlehrer aus Billy Wilders *Kiss Me Stupid* ein – das war Ray Walston. Der mit dem entsetzlichen deutschen Roll-R-Synchronisator.

✳

Quizkandidaten, die nicht wissen, wer das Forellenquintett geschrieben hat, oder auf welcher Insel Castro regiert. Durch die reanimierten Quizshows, allen voran «Wer wird Millionär», ist die Bildungsschwäche der Normalbevölkerung in brutaler Weise aufgedeckt worden.

Aber diese Menschen schämen sich nicht, ins Fernsehen und nach dem Gewinngeld zu streben. Es müßte Shows geben, in der die Versager gleich standrechtlich erschossen werden, und nur der Sieger am Leben bleibt. Die Wohnungsnot hat auch wieder zugenommen.

1980 machte ich gerade meine erste Pop-Sunday-Sendung im Bayerischen Rundfunk, und im Nachbarstudio saß Thomas Gottschalk, moderierte «Pop nach Acht» und lernte den noch ganz jungen Günther Jauch als Nachfolger an. Gut, dachte ich, daß der alte Mann die Sendung endlich abgibt.

✳

Abends in Premiere *Black & White* mit Gina Gershon (zwei Jahre älter als ich und noch so knackig). Film beginnt stark, trägt lange, bricht gegen Ende völlig auseinander. Rätselhaft.

✳

Hammerharte Fehler in den Fahnen zur Schmerznovelle. Weil ich auf «daß» statt «dass» bestanden habe, haben die Setzer präventiv alle «dass» in «daß» umgewandelt.

Dadurch steht zweimal im Text: «daßelbe». Beatrice hats grad noch rechtzeitig entdeckt.

✳

23:45 Auf RTL II wird jungen Passantinnen Geld angeboten, damit sie sich ausziehen und, nur noch im Slip, ein paar Meter durch die Fußgängerzone Ski laufen. Bei 500 Mark sagt das Girlie ja, zieht sich aus, friert sich die Nippel steif. Hübscher roter String-Tanga. So einfach kann Fernsehn sein.

Zapping rüber zu einer Doku über amerikanische «Bootcamps», in denen Gefangene einem demütigenden, ihren Willen und ihren Stolz zerstörenden Drill ausgesetzt werden, einer sadistischen Folter aus nimmerendenden Schikanen, gebrüllten Befehlen, einem 24/7-Alptraum aus Zucht und Ordnung, der wie eine Art Schocktherapie wirken soll. Die Gefangenen können sich freiwillig dazu melden und sich so einen Teil ihrer Haftzeit ersparen. Sie müssen ein Wisch unterschreiben, mit dem sie jede Art von Mißhandlung, auch körperliche, tolerieren. Nach 120 Tagen winkt die Freiheit. Zugelassen werden aber keine schweren Jungs, nur solche mit ein bißchen Dreck am Stecken, mit Strafen von zwei bis vier Jahren. Wer zusammenbricht und doch lieber im Gefängnis die gesamte Haftzeit absitzen will, dem wird das gewährt, aber erst nachdem man ihn zwei Tage an den Pranger stellt und der allgemeinen Verachtung preisgibt.

Ich weiß nicht, was ich dazu noch sagen soll. Und bin dabei ja jemand, dem die antiautoritäre Erziehung schon viel zu dicke Blüten getrieben hat. Wieviele Eltern heute unter der Tyrannei ihrer verzogenen Krippenechsen leiden, aus lauter Angst, ihre Kinder nicht genug zu lieben – wenn aus solch einem Behütungswahnsinn ein gesellschaftliches Echo wie das der Bootcamps erwächst, braucht niemand sich zu wundern.

*

Die Tagebücher Sandor Marais zu lesen, ist wie mit ihm zu reden. Ich habe das Gefühl, vieles von dem, was da steht, ist allein für mich bestimmt – ist in einem Ton des Wissens, der Vertrautheit mit den Geheimnissen geschrieben, der sich nur an Eingeweihte richtet. Eine Unterhaltung über fünfzig Jahre hinweg, die in anderen Räumen als denen des physischen Daseins stattfindet. Das mag verblasen und elitär klingen, und das ist es wahrscheinlich auch. Jünger gegenüber äußerte ich einmal den Gedanken, daß sich Autoren ernsthaft und maskenlos nicht unterhalten könnten, daß sich aber ihre Bücher miteinander unterhielten, in einem endlosen Dialog. Das fand er sehr apart.

✳

Werde ich einmal, wie ich befürchte, auf meine Bücher wie auf Kindereien zurückblicken?

Auf Symptome einer Krankheit, die man Dasein nennt, die bei allen menschlichen Entitäten mehr oder weniger ähnlich verläuft und zu einem ähnlichen Resumée führt? Kann sein, daß dem so sein wird. Am Ende entdecke ich vielleicht, ein exemplarisches Leben geführt zu haben, aus weiter zurückliegenden Krankengeschichten hinreichend belegt und dokumentiert. Das wäre gut.

Ich wäre nur ganz kurz beleidigt, dann erleichtert, weil jeder Verantwortung enthoben.

Und hätte meinen Platz gehabt, mein Fest, auf einem kleinen Planeten, in einem unbedeutenden Sonnensystem einer peripheren Galaxis irgendwo am Arsch der Milchstraße.

✳

Es gibt unendlich viele verschiedene Formen der Abhängigkeiten von Frauen/Männern. Bei den meisten Frauen/Männern läßt sich die Struktur ihres Lebens und Denkens als ein Netz solcher Abhängigkeiten definieren, selbst wo sie sich für den Weg der sexuellen Askese entschieden haben oder eine Machtposition ausüben, die ihnen die Kontrolle über ihre Beziehungen zu Frauen/Männern suggeriert oder tatsächlich verleiht. Macht ist nicht das entscheidende Kriterium. Weder Macht über sich selbst noch über andere prägt das männliche Emotionsgeflecht annähernd so wie Intensität. Die Intensität von Erinnerungen genauso wie die Intensität noch betriebswarmer Gefühle, von Haß und Leiden und Liebe, Geborgenheit, Begierde, Freundschaft, etc. Macht über die Intensität von etwas zu erlangen, gelingt niemandem, es sei denn in der Aufgabe des Selbst. Wo ein Mensch glaubt zu kontrollieren, glaubt er das Bestehende unter Kontrolle zu haben. Das ist eben etwas ganz anderes, als das Bestehende in seiner Wirkung reduziert zu haben, wird aber häufig damit verwechselt. Man kann nichts aus der Welt schaffen. Nicht einmal weit von sich weg. Man kann höchstens dagegen ankämpfen, und solange dagegen ankämpfen, bis der Kampf Normalzustand geworden ist.

Der Text, sozusagen, bleibt unverändert, die Inszenierung aber wechselt und versucht, vom Text abzulenken. Ergebnis dieser Strategie ist oft ein gesteigerter Narzißmus, der sich autark zu geben bemüht ist, der hingegen dadurch, daß er das Ego in eine Arena stellt, es zu etwas erhebt, das nicht anders existieren kann als beobachtet, beurteilt, akklamiert oder ausgebuht.

Dieser Narzißmus ersetzt die imaginären Zuschauer durch abgespaltete Ichs; das Ego teilt sich in ein Kern-Ich und eine Jury der im Laufe der Erfahrung hinzugewonnenen Außen-Ichs. Mit der Zeit geht dem Narzißten die Unterscheidungsfähigkeit zwischen Kern-Ich und adoptierten Ichs verloren, es sei denn, er befindet sich in Situationen, in denen er spontan und instinktbetrieben handeln und entscheiden muß. Der Verlust jener Unterscheidungsfähigkeit kann, besonders bei sehr intelligenten Menschen, bis zur offenkundigen Persönlichkeitsspaltung führen. Der Narzißt ist in der westlichen Zivilisation das fast schon vorherrschende Persönlichkeitsbild. In den meisten Fällen bleibt die Jury der Außen-Ichs auf eine beratende Rolle beschränkt, verfügt nicht über die Gewalt zur Letztinstanz. Bei krankhaften Narzißten indes findet sich ein Verlust des Kern-Ichs, woraus eine ständige Wankelmütigkeit resultiert und der – meist noch unbewußte – Wunsch, es allen Stimmen im Kopf recht zu machen. Dies offenbart sich zum Beispiel in häufig wechselnden Ansichten zu ein und derselben Sache, was von der Umwelt gerne – und fälschlich – als Opportunismus interpretiert wird. Der Narzißt ist meistens ein Opfer seiner in nicht ausreichendem Maße bewältigten Beziehungsintensitäten geworden, anders gesagt: er hat sich zum Dompteur nicht regulierbarer Spannungsfaktoren erhoben und ein egozentrisches Weltbild geformt, mit sich selbst als Zentrum, das ständig in alle Richtungen flieht und immer manischer bei sich selbst, einem Selbst, das er nicht wiederfindet, Zuflucht sucht.

Ich glaube, daß Künstler, die ihren Höhepunkt noch vor sich haben, die Welt immer als Lernende erleben, wie groß und anerkannt groß sie auch sind. Von daher unterteilen sie die auf sie einströmenden Phänomene nie in Kategorien, selektieren nicht in würdig meiner oder nicht, sie lassen alles an sich ran, und versuchen, aus dem Geringsten noch Gewinn für sich zu ziehen. Eigentlich eine sehr pragmatische, beinahe vampiristische Haltung, die einiges Selbstbewußtsein voraussetzt. Während viele Talente, und gerade die, die sich von der Welt für unter Wert befunden wähnen, sich erst durch Stolz und Dünkel um genau das bringen, was ihnen zum Surplus der Effizienz noch fehlt. Daraus erklärt sich auch, warum so viele Talente letztlich nicht reüssieren, sondern auf einem einmal imaginär erstellten Podest stagnieren, während andere, die nicht über ein ähnliches Maß an Talent verfügen, durch ihren bloßen, zur Manie gesteigerten Willen sehr viel weiter kommen. Letztere beherrscht eine Lust zum Lernen, Aneignen, erstere lähmt ein als ungerecht empfundener Status Quo, der sie auf etwas postulativ beharren läßt, wo doch sovieles weiterentwickelt werden müßte.

5. 1.

Zum Frühstück: *Jenseits der Träume.* Gibt es was Ekligeres als Neil Jordan? Na, ich hab den neuen Wong Kar Wei noch nicht gesehen.

In der Wiener Staatsbibliothek ist ein Bibelfitzel aus dem 4. Jahrhundert gefunden worden. In der Wiener Staatsbibliothek harren noch 180 000 Dokumente ihrer Untersuchung. Darunter sicher eine verschollene Monteverdioper. Die wahren Feste stehen noch aus.

Die Zeitungen sind voll von Boris Beckers Scheidungskrieg. Wen interessiert das eigentlich wirklich? Das redet man den Leuten doch nur ein, daß sie das interessieren soll. Das Ganze hat von Seiten der Medien wahrscheinlich nur *den* Sinn, Gerichtsfernsehen auch bei uns zu etablieren. Andererseits ist die Blödheit der Bevölkerung einfach nicht mehr zu unterschätzen, die fressen tatsächlich alles …

✳

Lieber M. P.

vielen Dank für die Einladung zum Autorentreffen in Elmau, aber solche Veranstaltungen liegen mir einfach nicht. Durch meine Tagebücher sind meine Positionen in egal welcher Frage hinreichend klar dargelegt. Die Rituale eines derartigen Almauftriebs sind mir in ihrer Gezwungenheit, Heuchelei, ihrem Selbstdarstellungszirkus und Bierdunst zuwider. Meinen Feinden will ich nicht begegnen, meine Freunde treffe ich privat.

Mit ähnlichen Worten habe ich letztes Jahr M. B. abgesagt und würde auch jedem anderen absagen, also nimm das nicht persönlich. Eine Gelegenheit, sich näher kennenzulernen, ergibt sich bestimmt nochmal woanders.

Beste Grüße

✳

Was für ein ereignisloser Tag. Hab ihn halb totgeschlagen mit Internetblitzschach, dann vollends erledigt mit einem DVD-Doppelpack. *Scream 3* – erbärmlich langweilig; für die, die ihn noch nicht gesehen haben: Ramon, der Regisseur, ist der Täter.

Danach noch *Blade*, der ganz in Ordnung war. Eine Studentin aus Wien promoviert über Thanatos. Ob sie mir Fragen stellen darf?

Natürlich. Immer neue Fragen. Seit ich E-Mail habe, kommuniziere ich etwa fünfmal soviel wie früher per Brief und Telefon zusammen. Zum Glück hab ich mir nie ein Fax angeschafft – und habs auch nie gebraucht.

✳

Der erste Hauch einer neuen Spiritualität findet sich immer in der Musik.

Air – der Score zu *Virgin Suicides* – Musik wie ein elektronischer Altar, dauernd blinken Lämpchen auf, Aureolen glühen, jeder Ton stiftet eine Kerze, die im eleganten Fluß der Nacht verlischt. Schläge auf der Snare-Drum – sanfte Lust-Geißelungen. Das Zusammenspiel der Instrumente gleicht einer Orgie der Elemente, ständig körpert sich etwas aus dem Datenstrom, steht da und träumt und lebt, mutiert, nimmt feste, flüssige, selbst geisterhafte Zustände an. Schnarrend teilen die Effekte den Klangraum in Sphären. Ein ptolemäisches Weltbild, aus Kristall gehauen, zieht seine Show ab, feiert die eigene Erregung, feiert sogleich auch den eigenen Ennui daran und wird zu etwas anderem.

*

Fühle oft die Lust zur Selbstzerstörung. Schiebe Dinge, die getan werden müssen, vor mir her, verweigere mich dem Notwendigsten, verschleudere meine Zeit mit unnützen Vergnügungen, so lange, bis die Katastrophe ganz nah ist. Dann, im letzten Moment, in einem Kraftakt, biege ich alles noch einmal hin, wende den größten Schaden von mir ab.

Man nennt mich produktiv – und doch mache ich nicht ein Zwanzigstel von dem, was ich tun könnte. Die Partitur von 17c wurde heute fertig. Wenigstens das.

Aber wie wir die genieundhandwerk.de-Homepage bis zum 1. Mai starten wollen, ist ein Rätsel. Wir haben noch nicht mal eine Sängerin für die beiden Songs. Musik zu komponieren – ernsthafte Musik – was für ein Geschenk, das mir das Computerzeitalter ermöglicht hat.

Nichts ist flüchtiger als Dankbarkeit. Mein Leben ist nicht nur erfüllt, es ist ausgelastet bis in den letzten Winkel. Wieviel ich täglich tun müßte, um meinen Standard zu halten. Zum Beispiel kenne ich mich kaum in den jungen, neuen Opernstimmen aus, habe keine Zeit, nein, falsch, ich hätte noch Zeit, nur keine Kraft. Oder die Münzsammlung. Wieviel Wissen ich mir in vier Jahren angeeignet habe. Aber all die Kataloge durchzuarbeiten, die beinahe täglich aus aller Welt hier eintreffen – und die Autographen erst – ich bin am Ende jedes Tages wie erschlagen. Selbst meine Lust auf Schach ist gesunken, ich gehe immer seltener in den Club, lade kaum noch das neueste Partienmaterial in meine Datenbanken. Ja, das ist ein Signet des letzten Jahres: Ich habe freiwillig Abstriche gemacht. Lauter kleine Kapitulationen.

Nie standen meine Grenzen so deutlich vor mir. Die Klimax meiner Kapazität ist Vergangenheit. Anschluß gefunden hab ich wieder bei der Popmusik, wo vieles begrüßenswert war, Air zum Beispiel oder Placebo. Und wieviel Geld und Zeit hat es gekostet, diese paar Perlen aus dem Müll zu sortieren.

Wie wird das erst im Alter – wenn man weiß, man hat noch zwanzig Jahre, aber keine Kraft mehr, um oben auf der Kimme der Woge zu schwimmen, alles gerät zum Fragment, zum Betasteten, nicht Entzifferten – läßt man dann alles los? Genießt man? Oder brennt sich die Peinlichkeit des Unvermögens in die Seele? Wahrscheinlich entscheidet man sich für den Genuß. Ob es ein Selbstbetrug sein wird, ob nicht alles Schaffen ein Selbstbetrug ist, entscheidet sich von Fall zu Fall.

Ich hielt einmal die Welt in meiner Hand und sagte Ja. Dieselbe Welt wird mich in ihren Händen halten und Nein sagen, und ich muß mir Strategien erwerben, wie dieses Nein ehrenvoll zu ertragen ist.

*

Ich breche durch das Eis.
Bin aus Eis. Zerbreche.
Erstes ist kein Kraftbeweis,
Letztes keine Schwäche.

kämpfen heißt am ende
dankbar sterben wollen.
deine feinde leben weiter,
requisiten für den nächsten krieger,
der sich selbst besiegt.

✳

Wie armselig ich mir vorkomme, und wie armselig erst die anderen sich vorkommen müssen.

Heute scheint das Leben kein Fest zu sein, nur Zwangsarbeit. Ich verkommenes Arschloch. Nichts gibt mir das Recht, so von meinem Leben zu reden.

Nichts ist flüchtiger als Dankbarkeit. Meinem Gedächtnis fehlt es an Respekt.

Ich hab soviel vergessen. Als wir heute in Germering die Josef-Kistler-Straße entlangfuhren, wußte ich noch, in jenem Haus, da wohnte mal ein Freund. Seinen Namen wußte ich nicht mehr. Alles, was wir erobert haben, werden wir vergessen.

Zum Beispiel ärgert es mich maßlos, daß ich nicht mehr weiß, wie jener Plattenladen in der Otto-Wagner-Straße hieß. Vordergründig ein Plattenladen, besaß er ein Hinterzimmer mit Billardtisch, in dem wir rauchten, zockten, Musik hörten, wenn wir eigentlich in der Schule hätten sein sollen. Eine solche Lokalität zu besitzen oder nicht, entscheidet über vieles.

Ich weiß noch, es gab dort keinen Getränkeverkauf, man trank Mitgebrachtes, im Supermarkt Geklautes, und der Besitzer war ein gealterter Hippie, der alles durchgehen ließ, froh darum, Jugendlichen dabei behilflich zu sein, in selbstgedrehten Filmen zu leben. Ich erinnere mich der Trauer, als er pleite machte, es war eine ganz kurze Trauer, man begriff nicht, was man verlor, man suchte sofort nach Äquivalenten. Bernhard und ich besoffen uns danach im Wald und spielten nicht mehr *Cincinnati Kid,* sondern *Hölderlin* und *Alkaios.* Die Übergänge verliefen schnell und stimmig. Wir waren doof und hatten zu tun. Glück war es nicht, nein, doch etwas dem Nahes – Erfülltsein. Werden.

6. 1.

Harry Knowles preist auf Aint-It-Cool-News Ted Demmes *Blow* in den Himmel. Der erste große Film in 2001.

Das ist toll für Franka, einen besseren Start konnte sie in den USA nicht haben. Und niemand verdient es wie sie.

Warum meldet sich Jakob nicht? Dafür meldet sich meine Paranoia zurück. Von Fischer hör ich nichts, vom BR nichts, von vielen anderen auch nichts. Den halben Tag spinne ich Wahngebilde.

Heiligdreikönig ist der letzte Scheißfeiertag, dann erst beginnt das Jahr wirklich. Heute keine Post, morgen keine Post, ich will Post bekommen. Sonntage sind eine Unverschämtheit. Aber es wird wohl noch zehn Jahre dauern, bis die faktisch abgeschafft sind.

✳

Wieder trübes, mildes Wetter. Sonntag ohne Licht. Dann lieber Kälte und Schnee. Ich müßte mich in Arbeit verkriechen.

Marai schreibt in sein Tagebuch: «Es gibt nur eine Freiheit – die des schöpferischen Menschen, wenn er sich über seine Arbeit beugt.»

In anderen Worten: Arbeit macht frei. Und das ist nicht wahr. Arbeit betäubt. Tötet die Langeweile. Arbeit macht glücklich, aber nie frei.

Wenn er mit Freiheit allerdings Schmerzfreiheit meint – gut, das ist was anderes, das sei ihm zugestanden.

✳

Ich würde gerne für ein paar Tage nach Berlin, aber ich muß hierbleiben und warten, bis man mir mitteilt, wann ich Franka in Prag treffen kann. Blöde Situation.

*

Langes Telefonat mit El Conde, der immer ganz genau wissen muß, warum er dies und das jetzt so und so macht und nicht anders. Der oft, statt einfach loszulegen, so lange über eine Sache nachdenkt, bis sein organgewordener Pessimismus sie angedaut, zersetzt und unkenntlich gemacht hat. Ganz tragische Eigenschaft, sowas – in der Verbindung mit mir Traumschlösser bauendem Hallodri aber erfüllt sie eine sehr nützliche Funktion.

*

Nachmittags die Gesangsspur zu Stück 17c notiert.

Beatrice ist ihre Schwester besuchen. Ich ruf mir ein Taxi nach Gröbenzell, um bei den Schachmeisterschaften zuzugucken.

Es ist eine große Familie, die sich hier alljährlich trifft, man kennt sich aus tausend Schlachten. Aber dieses Jahr ist etwas anders. Und es betrifft die Cracks in meinem Alter: Einige sind plötzlich fett geworden, andere alt, andere sehen ganz müde drein, es ist erschreckend. Gestern waren wir doch alle noch ein wilder Haufen junger Krieger. André hat sich den Bart abrasiert und uns ein lange vergessenes Gesicht gezeigt – aber es sah so grau und erwachsen aus.

Wenn man in Zwölfjahreszyklen denkt: Was bedeutet sechsunddreißig? Zwölf ist klar, man ejakuliert, man ist kein Kind mehr. Vierunddzwanzig – man schreibt sein erstes Buch, das auch was taugt, man ist kein Volltrottel mehr. Sechsunddreißig – der Plattenfuzzi von Hamburg neulich würde sagen: Man hält sich nicht mehr auf dem Laufenden, gehört nicht mehr zur Popkonsumkernzielgruppe.

Einige legen ihre letzten Träume schlafen, finden sich ab mit dem was da ist, die Familienväter sowieso, die sogar schon früher.

Der Plattenfuzzi hat mich richtig geärgert. Von einer Glätte und einem Zynismus, sowas hab ich im Verbund mit Eitelkeit noch nicht erlebt. Er benötigte anderthalb Stunden, um mir aufs genaueste zu erklären, weshalb er einerseits nichts für mich tun könne, andererseits unglaublich wichtig sei.

✳

Sechsjahreszyklen machen auch Sinn. Mit sechs ist man kein Kleinkind mehr, mit achtzehn hat man die erste echte Beziehung, dreißig: das Ende der Jugendlichkeit.

✳

Zu Hause wartet eine E-Mail auf mich, die alle Fliegen auf einmal totschlägt: Jakob, Franka und ich treffen uns am 10. nun doch nicht in Prag, sondern in – Berlin.

Und auf Premiere läuft *Tremors*. Ich liebe diesen Film.

Um Mitternacht Gewaltenteilung: Ein wenig Traci Lords, ein wenig Musil.

✳

Ein Autor muß Herr sein über die Zeit, in der er lebt. Muß, was war, verstanden haben und der Gegenwart eine Zukunft anbieten, muß Knotenpunkt werden des großen Austauschs.

Muß sich allen Spielarten der Betrachtung gewachsen zeigen, diese in sich domestizieren und die Essenz aus allem finden, damit sie für die Nachfolger bereitsteht. Man muß auf den Autor bauen können, mit der Sicherheit, daß *ihn* gelesen zu haben, alles Wichtige enthält. Das macht den Unterschied vom Autor zum Schriftsteller oder Schreiberling aus, letzterer bedient allein die Zeit, in der er lebt, benutzt sie am Ende mehr als umgekehrt. Ein Autor ist Glied einer Kette von Brückenbauern.

Es geht doch nicht darum, ein Denkmal von sich aufzustellen, höchstens darum, in der Steilwand der Zeit die nächste Notfallstation zu errichten. Für einen nie zu erstürmenden Gipfel Leitern an den Fels zu legen, Aussichtspunkte zu möblieren.

Ich hasse Menschen, die ans Licht wollen, ohne der Welt etwas zu zeigen zu haben. Aber andererseits ist es das Recht jeder Motte, ans Licht zu drängen, warum rege ich mich auf?

Aus Haltestelle habe ich viel fürs Theater gelernt. Das Manko an Stücken wie *SpätWeitWeg* oder *Haltestelle* ist, daß sie auf eine ganz bestimmte Weise gegeben werden müssen, um zu wirken, sie sind auf eine einzige wahrhaftige Art der Diktion und Interpretation hin geschrieben. Auf Dauer zeigen sich Stücke erfolgreicher, die auf gewisse Weise unfertig sind und danach gieren, ein immer neues Gewand zu bekommen, Stücke, die viel roher, gröber, gestaltungsfähiger sind, die eine innere Hohlheit aufweisen, die mit jeder neuen Inszenierung erst zugestopft, durch Füllmasse aktualisiert werden muß. Bisher habe ich Stücke, die solch eine programmatische Leerstelle besitzen, durchgehend als schwach beurteilt. Aber es gibt keine Schwäche, die nicht irgendwann, irgendwo, auch als Stärke ausgegeben werden könnte.

Das Theater dieses Landes ist so tot, so blöd, so verrottet, verspießert und kraftlos. Zum größten Teil deshalb, weil die Rezensenten noch dümmer, abgestorbener, gefühlloser, obsoleter sind als ihre Kollegen vom Restfeuilleton. Man müßte die meisten vorm Standgericht erschießen. Ein Kopfdurchsuchungsurteil würde genügen, um jeden Offenbarungseid zu erzwingen.

Ich muß an ein Mädchen denken, das nach der Uraufführung in der Hotelhalle auf mich zutrat und sagte: *Danke für das schöne Stück.* Der Moment hat Zauberkraft besessen. Hat mich vor vielem gerettet.

Mehr gibts halt nicht zu ernten, wenn man gegen Wände kämpft, als einen kleinen Riß, durch den das Licht schwappen kann.

Das Beste, was ich in diesem Jahr auf der Bühne sah, war Jerome Bels Tanztheater *The Show must go on* – das war pur, radikal, groß – und auch noch lustig. Und vor mir saßen irgendwelche Kulturschicksen und riefen: «DAFÜR HAB ICH JETZT NEUNZIG MARK BEZAHLT?» Und irgendwelche Deppen enterten die Bühne, tanzten mit, um zu zeigen, daß sie das auch können. Ich kam mir vor wie in die Zwanziger Jahre zurückkatapultiert. War schon ein toller Abend. Groß war auch Fuchers *Möwe.* Man müßte Schauspielern viel öfter Microports gönnen. Das hatte Kraft. Das ging auf die Basis des Stückes zurück. Dagegen sieht irgendwelcher Luc-Bondy-Scheißdreck so unglaublich alt aus.

Heute sagte ich zu Joha, der *Rosenkranz und Güldenstern* mit dem Argument verteidigen wollte, daß Kritiker es zu den zehn wichtigsten englischen Stücken des letzten Jahrhunderts gewählt haben, daß man aus eben diesem Grund für das weitere Fortwirken des Stückes Sorge haben müsse. Ich las in einer Zeitschrift vom Januar 1900 einmal eine Rangliste der zwanzig besten lebenden deutschen Komponisten. Von denen kennt man heute kaum noch drei. Richard Strauss war dabei, Mahler fehlte.

✳

donner dann der blitz ist kunst
riß im schläfenbein ein tropfen
licht auf heißes schwarz und dampf …

Ich unterhielt mich auf Eckis Hochzeit mit Journalisten, die Karmakars *Manila* nicht toll fanden, eher im Gegenteil, ich hingegen beharrte auf meiner Meinung und prophezeite, daß sie alle in zehn Jahren ganz anders über den Film reden würden. Seltsamerweise zog keiner von ihnen diese Möglichkeit ernsthaft in Betracht. Ich gebe Leuten einen Wink, und sie scheißen einfach drauf. Ihr ‹Nein› ist die Feier ihrer Macht. Man bietet ihnen Zukunft an, aber sie wollen noch ein wenig ihrer Gegenwart genießen.

Wäre Filmkritik mit einem Wettbüro verbunden, in dem man Geschmack sogleich zu Geld machen könnte, die Dinge lägen vermutlich ganz anders.

✳

Genie & Handwerk:

musik für ultraviolettgitarren, leuchtfagotte, glitzerophone, baßscheinwerfer, schwarzlichttuben, flimmertrommeln, koloraturposaunen, flackerorgeln, streicherneon, oboeninfrarot und hochglanzflöten, percussionsdioden, strahltrompeten und satte sonnenaufgangsharfen …

Stück 17c heißt ab jetzt: *the pennsylvania christmas murders*

7. 1.

Heute ist schon wieder Sonntag. Das trifft mich hart.

Gestern war Samstag – als Sonntag verkleidet.

Und wie bestellt hat es geschneit und schneit noch immer, wie jedesmal, wenn Albert uns besuchen will. Er sagt auch prompt ab, sei ihm verziehen, es schneit und schneit, als wolle der Winter alles nachholen, was er versäumt hat.

Ich müßte raus hier, irgendwohin, am besten ohne Internet und Fernseher, mit natürlichem Licht. Fühle mich krank. Tom berichtet von einer Megagrippe. Er weiß wenigstens, worunter er leidet. Nur *Ultrachronos* könnte mich aus meiner Lethargie herausreißen.

Also setze ich mich hin und versuche etwas. Aber wo anfangen? Die Gedanken schweifen ab, drehen sich um immer dasselbe, sind froh um jede Ablenkung. Ich bin krank. Leide an Zeit. Wie das klingt: Ich habe Zeit. Oder: Ich hab mir eine Zeit eingefangen. Ein Wehwehchen. Houellebecq würde daraus einen Roman machen.

✳

In den Tagesthemen sagt Gabi Bauer einen Film an, ein «Krimimelodram» – und sie wundert sich, wer wohl eine solche Wortkombination erfunden hat. Dabei ist das Begriffspaar doch gängig. Was würde sie erst zur Schmerznovelle sagen, dem «Krimipornomelodram». Sowas beschäftigt mich stundenlang. Schlechte Stunden. Schlechte Zeit. Zeit wie verbrauchter Atem. Ich möchte mich aus meiner Hülle sprengen. Müßte laute Musik hören, ist schon zu spät dazu, Spießerkaff. Man müßte Zeit ausfurzen können. Wenigstens hat sich mein linkes Ohr wieder geöffnet. Im Fernsehen läuft *Live Flesh*. Hab keine Lust auf bescheuerte Almodovarfiguren. *Todo sobre mia madre* war einer der blödesten Filme, die ich je gesehen habe, und der hier sieht sich kaum besser an. Dabei war Almodovar früher mal richtig gut. Seine Figuren waren immer schon bescheuert, aber die Filme hatten Kraft. Schalte um zu *Barton Fink*. Ins Earle-Hotel. O ja. So fühl ich mich. Das paßt. Das paßt wunderbar.

*

stündlich neues muß
stündlich neues etwas
irgendetwas neues sonst
wird mein schädel an die
wand gepreßt von zuviel
zeit zu wenig raum in
diesem zimmer neues
hilf aus meinem zimmer
das zeitfett abzusaugen
neues bitte jetzt. jetzt.

*

Barton Fink ist ein großer Film. Beim ersten Sehen habe ich ihn nicht gemocht, weil mir John Turturro zu aufgesetzt schwächlich spielte, zu hysterisch, ein grüner Junge, der zu sehr selber Schuld zu haben scheint an dem, was um ihn rum passiert. Aber es ist egal, ob man Schuld hat oder nicht. Die Tapeten lösen sich ab, der Kleister fließt in Strömen – Zeitfett. Das paßt so gut zu dem Gedicht von eben, daß man an ein Zeichen glauben möchte. Die ganze Welt ist voller Zeichen. Und voller Menschen, die sie deuten. Und erst, wenn niemand sie mehr deutet, werden sie die Wahrheit sagen. Ganz für sich.

Karl Mund – der große Kreative, der dem gehandschellten Barton Fink vorhält, sich beschwert zu haben. Wahnsinn. Unglaublich groß. Der Wahnsinn des 20. Jahrhunderts, zusammengefaßt in einer Szene. Mephisto zwischen Flammen. Und ich Depp hab diesen Film nicht gemocht.

✳

worte machen um
um etwas worte machen
etwas umstellen mit worten
etwas mit worten umschreiben
umzingeln eine zielscheibe aus
worten formen um etwas herum

die nacht die nacht die nachtnacht
der filmfilmfilm zur nachtnachtnacht
etwas zwischen schlorch und stange
es kreucht nicht und es fleucht nicht
und schwappt und rotzt und kotzt und tobt.

da knallen die korken, da torkeln die schnallen,
lallen freudestrunken, krawallen den kreuzweg
der dreizehn genüsse entlang wie fische am
glattgeschmirgelten beckenrand ihr leben
nicht weiter zu ändern beschließen.

✳

«Das alles interessiert mich sehr. Ich bin nämlich ein Mann der Oper.»

Fitzcarraldo

Ein Mann der Oper – Ein Rollenname aus *Haltestelle*. Das hab ich gar nicht bedacht.

Ich muß Fitzcarraldo als DVD haben. Jetzt um drei Uhr nachts. Sofort. Verfickte Scheiße.

Jason Robards. Die Szenen, die Jason Robards gedreht hat, bevor er krank geworden ist. Als Bonus-Track. Eine großartige DVD. Und es gibt sie noch nicht.

*

wieder fitzcarraldo. unglaublich. was für ein film.
  was für eine vision.
man kann nur stumm auf allen vieren liegen, beten.
die molly aida kreuzt zwischen den sternen.

wir wollen nicht mehr arbeiten, wir wollen feiern. die erfahrungen und verdienste zusammenfassen zu einem testament. mit grillfleisch und wein.

bis wir betrunken in toten sprachen singen mit den geliehenen stimmen der engel.

die verzweiflung zwischen allen bildern. das verbindende trotzdem. so geht ekstase.

die heidnischen sänger stehen auf aus dem schatten des verschütteten helikon. lethe und okéanos feiern zum zweiten male hochzeit. es entstehen strudel in den wassern, die alles bekannte mit dem unbekannten mischen, zum taumel am abgrund jenseits der zeit.

8. 1.

Es schneit weiter. Ich muß ein Flugticket besorgen. Albert, dessen «Letzter Aufruf» 2002 an der Burg aufgeführt wird, erzählt aus Wien, vom Revival der alten Säcke. Zadeks Ibsen soll gut sein. Bondy – wir sind uns einig. Hettche kündigt seinen neuen Roman an. Bin gespannt drauf. *Da Franco* in Rom ist umgezogen, nur ein paar Meter weiter, soll jetzt viel höhere Räume haben und gestylter aussehen, aber noch genauso laut und voll und billig sein.

Treffen mit HGRodek vereinbart, praktisch, kann ich mir am Donnerstag gleich «Traffic» angucken.

Barton Fink nicht in meine *Catch 22* aufgenommen zu haben, dafür schäme ich mich jetzt in Grund und Boden – als wärs nicht ganz natürlich, daß sich Listen ändern.

Mein Geschmack ist wirklich nicht sehr abseitig, nein: Als die Catch 22 in der *steadycam* veröffentlicht wurde, stellte ich fest, daß von den gewählten Top Ten *aller* Juroren sieben auch in *meinen* Top Ten auftauchten. Sieben Übereinstimmungen hatte sonst nur noch einer: Tom. Der nächste hatte fünf.

«Ranglisten erstellen ist das genaue Gegenteil von Kreativität – aber es macht Spaß.»

✳

Schöner gelber Post-Lastwagen. Unsere Heimkino-Surround-5.1-Anlage trifft ein. Spielzeug für den Nachmittag. Beatrice, mit ihren kurzen schwarzen Haaren, sieht in dem hellblauen Pullover so süß aus. Und tanzt eine morgendliche Scherzeinlage, möchte von der technischen Assistentin zur «Leiterin Technik» befördert werden. Schafft sie aber nicht.

Die Anlage will nicht laufen. Undurchschaubarer Kabelsalat. Irgendwas paßt nicht. Drei Stunden vergeblicher Experimente. Beatrice ist schwer frustriert, reagiert sich beim Tischtennisspielen ab, schlägt mich in zwei Sätzen. Ich mache Witze, es hilft nichts.

«Du willst mich zum Lachen bringen, damit ich keinen geraden Ball mehr schlagen kann.»

«Genau. Hier kommt der Joker. Wieder hat er ein wehrloses Opfer gefunden.»

«Wie heißt eigentlich ein weiblicher Joker?» (Sie kann sich doch wehren.)

«Joksie.»

«Vielleicht she-joke?»

She-joke. Nicht übel. Ich grübele darüber und verliere den ersten Satz nach einer 12:5 Führung noch mit 20:22.

✳

Am Nachmittag entsteht eine Szene, deren Story ich mir vor einem Jahr notiert habe, für kein bestimmtes Projekt, könnte Theater draus werden oder Film. Aber die Geschwindigkeit, in der das aus mir rausschoß, hat mir Mut gemacht. Es geht doch noch.

✳

Im Internet finde ich eine amerikanische DVD-Ausgabe von *Fitzcarraldo*. Gleich noch dazu bestellt: *Night of the Living Dead* – 30th Anniversary Edition mit fünfzehn bisher unveröffentlichten Minuten.

Girgl schickt eine Mail, hat noch einen Fehler in der Schmerznovelle gefunden, keine Minute zu früh. Wir können das Ganze korrigieren, als es eben in die Herstellung gehen soll. Gutes Omen.

*

Abends ruft Traugott Buhre an, bedankt sich – und schwärmt von Julius Cäsar, will ihn unbedingt spielen, auch wenn er sich mit 71 für die Rolle zu alt findet. Bedenken, die zerstreut werden wollen – und schnell zerstreut sind. Später findet er noch schöne Worte zu *Haltestelle*, «ein Stück, das ich erst spät verstanden habe» – und dann kommt der Hammer: Die Wiederaufnahme am 18. ist in Gefahr, über dem Stück schwebt kein guter Geist: Ein zweiter Darsteller ist erkrankt – und nicht nur wie bei Alexander was Operierbares am Knöchel – viel schlimmer – Traugott blieb diskret, wollte nichts in klare Sätze fassen, aber es klang nach Lungenkrebs. Oje.

Ich bin eine halbe Stunde wie erschlagen. Das darf doch alles nicht wahr sein.

Umbesetzung ist nicht möglich. Das Ensemble ist viel zu jugendlich ausgewählt. Vielleicht wird das Stück jetzt völlig abgesetzt. Na gut, dann ist diese Erfahrung wenigstens vom Tisch. Bosse hätte sich doch nicht zu Änderungen durchgerungen. Nichtmal zu den nötigsten.

Schlimm, wenn ein Regisseur sagt, er liebt dieses Stück – und Liebe als Schutzwall gegen jegliche Kritik gebraucht.

Und ich muß nicht nach Hamburg fahren. Hätts aber gern getan.

Ich rede über meinen durcheinandergeratenen Terminplan – und einer der Darsteller hat womöglich den finalen Terminplan vorgesetzt bekommen.

Lektüre: *Die Musik der alten Griechen* von Dr. Richard Batka, Prag, Selbstverlag, 1900.

Über Philoxenos aus Kythera (495–380) (wirklich? 115 Jahre alt geworden? Oder Druckfehler?) *der dem chorischen Dithyrambus durch Einfügung von Solisten-Arien Cantatenform gab, von seinen Anhängern ein «Gott auf Erden» genannt wurde, bei den Gegnern allerdings als «Hauptverderber» der Tonkunst galt.*

Man merkt schon, die Probleme sind zeitloser als ihre Protagonisten.

Wahrscheinlich gibt es für jeden Sinnspruch der Neuzeit eine Entsprechung in der antiken Literatur. Muß ja so sein. Die brauchten genauso wie wir den passenden Text für jede Lebenslage. Seien wir froh, daß in Alexandria soviel verbrannt ist. Ein echter Künstler betet das Feuer genauso an wie das Licht.

✳

Heute einiges über die Tonart As-Dur gelernt.

Man meint ja leicht, das sei Jacke wie Hose.

Aber jede Tonart unterscheidet sich von einer anderen eben mindestens so sehr wie eine Jacke von einer Hose.

✳

In der Nachbetrachtung waren die schlimmsten Schullehrer nicht die fiesen, widerlichen und brutalen. Es waren die schleimig-freundlichen, denen wir vertraut und die uns mit falschen Beurteilungen gefüttert haben. Leipert z. B., der von Literatur recht wenig verstand, aber im Unterricht betont liberal hantierte – und uns viele tolle Autoren derart madig machte, daß wir nicht mehr glaubten, sie lesen zu müssen. Nietzsche-Gedichte nannte er Kitsch – erst da hab ich ihn durchschaut.

✳

Warum wird die Kultur von den kulturgeplagten Massen abgesetzt?

Weil ein falscher Kanon den Glauben an die Kultur zerstört hat und keiner sich mehr Mühe machen will. Die Mühe hat sich zu selten gelohnt.

Man muß den Menschen den Glauben an die Kultur zurückgeben, indem man die Unwahrheiten des Kanons benennt. Sagt, was Scheiße ist. Taktvolles Schweigen wäre ein Verbrechen. Daß sich alles von selbst erledigt, ist der Hoffnung zuviel.

Andererseits. Gegenrede. Vergebung.

Vergebung ist das Wort. Je älter ich werde, umso mehr begreife ich das. Wir sind Teilnehmer der Zeit. Glauben, zum Richter berufen zu sein, und haben früh ein Urteil abgefaßt. Das Wesentliche ist größer, unserem Verdikt gegenüber gleichgültig. Man verschwendet zuviel Zeit mit dem Haß auf die Dummheit und dem Streben nach Wahrheit. Wer eins mit seiner Wahrheit ist, braucht von keiner anderen Seite Zustimmung.

Aber wer ist eins mit sovielen Wahrheiten? Man kann nicht mehr eins mit den Stimmen sein, nur mit den meisten vertraut, mit anderen bekannt.

9. 1.

Lichtblauer Himmel, milchweiße Welt.

Wollten die Coen-Brüder als jüdische Regisseure wirklich sagen, daß jeder Künstler sich am Künstler Hitler messen lassen muß? Darauf läuft das ja hinaus. Ist Karl Mund ein Mensch oder der Teufel? Er bleibt bis zuletzt Identifikationsfigur. Das ist böse.

✳

Ideale Bedingungen, damit ich eine Winterlandschaft hinreißend finde: Der ganze Schnee fällt an einem einzigen Tag. Und am nächsten steht kein Wölkchen am Himmel. So prachtvoll ist das.

✳

Im Flieger lese ich in Hemingways *Green Hills of Africa.* Das hatte ich mir schon letztes Jahr vorgenommen. Großpapa Hem mal wieder begutachten. In meiner Erinnerung ist er immer kleiner geworden – und hat mich doch mal sehr beeinflußt. Die Green Hills fand ich anno '79 ziemlich langweilig, das Buch wird aber von vielen für sein bestes gehalten. Die ersten Seiten werfen mich um. Von 1935 stammt das – und wirkt verblüffend modern, narzißtisch, stolz – und formal wunderbar chaotisch. Ich hab das alles so völlig anders in Erinnerung.

Ein Meister der lakonisch kurzen Sätze?

«Die Schanze war einen kurzen Pfeilschuß entfernt von der Lecke errichtet, und während wir so, in einer mit Asche und Erde

halbvollen Mulde zurückgelehnt, dasaßen – Knie hoch, Kopf tief – und durch die trockenen Blätter und dünnen Äste beobachteten, hatte ich einen kleinen Kudubock aus dem Unterholz bis an den Rand der Lichtung, wo das Salz war, heraustreten sehen, und dort stand er plump-nackig, grau und prächtig, und seine Hörner spiralten gegen die Sonne, während ich auf seine Brust zielte und dann auf den Schuß verzichtete, weil ich den großen Kudu nicht vergrämen wollte, der bestimmt in der Dämmerung kommen würde.»

Ich lese einige der Apodikta wieder, die mich geprägt haben:

«Richtig jagen, das heißt, so lange wie man lebt, so lange wie es dieses oder jenes Tier gibt, zu jagen, wie richtig malen so lange malen heißt, wie es dich und Farben und Leinwand gibt, und schreiben so lange schreiben heißt, wie man leben darf und es Bleistifte und Papier oder Tinte oder irgendeine Maschine gibt, mit der man es tun kann, und es irgendetwas gibt, über das man gerne schreiben möchte, und man kommt sich wie ein Narr vor, und man ist ein Narr, wenn man es auf andere Art tut.»

«Es gibt keine Rangordnung für gute Schriftsteller.»

Das ist wohl wahr, es gibt nur unnötige und notwendige Dichter, und es ist Quatsch, unter den Notwendigen den Breitesten zu küren.

*

In der Post liegen Fragen für das Programmheft *Takt* der bayrischen Staatsoper. Zwei Leserbriefe. Und eine Einladung nach Wien, vom 4. Dezember, die erst jetzt vom Verlag an mich weitergeleitet wurde.

«Das Magazin» hat eine uralte Geschichte von mir abgedruckt: *Geschlecht und Verbrechen*.

Hab ich dazu je die Erlaubnis gegeben? Weiß es nicht. In der Vita steht: *Schreibt regelmäßig tendenziell frauenfeindliche Tagebücher.* Hm? Die Redakteurin schreibt dazu, das sei als Kompliment gemeint.

✳

Bea ist sehr stolz auf sich und will doch noch zur «Leiterin Technik» berufen werden. Daß die Surround-Anlage nicht läuft, liegt nicht an ihr, sondern an einem fehlenden Kabel.

✳

MH meldet, daß aus dem Strahlungen-Hörspiel was werden könnte, der Verlag habe sein Einverständnis signalisiert, unter Vorbehalten. Ich soll ungefähr sagen, was ich damit vorhabe. Ich finde, daß ich das nicht nötig habe. Was sollen denn Bedingungen? Ich muß das nicht machen, ich machs nicht für mich, machs als Tribut. Viel verdienen kann man damit auch nicht. Der Verlag sollte froh sein, wenn sich jemand auf welche Weise auch immer mit Jünger beschäftigt, und einfach ‹danke› sagen. Alles andere hieße, den eigenen Autor zu gängeln, nicht zu beschützen. Es muß genügen, wenn ich verspreche, keine Zeile zu ändern, zu karikieren oder sonstwie interpretativ zu entstellen. Das ist schon mehr als genug.

✳

Spaziere den Kudamm entlang, am Big Eden vorbei. In dieser Diskothek habe ich mal vierzehn Stunden lang getanzt, anno '82, weil ich kein Geld mehr besaß, um irgendwas Sinnvolleres zu tun. Habe um fünf Uhr morgens ein

Mädchen geküßt und hätte sie vögeln können, wäre nicht um sechs Uhr mein Bus gefahren. Ein Leben ohne Geld ist dramaturgisch ziemlich beengt, man ärgert sich hinterher – und vergißt dabei, daß das Nichtvorhandensein von Geld Notlösungen zuläßt, die kraftvoll sind – und später nicht mehr zur Verfügung stehen, weiß der Teufel, warum.

Sachen von Prada sehen so scheiße aus. Jil Sander kaum besser. Wie kann eine Frau so was tragen und auch noch viel Geld dafür ausgeben?

Angebot eines Nagelstudios zur Happy Hour: 300 Mark – *fuck as much as you can*.

Nein, das hab ich jetzt erfunden, aber wär doch mal was.

*

21 Uhr – treffe Claudia im Bovril, meinem neuen Lieblingsrestaurant am Kudamm.

Der offene Chianti ist hervorragend – für 20 Mark den halben Liter. Und der Seeteufelspieß mit Couscous, Paprika und geschmorten Datteln – ganz exquisit. Schnelle und sehr aufmerksame Bedienung. Claudia ist ein wenig angesäuert, weil ich mich so lange nicht gemeldet habe. Will für sechs Wochen nach Andalusien, danach auf Jobsuche gehen.

War mit ihrer Magisterabschlußnote (1,7) nicht zufrieden. Redeten viel über Theater und das bevorstehende Revival von Heavy Metal, über die besten Pop-Songs für die Insel, über Pirandello und Schnitzlers Grünen Kakadu. Habe, weil mir das Wort «Trouble» nicht gefiel, «Ungemach» gesagt – und es klang gar nicht schlimm. Unglaublich viele vergessene Wörter feiern Wiederauferstehung.

Nach dem Essen ins Kino gegenüber: *Unbreakable*. Baut

hohe Erwartungen auf, enttäuscht dann schwer. Wir waren beide richtig sauer.

Green Hills – mit welchem inneren Abstand Hem und der Tiroler Kandisky über den WK I reden, wie über etwas Unvermeidliches aber Ausgestandenes, wie ein altes Ehepaar über eine gemeisterte Krise, die man aus der Distanz voller Geständnisse und mit übertriebener Objektivität behandelt. Das Buch ist ein Selbstinterview, ein Thesenpapier, ein aufgemotztes Tagebuch.

«Und was wollen Sie?»

«So gut schreiben wie ich kann, und ständig dazulernen. Gleichzeitig leb ich mein Leben, das ich genieße, und es ist ein verdammt gutes Leben.»

«Kudusjagen?»

«Ja. Kudusjagen und viele andere Sachen.»

«Was für andere Sachen?»

«Ne Menge anderer Sachen.»

Ja. Da hab ich das alles her, o ja, das hat mir Eindruck gemacht, damals, das war der Ton, der mich vorwärtstrieb. Das klang schon vielversprechender als etwa Kafka. Danke.

Kafka. Der Säulenheilige der Totalversager.

10. 1.

Zum Frühstück eine Leberkäs-Semmel bei Schlemmermeyer. Zu teuer und schmeckt einfach nicht. Warum können in Berlin keine guten Leberkässemmeln zubereitet werden? Wieso nicht?

✳

Aberwitzige Szenerie. Ein junges Paar mit Hund. Hund, nicht angeleint, läuft davon. Bus hält an, öffnet die Türen. Hund springt in Bus. Paar rennt und ruft laut. Bus fährt los. Bus hört nicht auf Paar. Hund steht am hinteren Fenster und glotzt.

✳

Im KDW gibt es immer noch keine Kettle-Rosemary & Garlic-Chips. Bin enttäuscht.

Und die Weinpreise sind utopisch. Was denken die sich? Immerhin gibt es Champagnerflaschen aus dem Jahr 1907 zu kaufen. Sie entstammen einer Lieferung an den Zaren und das Boot, das sie lieferte, wurde 1916 versenkt. 1998 hob man das Wrack und versiegelte die Korken sofort mit Wachs. 8500 DM die Flasche.

Stattdessen im Wertheim eine Flasche Les Jamelles – Marsanne Vin de Pays d'Oc '99 für 13 Mark. Guter Fund. Weiß, süffig, glatt und lecker.

Bei Franka. Ich bringe ihr die BBC-*Dinosaurs*-DVD mit – und ärgere mich, weil ich die Pro7-Version erwischt habe.

Kostet dasselbe wie die normale Edition, nur mit dem Unterschied, daß die englische Originalfassung fehlt.

Frankas neue Wohnung ist sehr hoch und schön, über dem Wohnzimmertisch hängt eine sehr bunte Glas-Schmiedeeisenlampe, als Kontrast viel altes Mobiliar aus schwarzlackiertem Holz, gerahmte Flohmarktgemälde des vorletzten Jahrhunderts hängen an den Wänden, vor dem Riesenfernseher liegt ein kuscheliges schwarzes Kunstfell. Sehr gemütlich und geschmackvoll.

Franka mit neuer Frisur, schwarz, fransig und halslang – steht ihr weit besser als blond oder rot – erzählt, daß an die Hauswand gestern in großen Lettern «F. – wir lieben dich!» gesprüht stand. Ist bereits wieder entfernt. Was sind das für Fans, die sowas nicht per Postkarte schicken? Die quasi sagen: Wir haben dich entdeckt.

An der dreistündigen Sitzung nehmen noch Jakob und Thomas teil. Beide halten sich eher zurück, sondieren, sind vorsichtig, scheinen noch nicht so recht zu wissen, woran sie mit mir sind. Können sie auch nicht. Sobald das Projekt in eine Richtung läuft, die mir nicht plausibel ist, werde ich den Kram abgeben, das ist geschworen. Hans-Christian ist mit August Diehl in Indien, hat mir deshalb nicht antworten können. Bin beruhigt. Jakob und Thomas haben eine ganz eigene Art von Humor, der manchmal auf sublime Art böse ist, manchmal rätselhaft bleibt und immer einen Zweifel läßt, ob das und das überhaupt humorig gemeint war.

Der Tisch ist voll mit selbstgebackenem Apfelkuchen. Die Diskussion beginnt zäh, wird dann erstaunlich produktiv und offen.

Franka ist sehr intelligent – und kreativ. Hat für das Drehbuch drei hervorragende Ideen, die ich nicht gehabt habe – und eine sehr seltsame, die mir ein wenig Angst macht.

Franka muß morgen nach Prag, dreht dort mit Matt Damon, nimmt den Zug, leidet unter Flugangst. Nebenbei erfahre ich, daß sie mein Eros-Drehbuch nie zu Gesicht bekommen hat. Das irritiert mich sehr. Obwohl sie ja für die weibliche Hauptrolle nie vorgesehen war.

Wir gehen noch ins Austria essen. Gutbürgerlich. Gemüsesuppe und Zwiebelrostbraten. Franka, die als ehemalige Vegetarierin einen Schweinebraten genießt, wird hier im Viertel weitgehend in Ruhe gelassen, das Gros der Fans stellt sie sich noch immer mit roten Haaren vor. Sie ist auch am Boden geblieben, und nur wenn sie über andere Schauspielerinnen redet, merkt man, daß sie in einer Liga spielt, die einen nicht unverändert läßt, einen in die Rituale und Rangordnungskämpfe der Galawelt hineinzieht.

Jakob und Thomas verlangen, daß ich bereit bin, gegebenenfalls auch vier oder fünf Drehbuchfassungen abzuliefern. Ich befürchte, daß sie damit meinen, sie möchten auf jeden Fall fünf Fassungen haben, aus denen sie sich dann was zusammenschneidern. Und das will ich nicht. Will keine Alternative finden müssen, für etwas, was ich für gelungen halte.

Und es paßt mir auch nicht, daß Produzenten künstlerische Visionen haben. Diese Arbeit wird ein Prüfstein für die eigene Lauterkeit, die Autorität. Darf die Arbeit am Roman nicht beeinträchtigen.

Jakob und Thomas geben sich knausrig, dabei müßte Geld genug in der Kasse sein. Hatten bis auf *High Crusade – Fricassee im Weltraum* nie einen Flop. (Der Untertitel stammte von Hanno Huth – sollte auf *Odyssee im Weltraum* anspielen. Kommt man auch nicht so leicht drauf.) *Jenseits der Stille, Crazy, 23, Anatomie* – alles Knüller.

Ihr Anwalt hat bei Rowohlt lange um den Vertragspunkt verhandelt, daß das Treatment formal, also im Schriftbild und Satzspiegel, branchenüblich aussieht. Unglaublich. Haben die erwartet, daß ich ihnen was mit Bleistift auf einen Bierfilz schreibe?

Lange dreht sich das Gespräch um Filmpreise und wer sie bekommen hat und wann das ungerecht war und wann nicht. Wir redeten über die hohen Vorschüsse für Frischlinge – was ich nicht schlimm finde – ich profitiere auch davon, indem ich drauf verweisen und mehr verlangen kann – und der Markt reguliert sich ja bald wieder.

Thomas erzählte noch eine sehr lustige Kinski-Anekdote aus zweiter Hand. Kinski auf dem Viktualienmarkt, der von der Frau am Obststand in seiner typisch zittrig-hauchigen Diktion verlangt: «Geben Sie mir Äpfel, Äpfel – so groß wie Ihre Brüste so riesengroß und saftig …» Und als der Mann der Frau das hörte, rief er: «Den bring i um, den Sauhund!» Aber ein paar Kollegen hielten ihn fest und sagten «Des is doch da Kinski, den derfst doch net umbringa!»

Ich glaube, das Treffen verlief gut. Besser als erwartet. Jakob verlangt von mir in ernstem Ton eine möglichst präzise Reisekostenabrechnung. Wie so oft weiß ich nicht, ob er mich veralbert oder nicht.

*

Ging danach noch alte Strecken ab – Berlin – was ich hier schon erlebt und nie erzählt habe.

Kommt vielleicht noch.

Straßennetze als emotionale Topographie meiner Vita.

Ging in eine Kneipe in der Gneisenauer, auf ein paar Bier. Die Barfrau ist geil. Wahnsinnsfigur, rote Locken, schulterlang, tiefergelegtes Decolleté, drüber viel Berliner Schnauze. Und SMS-süchtig.

Ich schätze sie auf 28. Sie erwähnt irgendwann, daß ihre Mutter 39 ist.

Sie beginnt sich mit einer Lotion die langen Beine einzureiben. Lasziver gehts nicht. Man kann einen Blick auf ihren roten Slip erhaschen.

«Was machstn du?» fragt mich mein Tresennachbar.

«Dreh Pornofilme.» Mehr muß man gar nicht sagen, kann sich danach in diskretes Schweigen hüllen. Den Trick hab ich aus Niedermanns erstem Roman.

Aber außer der Barfrau nichts Attraktives, deshalb früh ins Hotel, nach einem langen Spaziergang in der Kälte. Zwei Teenager pissen gegen die Schaufenster der Bank 24 und johlen wie fünfzig Mongolen auf Siegesparade.

✳

Irres Filmbild: Mit Pfeil und Bogen schießt ein Mann eine Feuerwerksrakete ab, trifft einen Balkonier ins Auge, die Rakete zündet, explodiert und bohrt sich durch den Kopf des Opfers.

11. 1.

Tolles Wetter.

Früh aufgestanden, um das DVD-Geschäft in der Kantstraße zu suchen, das Franka mir empfohlen hat. Erfolglos. Der U-Bahnhof Adenauerplatz wird umgebaut. Einkaufspassage mit zwölf neuen Geschäften. Was sollen die Leute denn noch alles konsumieren? Trotzdem freu ich mich darauf. Mit dem 109er Bus direkt vors Internet-Café. Vier Minuten gesurft. Die Netz-Abhängigkeit nimmt ab, nicht nur bei mir.

Mark Twain hat mich zum Rauchen angestiftet, fällt mir ein. Ich fing mit Pfeife an, weil sich das an Huckleberry Finn so cool las. Maiskolbenpfeife natürlich.

Fahnenspruch vorm Theater des Westens – «Wer nur einer treu ist, ist gegen die anderen grausam.» Angeblich Mozart. Ja?

*

Im Filmpalast erste Pressevorführung von *Traffic*. Sehr guter, weitestgehend ehrlicher Film. Wenngleich die Handkamera-Wackelei nach zweieinhalb Stunden mächtig nervt. Benicio del Toro ist überwältigend. Michael Douglas stark wie immer. Selbst C. Zeta-Jones nicht übel. Zwei Aussagen formuliert der Film, die sich gegenseitig nicht nivellieren: Mehr Autorität in der Erziehung ist die eine, konservative. Daß der Krieg gegen die Drogen nicht länger ein Krieg genannt werden darf, weil es sonst ein Krieg gegen die eigenen Kinder wäre, ist die andere. Lösungen werden nicht angeboten. Der Film lief – sehr puristisch – ohne Untertitel, hab deshalb einige Jokes nicht verstanden. Und während des gesamten Abspanns wurde nichtmal ein kleines Licht im Zuschauerraum geschaltet. Wäre in München kaum mehr denkbar.

Kann Rodek nicht finden. Das vereinbarte Erkennungszeichen, einen «Independent» trägt er zusammengerollt unterm Arm, gerade, als ich gehen will, bemerke ich ihn noch.

Fahren zusammen zur WELT, zum Axel-Springer-Haus, ehemals die Burg des Bösen, das absolute Feindbild. Fahren in den 18. Stock, genießen die Aussicht. Tauschen uns über Filme aus, legen verschiedene Segmente übereinander, finden viel Gemeinsames. Zum Beispiel gehört er auch zum Häuflein jener, die *Manila* zweimal sahen und groß fanden.

Hier oben, ein snobistischer, großbürgerlicher Traum aus Leder und Licht, breiten Sesseln, Bücherwänden und Originalzeichnungen im Rahmen (was gegen das Bleichen nicht hilft, ich weiß das, hab neulich meine Autographen abhängen müssen). Eigentlich wird Sacco verlangt, aber der Ober macht eine Ausnahme, weil es nicht sehr voll ist. Er empfiehlt als Vorspeise irgendein Fischfilet, dessen Namen er vernuschelt, danach als Hauptgang Entenbrust. «Was wäre die Alternative?» fragt R. Antwort: «Haben wir heute nicht.»

Na schön. Das Essen ist schlicht und ergreifend. Das Eis danach, Nuß mit Mandelsplittern und Apfelstrudelstückchen – ein Traum. Außer uns zweien sitzen nur Männer in teuren Anzügen rum, sehen alle gleich aus, uniformiert im schlechtesten Sinn. Man erkennt daran, daß sie bei aller Macht, die sie wohl besitzen, doch einem Lakaiendenken entstammen, das sich hochgedient hat und sich seiner offengelegten Individualität schämt. Selbst wenn man sich in die Normen schickt, so könnte man doch wenigstens in Details originell sein. Aber das ist hier wohl niemandem wichtig. R. zeigt mir einen alten Mann, den ich auf 75 schätze, der aber schon 85 ist und der letzte aus dem Vorstand der Axel-Springer-Ära. Irgendwie gruselig.

*

In der U-Bahn beobachte ich zwei türkische Kinder, die in ihre Handys SMS auf sehr virtuose Weise eintippen, wie Pianisten; ihre Finger huschen über die winzige Tastatur, das Auge kann kaum folgen.

*

Um 15 Uhr zu Conde.

Reden über die Stücke. Seine Zweifel fressen ihn noch auf. Ihm gehts wirtschaftlich schlecht, unter solchen Bedingungen kann er nicht gut arbeiten. Ich biete ihm Hilfe an, aber «wirtschaftlich schlecht» meint, wie er sagt, nichts Finanzielles. Eher Zukunftsangst und Perspektivenmangel. Entrata für vier Gitarren gefällt mir gut. An zwei Stücken stellen wir noch konkrete Verbesserungsmöglichkeiten fest. Conde ist wirklich mies drauf und zieht mich zu sich runter. Auch ist er nicht fähig gewesen, JvW's Telefonnummer herauszubekommen, «weil er Herumtelefonieren haßt». Das sagt er mir einfach so. Ohne gehts aber nicht im Leben. Jetzt muß ich wieder Tom bemühen, was mich ärgert. Wir haben beide schlechte Laune. Dennoch gehen wir essen, ins Jolesch. Gulasch im Jolesch. War auch schon mal besser. Zu dunkel, zu wenig paprikaesk.

Nur die Lauchcremesuppe ist klasse. Ich bin müde. Wir

wollen uns noch den neuen Ang Lee *Ride with the Devil* im Eiszeit ansehen, aber die haben das Programm geändert, bringen stattdessen den neuen Wong-Kar-Wei-Scheiß, der, so sagen mir einige, zwar nicht toll, aber immerhin interessant sein soll. Zu wenig für meine Stimmung. Ich gehe noch spazieren, es ist frostig und windig. Aber wenn man erst zwanzig Minuten unterwegs ist, gewöhnt man sich daran. Kurzer Halt in der Kirchhofstraße, aufwärmen in meinem Lieblingspornokino. Kehre danach noch ins Spielcasino ein, finde aber an nichts Gefallen, verlasse das Haus nach einer Stunde mit einem Gewinn von 50 Mark – gewiß zum ersten Mal in meinem Leben. Früher habe ich so lange gespielt, bis ich richtig verloren oder richtig gewonnen habe. Alles andere machte ja keinen Sinn. 50 Mark. Ich komm mir richtig blöd vor, nein, nicht blöd – normal. Noch ein langer Gang bis ins Hotel durch die Kälte. Der Wind schabt an den Knochen. Wie bringt man El Conde mental wieder auf die Beine?

*

Harald Schmidt ist wieder super. Behauptet, das Wort Enjambement nicht zu kennen, sinniert über Hitler bei Big Brother und meuchelt Botho Strauß mit dem Gemälde: *Mann, der es sich muckelig macht.* Harald Schmidt ist, wenn er gut ist – und die Schwächeperiode letztes Jahr ist längst überwunden – die letzte Bastion der Hochkultur im TV. Hier werden alle wesentlichen Fragen der Republik entschieden.

In den Werbepausen rüber zu *Schneller als der Tod.* Russell Crowe sieht mit Bart und langen Haaren Mickey Rourke verdammt ähnlich.

Wenn ich Bilder von Drach und Reemtsma nebeneinander sehe: Drach ist mir einfach sympathischer. Reemtsma geht mir tierisch auf die Nerven, obwohl – oder vielleicht gerade weil – ich an seiner Stelle ähnlich larmoyant von oben herab racheengeln würde.

✳

Ein Bild wie das des Habichts und der Taube verlöre im Film, weil es nur in der Wirklichkeit filmisch wirkt.

✳

Heute war auf dem Anrufbeantworter endlich auch die offizielle Verlautbarung vom Ende der Haltestelle. Nicht nur X. ist todkrank, Traugott muß wegen seiner Herzkranzgefäße bald in irgendeine sechswöchige Reha. Wirklich: umso besser. Je schneller diese Krampfinszenierung weg ist, desto früher wird eine neue möglich.

Traugott heute in der AZ über Thomas-Bernhard-Stücke: «Man muß ihnen etwas hinzugewinnen. Wenn man sie 1:1 spielt, sind sie nur blöde Konversation.»

Aus dem Herzen gesprochen. Bernhard-Stücke sind einfach Scheiße.

✳

Conde kann einen manchmal so herabziehen. Es heißt nicht, daß er im Innern nicht an die Sache glaubt. Es heißt, daß er im Innern keine Kraft mehr hat, zu glauben. Aber ein Künstler darf alles verlieren, nur diese Kraft nicht. Das ist, glaube ich, ein positiver, dabei nur pragmatischer Zug an mir: Freunden falsche Zweifel ausreden zu können, ohne zu zeigen, daß man auch selber nicht immer seiner sicher ist. Bei der Kunst kann man sich nie sicher sein, denn wäre mans, wärs keine Kunst, was man da unternimmt.

12. 1.

Habe heute das von Franka empfohlene Filmgeschäft doch noch gefunden.

Macht erst um 11 Uhr auf, hat wenig Auswahl und salzige Preise. Kaufe nur ein paar Filmpostkarten und *American Beauty*, der seltsamerweise hier ganz billig ist, das einzige Schnäppchen.

12:50 Rückflug. Alles läuft glatt. Die Arschlöcher von D2 haben mir meine 50 Mark-Prepaid-Card noch immer nicht aufs Konto geladen – nach 55 Stunden!

*

Ich lese im Flieger drei Zeitungen: WELT – Tagesspiegel – SZ.

Die WELT ist voller interessanter Artikel, graphisch gut aufgemacht. Über neue Erkenntnisse zur Evolution des Homo Sapiens. Über den transgenen Rhesusaffen Andi. Über einen Himmelskörper, der sich gängigen Systematisierungen spreizt.

Über den vielleicht gar nicht so natürlichen evolutiven Egoismus. Über die Architektur des Hudson-Hotels in Manhattan. Über eine neue US-TV-Show – «Die Insel der Kuppler».

Über das neue Salem International College in Überlingen (mit breitem Farbphoto).

Und über «Rinderbeseitigung im alten Rom» (sprich: Opferrituale). Alles fachlich kompetent.

Im Tagesspiegel: nichts Erwähnenswertes. In der SZ zwei ärgerliche Artikel, verblasen, schlecht geschrieben, halb gestammelt, als Aufhänger des Feuilletons. Wer will sowas lesen?

✳

15:45 Zu Hause. So viele Mails und Briefe sind abzuarbeiten. Isolde Ohlbaum gratuliert zu meinem ZEIT-Artikel, fand ihn ganz wunderbar, Nico Hansen auch. Nur ein einziger Leserbrief ist gekommen, der den Artikel als geistlos und unter Niveau verurteilt und meinen Stil meinem simplen Weltbild für angemessen empfindet. Wollte diesem Menschen zuerst schreiben, hab es dann gelassen, bringt ja nix. Mein simples Weltbild. Immerhin – ich hatte viel mehr Gegenwind erwartet. Bin ich zum Zeitgenossen degeneriert? In der Gegenwart angekommen?

✳

Bea hat schräg geträumt, hat es mit Japanern gegen Geld gemacht.

«Dabei hab ich für Japaner gar nichts übrig.»

«War ja gegen Geld.»

Und von einem Restaurant erzählt sie, wo in einem Aquarium ein Kugelfisch gehalten wurde, und der Kugelfisch habe zu ihr gesprochen und gebettelt: rette mich, rette mich. Sie habe den Kellner gefragt, was der Kugelfisch denn koste – 100 Mark – sie hätte einen Moment zu lange überlegt, der nächste Gast habe sich den Kugelfisch fangen und filetieren lassen.

Sie trägt eine neue khakifarbene Hose, deren Beine sich je nach Wetter dreiteilen, meint: an zwei Stellen abtrennen lassen durch Reißverschlüsse. Sie sieht sehr laracroftmäßig geil darin aus.

✳

Anja, die liebe, schickt zwölf Schachteln Magia d'Aromi, dazu eine Zitrone aus der Villa Massimo und eine Muschel vom Ostia-Strand. Schreibt über die Villa: «Eine Baustelle, vertraut + wunderschön + verlassen ...»

Mir werden die Augen naß. Bevor ich keine Wohnung in Rom besitze, werde ich keinen Frieden finden. Habe heute beschlossen, zu sparen.

Lieber Brief auch von Kathrin, die sich mit der Dekoration von Briefumschlägen immer soviel Mühe macht.

Und ein Brief von HR mit beigelegtem Graffito eines Schülers zum Bagarozy. Schreibt zum Cäsar: «Was originalversessene, texttreue Silbenstecher mit wissenschaftlicher Attitüde dann davon halten mögen, ist zweitrangig.» Genau.

✳

17 Uhr. Anruf Barbara Schäfer. *Dienstag* ist zum Hörspiel des Jahres gewählt worden.

Gibts doch nicht. Muß ein schwacher Jahrgang gewesen sein. Ehrlich – das ist unverdient, aber ausgleichende Gerechtigkeit für manch anderes. Der Preis ist nicht dotiert, dennoch lukrativ – alle Sendeanstalten werden das Hörspiel nun ausstrahlen, und jedesmal gibts Honorar. Nach dem Prix Italia für *Denotation Babel* nun das. Wenigstens auf dem Gebiet des Hörspiels werde ich für lange Zeit unantastbar – *unbreakable* sein. Habe gleich Albert gemailt, er möge das bitte den Arschlöchern vom PEN Liechtenstein reinpressen, die mir den Preis für das Stück erst gaben, dann verweigerten, eine Schweinerei, die so unfaßbar gewesen ist, wie ich sie ohnmächtig ertragen mußte.

Barbara ist auch sehr begeistert von der Schmerznovelle, will sie unbedingt als Hörspiel für den BR. Der HR will sie ja auch.

Mir ist aber noch nicht klar, wie das zu adaptieren ist. Und warum keine Koproduktion?

*

Erledige den ganzen Abend über die dringendsten Anfragen. Sechs Stunden Arbeit.

Calista Flockheart bekommt ein Kind und wird in London Theater spielen, steht im Observer. In welcher Reihenfolge?

13. 1.

Ein Brief jener achtzigjährigen Louisa Gustafsson, deren Lieblingsbuch *Fette Welt* ist. Sie hatte sich was Handschriftliches aus dem Roman gewünscht und wundert sich nun, weil sie nichts erhalten hat. Das ist tragisch. Selbstverständlich habe ich ihr etwas geschickt, in einem Din-A4-Umschlag, der wohl auf dem Postweg verlorengegangen sein muß. Also das Ganze nochmal. Wenn sie es diesmal wieder nicht bekommt, trau ich der Sache nicht mehr.

✳

Brief von Udo Samel, der den Cäsar gut und frisch findet, aber ihn sich stellenweise noch frecher, drastischer wünscht. Ich finde hingegen, ich habe meine Freiheiten ausgereizt. Ich glaube wirklich, daß alle Deviationen vom Originaltext in Shakespeares Sinn gewesen wären. Das ist eine gewagte Behauptung, aber das ganze Leben ist eine gewagte Behauptung.

Samel schlägt auch vor, die Theater-im-Theater-Situation bereits von Anfang an zu installieren und so einen großen Bogen zu schließen, aber das widerspricht meiner Idee völlig, hat meiner Meinung nach keinen Sinn, als dem Publikum ein Überraschungsmoment zu rauben. Versteh ich nicht.

✳

In der FAZ ein Artikel von G. zum BSE-Problem, an dem man zum wiederholten Mal beobachten kann, wie dessen

Autor etwas, das in drei Sätzen zu sagen und dann noch fast belanglos wäre, zu einem Artikel aufbläst. Wird er nach Zeilengeld bezahlt?

G. scheint mir immer mehr der tragische Fall des Talentierten zu sein, der zu früh ans Licht gezerrt, gegen das Licht anscheinen, blenden will. Man hätte ihn in Ruhe lassen, sich entwickeln müssen. Stattdessen wurde er überfordert, hechelt einer Aura hinterher, die keine weiße Winternacht zum schimmern bringt. G. – aus dem könnte noch soviel werden, er müßte bloß sein Werden nicht als Vergangenheit betrachten.

*

Sitze von 10 bis 19 Uhr am Schreibtisch. Nehme Claudia nebenbei noch ein Tape auf.

Später arbeite ich im Wohnzimmer am Songtext zu den *Pennsylvania Christmas Murders*.

Nebenbei läuft *Grosse Pointe Blank*. Ein Film, der mir auch beim zweiten Sehen nichts geben will. Voll guter, aber völlig unpassend eingesetzter Musik, die keine Atmosphäre aufkommen läßt.

Danach noch Heiner Links und Arno Geigers Hörspiel *Alles auf Band* gehört. Echt abgefahrenes Zeug, tontechnisch leider sehr überfrachtet, benötigt viel Konzentration, damit der Text nicht in Störgeräuschen absäuft. Amüsant, ja. Die beiden haben eine versponnene Nudistenesoterikhexe besucht, die ihnen das Hörspiel – eine Erklärung der Welt aus einem charmanten Wahnsystem heraus – praktisch auf Band gesprochen hat, in ihrer völlig versifften Wohnung. Manchmal liegt die Kunst auf der Straße, oder in einer trüben Badewanne. Und manchmal genügt es, sie 1:1 auf Papier oder auf Band zu übertragen. Ist nichts dagegen einzuwenden. Hab ich auch oft gemacht. Fragwürdig wird das, wo man durch die Fälschung der Realität mehr hätte erreichen können. Das Hörspiel ist so ein Fall. Das Wesentliche transzendiert sich selten durchs bloße Erleben, muß sozusagen in der Wiedergabe haltbar gemacht werden durch eine schöpferische Zutat. Benötigt ein Konservierungsmittel, das die Magie des Unmittelbaren hinüberrettet ins Gleichnis, das jedes Kunstwerk am Ende sein muß. Heiner geht gern den Weg des geringsten Widerstands. Bei seinen Sachen merke ich das oft, und es stört mich, weil er viel Talent hat.

Sicher nicht seine Schuld dürfte hingegen der Schluß der Produktion sein, wo das Blair-Witch-Pseudo-Doku-Feeling auf sehr alberne Weise abgekupfert wird.

Erinnert mich an das legendäre Band, auf dem 1983 Bernhard, Limmy und ich vor uns hinalbern, in den Veroneser Bergen, und Hölderlin rezitieren – der Cassettenrecorder lief auf dem Rücksitz mit und schnitt das weinselige Gesabbel mit – und das Band endet mit dem ohrenbetäubenden Crash des Autounfalls.

Naja, nicht ganz. Es endet damit, daß Limmy «Oh, Scheiße» sagt.

Die Story hab ich bestimmt schon mal wo erzählt. Was tuts? Es kostet einen wahnsinnig viel Zeit, nachzugucken, ob man dies oder das bereits verwendet hat oder nicht. Früher wäre mir ein Duplikat hochnotpeinlich gewesen. Heute denke ich nicht mehr so streng. Das passiert eben.

14. 1.

Die Sperma-Schluck-Teenie-Gang.

Ich bin mit dem Kauf dieses Videos sehr unzufrieden.

Zwei Mädchen werden gefickt, auf ihre Gesichter wird gespritzt, danach küssen sie sich – heben das Sperma von einem Mund zum anderen. Und das zwölfmal. Mehr als Redundanz.

Das sieht sich an, wie sich gestern der G.-Artikel las.

*

Schöne Mail von Peter Heinemann, den es inzwischen nach Berlin verschlagen hat:

«Samstag Abend, und ich sitze brav in unserer neuen Wohnung und betrinke mich ruhig und voller Ehrfurcht vor schöner Musik und guten Weinen.

Momentan ein Librandi Gravello von 95 (der nicht so viel Ehrfurcht benötigt, aber wir wollen nicht zu kritisch sein, die Verkäuferin hat mir noch ein Päckchen Olivenkekse geschenkt, die ich begutachtete – sehr aufmerksam) und eine Orchester-Transkription von Joseph Joachim Raff, mal wieder Bachs Chaconne, eine Erstaufnahme aus dem Jahre 2000, Sachen gibt's.

(...) Habe Deinen Artikel in der ZEIT gelesen, dort solltest Du öfter publizieren. Teile Deine Meinung (die anderen Artikel der ‹Zeitgenossen› zu dem Thema waren wenig relevant).

Das eigentliche Problem wird viel zu wenig diskutiert: Wie garantieren wir Chancengleichheit? Jeder Mensch wird manipuliert und ich kann für den individuellen Lebensweg keinen entscheidenden Unterschied darin sehen, ob es jemandem ermöglicht wird, eine möglichst gute Erziehung/Ausbildung oder Gene zu bekommen. Neben mir liegt gerade *Die Welt* mit einer Anzeige:

Optimale Startchancen für Ihr Kind. Können Sie sich die öffentlichen Schulen noch leisten? Gute Internate sind der Garant dafür, dass Ihr Kind mit optimalen Zukunftschancen an den Start geht. DAS ist das eigentliche Problem! Genetische Beeinflussung kommt sowieso und ist genauso vertretbar wie Beeinflussung über Erziehung/unterschiedliche Ausbildungen (warum meutert niemand dagegen?). Aber die Menschen, die sich jetzt schon bessere Ausbildung leisten können, sind die gleichen, die aus finanziellen Gründen auch eine gezieltere genetische Auswahl treffen können! Wieso diskutiert dies eigentlich niemand?»

Weil es eine fruchtlose Umverteilungsdebatte wäre, die das letzte Jahrhundert ausreichend und vergeblich geführt hat. Aber es gibt schon Literatur zum Thema. *Jeremy Rifkin – das biotechnische Zeitalter.* Z.B. Leider kein sehr gutes Buch.

Wäre eine kindliche Maßnahme, die z.B. alles, was einer mehr als 20 Millionen DM besitzt, ihm wegnimmt und unter den anderen verteilt, eine willkommene Sache?

Hin und wieder muß man sich solche Fragen stellen und, wie ein Kind, Zahlen nennen. Warum gerade die Grenze von 20 Millionen? Weil man sich mit dieser Summe alles leisten könnte, was ein fein- und kunstsinniges Leben benötigte, den Luxus einer Villa, mehrerer Appartements, häufiger Reisen, wohltätiger Gaben und einer kostspieligen Sammlung etwa.

Bis zu dieser subjektiv gesetzten Summe habe ich ein gewisses Verständnis. Danach müßte eine Art Schamgefühl einsetzen. Die Zahl derer, die viel mehr besitzen, ist nicht so gering, wie man glaubt. 3700 Menschen haben in Deutschland ein Vermögen von mehr als sechzig Millionen Mark. Aber wenn man dieses Geld auf alle 80 Millionen Einwohner Deutschlands verteilte, bekäme jeder gerademal ca. 3000 Mark. Wenn ich mich jetzt nicht verrechnet habe.

Das kann man auch bleiben lassen. 3000 Mark, wem hilft das weiter? Zehnmal Happy Hour – *fuck as much as you can*. Nein, früher wäre das schon viel gewesen.

✳

Von 11 bis 14 Uhr irgendwelchen Schreibkram erledigt. Fragen beantworten, Reisekostenrückerstattungsformulare entwerfen und ausfüllen, lauter solchen Mist.

Sehr sonnig, windig und eiskalt. Versuch eines Spaziergangs scheitert nach wenigen hundert Metern an unzureichender Bekleidung. Das Interview für die Opernzeitschrift fertiggestellt.

✳

Legen mal wieder die Don Giovanni-Inszenierung von Peter Sellars ein. Ist immer noch wie ich sie in Erinnerung hatte: zu erzwungen. Wirkt alberner als irgendeine konventionelle Inszenierung. *Nozze di Figaro* hatte dagegen prima geklappt. Von Sellars hab ich schon lang nichts mehr gehört, was macht der heute? Irgendwas in Australien.

✳

Gestern begann in Wijk an Zee das wichtigste Schachturnier des Jahres. Wird alles live im Internet übertragen.

Kasparov startet mit zwei Schwarzsiegen, wird es nach der verlorenen WM allen zeigen wollen.

✳

Um 16 Uhr ruft Helmut Markwort vom Focus an, er habe in meinen Tagebüchern gelesen, daß ich sonntags nie angerufen werde – und möchte das hiermit ändern. Ich kapiere erst gar nicht, wer dran ist … Markwort … Focus … ach deeer Markwort. Ob ich nicht Lust hätte, für den Focus zu schreiben. Habe so einen Anruf irgendwann erwartet, schon kurz nach dem Spiegel-Eklat, aber daß es dann der Chef selber ist … Ich solle mir das mal durch den Kopf gehen lassen, er ruft dann unter der Woche nochmal an. Allerdings – das muß ich mir gut durch den Kopf gehen lassen.

✳

Um 16:15 läuft *Castaway* in der Filmstation. Der Saal ist proppenvoll, wir bekommen grad noch zwei Plätze links am Arsch, höhergelegte Plätze für Riesen. Bei Nicht-Riesen baumeln die Beine über dem Boden.

Der Film ist ganz okay, bis zu Hanks' Rettung von der Insel sogar sehr gut. Danach nervt er. Die Idee mit dem FedEx-Paket ist doof. Und wenn er die LIEBE IHRES LEBENS ist, dann soll sie sich halt wieder scheiden lassen und fortan mit ihm und dem Kind zusammenleben, statt bis in Ewigkeit mit einem Dummy (was wäre das denn auch für ein Dasein?). Da stimmt nix hinten und vorn. Amerikanischer Familie-ist-heilig-Scheiß.

✳

Zuhause wartet heiße Minestrone auf mich, die eine wunderbare Farbe bekommt, wenn man ein wenig Rotkohl reingeschnitten hat. Bea erklärt mir, welche Spinnenart Aufenthaltsrecht in unserer Wohnung besitzt, jene nämlich, die sich herabläßt, Kellerasseln zu vertilgen.

Mal wieder in *Abyss* reingeguckt. Gibt kaum einen Film, der so punktgenau das an den Achtziger Jahren verkörpert, woran man nicht erinnert werden will.

Draußen –12°. In den Tagesthemen Bilder aus Sibirien und der inneren Mongolei, wo seit Wochen Temperaturen um die –50° herrschen. Wann wird das Erdwetter vom Menschen beeinflußt werden können? In dieser Frage schweigen sich viele Zukunftsforscher aus, wahrscheinlich weil keiner eine Ahnung hat. Die Technik müßte auch so enorme Kosten verursachen, daß sich nur selten ein annehmbares Aufwand/Nutzen-Verhältnis ergeben dürfte, bei schweren Naturkatastrophen etwa, und dies auch nur, wenn finanzstarke Staaten betroffen sein werden.

*

Begonnen, erste Skizzen für das Drehbuch zu notieren. Ticks und Tricks. Der Aberglaube der Protagonistin. *Aberglaube ist die Poesie des Lebens, deshalb schadet es dem Dichter nicht, abergläubisch zu sein.*

(Goethe; Maximen und Reflexionen)

Der Satz ist, wie er dasteht, Quatsch und ähnlich aussagekräftig wie: Regen bedeutet für Pflanzen das Leben, drum schadet es auch dem Dichter nicht, im Regen zu stehen. Falsch ist er auch nicht, sofern der Dichter sich keinen Schnupfen einfängt.

Tatsächlich erlebt nicht nur der Abergläubische die Umwelt als System aus Zeichen. Aberglaube ist ein mutwilliger

Weg der Semiotik, aber besser als keiner, immerhin schärft er die Wahrnehmung.

Vor der Premiere von *Haltestelle* wurden an die Theaterbesucher chinesische Glückskekse verteilt. Ich nahm auch einen. Er war leer. Das ist ein zu starkes Bild, um es abzutun, wiewohl – wäre die Premiere ein Erfolg geworden, es hätte nichts bedeutet. So – kann niemand mehr etwas gegen seine Bedeutsamkeit unternehmen.

15. 1.

Immer noch sonnig, immer noch kalt. In Wijk an Zee ist heute Ruhetag. Beatrice ist im Sport, und ich habe keinen Appetit, esse nur ein bißchen Suppe von gestern.

✳

Manchmal sammle ich noch (aber nicht mehr gezielt) Wörter und Namen, in denen alle fünf Vokale je einmal auftauchen. In Biedermanns Handlexikon las ich neulich: *Gobineau de Montluisant – frz. Dichter und Alchemist des 17. Jhs.*

Hammername. Zwei komplette Reihen. o-i-e-a-u und e-o-u-i-a.

Dürfte Rekord sein.

✳

der absurde ton in vielen nazi-dokumentationen, der mich abstößt. aus einer spiegel tv-reportage:

«… mitten in der kitschigen alpenlandschaft steht der berghof …» wie kann eine landschaft kitschig sein?

aber alles was von hitler bevorzugt wurde, muß einen makel aufweisen, ansonsten es von herrn hitler ja nicht bevorzugt worden wäre. das gilt selbst für landschaften.

Anruf MH vom HR. Sage ihm, daß ich das Hörspiel zur Schmerznovelle nun doch lieber beim BR machen würde. Ist ihm irgendwie überhaupt nicht recht. Er hat aber doch keine Ansprüche drauf. Bei der Gelegenheit: Ich muß noch einen Extra-Hörspiel-Vertrag mit Rowohlt zu 85:15 unterschreiben, damit die Zweitausstrahlungen höher bezahlt werden – so geht die Zeit vorbei, ganz unkreativ, aber lukrativ. Geld muß her, damit drei Jahre lang Ruhe herrscht. Das ist völlig vernünftig. Komme mir trotzdem wie ein Geschäftemacher vor, der früher mal geschrieben hat.

*

In der Stadt. Neues Diktaphon gekauft. Digital, ohne Cassetten. 90 Minuten Aufnahmezeit. Der Verkäufer ging um 50 Mark auf 200 runter. Das Gerät ist leichter als eine EC-Karte.

Eine Box mit allen neun Brucknersymphonien unter Jochum kostet 75 Mark. Die Kids von heute haben es so leicht. Hugendubel ist der Treff für Rucksackträger. Ehrlich, da krieg ich sonen Haß, wenn diese Typen mit ihren teils riesigen Rucksäcken rumstehen und einem den Weg versperren – überhaupt hasse ich nichts so wie Gedankenlosigkeit und Unaufmerksamkeit. Dieser eklige fette Typ neulich im Flugzeug – typisch, bleibt mitten im Gang stehen und verstaut umständlich sein Gepäck im oberen Fach. Er müßte einfach nur kurz auf seinen Platz rutschen und die anderen vorbeilassen, aber er denkt überhaupt nicht dran. Da werd ich zum Tier.

Fromaras von de Kroes – Waffelkugeln mit Schinken-Käse-Geschmack. Schöpferisch sein macht Spaß, aber mit dem damit verdienten Geld einkaufen gehen ist auch nicht schlecht.

Ein Tag ohne Einkaufen ist wie ein Tag ohne Sex. (Kann hin und wieder auch guttun.)

Buch: Pablo de Santis – *Die Übersetzung*. Wieder mal gekauft: *Spektrum der Wissenschaften*. 16,80. Langer Artikel über neue Funde in Pompeii. In der SZ ein bescheuerter

Artikel von Georges-Arthur Goldschmidt, der Heidegger und Jünger als vulgäre und hintertriebene Nazis beschimpft und sich über den Auswuchs deutscher Fremdwörter in der französischen Gegenwartsphilosophie beschwert. Klingt wie vor 20 Jahren geschrieben. Aber Handke-Übersetzer zu sein ist ein mildernder Umstand, fast eine Erklärung. Eigentlich ist das das schlimmstmögliche Schimpfwort: *Handke-Übersetzer.*

✳

Saß in der Bahn einer jungen Frau gegenüber. Knapp zwanzig. Leicht orientalische Erscheinung, mit der Ahnung eines Flaums über den Lippen – sicher sind ihre Beine behaart. Gebogene Nase, breiter Mund, schwarze Augen. Das dunkle Haar zum strengen Knoten gebunden. Langer dunkelblauer Mantel, elegante Stiefeletten, wenig Absatz, sie ist groß. Unter dem Hosensaum werden schwarze Strümpfe sichtbar. Wollhandschuhe, die sie während der Fahrt nicht auszieht. Hohe Wangenknochen. Aristokratischer Blick, schön und brutal, an allem vorbei. Erstaunlich, weil auf nicht sexuelle Art erregend.

✳

HC Schmid mailt, daß er die Fahnen noch nicht erhalten hat. Auf nix ist Verlaß, verdammt.

Arezu gehts wieder besser, hat viel geschrieben, viel verdient, fährt ein paar Tage nach Schottland. Nadine will ein Empfehlungsschreiben für irgendein komisches Seminar. Klingt klasse, so nach 19. Jahrhundert. Wäre mein erstes Empfehlungsschreiben im Leben. Lustiges Gefühl. Bea gewinnt erneut zweisätzig im Tischtennis, ich war chancenlos. Heiner ruft an, will noch mehr Gedichte für seine Anthologie und zwar bis morgen. Bei Jauchs «Wer wird Millionär?» werden inzwischen nur noch Debile zugelassen. Jedes halbgebildete Haustier müßte wenigstens die Viertelmillion schaffen. Aber zehn Leute schaffen es binnen zwanzig Sekunden nicht, folgende Brüche von klein nach groß in die richtige Reihenfolge zu bringen:

A. ein Viertel B. drei Achtel. C. zwei Drittel D. drei Fünftel

Abends *The Big Lebowski*, den ich auch nach dem dritten Sehen nicht leiden kann, das wird wohl nichts mehr. Insa schimpft mich deswegen.

Ich würde auch gern bowlen gehen. Werde morgen mal fragen, wer Lust hat.

Den schwafelnden Cowboy mit der ekligen Stimme könnt ich erschießen. Einen White Russian fänd ich jetzt gut. In meinem Arbeitszimmer geht die Heizung nur auf halber Kraft, der Tisch ist aus Stahl und saukalt, und nur ein dünnes Mousepad trennte heute abend meine Hand von ihm, so daß sie jetzt noch ganz taub ist. Meine Knochen haben sich tief ins Innere der Hand zurückgezogen. Hab einen Heizlüfter aufgestellt. Aus dem kommt nur heiße Luft raus. *Aus dem kommt nur heiße Luft raus.* Komisch. Hab bei dem Spruch nie an einen Heizlüfter gedacht. Werde im Februar irgendwohin fahren, Strand, Sonne, nichts sonst.

Und ein paar Sachen erledigen. Lauter kleine, beschissene, notwendige Sachen. Angebote, die man nicht ablehnen konnte.

Wahrscheinlich fange ich mit *Ultrachronos* nicht an, weil ich mir über die Art der Sprache nicht sicher bin. Das ist es immer. Die Story kommt später. Man behauptet meist das Gegenteil, daß man zu jeder vorhandenen Story die adäquate Sprache finden müsse, aber manchmal ahnt man die Story nur in Umrissen und sucht nach einer Sprache, die die Umrisse erhellen kann.

Bei der *Schmerznovelle* stand die erste Seite wohl über ein Jahr in meinem Notebook, und nichts war klar. Ich konnte nicht weiter, hatte nur diesen Sound und ließ ihn lange klingen.

Der Sound erschuf die Story. Ganz seltsam war das, eine neue Erfahrung. Komponisten dürfte sie nicht fremd vorkommen.

Dringendes Bedürfnis – eine Stelle *Ultrachronos* schreiben – irgendeine kleine Stelle, um den mißbrauchten Tag mit etwas zu legitimieren.

Im jungen Morgen übriggeblieben sein als Relikt der Nacht. Ein Morgendämmer – lila-plastik-nebelfarben, mit schweren schwarzen Ecken und Kanten. Konturen, für die das Wort Silhouette zu schlank klingt. Durchsetzt von blau leuchtenden Firmensignets. Der Himmel ist streng in Schichten geteilt. Nacheinander injiziert die Sonne in jede von ihnen eine Dosis Licht – sie sterben bereitwillig ab, verfließen ineinander. Der neue Tag wird als obszön und skrupellos empfunden, und zugleich als Erlösung für eine Ekstase, die, am Rand ihrer Geltungssucht angekommen, fragil und fragwürdig geworden ist.

Der Schriftsteller zu sein, der alles hat, und beweisen muß, daß das Glück mehr Kreativität erzeugt als jedes Leiden – und nicht genug: noch mehr sein wollen, nämlich nicht nur einer oder drei oder zwölf, sondern *alle* Schriftsteller, und für alle die schreienden Stimmen den versöhnenden Schluß erfinden zu wollen – ich bin so verrückt, daß mich die Götter liebhaben *müssen*.

*

In meiner Vorstellung ist Jünger weiter vom Bild eines Nazis entfernt als sonst irgendwer. Obwohl er ihnen so nahe kam. Bzw. gerade dadurch, daß er ihnen so nahe kam, demonstrierte sich der Unterschied so stark.

Goebbels – immer schon mein Lieblingsnazi, knapp gefolgt von Göring. Goebbels, im Gegensatz zum Bonvivant Göring der Typus des intellektuellen Beinahe-Künstlers, der entweder Rezensent oder Politiker wird. Man kann beide liebhaben, sofern man als Regisseur denkt.

16. 1.

Beatrice, als Chicken McNugget verkleidet. Morgendlicher Gefühlsüberschwang. Und das Frühstück brennt an.

Schreibe eine Mail an Andi, sie endet mit:

rguß,

h.

In der Post ein Brief von Walter, der mir das Coen-Drehbuch ankündigt, das er in NY auf dem Flohmarkt gekauft hat. *Ensel und Krete* soll eventuell als Animationsfilm kommen. Das stell ich mir hübsch vor. Und bald will er für einige Zeit nach Australien. Was suchen bloß alle in Australien? Außerdem empfiehlt er noch die «This Is Spinal Tap»-DVD.

Der erste Antikenkatalog des Jahres ist da. Ich verschlinge ihn nicht mehr sofort und in einem Haps wie früher. Wahrscheinlich wird dieses Hobby als erstes dran glauben müssen, schade, ich hab mir in fünf Jahren ziemlich viel Wissen angeeignet, besonders über römische Denare.

Praktisch ein ganzes Studium. Wird alles verlorengehen.

Bea: «Na und?»

Recht hat sie.

*

Das Weltraumteleskop Hubble hat neue Bilder zur Erde gefunkt. Diesmal fotografierte es die außergewöhnliche Kollision zweier großer Sternensysteme. Die Aufnahme gibt den Astronomen einige Rätsel auf.

Das Bild zeigt die beiden Galaxien NGC 1410 und NGC

1409 im Sternbild Stier. Seit ihrem Zusammenprall vor rund 100 Millionen Jahren sind die beiden Sternensysteme durch einen schmalen schwarzen Materiestrom verbunden. Über diese Pipeline saugt NGC 1409 kontinuierlich Gas und Staub von ihrer kleineren Nebengalaxie ab.

Der Materiestrom ist 500 Lichtjahre breit – für Galaxien eine lächerlich geringe Distanz. Trotzdem ist die Pipeline auf dem Bild deutlich erkennbar.

Wie die Pipeline entstanden sein könnte, ist noch völlig unklar. Normalerweise kollidieren Galaxien in einem gigantischen Crash – die Pipeline-Variante war den Astronomen bislang unbekannt.

✳

Schreibe die Gesangsstimme zu PCMurders nochmal um, denke, das dauert höchstens zehn Minuten – und sitze wieder zwei Stunden dran.

Im Garten läuft die Katze über die Schneedecke – und hinterläßt nicht die geringste Spur, so hartgefroren ist der Schnee.

✳

Mail von Andi: «Freunde erzählten mir, sie hätten Anfang letzter Woche im TV ein Feature über Dich gesehen, in dem es um Deinen Rom-Aufenthalt bzw. Dein Rom-Tagebuch ging. Hast Du davon keine Ahnung?»

Nein, keine. Ist eine Gemeinheit, sowas zu senden, ohne den Autor zu benachrichtigen. Oder Feigheit.

✳

In Wijk an Zee zerfetzt Morosewitsch, seit einem Jahr mein Lieblingsspieler, Van Wely mit Schwarz in nur 21 Zügen. Er kreiert für konservative Augen atemberaubend häßliche Stellungen, deren dynamische Möglichkeiten er gnadenlos konsequent ausnutzt. Sein Schach ist eines, das mit ganz neuen Strategemen und positionell unbekannten Faktoren arbeitet, vielleicht nicht hundertprozentig korrekt, doch ungeheuer originell und aufregend.

In die Stadt. Das Video von *Leon – Der Profi-Directors Cut* kostet nur noch DM 9,99, aber keiner will es haben. Das veraltete Medium wird mit Abscheu verabschiedet, ein irrationaler Akt, indes geht es mir genauso.

Ich kann es gar nicht erwarten, bis ich mir eine DVD-Brille leisten kann, die wirklich etwas taugt. Die Welt zerfällt in digitales Heimkino und analoges Außen.

*

20 Uhr im Blauen Haus. Feier zum Hörspiel des Jahres. Herbert Kapfer, Bernhard Jugel, Barbara Schäfer, Heiner Link, Harry Lachner, Susanne Herzig, Clemens Knaupp, Anja Scheifinger, Michael, Thomas Emmerling, M+M, Fritz Ani, Judith Schnaubelt, später stößt noch Albert dazu, der gerade aus Frankfurt gekommen ist. Freut mich sehr. Entspannter Abend.

M+M sollen ihr Jack Torrance-Buch bei Michael vertreiben. Da gehört es hin. Fritz findet die WELT nur in Teilen okay, hat gegens Feuilleton aber auch nichts einzuwenden. Lange Diskussion, er hält es für sehr wichtig, vor Schulklassen zu lesen, was ich ablehne, weil immer etliche Schüler dazu gezwungen werden. Fritz hält derlei Arbeit an der Basis per se für beglückend, für absolut notwendig, redet sich in Rage, der letzte aufrechte Frontaufklärer –

vielleicht hat er recht. Wenn man den einen Schüler erreicht, der erreicht werden will, kann auf die anderen geschissen sein, das stimmt, ich möchte dennoch von solchen Missionstätigkeiten befreit bleiben. Habe Verständnis und Respekt für alle Autoren, die sich mit Lesungen finanzieren und dabei noch eine Erektion verspüren, allein – für mich ist das nichts.

Susanne, die hervorragendste Tontechnikerin, die ich kenne, gepriesen sei ihr Name, bekommt vom schwankenden Kellner, unforced error, zwei Bier in den Rücken geschüttet, muß uns früh verlassen. Und muß mit der Kneipenleitung lange debattieren, bevor ihr die Reinigung ihrer durchnäßten Kleidung zugebilligt wird. Das ist unverschämt, der blöde Kellner sollte vor ihr auf den Knien um Vergebung winseln, stattdessen wird da geblödelt und gefeilscht, bis man sich endlich gnädig herabläßt. Wo sind wir? Das blaue Haus ist absolutes In-Lokal – aber kein Mensch weiß genau warum. Es sieht so steril aus wie eine Klinik.

Barbara will die Schmerznovelle als Hörspiel schon im September produzieren. Langsam wird mir klar, wieviele Aufträge ich angenommen habe. Wer soll das alles schaffen? Ich kann froh sein, daß sie den Cäsar nicht auch noch im Programm haben möchte. Sie wird sich deswegen noch in den Arsch beißen. M+M sind einfach liebenswert, ich geh immer recht grob und süffisant mit ihnen um und hoffe, daß sie es nie in die falsche Kehle bekommen. Villa Massimo-Kollegen. *Ein Highlight meines Daseins,* so zitieren sie den Spruch aus einem meiner Interviews. Anglizismus + Schwerdeutsch – funktioniert, hält sich die Waage. Mit Herbert über die alten Pop Sunday Zeiten geredet, die eine Art frühen Poetry Slam darstellten, jeder konnte kommen und einen Text präsentieren, wer eben da war, hat darüber debattiert und geurteilt. Bei einfacher Mehrheit wurde die Sendung produziert, so einfach. Und wenn ein Autor frech genug war, mehr als zwei Gäste mitzuführen (war ich nie), konnte er sich praktisch die Stunde Sendezeit erzwingen. Und 400 Mark Honorar. (Was damals einer Extraportion Manna gleichkam.) Kaum zu glauben, daß es sowas mal im öffentlich-rechtlichen Funkraum gegeben hat. Thomas produziert seine Walzer-CD erst im Sommer. Hat einen guten Tenor zur Hand, für die drei Lieder. Soll er halt mal machen.

Merkwürdig, diese drei Lieder für Tenor und Klavier sind kammermusikalisch das Beste, was ich je geschrieben habe, dennoch ist es mir fast egal, ob das bald rauskommt oder nicht, so geduldig bin ich geworden.

*

Spätnachts ein Mail von Tom, der mir gratuliert und *Unbreakable* als «Schmarrn» bezeichnet. Punktum. Mehr ist dazu auch kaum zu sagen.

Für UC:

Ein sehr dünnes T-Shirt aus Microfaser, luftig und glatt wie Samt. Über den Schultern V-förmig ausgeschnitten, sieht es lasziv an ihr aus, ihre Haut ähnelt der Farbe des Stoffes, so daß beim flüchtigen Hinsehen ihre Schultern entblößt wirken. Und ihre Haare, die weit um ihren schmalen Kopf wippen, berühren mit den Haarspitzen gerade eben so die Haut, gerade eben so, wie auf den Millimeter präzise berechnet. Sie ist zierlich und besitzt ein klingendes Lachen, das sich mit vielen Obertönen in mir fortsetzt. Sie kam, wie eine Jahreszeit kommt, und unsre Tage sind gezählt. Wir kennen uns nicht, tauschen keine Geschichten aus.

Die Zärtlichkeit, die uns verbindet, ist ein Mal, keine Linie.

Wir versprechen einander nichts, wir halten uns fest. Lassen wir los, wird nichts von dem, was jetzt geschieht, jemals wiederholbar sein. So, in einer Zeitkapsel, genießen wir die Intimität zweier Fremder, die einander in Ehrfurcht betasten, dezent, doch von sonderbarer Innigkeit. Meine Finger streichen über ihre Haut. Ich denke darüber nach, was es heißt, sie zu verlieren. Sie geht verloren, weil ich darüber nachdenke.

17. 1.

Anruf bei Marcel. Soll mir die korrigierten Fahnen schikken. *OktoberNovemberDezember*-Taschenbuch verkauft sich nach gutem Start schleppend.

Anruf eines Menschen von *Scripthouse,* kleine Berliner Firma, die mein Puccini-Drehbuch unter Vertrag nehmen und an Produzenten vermitteln will. Aber das wird nichts werden, weiß ich jetzt schon, das hör ich aus der Art heraus, wie dieser Mensch am Telefon vom Stoff spricht. «Wir werden sehen, ob sich unsere Visionen treffen können.» Wer heutzutage alles Visionen haben darf und nicht in der Anstalt sitzt. Die Filmbranche ist voller Typen, die glauben, alles besser zu können als ich. Selbst T., der im epischen Opernmelodram nun wirklich nicht zu Hause ist, glaubte mir sagen zu müssen, daß aus diesem Drehbuch nie ein Film werden wird. Ja, weil sie alle Ungläubige sind.

Ich sage, daß der Stoff nur so, nur mit *diesem* Drehbuch in idealer Weise verbildert wird, denn ich bin der creator spiritus, der very big massa, habe im Kopf die Endvision, mit Gesichtern, mit Musik, mit dem Schnitt, ich trage den Film in mir, sehe ihn – und es ist einer der besten Filme aller Zeiten – aber niemand hat Vertrauen zu mir. Sie sagen, daß ich lüge.

Aber warum sollte ich sie anlügen wollen? Das mit der Kunst ist schon eigenartig.

*

Nachmittags den Partien in Wijk an Zee zugesehen. Morosewitsch verliert mit Weiß gegen Adams – und wenn er verliert, dann sieht das meist so grausam aus, als hätte ich gegen Adams gespielt. Hab dabei heute im Dreiminutenblitz ein paar 2500er getupft.

*

Merkwürdige Zeiten waren das damals. Man konnte sich auf nichts mehr verlassen. Jahrelang bliesen Eiswinde aus dem Norden bis weit in südliche Gefilde, ließen Gletscher wachsen und machten selbst die Sommer zu klirrend kalten Wintern. Aber innerhalb kürzester Zeit spielte das Klima verrückt. In nur wenigen Jahren verwandelte sich die nördliche Hemisphäre in ein Treibhaus. Die globalen Temperaturen stiegen in nur zehn Jahren um bis zu zehn Grad Celsius an.

Diese extremen Klimaschwankungen fanden am Ende der letzten Eiszeit statt, die vor 100 000 Jahren begann und vor rund 10 000 Jahren zu Ende ging. Zeugnisse dieser Klimakapriolen finden sich zum Beispiel im grönländischen Inlandeis. In dem 3000 Meter mächtigen Eispanzer zeichnen sich die wechselnden Jahreszeiten und die Klimaschwankungen wie Jahresringe eines Baumes ab. Auf diese Weise läßt sich das Wettergeschehen der letzten 200 000 Jahre dokumentieren.

Und genau dort lässt sich ablesen, daß es mehr als zwanzig Mal zu plötzlichen Erwärmungen um bis zu zehn Grad innerhalb eines Jahrzehnts gekommen war. Diese als Dansgaard-Oeschger-Ereignisse (D/O-Ereignisse im Fachjargon) bekannten Klimaabweichungen erwärmten zumindest den gesamten Nordatlantikraum und dauerten jeweils einige hundert bis tausend Jahre an.

Auch in den Sedimentablagerungen auf den Meeresböden der nördlichen Eismeere finden sich die Zeugnisse dieser Fieberkurve des Erdklimas.

Der ungewöhnlich warme Klimazustand in der letzten Eiszeit kam immer dann zustande, wenn das warme, tropische Oberflächenwasser bis weit in den Norden vordringen konnte. Dieser Strömungszustand entspricht in etwa dem heutigen Golfstrom. Er sorgt dafür, dass selbst der hohe Norden Skandinaviens noch bewohnbar ist und nicht unter einem Meter hohen Eispanzer begraben liegt. Heute waren bei uns die Monteure, haben die kaputten Heizungen repariert, jetzt ist es wieder wohlig warm im Haus.

*

X. besitzt alle Scheiben von Nick Cave. Er ist ein Fan. Er ist auch nicht besonders arm. Und ist stolz darauf, kritischer Konsument zu sein. Kein Depp der westlichen Konsumentendemokratie, die er schwer verabscheut.

Aber als neulich eine Best-of-CD herauskam, geschah Sonderbares: Er ging in den Plattenladen, mit Stift und Notizblock, und schrieb sich die Reihenfolge der ausgewählten Songs auf, ging dann nach Hause und stellte sich ein Tape aus den Originalen zusammen.

Ist das furchterregend oder was?

Abends die DVD von *Dogma*. Gott wird von Alanis Morissette gespielt. Das ist alles so unglaublich schlecht, daß man nicht einfach aufstehen und abschalten kann, man muß es sich bis zum nicht endenwollenden Ende geben. Als Geißelung. Und dieser Film stammt vom gleichen Regisseur, der *Clerks* gemacht hat. Als der Abspann geschafft ist, bringt Beatrice den Witz des Tages: «Wir haben noch Bonusmaterial.»

Harald Schmidt verbrät genüßlich die BILD-Schlagzeile: «Boris und das Russen-Model: War es Samenraub?»

Erinnert mich an eine Zeile aus *SpätWeitWeg*: *«Wenn man nicht aufpaßt, behält sie den Saft im Mund und stopft ihn sich später unten rein.»*

✳

Conde meldet, daß er JvW kontaktiert hat und daß es ihm schon wieder viel besser geht.

Jakob findet die Idee, aus Leonie eine Korrektorin zu machen, exzellent. Der Text, den sie zu korrigieren hätte, böte eine zusätzliche Spielfläche.

✳

Sabrina Setlur läßt sich von dem ihr sabbernd ergebenen Harald Schmidt mühsam aus der Nase ziehen, wann und wo sie mit Boris Becker gefickt hat – und bedankt sich danach bei Schmidt wie bei einem Zahnarzt dafür, daß er nicht so viel gebohrt hat. Und Schmidt bedankt sich bei der mediengeilen Tusse noch, daß sie in die Sendung gekommen ist – «Andere hätten abgesagt ...»

Nicht mehr witzig. Nur eklig.

✳

Keks an sich ist schon ein komisches Wort, ohne jedes Beiwerk.

Ein tragisch-melancholisches Gedicht mit Keks darin

könnte ich mir kaum vorstellen, sei denn, es handelte sich um einen Scherzkeks, der alt und grau und bitter geworden ist und niemanden mehr zum Lachen bringen kann.

Woher kommt das? Was ist das Komische an *Keks*? Die Annotation der kindlichen Gier?

Die hinzuimaginierte lispelnde Aussprache des Wortes? Könnte man viele Seiten damit füllen. Aber wie Aristoteles' Poetik über die Komödie bleiben sie der Welt besser vorenthalten.

*

Gott ist tot – eine Zeitgeist-Diagnose, die man stets als Schlußstrich mißverstanden hat, nicht als die erste Aufforderung, ihn zu reanimieren. Was logisch ist, wenn der Satz für die Zukunft einen Sinn besitzen soll. Nietzsche wußte, was er nicht sagen durfte, und ging daran zugrunde.

Schafft uns bessere Götter, dann werden wir auch bessere Menschen sein.

Zu wissen, was Fakt ist, aber auch um die Schönheit der virtuellen Konstrukte zu wissen. Update der Götter. Der Genuß, den sie uns geben, ist ebenfalls Fakt.

Man kann ein Leben lang diverse Formen einer posthumen Existenz entwerfen und dennoch im Hinterkopf ein nüchtern-zukunftsloses Bild seiner Zukunft bewahren. Was wir im Innersten denken, kann gegenüber dem virtuell Konstruierten nicht den Anspruch erheben, Wahrheit zu sein, allerhöchstens eine Faktensammlung, ein Konglomerat angeblich vorläufig gesichert vorliegender Erkenntnisse oder Wahrscheinlichkeiten, ein dürftiger Haufen Empirik in einem zauberhaft ungebändigten Kosmos.

Gerade die Offensichtlichkeit eines mangelnden göttlichen Eingreifens könnte man als Argument für seine Existenz verwenden, indem er uns die Größe des Lebens uneingeschränkt beläßt, Größe, die aus Ambivalenz entsteht, die Schönheit wie Grausamkeit benötigt, Schöpfung und Vernichtung.

Man darf das Böse ablehnen und nach dem Guten streben, solange man darum betet, daß keins von beiden jemals endgültig die Oberhand gewinnen wird. Da der Mensch eine sehr flüchtige Entität darstellt, ist ihm jeder Teilzeiterfolg gegönnt, ohne daß dadurch das große Spiel aus dem Gleichgewicht gerät.

Das Universum schien bisher sehr groß, zu groß. Ich meine: es ist immer gerade groß genug.

Anders als zu groß, würde es uns enttäuschen. Anders gesagt: Entweder ist das Universum zu groß – oder wir. Es flieht vor uns, dehnt sich aus, vielleicht nur deshalb, weil wir es verfolgen. Wir Menschen sind einzeln so lächerlich, wie wir als Art einzig- und großartig sind. Ambivalenz in allen Dingen, den kleinen wie den großen, gewährt die Magie der Unsicherheit.

War das Zwanzigste ein düsteres Jahrhundert? Objektiv nein. Sehr lange Friedensperioden. Große Entdeckungen. Großer politischer Fortschritt. Meilensteine der menschlichen Selbsterkenntnis. Verrohung des ästhetischen Empfindens? Selbst das stimmt nicht. Verfügbarkeit aller geistigen Genüsse, auch für Schichten, die vordem niemals Zutritt erlangt hätten.

Im letzten Dezember fühlte ich eine fast pubertäre Sucht, aufbegehren zu wollen, zu sagen: bis hierher und nicht weiter – und habe seither Probleme damit, das zu konkretisieren. Etwas völlig anders zu machen, bedeutete ja, ich hätte bisher etwas ganz falsch gemacht.

Hab ich das? Und wenn – würde ich mir das eingestehen? Ja – und lieber heute als morgen. Aber die Bereitschaft zu Eingeständnissen bringt nicht notwendigerweise ein neues Spielfeld. Man ist nicht plötzlich geläutert und war vorher Idiot, eher umgekehrt. Muß obachtgeben, damit nicht mein persönlicher Verfall zu verfälschten Ergebnissen führt.

Zum Beispiel: Ich bin vom Kapitalismus nicht sehr begeistert. Aber wenn ich mich hinsetze und lange drüber nachdenke, komme ich immer zu dem gleichen Schluß: Demokratie und Kapitalismus sind unabdingbar miteinander verbunden. Mein Menschenbild entspricht mehr dem von Hobbes als Schopenhauer, homo homini lupus, der Kapitalismus ist die natürliche Entsprechung dieses Menschenbildes. Jeder regulative Eingriff in dieses System bedeutete einen Schritt weg von der Demokratie in irgendeine oligarchische Repressionsform.

Kritik am Kapitalismus, die ernst genommen werden will, dürfte demnach Kritik an der Demokratie nicht grundsätzlich ausschließen. Und diesen Tabubruch (mit dem ein Depp wie Zizek grad durch die Gazetten geistert) hielte ich für sehr gefährlich. Trotz all ihrer Schwächen gibt es keinen vernünftigen Grund, die Demokratie fahrlässig in Frage zu stellen. Viele Mißstände, die der Kapitalismus verursacht, könnten gemindert oder beseitigt werden, wenn a. der Weltstaat Wirklichkeit wird und b. dem Kapital ein sozialer Unterbau abgetrotzt werden kann, der dem Individuum eine Mindestversicherung bietet. Und ich glaube fest daran, daß der Weltstaat das logische Ziel der bisherigen politischen Entwicklung ist. In diesem Sinne werde ich vieles äußerst pragmatisch beurteilen, um den Weg dahin nicht mit letztlich sinnlosen Debatten zu verlängern.

Wie heute schon mal gesagt: Man könnte dicke Bücher schreiben über dies alles. Und man erspart es sich, weil es nur Bürokratie wäre, die andere für einen besser erledigen, erledigen werden.

✳

Ständig mit dem Vorwurf leben zu müssen, man hätte nichts Genaues gesagt – aus dem Wissen heraus, daß Genauigkeit in diesen Dingen etwas sehr Vergängliches, schnell Überholtes sein müßte. Entwertet, sobald aufgeschrieben. Und als Gaukler zu gelten, mit Recht –

✳

Für UC:

Wenn eine Spanne Zeit, wir hatten nur drei Tage, ein Zelt bildet, das stehenbleibt. Und man dorthin zurückkriechen kann. In eine Wabe aus Erinnerung. Und die Hülle hält.

Das Wesen des Wesentlichen liegt im Apodiktischen, ansonsten es trivial wäre.

✳

Seit Jahrhunderten kann ein formal unbegabter Literat immerhin – und immer noch – mit dem Mut zur Ehrlichkeit reüssieren. Einfach, indem er eine neue Schicht vom Menschen abträgt und dessen Ich hinter vielen Moden und Masken zeigt, nicht hinter allen, noch bleibt genug aufzudecken. Wenn der Mensch dann einmal völlig nackt, ohne Geheimnis vor uns steht – und wir alle uns in diesen nackten Menschen verwandelt haben werden – wird es dann eine umgepolte Literatur geben, die seiner Blöße ein neues Kleid überwirft? Und sich nicht als reaktionär empfindet?

Es muß so sein, sagen die Zyklen. Und ist doch heute undenkbar.

18. 1.

Der Donnerstagnachmittag ist der beste Termin, um in die Metro zum Großeinkauf zu fahren. Gastronomisch hat sich in den letzten drei Jahren hierzulande viel getan, es gibt praktisch nichts mehr, für das man in die Fremde fahren müßte. Die Metro verfügt über eine neue und ganz ausgezeichnete Frischfischabteilung, deren Angebotsspektrum es mit jedem römischen Markt aufnehmen kann. Und was nehme ich mit? Ein Kilo Vongole, die es mit denen in Rom natürlich nie und nimmer aufnehmen können.

✳

Post: Nur Rechnungen. Ich verschleudere meine Zeit mit Internet-Blitz.

Morosewitsch gewinnt zum dritten Mal mit Schwarz. Am Schluß seiner Partie gegen Tiviakov hat er vier verbundene Freibauern, die auf den Gegner zukommen wie damals die bösen Raumschiffe in *Space Invaders*. Space Invaders – hab ich je wieder ein Automatenspiel mit solcher Inbrunst gespielt? Hat so manchen langweiligen Urlaub gerettet.

✳

In der AZ ein langer Artikel über die Renaissance des Teufels als Kunstfigur, vor allem im Film. Der Bagarozy wird als Pionierarbeit (natürlich nicht) erwähnt. Ich habe ja lange drauf gehofft, daß das Buch nochmal verfilmt wird, diesmal in Amerika. Aber dazu hätt ich mir drüben einen

Agenten nehmen müssen. Im Dedalus-Verlag erschienen, wurde das Buch in den USA kaum wahrgenommen, trotz sehr guter Kritiken.

*

Abends *Seven.* Weiterhin schwer erträglich, trotz besten Willens meinerseits. Diese künstliche Dauerdunkelheit macht noch keinen düsteren Film, nervt einfach nur. Nichts kommt schlimmer als eine Überdosis Stilmittel.

Beatrice und ich alberten den ganzen Tag herum, wie jeden Tag, aber soviel Sex hatten wir seit zwei Jahren nicht. Kaum Post, kaum Anrufe und *Seven* im TV. Beste Voraussetzungen.

*

Im Nachtkonzert das Violinkonzert von Schumann. Musik kurz vor der Anstalt, doch so gar nicht geisteskrank, nur uninspiriert. «Geisteskrank» ist stets gleichzusetzen mit «geistesschwach». Eine kreative Form der Geisteskrankheit würde nie als solche benannt werden, tausend Euphemismen ständen hilfreich zur Verfügung. Es ist sehr erschreckend, daß ein vom Leben geschlagener Mensch noch so komponieren kann – formal sauber, ganz und gar nicht anstößig, ohne eine Spur von Wahnsinn, aber eben unspektakulär bis langweilig. Offenbart die Routine, die noch vorhanden ist, wenn sich alles andere längst verabschiedet hat. Routine ist etwas sehr Gefährliches. Manchmal hilft sie einem über schwere, unfruchtbare Zeiten hinweg und ist doch sowas wie die erste Stufe des körperinneren Zombies, dem man eine Kugel in den Kopf jagen müßte. Sollte ich je das Gefühl bekommen, nur mit Hilfe der Routine noch etwas zustande zu bringen, werde ich das Handtuch werfen. Für ausgeschriebene Autoren ist dies die letzte Gelegenheit, in ihrer Karriere zu brillieren – die Konsequenz, in der sie das Handtuch werfen. Hemingway war superkonsequent in dieser Hinsicht, blies sich einfach die Schädeldecke weg, ging auf Nummer Sicher. Man kann dagegen einwenden, daß zur Feier des Lebens auch ein genußreiches Dasein im Ruhestand möglich sein müßte.

Man sollte das Schreiben, solange es einem möglich ist, so ernst nehmen wie gar nichts sonst, und sollte, wenn es nicht mehr geht, genauso leicht davon loslassen können. Das ist das Geheimnis. Ich verehre vor allem die unspektakulär Dahingegangenen. Etwas ernst zu nehmen, bedeutet nicht, es auch für lebenswichtig zu nehmen. Ansonsten nähme man sich selbst für sehr viel wichtiger, als man ist. Ein Leben, das nur dank der eigenen Kreativität für stilvoll und lebenswert gehalten wird, ist eine Beleidigung des Lebens an sich – und offenbart ein Denken, das nicht arg weit in den Kosmos vorgedrungen sein kann. Jeder Sonnenaufgang ist wert, ihn zu verehren, ob man ihm ähnliches entgegensetzen kann, nimmt er gar nicht wahr.

✳

Am wahrscheinlichsten: Das kapitalistische System wird noch längere Zeit prosperieren, kurz vor seinem Zusammenbruch aber wird es von der Technologie gerettet werden. Endlose Energieressourcen, wie sie die Sonne bietet, erschlossen bei geringem Aufwand, würden alle wesentlichen Probleme lösen.

✳

Ich trug mein Zimmer Schicht für Schicht ab, bis nackte Wände blieben. Aber weiß – werden die nie mehr.

Mein Kopf besitzt Organe, durch die die Welt ein und aus geht. Bei vielen geht die Welt ein wie eine durstige Pflanze und aus wie Kerzenlicht im Wind.

*

Sinn – ein Spiel, so vielfältig wie nicht durchschaubar, sei denn, man betrachtet es aus weiter Entfernung, reduziert um jegliches Detail. Wir alle sind Details, doch wären wir auch alle fähig, Distanz zu gewinnen, das Spiel als solches zu enttarnen. Dienende – sinnreiche – Größe liegt hernach darin, sich wieder ins Spiel einzufügen, weiterzumachen, mit all dem Wissen im Hinterkopf dennoch der Zukunft die Spielfläche zu erhalten und zu pflegen, wie ein Rasenwart im Dorfstadion, degradiert vom Posten des unnützen Visionärs zum kleinen Zahnrad, zum Zwangsvollstrecker winziger Regieanweisungen. Wir sterben, weil wir Gott sonst irgendwann zu nahe kämen. Gott aber (wir) – ist außer sich.

Wann wird in mir je wieder diese Beschwingtheit sein, jene dubiose Vor-Verbundenheit mit dem Zu-Erschaffenden? Der Zauber, wenn man – und auf italienischem Boden! – Turandot zum ersten Mal hört und Bäume umarmt, sich mit dem besten Freund aufs Blut zerstreitet, bereit ihn zu töten, bereit, von ihm getötet zu werden, beides ein Akt der Liebe aus Ekstase …

19. 1.

Weiterhin Sonnenschein, es ist milder geworden, doch taut es nicht.

*

Leibesübungen Richtung *Ultrachronos*. Zeit, beobachtet, dehnt sich aus. Es gilt praktisch, den Flug des Tischtennisballes in einen Zeitvektor zu verwandeln, in ein Symbolon wie den Sekundenzeiger einer Uhr. Tatsächlich habe ich zunehmend Erfolg und empfinde (ob ich sie habe, weiß ich nicht, kann ich als Partizipiant ja nicht messen) deutlich mehr Zeit, mich richtig zum entgegenkommenden Ball zu stellen. Das Ganze fordert sehr viel Konzentration und Kraft, aber ich glaube, man könnte die Wahrnehmung des Ballwechsels sogar bis auf Zeitlupenniveau herunterschrauben. Die Frage ist, ob man sich in einer solch gedehnten Welt nicht auch selbst nur auf Zeitlupengeschwindigkeit bewegen kann? Ein bißchen schneller nur zu sein würde genügen, um den Beweis zu führen, daß kein Wahngebilde vorliegt, sondern eine Ebenenverschiebung. Geistige Energie, die sich in die Zeit spreizt und Zwischenzeiten schafft.

Ich bin der Erfinder der virtuellen Religion und der virtuellen multiplen Persönlichkeit. Das sind zwei so riesige Themen – und ich habe keines von beiden je mit irgendeiner theoretischen Schriftgrundlage versehen. Aber wie auch? Bin ja Pionier, erlebe quasi einen Feld- und Selbstversuch, muß erst noch feststellen, wohin das führt. In Göttern zu denken habe ich mit 20 begonnen, war keine Sache des nach Sinn haschenden Alters. Und die virtuelle multiple Persönlichkeit ist organisch geworden, ich bin tatsächlich eine multiple Persönlichkeit, aber die meisten von uns sind sehr nett. Ursprünglich war ich 12 Dichter, jetzt sind wir nur noch zehn Dichter und zwei Komponisten.

✳

Mail von HCSchmid: Der französische Film wird gemacht, was ihn seltsamerweise noch darin bestärkt, den Stoff auch selber umzusetzen. Das gefällt mir. Jetzt muß er nur noch C&W überzeugen. Ich will das Drehbuch unbedingt schreiben, die Story ist, Mord für Mord, wie für mich begangen worden.

Die ZEIT schickt eine «Honorargutschriftsanzeige». DM 600,–. Wollen die mich verarschen? Das Dreifache wäre mindestens angebracht gewesen.

In die Stadt. Bea: «Gib obacht. Überall lauern die Samenräuberinnen!»

Im Hugendubel gesehen: Oliver Kalkofe mit Freundin. Kauft sich die DVD von *Leoparden küßt man nicht* mit Cary Grant und Katherine Hepburn (DM 29,90). Hab ihn nicht angesprochen.

Kuriosum: Ein VHS-Tape mit drei Kurzfilmen: *Balance/Trott/Lob des Anrufbeantworters* mit zusammen 21 Minuten Laufzeit kostet DM 39,80. Würde mich wahnsinnig interessieren, wieviele davon verkauft werden.

Die Stein-Abteilung beim Karstadt. Vor zehn Jahren hätte ich hier alles aufgekauft. Es gibt Chrysoprase, Botswanaachat, Orangencalzit, Mahagoniobsidian, Dalmatinerjaspis, Apachentränen, Hellotrope, Turmaline, Amazonite, es gibt versteinertes Holz (ca. 220 Millionen Jahre alt), versteinerte Dinosaurierknochen etcetera. Früher habe ich gerne mit geschliffenen Steinen gespielt, habe sie durch meine Finger gleiten lassen, ihre kühle Glätte gespürt und die Gedanken schweifen lassen. Das waren Momente voller Stille und Intensität.

Die neuen Trambahnen sehen so schön aus, haben riesige Fensterflächen, gleiten ganz lautlos durch die Straßen. Ich verstehe nicht, wie man Trambahnfahren für prollig halten kann. Ist besser als Taxi, wenn man einen Sitzplatz bekommt. In Rom hab ich meine Liebe zur Trambahn wiederentdeckt.

*

Auf dem Weg nach Hause kurz in den Club gesehen. Nie hätte ich früher einen Freitagabend im Schachclub versäumt. Freitagabend war immer das Höchste, der Gipfel der Woche. Aber jetzt ist alles anders geworden, die Atmosphäre ist nicht mehr dieselbe, ich bin nicht mehr derselbe. Aber was hat sich genau verändert? Schwer zu sagen. Nicht in drei Sätzen und nicht in zehn.

*

Mail: H. zieht zu ihrer neuen Liebe. Läßt mich mit einem Nebensatz («das mach ich schon bald, damit mein Bauch dann nicht kugelrund ist») wissen, daß sie die letzte Ausfahrt genommen und die Kindkarte gezogen hat. Noch eine. Sie ist auf den Tag genauso alt wie ich, vier Stunden älter. Nicht nur deshalb bestand zwischen uns immer eine gewisse Verbundenheit, ich konnte mit ihr über fast alles reden, auch wenn wir uns Monate nicht gesehen hatten, die Vertrautheit war schnell wieder hergestellt. Hätte nicht gedacht, daß sie ihr Leben nochmal so radikal umkrempelt.

*

Abends ein Färberböck-Film, *Jenseits*, der im eigenen Anspruch ertrinkt, mehr sein zu wollen als ein Fernsehspiel. Girgl ruft zwischendurch an, läßt sich von Bea erklären, wie man den Videokanal in unserem alten Fernseher findet und speichert. Warum sieht er sich stattdessen nicht *Jenseits* an? Komisch. Färberböck soll Girgls *Alles was zählt* verfilmen, da müßte er sich doch dafür interessieren. Und wenn man *Jenseits* gesehen hat, muß man für *Alles was zählt* Schlimmes befürchten, denn die Thematik ist recht ähnlich – Erfolgsmensch, in dessen Alltag die Katastrophe einbricht. Girgl muß sicherstellen, daß der Film witzig und böse wird. Aber auch keine Klamotte. Ganz schwierig.

Danach gucken wir noch eine bizarre DVD aus Japan, einen Manga namens *Miko Mida – La blue Girl* – alle westlichen Comiczeichenstile wild durcheinandergeworfen, abstruse Geschichte, plötzliche Sprünge, unmotivierte Zeitlupen, sehr viel Gewalt, viel Sex, viele Vergewaltigungsphantasien, komische Monster, garstige Gauche, abgetrennte Gliedmaßen – und dennoch ist das alles ganz harmlos. Wen das erregen soll? Dabei finde ich Comicpornos oft geil. Bildungslücke geschlossen.

Zur Nacht noch Musil, das Weltbild des Grafen Leinsdorf, darin ein sehr schöner Satz:

Mit dem zuklappenden Buch klappte auch sein Gesicht zu, mit dem wortlos befehlenden Gesicht klappte auch der Sekretär zu einer ergebenen Verbeugung zusammen …

Ansonsten das Musterbeispiel für postkakanische Polit-Aufarbeitungsprosa, die im Romankontext schleppend und unsinnlich wirkt. Dergleichen muß man in drei Sätzen zusammenfassen oder ein eigenes Buch darauf verwenden. Das vorherige Kapitel war dagegen ganz wunderbar, die Vorstellung beim Grafen v. Stallburg, da wurde alles Wesentliche dieses Staates bereits in der Schilderung des Schlosses dargelegt.

*

Pula, Juli 87 – ein Schachturnier. Am Abend vor der letzten Runde gab es am nördlichen Ende der Hotelanlage ein Grillfest, eine Band spielte unter Pinien, mit einer ziemlich hübschen Sängerin. Ihre Stimme war sehr geschmeidig und turnte mühelos zwischen drei Oktaven hin und her. Ich kann mich an nur ein Lied erinnern «Solid as a Rock» – der Song war im Jahr zuvor ein Hit gewesen, und sie sang ihn mit etlichen Ornamenten, heftigen Sprüngen, von einer rauchigen Tiefe hinauf, bis ihre Stimme kontrolliert umschlug und in sexy Kieksern endete, die sie mit letztem Atem in eine Art Schnurren verwandelte. Ihr Auftreten paßte hingegen viel eher zum Sozialismus, fast bewegungslos stand sie da, wippte kaum zum Takt, und wenn sie zum pathetischen Refrain die Arme ein wenig wie zum Gebet anhob, war das das Äußerste an Gestus, das sie sich erlaubte. Oder das man ihr erlaubte. Ich wußte nicht, welche Regeln man ihr auferlegt hatte. Ich dachte darüber nach, weshalb diese Frau mit dieser Stimme hier an diesem Ort sang, von einer mittelmäßigen Hotelkapelle begleitet.

Wäre sie wenigstens häßlich gewesen. Ich war 23 und

nahe daran, sie anzusprechen, mir eine fiktive Biographie zuzulegen, mich als Musikagent auszugeben, mich an ihr interessiert zu zeigen. Hätte sehen wollen, wie sie reagiert. Wollte erfahren, was sie in diesem Land, bei diesen Menschen hielt, ob da ein Mann war, am Ende einer aus der Band, dem sie sich verpflichtet fühlte. Es mußte ja so sein. Mit einer Stimme wie ihrer kann man selbst in der Provinz nicht lange unentdeckt bleiben. Sie war Ende 20, Anfang 30 – und bestimmt nicht etwa am Beginn ihrer sängerischen Laufbahn. Aber ich hatte den Mut, sie anzusprechen, nicht – und am nächsten Tag verlor ich die letzte Partie, landete im Mittelfeld und fuhr per Anhalter nach Deutschland zurück.

*

Kein Fluß empfindet doch
die Brücke, die ihn überquert, als Joch.
er nimmt sie überhaupt nicht wahr
er nimmt seinen Lauf
und nichts, gar
nichts hält ihn auf.

20. 1.

Viel zu früh aufgewacht.

Apropos letzte Ausfahrt: Auch Gabi Bauer, meine geliebte Tagesthemenmoderatorin, hat sie noch erwischt. Mit 38.

Gregory Corso ist tot. Ein Name, den man in Deutschland kannte als Teil der Beatniks um Ginsberg, Kerouac und Ferlinghetti, dessen Texte aber kaum wer gelesen hat. So wie sich Cesar Cuis Name als Teil des mächtigen Häufleins erhalten hat, obwohl schon lange keine Musik mehr von ihm zu hören war.

Und Clinton nimmt Abschied. Uns aller lieblicher Lausbub. Hinter dem Gesicht von G.W. Bush dagegen lauert die Fratze des Teufels. Für die Europäer ist er ein Glücksfall, dennoch hat mich sein Sieg erschüttert, ich bin viel weniger antiamerikanisch, als man mir oft vorwirft. Die europäische Emanzipation im Sinne einer wiedererstarkten Gegenkultur dürfte nie die Verdienste Amerikas über Bord werfen, alles andere wäre reaktionär.

Kleine Meldung im Teletext:

Durchbruch bei Lichtstrahlenforschung: Forscher in den USA *haben erstmals Lichtstrahlen gestoppt, gespeichert und anschließend wieder ausgesendet. Der Eingriff sei ein Meilenstein, der die Geschwindigkeit von Computern und die Kommunikation vorantreiben werde, schreibt die NY-Times. Es bedeutet, daß Wissenschaftler nun die schnellste und flüchtigste Form von Energie beeinflussen können.*

Mehr als Grund genug, ein Glas Sekt zu trinken. Auf uns! Man hat weiterhin festgestellt, daß Singvögel nachts vom

Singen träumen. Bei der Untersuchung der Gehirnaktivität von Zebrafinken ist ein Biologe nach Vergleich der Nervenzellen-Aktionsmuster zum Schluß gekommen, daß die neuronalen Muster nachts als Gedächtnisübung abgerufen werden.

*

In der Literarischen Welt ein interessanter Artikel von Volker Barnow über die große Schnittke-Retrospektive der BBC und die weiteren Aussichten dieses Komponisten, dessen Polystilistik (die «durch Fälschung und Gegeneinanderstellung überlebter Vorlagen deren Quintessenz herauskitzeln will, aber daneben auch absolut Eigenes vorzuweisen hat») eine Art Vorläufer meiner eigenen Poetik gewesen ist und mich immer sehr bestärkt hat. Schnittke zu hören, hieß einem Verbündeten lauschen, auch wenn er der christlichen Spiritualität verbunden war, das ist nebensächlich.

Meine *Kompositionen* haben dagegen eine völlig andere Absicht und Poetik als meine literarischen Arbeiten – merkwürdig, man sollte denken, daß das Anliegen eines Künstlers dasselbe bleibt, unabhängig von der Kunstform, die er benutzt – aber die bittere Wahrheit ist: man macht halt oft nur das, was man auch *kann*. Und in Sachen Tonsetzerei fehlt mir handwerklich noch einiges. Müßte zum Beispiel mal anfangen, für großes Orchester zu schreiben, trau ich mich aber nicht. Buuuah! Die Vorstellung, vor einem Orchester zu stehen, das mich spöttisch ansieht, wenn irgendeine Stelle scheußlich klingt – ich würde im Boden versinken. Bei Kammermusik kann man selbst im Aufnahmestudio noch vieles in Ordnung bringen.

Morosewitsch – Kasparov verläuft sehr blutarm, mündet in ein schnelles Remis, spektakulär ist heute nur die Partie des Tabellenführers Shirov gegen Van Wely. Shirovs Schach ist immer hart auf der thin red line zwischen Genie und Wahnsinn, und nie langweilig. Man muß ihm dafür sehr dankbar sein, denn zweifelsohne könnte er noch mehr erreichen, wenn er nicht in jeder Partie äußerstes Risiko ginge. Die Meute liebt ihn mehr als jeden anderen, und nimmt gerne in Kauf, daß ihr Liebling immer nur Zweiter oder Dritter bleiben wird.

Habe eine kleine Studie komponiert. Die erste seit fast zehn Jahren. Nicht allzuschwer.

W: Kb3, Te7, e5, c3

S: Ka1, Lh7, e4, f2

Weiß zieht und hält remis.

*

Der Monat steht wohl unter dem Motto «Fragwürdige Filme prüfen». Heute: *Millers Crossing*.

Wird allgemein hochgeschätzt, mir gefällt er auch diesmal nicht, obwohl ich mich ehrlich auf das Wiedersehen gefreut hatte und gespannt war. Die Bildsprache der Coens ist bereits hoch entwickelt, die Ausstattung hervorragend, die Dialoge aber sind wie von Kindern geschrieben, die zuviele schlechte Krimis gelesen haben. Die Charaktere interessieren mich einfach nicht, die überkonstruierte Story geht mich nichts an, zieht mich nicht in sich rein. Viel zu viel Gelaber. Wie ein roter Faden durchzieht den Streifen das enervierende Geklirre von Eiswürfeln in Whiskygläsern, das Geknarze von Ledersesseln; es sind lauter solche Einzelheiten, die mich aufregen, wie ein Telefon, das achtmal schellt, bevor jemand endlich den Hörer abhebt. Aber nicht nur. Gabriel Byrne versagt, kann die Vielschichtigkeit der Figur nicht transportieren, bleibt blass, die Frau – ist nur die Quotenfrau in einer Jungsgeschichte. Der Film ist kalt wie Eis, und selbst die Ausstattung richtet sich am Ende gegen das Produkt, wirkt in ihrer Eleganz und Ausgesuchtheit glatt und overstyled. Wunderbare Ideen, die Szene mit dem Perückendiebstahl oder die Kamerafahrt durch die Baumkronen z. B. – bleiben Ausnahmen. Die wesentliche – und angstmachende – Erkenntnis: Im Tagebuch kann und darf ich so über den Film schreiben, als Kritiker würde ich vielleicht wohlwollender urteilen, erstens aus der Rezeptionsgeschichte heraus, weil ich genau weiß, daß anderen Menschen die oben genannten Schwächen ganz offensichtlich nicht so sehr aufstoßen, zweitens natürlich aus der Barton-Fink-Schande heraus. Aber das wäre falsch, wäre keine Demut, kein Signum der Reife, sondern Feigheit und Kapitulation. Immer sagen, was man denkt. Notfalls irrt man sich eben. Wieder und wieder.

*

Was ich an Bruckners Fünfter, seiner am schwersten zugänglichen Symphonie, so hinreißend finde: Ein paar Takte, nachdem das Orchester zusammengekommen ist, wird, wie nebenbei, nach dem Sinn des Kosmos gefragt. Gleich aber tragen die Streicher den Kuchen auf, die Blechbläser schenken Tee in die Tassen, eine gute Stunde wird über dies und jenes geplaudert, erst wenige Takte vor dem Schluß fällt allen die Frage von vorhin wieder ein, ebenso beiläufig, aber sehr bestimmt und unisono wird sie beantwortet, und das Orchester geht mit «War das heut wieder schön hier»- und «Bis denn dann beim nächsten Mal»-Floskeln auseinander.

Musik als Lingua Franca der kosmischen Entitäten, in irdische gesprochene Sprachen nicht zu übersetzen.

✳

wie ein meteor sich in den spielplatz
eines kindergartens bohrt und hochzeit
mit der magma feiert so nicht anders
ohne alle rück und vorsicht muß das
knallen ineinander wollen platzen

und so sanft sich mischen wie der fluß
im ozean erlischt

✳

Die Brücke von Remagen. Unterschätzter Film, den man erstaunlich oft sehen kann. Mir ging es nun schon dreimal so, daß ich jeweils halb versehentlich reingerutscht bin und ihn dann bis zum Ende gesehen habe.

d.d. ist vielleicht ein depp. d.d.-theater ist todesscheiße. d.d. werden wir nicht los. heute viele haßphantasien. listen erstellt, jener leute, die man erschießen müßte, damit das theater von den gröbsten eiterherden der pseudokultur befreit wäre.

*

Nachmittags den Entwurf des Drehbuchs aufgezeichnet. Beatrice schiebt mir zwei gefrorene Kirschen in den Mund. Eine Viertelstunde später allergische Reaktion in Mund, Nase, Augen. Unglaublich. Mit 34 bekam ich aus dem Nichts diese Allergie gegen Stein- und Kernobst, kann seither keinen Apfel mehr essen, ohne daß mir der Mund pelzig wird. Keine Kirschen, keine Birnen, keine Pflaumen, keine Pfirsiche. Müßte mal zum Arzt gehen, vielleicht hat das was zu bedeuten.

*

Um 16:30 *Meet the Parents* in der Filmstation. Sehr ordentlich. Präzise, anfangs mit ganz sparsamen Mitteln aufgebaute Situationskomik, die erst spät in Klamauk abdreht, der aber auch noch okay ist. Nur der Schluß kippt ins Rührende, wirkt albern bis peinlich.

*

Kasparow und Kramnik schieben sich auf einen halben Punkt an Shirov ran, der mit Adams remisiert, genau wie Morosewitsch und Anand, die eine bizarre Tschigorinvariante diskutieren. Ich kann eigentlich gar nicht mehr sagen, daß ich noch Schach spiele. Ich habe keine Zeit, alle wichtigen Neuerungen zu verfolgen, ich spiele also nicht mehr *Schach*, ich spiele Caro-Kann und Damengambit und noch ein paar andere Spiele, allesamt nur Teilaspekte der schachlichen Welt.

✳

Heute-Sendung: zwei grammatikalische Lapsus hintereinander: «Die Minister hätten darauf *gedrungen*, daß ...» und «der Leichnam Kabilas wurde *übergeführt*.»

✳

Der Transrapid wird nun erstmals in Shanghai gebaut. Ich ärgere mich darüber, wie dieses Projekt hierzulande verschlafen und zerredet wurde. Berlin–Hamburg wäre eine so geeignete Strecke gewesen. München-City–Flughafen wäre auch dringend nötig. Ich benötige zum Flughafen doppelt soviel Zeit wie der Flieger selbst nach Berlin.

TV: *Der Tunnel* – mit Heino Ferch. Sehr gut ausgestattet, bringt die beklemmende DDR-Grenzen-Wirklichkeit hundertprozentig wahrhaftig ins Bild. Dafür ist man nach dem Sonnenallee-Talmi schon so dankbar, daß man auch mal dramaturgische Hänger in Kauf nimmt.

Im Kulturreport wird in mehreren Beiträgen en passant auf Intellektualität und Gedankenschwere eingehackt. Da ist aber nicht etwa das Verschwurbelte gemeint, sondern tatsächlich jede Form gedanklicher Tiefe. Die Forderung lautet ungefähr: Alles Wesentliche müsse sich mit *einem* Bild, *einem* Blick mitteilen, sofort und mühelos. Von Ursula Bushnell eine blöd-geschwollene Eloge auf Stefan Zweig.

In den Tagesthemen Vorbericht zur neuen Tabori-Senilie. Da wird ein beliebtes und weidlich abgenutztes S&F-Thema aus den Sechzigern als modernes Theaterthema präsentiert: Im Jahre 2066 werden alle Menschen über 50 ermordet, Opfer des grassierenden Jugendwahns. Derlei Blödsinn wird als verspielt, zauberhaft, schwierig, engagiert und unbequem etikettiert.

*

Heute habe ich meinen ersten Blumenstrauß über Internetservice verschenkt. Hat Spaß gemacht, ist praktisch und einfach und geht schnell.

Etwas Technisches zum ersten Mal tun, versetzt einen immer in Schlüsselsituationen der Kindheit zurück: Das erste Mal ein Streichholz anzünden (3), oder das erste Mal ein öffentliches Telefon benutzen (4), ohne Stützräder radeln (auch 4), alleine die U-Bahn benutzen (5), Essen kochen (6) – diese Momente kehren dabei wieder, mit erstaunlichem Detailreichtum. Jeder frühe Kindergeburtstag war mit pädagogischen Mutproben verbunden, harmloser Natur, aber nie habe ich solche Dinge freiwillig getan, mußte immer erst bei meinem Stolz gepackt, angetrieben, bestochen oder gezwungen werden. War immer ein Schisser bei sowas, selbst wo mir klar war, daß ich es gern tun würde. Erst in der Pubertät kam ein Umschwung, plötzlich war ich ganz mutig und wollte sofort alles einmal gemacht haben. Besonders in sexuellen Dingen war ich oft so dreist, daß ich mich selber nicht mehr wiedererkannte. War ansonsten lange schüchtern. Ganz eigenartige Mischung. Habe heute noch kein Talent dazu, mit Fremden schnell ins Gespräch zu kommen, Smalltalk zu betreiben. Man hat ein paar Tricks gelernt, ein paar Phrasen/Zauberformeln, aber es ist wie wieder auf Stützrädern zu radeln: man kommt sich dabei nicht vollwertig vor und fürchtet dauernd, entlarvt zu werden.

*

Wenn man jung ist, Gustav Mahler hören, einen ersten Begriff bekommen vom Kosmos. Träumen und von der Musik auf andere Gleise gelegt werden. Das einzige, worum ich Jugendliche beneide.

Das Mysterium von *American Beauty* liegt jenseits jedes Plots, der eine begreift es, der andere nicht. Ich kann darüber wenig sagen, nur dies: man muß wohl 35 sein, um das Gleichnis wahrzunehmen, das alle Schönheit und Vergeblichkeit des Lebens in den Flug einer Plastiktüte legt. So, wie man manche Bücher spät erst zur Hand nehmen sollte. Kann jemand mit 20 die *Lehrjahre des Herzens* verstehen? Ich glaube nicht. Die Lehre, die ich daraus ziehe: Abwarten. Vielleicht gefällt mir Proust mit 40. Vielleicht werde ich alles, was ich zuvor zu Proust gesagt habe, verleugnen. Ich wünsche ja, daß es so sein wird.

*

Was mich am Schnöseltum à la Tristesse Royale stört, sind nicht die Empfehlungen im einzelnen, jeder gibt Empfehlungen ab und setzt sich ins Recht, das ist schon okay, aber was mich in Rage bringt, ist, daß hier ein paar reiche Erben

Stilvorschläge machen, die die Situation des Sich-Etwas-Erst-Erarbeiten-Müssens völlig außer Acht lassen.

Einen armen Autor beurteile ich nach seiner CD-Sammlung, nicht nach seiner Kleidung, das sollte klar sein. Wenn er dann genug Geld hat, sich auch um das Unwesentliche zu kümmern, kann er von mir aus auch optisch überprüft werden. Aber diese Lackaffen geben den Leuten das Gefühl, sie müßten sich erstmal gut anziehen, dann bilden, und das ist Schwachsinn.

Ein junger Autor soll sich von den paar Mark, die er übrig hat, Bücher und Musik kaufen, kann ruhig in Flohmarktklamotten durchs Land ziehen, sollte zu seiner vorerst eingeschränkten Erwerbskraft stehen und Prioritäten setzen. Ich bin sehr stolz, daß ich alles, was ich besitze, durch mein Schreiben erworben, in Sachen Lebensstil nichts in die Wiege gelegt bekommen und mich an meinem Schopf aus der Kleinbürgerlichkeit herausgezogen habe. Reiche Eltern würde ich eher verleugnen, als damit zu prahlen. Armut ist nicht die beste Voraussetzung für schöpferische Tätigkeit, aber eine passable Basis. Ich rede nicht dem Leiden das Wort als Katalysator für Kreativität, aber das Gegenteil zu propagieren ist gelebtes Feistjungjunkertum, hochnäsig und dumm.

Tatsächlich – und das ist von meiner Seite ein dummes Vorurteil – nehme ich Schriftsteller, die materiell ausgesorgt haben und vom Schreiben nicht notwendigerweise leben müssen, nicht sehr ernst, oder nehme sie erstmal als Hobbyschreiber wahr.

Leiden ist nicht notwendig. Indes nutzt es, zum richtigen Zeitpunkt, mehr, als daß es schaden könnte. Erweitert das innere Spektrum. Soviel bin ich bereit, zuzugeben.

*

ich stehe in einer tradition von autoren, die mir viel vermittelt haben. ich fühle mich verpflichtet, diese tradition fortzuführen, was mir geschenkt wurde, weiterzugeben. so gut ich es kann, will ich versuchen, die nachwelt mit meinen schrift gewordenen gedanken zu erreichen, und sollten sie auch nur als hinweise auf bessere taugen als mich.

dies ist keine demutsgeste. ist eine kampfansage.

an vorderster Front
erste Angriffswelle
die Todgeweihten salutieren
einer muß den Anfang machen
die Ersten werden die Ersten sein
Hunde, wollt ihr ewig leben?
Dulcis et decorum est
Wir müssen da durch.

22. 1.

In der Post ein Belegexemplar von *Okyanustaki Krallar* – d. i. *Könige über dem Ozean* auf türkisch. Schon das vierte Buch von mir, das in der Türkei rauskommt. Die mögen mich, und ich mag sie auch. Immer wieder ein schöner Moment, so ein Buch in fremder Sprache. Und obwohl ich kein Wort türkisch kann, lese ich ein paar Seiten mit wachsender Erregung Bea vor, bis wir lachend zusammenbrechen. Danach steck ich ein neues Fähnchen in die Weltkarte.

*

Heute Nacht wurden die Golden Globes vergeben:

Bester Film: *Gladiator.* Natürlich. Nur Leute wie HP haben daran gezweifelt. (Mir fällt ein: wenn ich M. zusagen würde, müßte ich neben HP arbeiten. Igitt.)

Natürlich war *Gladiator* nicht der künstlerisch herausragende Film des Jahres, das waren andere: *Hennen rennen, Harry meint es gut mit dir, Brother Where Art Thou* – und glorreich erhaben über allem anderen: *Der Krieger & die Kaiserin.*

Aber *Gladiator* haben wir uns eben viermal angesehen. Er war als Phänomen viel größer denn als Film.

Benicio del Toro hat sich als bester Nebendarsteller durchgesetzt, für mich keine Überraschung, für USA Today eine «Sensation».

Traffic bzw. *Stephen Gaghan* bekam bestes Drehbuch. Ang Lee beste Regie für *Tiger & Dragon* (den man eigentlich auch noch zu den Filmen des letzten Jahres zählen müßte). Hans Zimmer beste Musik für *Gladiator*. Auch klar. Ich habe ja über diese Zimmermusik lang und laut geschimpft, weil von überallher skrupellos zusammengeklaut, aber inzwischen habe ich umgedacht. Filmmusik muß opportunistisch sein, hat nur den einen, einzigen Zweck: die Bilder optimal zu unterfüttern, musikalisch zu ergänzen. Das macht Zimmers Musik in herausragender Weise. Und ein paar kleine eigene Ideen hat er ja doch auch gehabt.

Julia Roberts gewinnt für *Erin Brockovich* (gerechtfertigt) – und Tom Hanks wird für *Castaway* bester Hauptdarsteller/Drama. Das macht Sinn. Keiner wird ihm *noch* einen Oscar geben wollen, darum wird er jetzt mit dem Globe abgefunden, damit der Oscar nachher an – Russell Crowe natürlich gehen kann. Das macht sogar sehr viel Sinn, weil die Wettquote auf Crowe dadurch steigen wird, hehe.

Bester Hauptdarsteller/Komödie wird George Clooney für *O Brother,* wogegen die Coens selber tragischerweise leer ausgehen. Aber meine geliebte supersexy Sarah Jessica Parker bekommt beste Serien-Hauptrolle für *Sex and the City.*

Stromberg hat sich nicht dazu herabgelassen, mir das Ende von *Haltestelle* persönlich mitzuteilen. Das verletzt mich, wie ich nach einigem Nachdenken feststellen muß. Nein, Umgangsformen hat er nur die nötigsten.

*

Gladiator war der deutlichste Beleg für die Rückkehr des von jeglichem Ironiefilter unbehandelten Pathos. Die Wiederentdeckung des sozusagen ‹starken› Pathos und dessen erzählerischer Wirkung im Unterschied zur hohlen Geschwollenheit. Man brauchte ein historisch möglichst fernliegendes Thema, um dieses alte Verfahren neu auszuprobieren – und grub den Sandalenfilm aus. So ist das nämlich. Am Anfang stand eine Erzählhaltung, ein Stil, ein formaler Gedanke. Der sich dann den passenden Stoff gesucht hat. Das nächste Experiment in Sachen Pathos wird *Enemy at the Gates* sein.

Der Redakteur vom Spiegel hat gelacht, als ich ankam und sagte: DAS *(Gladiator)* wird der zeichensetzendste Blockbuster des Jahres. Und nur weil ich insistierte, habe ich das Blättchen überhaupt zu einer Rezension überreden können. Die dann ohne Absprache um die Hälfte gekürzt wurde.

✳

Anruf bei der GEMA (Abk. für GEldgeile MAfia). Die wollen mich tatsächlich zweimal für ein und dasselbe abzokken. Ich Trottel hab den Betrag auch sofort gutgläubig überwiesen und muß ihm jetzt hinterhertelefonieren. Die Empfangsdame reicht mich weiter an die Buchhaltung, wo man mir immerhin Auskunft geben kann, daß die zuständige Sachbearbeiterin heute nicht im Haus ist.

✳

Wunderbares Licht. Verheißungsvoll und intensiv. Es ist leicht gelbstichiges Licht, jenes, das den baldigen Zusammenbruch des Winters verkündet. Er wird sich zwar noch einmal aufbäumen, aber seinen Höhepunkt hat er überschritten. Auch im Dezember gibt es manchmal solch helle Tage, aber deren Licht ist glasiger, nicht so satt und farbengetränkt. Es taut, und die Straßen schimmern, der Schnee glitzert, und erste Eintagsfliegen tanzen über den Büschen.

✳

Von Hadrian, dem Gelegenheitspoeten, blieb ein ganzes Gedicht. Von Nero, dem hauptberuflichen Lyriker, blieb eine einzige Zeile erhalten.

Ein artifex consciens wie Nero hat wohl nicht damit gerechnet, daß die Zeit seinem Werk so maßlos überlegen sein könnte, sonst hätte er sicher in der Erde eine Bleiplombe mit seiner Blütenlese versenkt. Wäre irre, wenn man sowas heute finden würde – und das Zeug stellte sich als genial heraus.

Nein, Nero vertraute wahrscheinlich darauf, daß sein Werk im Staatsarchiv Roms sicherer liegt als irgendwo im Schoß der Erde. Leider.

*

Anruf Conde. JvW hat zugesagt, findet das Lied sehr schön, die String-Sounds aber schrecklich. Was ihn gleich so deprimiert, daß er Zuspruch benötigt. Die gute Nachricht ist doch, daß wir für das Lied eine Sängerin haben, und wenn sie gleich ehrlich sagt, was sie daran nicht mag, ist das auch okay. T. hat mich allerdings gewarnt, daß JvW ein zickiges Persönchen sein soll. Ich fürchte auch, daß ihr Stimmumfang für den Song nicht ausreicht.

Notenlesen kann sie nicht. Sowas macht mich immer mißtrauisch. Ich meine, jede professionelle Sängerin, die länger im Business arbeitet, sollte das irgendwann automatisch lernen. Selbst bei dem Oberflächenpop, den sie sonst macht.

*

Ich hänge wieder den halben Nachmittag vorm Bildschirm und beobachte die Partien in Wijk an Zee, diesmal zusätzlich mit drei Webcams, die den Spielerbereich zeigen. Was das für eine großartige Sache ist! Früher wäre ich zu so einem Turnier hingefahren, hätte Eintritt bezahlt, um sechs Stunden in der Traube stehend zuzugucken. Heute kann ich nebenher Arbeit erledigen und Abendessen kochen (Polypsalat) und wenn ich Lust habe, sogar mit Supergroßmeister Peter Svidler über die Partien diskutieren – und dieses Wunder ist schon wieder ein völlig selbstverständlicher Service.

*

Schöne Artikel heute in der SZ von Andrian (über Liebling Clintons Abgangsinszenierung) und Arezu, die über die *Nylons* berichtet, reiche Leute, die Wohnungen in NY und London haben und ständig pendeln. Cbs läßt Albert in Ruhe, doch ansonsten kein gutes Haar an den Basler Nibelungen.

M+M schicken eine hübsche Kritik zu ihrer Jack-Torrance-Gesamtausgabe.

Morosewitsch verliert, wieder mit Weiß, gegen Iwantschuk. Shirov führt nach einer wilden Partie gegen Tiviakov erneut mit einem ganzen Punkt Vorsprung das Feld an.

*

Ich schreibe böse Dinge über einen schlechten Lyriker – und streiche sie wieder, obwohl dieser Mensch selbst alles ihm mögliche Böse gegen mich unternimmt. Komme mir danach wie ein besserer Mensch vor, bin dabei einfach nur grausam, weil ich seinen Namen nicht erwähne. Genauso habe ich Lust, einer doofen Gelbschneeschnepfe einen Brief zu schreiben, in dem ich um Verzeihung bitte, weil sich die Art nicht gehört, in der ich sie angepisst hab. Und ich schreibe ihn nicht, weil ich mich im Verdacht habe, nur einer möglichen Racheaktion entgehen zu wollen. Der ganze Kleinscheiß, mit dem ich mich rumschlage, und oft nur deshalb rumschlage, weil er zum Leben dazugehört, menschlich ist. Ich könnte das alles eliminieren.

Es wäre eine Lüge wider mein Empfinden.

*

In *Wer wird Millionär.* Ich wäre heute an der 8000-Mark-Frage gescheitert, nach dem Sänger einer Boygroup. Aber dann: *Was ist ein Doppelnelson?*

A. Ein Krawattenknoten B. Ein Steppschritt C. Ein Schiffsanker. D. Ein Ringergriff

Und *das* ist die 250 000-Mark-Frage!

*

Später in Ö2 ein langes Interview mit Elisabeth Schweeger, deren Haltung oft nicht meiner entspricht. Wenigstens hat sie eine. Ist selten geworden. Habe manches Vorurteil ihr gegenüber gerne revidiert. Ihr muß ich auch noch eine Szene schreiben, bis Juli.

*

Zu oft ziehe ich «richtige» Schlüsse aus etwas, das allein als Anfang taugt.

Erinnerung an Ekstase als
die Gleichzeitigkeit von Erleben
und Erfahren. Ja. Und doch:
Ich möchte mich verlieren, wieder,
in der Suche, die alles zusammenhielt.
Noch einmal ich zu werden, lieber
als immer täglich ich zu sein.

Solange man lernt, wird man besser; sobald man lehrt, werden die anderen besser.

*

Wie oft in den ersten Tagebüchern von *Zensur* die Rede war. Und wie sehr mir daran lag, bei ihrer Zerschlagung mitzuhelfen. Das ist längst geschafft. *Zensur* ist ein obsoletes Wort. Unglaublich, wie schnell sich alles verändert hat. Vieles an früheren Texten wirkt heute, als würde man damals etwas überbewertet, dramatisiert haben. Stimmt nicht. War so.

Aufhebung der Zensur. Wozu war das eigentlich gut? Ich wollte, daß die Welt ungeschminkt gesehen wird, und zwar von allen.

Auslöschung ineffektiver, weil dem Menschen wesensfremder Utopien. Es war nötig, den Grad der Häßlichkeit allgemein bewußt zu machen, um eine Basis für neue Strategien zu legen. Aber wohin zielen diese Strategien? Selbstverständlich wollen sie dem Individuum Beistand leisten. Oberste Aufgabe des Schriftstellers, der sich nicht nur als Textlieferant begreift. Ich mag keine Autoren, die nicht zumindest versuchen, glücklich zu sein, oder mögliche Wege zum Glück zu vermitteln. Das hat nichts mit Heilsbringern zu tun. Heilsbringer versprechen das Glück. Ich strebe danach, und wo ich es erreicht habe, erzähle ich jedem, der es lesen will, wie es dazu gekommen sein mag. Jemand wie Houellebecq erhebt – geschickt getarnt – seinen eigenen physischen Verfall zum Menschheitsdilemma, sein eigenes sexuelles Defizit zum überspitzten, schwarz übermalten Porträt einer Generation – das ist billig und erfolgreich.

Menschen identifizieren sich eher mit dem Fallbeispiel als mit der Levitationsausnahme.

Es ist gefährlich, überspitzt zu formulieren, z. B. zu postulieren: *Alles Leiden entsteht aus Dummheit.* (*SpätWeitWeg*) Was so natürlich nicht stimmt, und für jeden, der leidet, eine Beleidigung darstellt. Es gibt den Zufall, das Pech usw. Aber ich finde es richtig, davon auszugehen, daß in den meisten Fällen das Leiden dadurch eintrat, daß etwas falsch gemacht worden ist.

Denn eines stimmt sicher: Diese Welt ist dermaßen großartig, daß wir, wenn auch nicht immerwährendes Glück, so doch eine lange Reihe von Glücks- und Genußmomenten erzielen können. Sich dafür Mühe zu geben, lohnt. Schriftsteller können das Scheitern beschreiben, das ist legitim. Nur, wo sie suggerieren, daß alles sinnlos sei, häßlich und zum Scheitern verurteilt, da werden sie zu Lügnern, zu Verbrechern, die bekämpft werden müssen.

✳

Nachts noch viel Lektüre, zum Soundtrack von *Sense & Sensibility* von Patrick Doyle, der die Qualität der Musik zu *Henry V* nicht erreicht, dennoch hörenswert ist.

Ach, Sandor Marai. Was darf ich wieder von ihm lesen?

Eine der letzten längeren Erzählungen von Kafka «Die Riesenzieselmaus». *Irgendwo zwischen der* «guten» *und der* «großen» *Literatur gibt es die* wahre *Literatur: und eben dieses* «Wahre» *fehlt in Kafkas Erzählung. Die pathologische, manisch manierierte Weltbetrachtung, die grinsend untertänige schlaue Ironie, mit der sich dieser außerordentlich talentierte Schriftsteller der schriftstellerischen Vision nähert, ist in seinen letzten Werken schon krankhaft. Er will nicht einweihen, auch nicht erheben oder niederschmettern, er will nur mit Schadenfreude denunzieren. Diese Manier ist gewissermaßen ein nervöses Zunge-Herausstrecken – krankhaft und flegelhaft zugleich.* (1953)

Hab selten etwas so Substantielles über den dürren Buddha der Kultur des Leidens, Franz Kafka, gelesen. Wenn ich Ähnliches geäußert habe, wurde ich jeweils von pikierten Fanatikern zusammengeschrieen. Neulich las ich in der Zeitung, eine Autorin habe gefordert, man solle die Bibel durch Kafka ersetzen. Faktisch wäre es zwar ein Fortschritt, die Forderung an sich ist dennoch erschreckend.

23. 1.

Ich schlafe länger, wenn ich nach dem Wein noch einen finalen Whisky trinke. Bezahlt wird mit Schädelweh.

In der Post die *Aguirre*-DVD.

Auf dem Konto eine Invasion der Minuszahlen. Weder der Literaturfonds noch der Verlag hat diesen Monat was überwiesen. Werd ich sofort panisch bei sowas.

Anruf bei der GEMA: Heute gibt man sich vernünftig, schließt einen Fehler nicht gleich aus. Ich soll die beiden Rechnungen kopieren und per Post senden. Kostet mich Zeit. Die müßten doch beide Rechnungsnummern in ihrem Computer haben. Was ist denn das für ein Saustall?

Immer noch Superwetter, breche früh in die Stadt auf. Kaufe am Kiosk eine AZ, die Verkäuferin sagt: «Dürfen Sie aber erst am Abend lesen, ist eine Abendzeitung.»

Das Erschütternde: Diesen Joke bringt sie seit einem Jahr, jedesmal, wenn ich bei ihr die AZ kaufe.

Wunderschön: Hopsende Krähen auf weißen Äckern.

Die Eisdecke des Weihers ist stellenweise getaut, sieht aus wie ein implodierter Bildschirm.

*

Bald soll das Wegwerfhandy aus Altpapier kommen: Drei Kreditkarten dick, zehn Dollar teuer, mit 60 Minuten Sprechzeit.

Antwort des Experten, was man nach dem Schweinemastskandal überhaupt noch essen kann: «Das Leben ist eine sexuell übertragbare Krankheit mit immer tödlichem Ausgang.»

Brockhaus in fünf Bänden bestellt. Unnötige Anschaffung, seit es Internet gibt, nur um bei Gelegenheit damit anzugeben, drinzustehn.

*

Will grade bei Dichtung&Wahrheit reinschauen, als Achternbusch den Laden betritt. Muß ich jetzt nicht haben. Wie gebückt er geht. Und ganz bleich ist er, sieht aus wie sein eigenes Gespenst.

Die DVD von *Deathrace 2000* gekauft. Dachte, der wäre indiziert. Aber das gilt vielleicht nur für die deutsche Fassung. Dazu noch *Das Fest*. Und ein Geburtstagsgeschenk für Andrea.

Man sollte sich in der eigenen Stadt öfter mal wie ein Tourist umsehen. So fiel mir heute die Merkurstatue vor der Mohrenapotheke im Tal auf. Und warum? Weil der Götterbote in seiner ausgestreckten Hand eine Tafel Ritter Sport-Alpenmilch hielt. Ich beobachtete den Platz eine Weile: andere Passanten bemerkten die Tafel auch, aber keiner stieg rauf, um sie runterzuholen, nichtmal eins von den Kids. Nebenbei wurde mir die Schönheit der vier Platanen bewußt, die da im Karré stehen. Hätte vorher gewettet, daß es sowas in der Münchner City nicht gibt. Richtig breite, ausladende Platanen.

Doch noch in Dichtung&Wahrheit. Frank erzählt, daß der Rowohlt-Vertreter von der Schmerznovelle ziemlich begeistert scheint. Kaufe 35 Flaschen Wein, aber nichts Teures.

Frank zeigte mir einen weißen Puglieser namens *Gravina* (60 % Greco, 40 % Malvasia), der unglaublich lecker ist und nur 9,90 DM kostet, kolossales Preis-Leistungsverhältnis.

Ging auch in die Kreuzstraße zu meinem Münzdealer. Großes Schild: WEGEN GESCHÄFTSAUFGABE GESCHLOSSEN. Stimmt mich noch einmal traurig. Obwohl ich seit sechs Wochen davon weiß.

Im Hugendubel wird Tacitus: *Agricola/Germania/Dialogus* verramscht, die Kröner-Ausgabe für 14,95 DM. Nehm ich mit und bereue es bitter, denn dieser Band war das Lebenswerk eines delirierenden Radikallatinisten (Karl Büchner), der glaubte, taciteische Eigenheiten, die im Lateinischen Sinn machen und dort gar nicht sonderlich auffallen, ins Deutsche übertragen zu müssen.

Der erste Absatz vom Agricola liest sich beispielsweise so:

Erlauchter Männer Taten und Lebensführung den Nachkommenden zu überliefern, seit alters gebräuchlich, hat auch zu unserer Zeit eine wenngleich die Ihrigen vernachlässigende Gegenwart nicht unterlassen, sooft eine große und anerkannte Persönlichkeit die Verderbnis besiegt und hinter sich gelassen hat, die kleinen und großen Staaten gemeinsam ist, die Unkenntnis des Rechten und die Gleichmacherei. Aber bei den Früheren war des Erwähnens Wertes zu tun mehr im Zuge der Zeit und mehr am Tage liegend, und so wurden gerade die am meisten gefeierten Geister bewogen, das Gedächtnis an menschliche Größe weiterzugeben – ohne Gedanken an Neigung oder Vorwärtskommen – nur um den Lohn des rechten Bewußtseins, und das eigene Leben selber darzustellen, hielten die meisten mehr für einen Beweis des Vertrauens in ihre Lebensführung als für Anmaßung, und einem Rutilius und Scaurus minderte das nicht das Vertrauen noch wurde es ihnen vorgeworfen: so sehr werden Vorzüge zu denselben Zeiten am besten gewürdigt, in denen sie am leichtesten entstehen.

Das ist kein Deutsch, das ist kaum mehr Sprache. Es ist Babelfisch. Gibt in der Folge sogar viel schlimmere Beispiele. Damit hat man einmal die Lateinschüler gequält und ihnen die Materie fürs ganze Leben vergällt. Aber fast noch ekelhafter lesen sich die endlosen, endlos geschwätzigen und teils sehr unwissenschaftlichen Einführungstexte, Mischung aus altphilologischem Standesdünkel, sorgenvoller Väterlichkeit und weihevollem Geraune. Die Einleitung zu Agricola beginnt zum Beispiel so:

Wenn nicht alles täuscht, wird heute wohl kein römischer Autor mit solcher Leidenschaft in aller Welt gelesen wie Tacitus, wenigstens in jenen Kreisen der Gebildeten, denen die Gefährdung der Persönlichkeit eine ernste Sorge ist. Es ist das Höchste, das damals wie heute in Gefahr ist, damals durch die Beschränkung der Freiheit unter dem Herrscher, heute durch die Technik und ihre politischen Konsequenzen. So verschieden die Gründe, so verschieden die Begriffe von Freiheit sind, es bleibt etwas erregend Gemeinsames.

Zum Schreien. Lächerlich, grauenerregend. Die Anmerkungen strotzen vor prahlender Pedanterie in ganz unwichtigen Belangen. Ich hätte den Band hier schon gegen die Wand werfen wollen, befand mich aber in einer vollbesetzten S-Bahn.

*

Back home. Das Neueste aus Wijk: Morosewitsch schlägt mit Schwarz Kramnik. Daß Kramnik im Leben noch einmal mit Weiß verlieren würde, darauf hätte auch niemand gewettet. Kasparov schlägt Shirov und schließt zu ihm auf.

Vor der Partie hat es zwischen den beiden keinen Handshake gegeben.

Mails: Inakzeptables Angebot vom HR. Nun soll das Geld für den Kauf der Stoffrechte auch noch von meinem ohnehin spärlichen Honorar abgezogen werden. Das ist, gelinde gesagt, eine Unverschämtheit. Dann eben nicht. Bin doch nicht von der Wohlfahrt. Hab meine zwölf Ichs befragt, ob man nicht, aufgrund der Sache, weichherzig sein sollte. Die zehn Autoren sagten nein, die beiden Tonkünstler enthielten sich.

Arezu schreibt aus Schottland, aus dem Kaff, wo Madonna neulich geheiratet hat.

Seit gestern weiß ich zufällig auch, daß dort *Haggis* gereicht wurde, das schottische Nationalgericht, ein mit Innereien gefüllter Schafmagen. Haggis. Man kommt ein ganzes Leben lang ohne dieses Wort aus, und prompt begegnet es einem dreimal in zwei Tagen. Arezus Mail ist lang und schön und ausgefeilt, woher nimmt sie die Zeit? Sie schreibt über familiäre Verwicklungen, die ich hier nicht wiedergeben kann und darf. Will nicht mit blöden Phrasen antworten, also antworte ich gar nicht – und komme mir unhöflich vor.

Heizwei schickt mir einen lustigen Artikel aus dem letzten Spiegel. *Sesso Santo* – der heilige Sex. Geht darum, was der Vatikan an Fortpflanzungstechniken für gottgefällig und dem braven Gläubigen für empfehlenswert hält.

«Sex als Selbstzweck führt zur Sucht, zu Krankheiten, zum Tod. (…) Nur in Verbindung mit Kinderwunsch ist der Geschlechtsverkehr erlaubt und natürlich nur unter Angetrauten. (…)

Die Lust an der Lust ohne Grenzen entleert die Seele, löscht in ihr jeden Funken von Licht und Glauben und setzt sie dem sehr realen Risiko der Hölle aus. (…) Selbst Zungenküsse sind nur unter Verheirateten erlaubt, denn schließlich heirateten auch alle Arten von Bakterien. (…) Als Höhepunkt irdischer Freuden wird unter dem Beifall des Himmels die Position ‹Eden› gepriesen: Das katholisch korrekte und doch auf natürliche Weise folgenlose Beisammensein von Mann und Frau. Der Ehemann streckt sich rücklings nackt auf dem Bett aus und läßt absichtlich seinen ‹Pipino› – erloschen oder halb aufgerichtet – zwischen den geschlossenen Schenkeln verschwinden. Die Ehefrau legt sich nackt auf ihn in vollem Kontakt. Man kann sich küssen, miteinander reden, sich schweigend ansehen oder beten.»

N. hat keine Ahnung, wie das Empfehlungsschreiben nun genau aussehen soll. Ich verspreche ihr, zu unterschreiben, was immer sie sich ausdenkt.

SS ruft an und bedankt sich für die Blumen, lädt mich freitagabend auf ein Fest in die B-Bar ein. Ob ich kommen soll? Die Zeitung, die das Fest veranstaltet, schweigt mich seit fünf, nein sogar seit sieben Jahren tot. Auf Versöhnungen hab ich keine große Lust.

X., der frustrierte Kleinfaschist, der noch Wert auf fleischlose Karfreitage legt – wenn ich mir die Dummfresse nur vorstelle, krieg ich Ausschlag.

Erledige Post, kann nicht an Abendessen denken, bevor das nicht geschafft ist. Diesen Monat bin ich sehr faul, habe mir praktisch frei genommen, aber wenn ich mir überlege, was tagtäglich alles an Kleinmist anfällt, bis das Notwendigste organisiert ist, wird mir klar, daß ich ohne Beatrice das alles überhaupt nicht mehr bewältigen könnte.

Bereite mir schnell einen großen Haufen Scheiße als Abendnährstoff zu, wir sehen uns *B.Monkey* an, aber nicht bis zum Schluß. Wenn ein Film nach einer Dreiviertelstunde noch nicht weiß, was er mir erzählen will, soll er mich gern haben. Danach eine geniale Folge der *Simpsons*, in der Lisa, angeregt vom Tango de la Muerte, Tanzunterricht nimmt. *Dawn of the Dead* wird nebenbei zitiert, man nimmt also an, daß dieser Film im kollektiven Bewußtsein verhaftet ist. Kann man heute noch zeitgemäß schreiben, ohne die Simpsons zu kennen? Vielleicht, aber sicher wäre Kant nicht zu kennen das geringere Handicap.

Danach eine sehr gute Folge von Ally McBeal, und Harald Schmidt ist auch okay; vom Fernsehen abgefüllt wankt man zum Schreibtisch und hat doch Gewissensbisse, heute nichts gelesen zu haben. Während der Werbepausen von Ally McBeal zappten wir zu tvmünchen, dort lief *Stadtgeflüster*, mit einer Moderatorin, auf die ich unreserviert abfuhr, sah ungefähr aus wie Rosanna Arquette, genau mein Typ, und hatte sone Quietschentchenstimme, einfach herrlich. Beatrice meinte, die dürfe ich jederzeit vögeln, mit ihrem vollstem Verständnis, die sehe sehr *lustig* aus – das höchste erreichbare Bea-Lob für einen weiblichen Phänotyp.

Funny Face – so hieß ein Film mit Audrey Hepburn. Ehrlich, diese Quietschstimme ist so hinreißend – es wäre völlig einerlei was sie sagt, Hauptsache, daß sie was sagt, und ich hätte eine Dauererektion.

*

Spät nachts das Violinkonzert von Brahms und was Pablo de Sarasate dazu geäußert hat: «Ich spiele kein Konzert, in dem die einzige Melodie [er meinte die Anfangstakte des zweiten Satzes] von einer Oboe vorgetragen wird.»

✳

Ein Lektor erzählte mir, er bekomme jeden Tag etwa ein Dutzend Manuskripte von Frauen, in deren beigelegter Synopsis die Autorin folgendes dick unterstrichen hat: Meine Heldin ist eine Frau, die ES DENNOCH SCHAFFT!!

Das gelte scheinbar als Schlüsselformulierung, um beim Verlag Interesse zu wecken. Lange Zeit hat das geklappt.

✳

in form sein heißt
informiert sein

✳

Wenn man den Volumeknopf meiner Anlage ganz nach rechts drehte, fiele mein Haus zusammen. Das habe ich beim Kauf derselben nicht bedacht. Seither lebe ich in Angst.

Gestern träumte ich, Alwo nach dem sechsten Bier rennt durchs Wohnzimmer und fragt: *wo gehtsn hier laut? wo gehtsn hier laut?*

24. 1.

Vor lauter aufgestautem Haß zwei Stunden zu früh aufgewacht. Hab in schneller Geschwindigkeit zwanzig Todesurteile unterzeichnet, und einem Berittenen aufgetragen, er solle Sporen geben, die Urteile sofort vollstrecken lassen, bevor mich wieder ein Sinneswandel umbiegt. Er galoppiert davon. Reue überkommt mich. Aber nur noch der Staub ist zu sehen, den die Hufe aufwirbeln. Morgenidyll im napoleonischen Feldlager. Genau so.

Auf AICN gibt es Gerüchte über einen neuen *Twin Peaks*-Film. Wozu das denn? Was will man da noch fleddern?

N. schickt ihren Roman. Kommt auf den Stapel zu den anderen. J. schickt die DVD von *Anatomie.*

Mail von HCS: Er will vorläufig an dem Romand-Stoff erstmal mit seinem alten Co-Autor arbeiten. Bitte, soll er. Ein Wahnsinn, diesen Stoff jemand anderem zu geben als mir. Ich bin schon ein wenig beleidigt, aber zu allererst erschüttert.

Mail vom HR: Man äußert Verständnis über meine Absage. Kein neues Angebot, weil einfach kein Etat vorhanden.

Plötzlich droht der Sommer gar nicht mehr so arbeitsintensiv zu werden. Gut. Mehr Zeit fürs Franka-Drehbuch. Das muß hervorragend werden.

Anfrage einer Uni, ob ich nicht für ein Proseminar Fragen zu Fette Welt beantworten möchte, per «Live-Chat». Das Schreiben klingt ein bißchen so, als würde man notfalls aufs Honorar ein paar Studentinnen drauflegen. Hab abgesagt, aber schriftlich werde ich die Fragen natürlich beantworten. Bloß ist das auch schon wieder ein halber Nachmittag Arbeit.

Anruf eines Fotografen aus Paris. (Natürlich wird auf die Sekunde zeitgleich Wein angeliefert.) Machen den 12. Februar als Termin aus. Direkt, nachdem ich aus Berlin zurück bin. Paßt schon irgendwie. Bea kehrt aus der Stadt zurück, sieht im Flur die Gravina-Kisten: «Oh, wir sind beweint worden!» Und führt mir einige sehr niedliche neue Pullis vor.

Heute endlich, nach zwei Wochen, hat D2-CallYa die 50 Mark meinem Konto gutgeschrieben. Mit Prepaid-Cards ist man der letzte Arsch.

Kurz vor Mitternacht schickt mir Arabella aus Sevilla die Übersetzung von Buch II der Melodien. Liest sich gut, Arabella transformiert meinen Sprachduktus fast unzerstört ins Englische. Muß sie morgen noch fragen wegen der fehlenden vier Seiten von Buch I. Das Frühjahr wird toll. Berlin – Sevilla – Frankfurt – Paris – Leipzig – Wien – Köln – Hannover – Berlin – Hamburg – und dann muß ich die Hörspielfassung der SN abgeben. Und habe noch keine Ahnung, wie das funktionieren soll. Nur eine Ahnung, daß das irgendwie funktionieren kann. Muß reichen.

*

Ich war sieben Jahre alt und ich weiß nicht mehr in welchem Winnetou-Film die Szene vorkam, jedenfalls wurde das englische Greenhorn, das es aus irgendeinem Grund in den wilden Westen verschlagen hatte, von Sam Hawkins gefragt, ob es denn mit einer Waffe umgehen könne. Das Greenhorn, das einen Tweedanzug und einen komischen Hut trug und, glaube ich, nebenher Schmetterlinge jagte, nahm sein Gewehr und schoß in die Luft.

Sam: na schön, aber ob es damit auch was *treffen* könne? Daraufhin plumpst aus dem Himmel ein Truthahn vor seine Füße, und ich dachte: *Das ist es.* Genialer als diese Szene kann Filmkunst nie sein.

Seither hab ich des öfteren so geurteilt wie damals, als ich sieben war, und kein einziges Mal beschlich mich der leiseste Zweifel an der Unabänderlichkeit meines Urteils.

✳

2:30
War heute nacht – auch dank des guten neuen Weins – mal richtig zufrieden und voller Hoffnung und fand das eigentlich recht schön.

Selbstzufriedenheit ist ein sehr begehrenswerter Zustand, seinen negativen Klang erhält das Wort aus dem Verdacht, hier könne jemand eigentlich noch nicht mit sich zufrieden sein – und wärs in krimineller Weise doch. Aber woraus bestünde die Kunst, wäre man immer nur verdientermaßen mit sich zufrieden? Kunst ist immer auch Arznei.

Wer behauptet denn, daß gerade der Künstler sich eine solche Täuschung nicht gönnen dürfe, immer weiter müsse, immer höher, immer besser – ja, aber wenn der Künstler euch sagt: *Ihr könnt mich mal kreuzweise* – was dann?

Letztes Jahr um diese Zeit fühlte ich mich elend. Die Schmerznovelle stand vor einem sehr schwierigen Abschluß, den ich nicht hinbekam. Sollte komplex werden und genauso einleuchtend wie geheimnisvoll.

Ich hatte meinen Weg verloren. Seinen Weg kann man aber nur finden, nicht verlieren. Der Weg, den ich verloren habe, ist meiner nicht gewesen. Der Verlust dieses Weges machte mich dennoch traurig. Immerhin war es ein Weg gewesen. Vielleicht würde ich den einen – meinen – Weg nie mehr finden. Dann wäre es besser, dachte ich, irgendeinen Weg zu haben, als endlos umherzuirren. Besser, sich etwas vorzumachen, besser, eine falsche Vorstellung vom Glück zu haben, als gar keine. Das war so logisch und natürlich und selbsterhaltend – und sehr lässig. Wieviel Verdacht in mir gegen mich aufkam. Dabei fiel mir auf, wie sehr das Denken, nicht nur meines, immer noch romantischen Prinzipien nachhängt, denenzufolge das Schöpferische mit der Selbstzerfleischung einhergehen muß. Und das ist auch gar nicht so falsch, solange man den eigenen Weg erst finden muss. Ich habe dann erkannt, daß irgendwann der Punkt kommt, wo man den eigenen Weg verlassen muß, um sich in mehreren Richtungen von sich selbst fortzubewegen. Denn nur *ein* eigener Weg führt den durstigen Wüstenbewohner im Kreis herum. Die beste Chance, die Wüste zu verlassen, hat nur der, der sich in alle Richtungen von ihr entfernt. Es gibt mehr zu erreichen, als ein fertiges Individuum zu sein.

Logische Folge des Denkens als innerer personaler Multiplex. Der Kosmos weitet sich ja auch in alle Richtungen aus, warum nicht ich? Selbstverständlich liegt bei einem solchen Programm der Vorwurf des Selbstbetrugs nahe. Ich schließe das als Möglichkeit auch gar nicht aus. Ein Urteil darüber fällen könnte indes niemand als ich selbst. Und heute Nacht fühl ich mich zersprengt – und wohl dabei – rasend befreit. So wie damals, als in einer Nacht die

SN beendet wurde – und plötzlich alles Sinn bekam und Platz.

Pulp Fiction ist ein hochmoralischer Film. Seltsam, daß das kaum wem auffiel. Denkt man genauer darüber nach, sind alle großen Kunstwerke hochmoralisch. Es gäbe viele Wahrheiten, habe ich gedacht. Das schien wahrscheinlich – und war vermutlich falsch.

Es gibt tatsächlich nur eine, aber viele Wege dorthin. Zuviele Raststätten am Wegrand werden mit Wahrheiten verwechselt, nur weil es dort bequem und der Weg so eisig ist.

Die eine Wahrheit liegt außerhalb der Kugel. Des betretbaren Raumes.

Klimax SN:

1. Ist Ralf Palm eine Art Dämon, der in Johanna wiederauferstanden ist? Das wäre die esoterische Variante, die ich am wenigsten mag, aber die Leser werden sie in Erwägung ziehen. Bringt wirklich *Ralf* sich und somit auch Johanna um? Um endlich frei – und tot zu sein?
2. Hat Johanna ihren Gatten so überzeugend reproduziert, daß er tatsächlich ein Eigenleben begonnen hat? Denkt sie als Ralf so sehr wie Ralf, daß sie sich selbst in Gefahr bringen kann?
3. Oder bringt sich Johanna tatsächlich als *sie selbst* um, schützt Ralf nur vor, weil sie mit der Dreieckskonstellation und der Liebeserklärung des Arztes nicht fertig werden, also Ralf nicht loswerden kann oder will? Ist ihr Selbstmord ein Akt tragischer Liebe und Selbstverleugnung? Oder die späte Konsequenz aus ihrem Schuldbewußtsein, weil sie Ralf damals nicht retten konnte?
4. Oder bringt in Wahrheit der Arzt Johanna um, weil er

sie nicht heilen, nicht zerstören kann, weil er es aus Neid nicht erträgt, daß sie ihren Toten behalten konnte, er seine Tote (Sonja) nicht? Oder weil er nicht noch einmal durch die Liebe leiden will? Es gibt mögliche Hinweise darauf, z. B. die Erwähnung des Steakmessers und die Formulierung beim ersten Verhör.

Darauf zielte die Arbeit hin: Auf ein Finale mit vier gleichermaßen denkbaren Deutungsmöglichkeiten. Keine von denen zu bevorzugen, ohne aber den Leser unbefriedigt zu entlassen. Gibt kein schöneres Geschenk als ein komplexes Geheimnis.

✳

Animula, vagula, blandula
Hospes comesque corporis,
Quae nunc abibis in loca
Pallidula, rigida, nudula,
Nec, ut soles, dabis iocos …

Schweifende, zärtliche Seele,
Gast meines Körpers, Gefährtin,
nun gehst du hinab ins düstere
Reich der frierenden Schatten,
wirst nie mehr scherzen wie einst …

Das einzige erhaltene Gedicht des Kaisers Hadrian, der von 117 bis 138 nach Chr. regiert hat. Wurde es schon mal vertont? Nein? Dann bitte … ich singe es vor mich hin und glaube, es liegt ein tiefer Grund darin, daß diese Zeilen es bis zu mir geschafft haben.

25. 1.

Noch vor dem Frühstück muß ich den Artikel Robert Spaemanns aus der letzten ZEIT verdauen. Entsetzliche Rabulistik im Gedankenkäfig christlichen Glaubens – das kann in sich noch so spitzfindig sein, und kommt doch immer nur zu falschen Ergebnissen.

Spaemann fordert die Menschenwürde des Embryos von der ersten Sekunde an – damit also auch ein Abtreibungsverbot. Reinhard Merkel erwidert darauf heute mit staatsrechtlichen Fakten, die das verblasene Blumenbild Spaemanns als kaltfeuchten Hippie-Alptraum demaskieren.

«Eine Gesellschaft aus lauter Einsteins oder Boris Beckers kann genausowenig existieren wie eine Gesellschaft, die je nach Tradition oder Mode überwiegend Nachkommen männlichen oder Nachkommen weiblichen Ursprungs erzeugt.»

Ja, eben – möchte man da sagen. Also worüber macht er sich Sorgen?

Ein Problem bei allen Debatten über das Klonen menschlicher Embryonen ist das Denken in Horrorvisionen, sowie der inzwischen allgemein verbreitete Glaube an Murphys Gesetz. Der schlimmste annehmbare Unfall wird geschehen. Derlei saugen wir mit der Muttermilch ein. Aber erstens geschieht dieser Unfall nicht immer, sondern nur in der Unendlichkeit – was ein Unterschied ist. Zweitens wissen wir überhaupt nichts über das Ausmaß dieses Unfalls. Auch mit dem Wissen über alle bisher aufgetretenen Zugunglücke würden wir, in der Zeit zurückkatapultiert, doch keinen Moment zögern, erneut die erste Eisenbahn auf die Schienen zu stellen. Wir erkennen ein gewisses Opferkontingent an, das mit dem Fortschritt einhergeht. Sagen wirs ruhig noch härter: Wir berechnen einen gewissen Schwund ein.

Wer eine solche Kosten-Nutzen-Rechnung als «gefühlskalt» verurteilt, will die Menschheit zu Tode lieben, nichts anderes. Spaemann schreibt, daß kein Mensch sich anmaßen könne, zu bestimmen, wie der genetisch «verbesserte» Mensch denn auszusehen habe. Ob er intelligenter sein solle, oder glücklicher, robuster, ausdauernder, warmherziger, kreativer ... ja, warum denn nicht *alles das?*

Habe selten etwas so Unzivilisiertes und Brutales gelesen. Eine Absage an die Aufklärung. De facto bedeutet es, der Ohnmacht und dem Stillstand das Wort zu reden. Weil wir nicht wissen, ob irgendwelche Arzneien helfen werden, lassen wir den Menschen lieber irgendeines «natürlichen» Todes sterben, den wir nicht zu verantworten haben – und sind fein raus. In dieser überspitzten Form läse es sich haarsträubend – aber es träfe den Sachverhalt. Lauter Thesen aus der Mottenkiste der Siebziger, à la «Frieden schaffen ohne Waffen». Da wird dann sogar das nizäische Credo zitiert.

Die argumentative Hilflosigkeit, die zur semantischen Notzucht und Wortverdrehung greifen muß, zeigt sich unverstellt im letzten Absatz des Spaemannschen Gedankenbreis:

Zum Glück hat uns der Kulturminister bisher mit dem korrumpierenden Argument verschont, die Sache mit den Embryonen laufe ja so oder so, und wenn wir es nicht machten, machen eben andere das lukrative Geschäft. Dieses Argument markiert das Ende jeder Moral. Auch in der Natur kommen Menschen gewaltsam zu Tode. Und sterben müssen wir schließlich alle. Aber müssen oder dürfen wir deshalb töten? Niemand ist für alles verantwortlich, was geschieht. Verantwortlich sind wir aber für das, was wir tun.

Sterben ist nun mal was völlig anderes als töten. Und das Ende der Moral ist dort erreicht, wo man den Kopf in den Sand steckt. Auch geht es um kein lukratives Geschäft, es ist noch überhaupt nicht raus, wer davon mal finanziell profitieren wird. Und Spaemanns Schlußsatz ist doch echt von Doofmarie geklaut. Für das was wir nicht tun, sind wir also nicht verantwortlich?

Und mal in aller Deutlichkeit: In wessen Weltbild Christus als der Sohn Gottes eine tragende und normative Rolle spielt, ist für mich, bei aller Liebe zur virtuellen Spiritualität und zum kirchlichen Schauwert, geistig nicht satisfaktionsfähig.

Was bleibt uns, wenn nicht der Pragmatismus? Er ist auch ein Weg, unsere Selbstachtung zu gewährleisten, indem er die Tatsache verhüllt, daß uns gar keine anderen Wege mehr offenstehen. Pragmatismus ist die Symbiose aus Vernunft und Ohnmacht.

✳

Heute kam wieder der alte Postbote, nicht die Aushilfe der letzten Wochen. Prompt hatten wir viel mehr Post als sonst. Bea: «Der versteht halt was von seinem Beruf.»

✳

Ich habe alles, was ich gestern nacht zum Thema eigener Weg und eine Wahrheit aufgeschrieben habe, vor etwa einem Jahr schon in ein *povera*-Gedicht gepackt, das seither in irgendeiner dicken Mappe verschüttet lag und mir heute morgen sozusagen vor die Füße flatterte. Kein Kommentar.

surround-horizont
dingen von
einem punkt aus
in alle richtungen
auf den kern gehn.

AZ: Reemtsma fordert für seinen Quälgeist Drach die Höchststrafe plus anschließende lebenslange Sicherheitsverwahrung. Warum nicht gleich noch öffentliches Schinden und Quetschen mit anschließender Vierteilung?

Bei Harald Schmidt die gelungenste Inszenierung von *Hamlet* ever.

*

Oder die Stille, die nicht auszuhalten ist. Man verschwendet soviel Zeit, indem man über passende Hintergrundmusik nachdenkt. Die Stille ist ein Feind. Oder eine Mücke surrt durchs Zimmer. Wenn dem Teufel gar nichts mehr einfällt, schickt er seine Mücken los. Dabei liebt er mich, der Teufel, er weiß es nur nicht. Ständige Unrast. Ich gehe zum Computer, sehe nach, ob Mails gekommen sind. Anrufe fallen mir ein, die lange fällig wären. Solche, die man tätigen, solche die man bekommen müßte. Letztere sind immer in der Überzahl. Und der Altar des Notebooks leuchtet, leuchtet schöner umso leerer. Es ist nicht das Schreiben. Wenn ich mich hinsetze und alle Sinne zusammennehme, schreibe ich schon etwas. Es fehlt mir an Enthusiasmus. Aber der ist eher was für Jugendliche. Man verliebt sich ja auch nicht mehr so schnell, nur weil man gut einen geblasen bekommt. Und das ist besser so. Wahrscheinlich. Heute keine Mücke. Ein stiller Vorwurf an die

Luft. Wo ist die Mücke? Mach, daß ich aufstehen kann. Jetzt bin ich durstig. Ich vertrage auch nichts mehr.

Jetzt werden meine Arme schwer. Nein, dieser Korbstuhl besitzt in der Tat nicht die richtige Höhe für den zu niedrigen Schreibtisch. Ich rufe D. an, werfe ihr vor, daß sie mich ablenkt.

✳

Fluoreszierende Verwesung,
das Leuchtstoffpotential
der Nach- und Nebenwirkungen,
das leichtgespannte Netz der Kräfte,
aus Lichtpartikeln, Antiteilchen,
wenn die grobstofflichen Strukturen
schon verrottet, unkenntlich geworden sind …

✳

an wirklich Neues muß sich selbst
sein Erschaffer erst gewöhnen.

26. 1.

Traum. Befand mich in einem mehrstöckigen Haus mit vielen, vielen Zimmern, alle ziemlich dunkel, staubig und bewohnt, kein künstliches Licht, hinter beinahe jedem Zimmer eröffnete sich ein Hinterzimmer, ich war mit denen, die da wohnten, verwandt und dachte daran, daß, wenn ich sie alle ermorde, das ganze Haus mir gehören würde. Aber wofür wollte ich dieses vollgestellte weiche alte Haus? Die Leute, die dort lebten, besser gesagt: hausten – waren meine Ahnen, das begriff ich gleich nach dem Erwachen. Tote Onkel und Tanten und Großeltern. Sie schienen nicht tot, nur bettlägerig, müde und ein wenig verrückt.

*

In www.perlentaucher.de ein Hinweis auf die FR, wo folgendes zu lesen sei:

Eine Hymne auf einen «wunderbaren Roman» singt der türkische Autor Orhan Pamuk – er hat gerade Stendhals *Kartause von Parma* wiedergelesen: *«Obwohl ich weiß, daß Millionen von Menschen vor mir dieses Buch gelesen haben, gibt es aus einem mir unbegreiflichen Grund in diesem Buch gleichsam viele Ecken, kleine Details, die nur der Autor und ich verstehen, an denen nur wir beide Anteil haben. Die Geistes- und Seelenverwandtschaft mit einem derart intelligenten Schriftsteller hat mir Selbstvertrauen gegeben; und deshalb unterhielt ich eine ausgeglichene Selbstliebe, so wie das glückliche Menschen tun.»*

Die Stelle gefällt mir sehr, sie klingt anmaßend, eitel, alles mögliche, aber sie drückt genau dieses Gefühl aus, das einem ein Buch manchmal geben kann, wenn es in sich einen Baustein trägt, der zur Komplettierung des Lesers notwendig war.

*

In der Post die erste Diplomarbeit über *Haltestelle* von Eric Brinkmann. Darin auch ein verbohrtes Interview mit Bosse – erst jetzt verstehe ich, daß Jan überhaupt nichts verstanden hat. Und es sich nie eingestehen wird. Obschon er sonst ein netter Kerl ist, aber auf theatralem Gebiet der typische Anfänger, dem etwas mißlingt, weil ers zu gut machen will. Sechs Jahre jünger als ich – in einem Alter, in dem man gerne immer noch tiefer bohrt und mit der Grubenlampe unterwegs ist in der Welt. Während man sechs Jahre später gelernt hat, daß man manches nur erwähnen darf um ihm den idealen Raum zu geben, ansonsten man nicht als Regisseur, sondern als Platzanweiser fungiert und den Dingen eine Gestalt verleiht, die diese gar nicht wollen oder nötig haben, die sie einzwängt und mehr entlarvt als feinzeichnet.

Ich hab Jan damals gesehen, hab ihm ins Gesicht gesehen und wußte: Der wird mein Stück versauen. Schon seltsam, aber das gibt es. Man sieht ein Gesicht und weiß das einfach.

Warum gerate ich immer an Typen, die glauben, alles besser wissen zu müssen als ich? *«Auftritt von links oder von rechts – wie er sich das vorstellt – furchtbar, so ging das natürlich nicht.»* Dochdoch, so wär das schon gegangen, ich denk mir was dabei, ich sehe was, was du nicht siehst und das ist – schluß damit, sonst versau ich mir den ganzen Tag.

Eine Stunde später. Natürlich mußte ich die ganze Diplomarbeit doch sofort und in einem Stück durchlesen. Ist gut geworden. Schön. Sehr nützlich. Kann man drauf verweisen, braucht nicht immer denselben Sülz neu formulieren. Nur was Goetz darin zu suchen hat, kapier ich nicht. Habe wieder einen neuen Blechsatz von ihm lesen dürfen: Klassik sei *die neue Prollmusik.* Aha. Andererseits wissen die Prolls wohl selbst am besten, was ihre Musik ist. Nebenbei wirft er mir vor, daß ich meine Provence-Reise offensichtlich absichtlich in die *September*-Tagebuchzeit gelegt habe. Was für eine scharfsinnige Feststellung! Ich mache zwar im September fast immer Urlaub, aber selbst wenns so gewesen wäre, wie er sagt, wärs doch okay – ich verstehe nicht, was er mir mitteilen will.

*

«Darf ich vielleicht erst mal Mittag essen, bevor ich sexuell belästigt werde?»

«Nein. Erst wird sexuell belästigt, dann wird Mittag gegessen.»

Der Schalk ist wieder da und tut mir gut. Schrieb einen Rundbrief:

ACHTUNG!!!! WICHTIG!!!!

Spätweitweg
und
Haltestelle. Geister.
waren die besten Stücke der letzten zehn Jahre
und sollten an jedem deutschen Theater gespielt
werden statt der dummen Scheiße, die tatsächlich dort
gespielt wird. Anderenfalls droht alles mögliche.

Sie können jetzt nicht mehr sagen,
Sie hätten nichts gewußt!!!

Mit freundlichen Grüßen,

HelK

Hab in allen Fingern Gelenkentzündung. Muß von nn an das Tqebuch mizmer Nasnspitze tippem.

Geht wieder. Andrea Gerk schickt eine sehr aufmunternde Mail zur SN. Das Buch kommt bisher erstaunlich positiv an, vor allem bei Frauen.

✳

Sexuell korrekte Formulierung: *Du bist interessant genug, daß ich dich kennenlernen möchte, und obwohl mir als Geistwesen unbekannt, bist du keineswegs visuell derart abstoßend, daß wir nicht auch sofort vögeln könnten.*

✳

G. kann heute abend nicht in die B-Bar kommen, hat Bronchitis. Dann bleib ich eben auch zu Hause. Hier ist heut alles so heimelig und warm und feierlich.

Hatte sowieso zuviele Bedenken, ob ich mich auf dieser Party sehen lassen soll. Die Bronchitis hält G. nicht davon ab, morgen nach Göttingen zu fahren, weil er fürs SZ-Magazin was über TR schreibt. Das sind die Dinge, von denen man die Finger lassen muß. Hab ich ihm auch so gesagt. Wer überall dabei sein will, positioniert sich nicht, wird unauffindbar.

Conde ruft an, hat mit JvW alles klar gemacht. Song wird nächste Woche aufgenommen.

Plötzlich klingt er sehr euphorisch. Das wird alles gut. Die Musik ist gut, der Arbeitseinsatz hat gestimmt, das Produkt ist neu und aufregend, wir werden die Welt damit erobern, ohne Zweifel.

Eben ein wenig auf dem Keyboard geklimpert. Prompt kam eine Melodie, auf die Castiglio selbst niemals gekommen wäre. Musik aus dem Kern der innersten Archive.

Seltsamerweise ist man auf nichts so stolz, wie auf Zufallsfunde, zu denen keine Mühe, kein Aufwand nötig gewesen ist. Vermutlich, weil man subkutan glaubt, die Götter oder ähnlich numinose Mächte hätten einen beschenkt. Man ist so ungern einsam, wenn man schenkt.

Ich fühle die Finger liebesbedürftiger Engel im Haar
und jede Viertelnote, die ich schreibe, soll ihre schwarze
Fülle aus dem Husten tausender Ameisen fressen.

Mein Traum ist ein Netzwerk der Kreativen, das konstruktiv und interdisziplinär zusammenwirkt, als Störinstanz gegen den Lähmungsterror der Spaßkultur. Ein Netzwerk, das allein aus stiller Übereinkunft besteht, nicht etwa dank freimaurerischer Ornamentik. Konkret kann das aus gemeinsamen Projekten bestehen, Beistandspakten, oder einfach nur aus Bekanntschaft und Kommunikation. Es dürfte nie so etwas wie Clubabende geben, Initiationsrituale oder Auszeichnungsdekor. Dennoch müßten die, die dabei wären, ganz genau wissen, daß sie es sind.

Okéanos – das Urstromnetzwerk. Irres Stück. Wie toll das erst klang, von der Anlage des Hamburger Schauspielhauses. Das Meer hat gepumpt, und Poseidon hat dirigiert. Der Computer hat mein Leben völlig verändert. Wäre ich dreißig Jahre früher geboren worden, ich hätte nie Musik komponieren können. Mein Leben wäre unerfüllt verlaufen. Wie dankbar ich heut abend war, das müßte konservierbar sein, so schön war das. Gut, daß ich zuhause blieb, soviel gelacht, geschmust, geliebt.

> Rilke: *Nur, wir vergessen so leicht, was der lachende Nachbar*
> *uns nicht bestätigt oder beneidet. Sichtbar*
> *wollen wirs heben, wo doch das sichtbarste Glück uns*
> *erst zu erkennen sich giebt, wenn wir es innen verwandeln.*
> (7. Elegie)

*

Shirov ist völlig von der Rolle und verliert klanglos gegen Iwantschuk. Adams verliert mit Weiß gegen Fedorow, der sich damit nach schwachem Start ins Mittelfeld rettet. Anand gewinnt gegen Piket, der völlig überfordert scheint. Ich schlug bei der Internet-Analyse Yermolinsky eine Variante vor, die ich hartnäckig brillant fand, übersah dabei, daß die Dame ein Schlüsselfeld gedeckt hielt und machte mich vor allen Leuten lächerlich.

*

Harald Schmidt liest aus Jüngers unveröffentlichten WK I-Notizen und den *Strahlungen* – und zwar das berüchtigte angebliche Champagnerzitat, bei dem man bisher stets damit klugscheißen konnte, daß es in Wahrheit Burgunderbowle mit Erdbeeren gewesen ist. Danach läßt er Mozarts Champagnerarie und die Fledermaus laufen und raucht

Dunhill. Später hört er «heute einfach mal zwei Minuten früher auf, Sat 1 zahlt auch so».

Es ist nicht wirklich lustig, nicht wirklich anarchistisch, es ist allerhöchstens genial. Wir starren gebannt – die Majestät wird anerkannt im ganzen Land. Manuel Andrack hat von fast gar nichts eine Ahnung, ist auch nicht witzig, dennoch ist er inzwischen fast unverzichtbarer Teil der Show geworden, weshalb denn? Er konterkariert den Genius Schmidts mit seiner Durchschnittlichkeit, die beiden werden zum klassischen Paar à la Laurel&Hardy oder Pat&Patachon. Andrack wertet Schmidt zusätzlich auf, ist der Klotz am Bein, an dem das Messerschmidt sich wetzt und dank Handicap umso höher fliegt.

*

kraulen durch die schlaffen toten
schweinebäuche zum licht hin.
aber wenn das licht grad aus
oder aus neon ist?
auch und grade dann.
kraulen kraulen kraulen.
ja. ja. ja.
ja.
ja. ja.
jajajajajajajaja.
geil.

*

Muß man nicht alles *einfach* sagen können? Sicher – aber erst später. Dann werden ohnehin andere das für einen einfach sagen, wovor man Abscheu verspürt hat. Aus Unsicherheit, werden *die* sagen, aus Vorsicht, werde ich – nicht mehr sagen können.

Alles, wogegen ich bin, ist zugleich willkommener Teil meiner Strategeme. Ist mehr als nur eine Definitionshilfe. Es gibt keine Feinde. Nur disinstrumentalisierte Gegner. In meiner Laufbahn gab es Aufs und Ups, nur wußte ich manchmal nichts davon.

*

worte können dieses fest nicht wieder-
geben, höchstens viele schrille lieder.
der Punkt, an dem zu schweigen wäre.
den rest rekonstruiert das sekundäre.

Ich weiß nicht, ob es mir gut geht. Wie es mir besser gehen könnte. Mein Verfall ist nicht aufzuhalten, höchstens zu verzögern. Mein Verfall fasziniert mich auch. Ich rette mich durch langweilige Tage mit immer neuen Ritualen der Zeitverdrängung. Seltsam, daß ich mich als absolut privilegierten Menschen empfinde – und es wohl auch bin. Aber ich fühle mich definitiv zu oft unwohl mit mir selbst.

Wahnsinnige Angst, nichts Neues mehr zu sagen zu haben – statt des Glücks, endlich alles gesagt zu haben – was leider und zum Glück nicht wahr ist, man sieht immer weiter als man sagen kann, egal wohin man vordringt.

Eitelkeit. Müssen. Getriebenheit. Manchmal denke ich, wenn ich niemandem damit weh tun würde, würde ich mir die Kugel geben. In den Sekunden davor würde ich glücklich sein.

Mein Gedächtnis läßt nach, somit meine Bildung, meine Möglichkeiten. Meine Obsessionen sind gestillt, Spaß machen mir fast nur noch Dinge, mit denen man sich keinen Lebensunterhalt ermöglicht.

Vielleicht sollte ich meinen Zustand analysieren und als Symptom meiner Zeit verkaufen, aber ich bin nicht so sicher, ob ich und meine Zeit viel miteinander zu tun haben.

Ich habe Angst, präzise über sehr komplexe Dinge, Mechanismen, zu berichten, die in mir vorgehen, die sicher beschreibbar wären, in ihren Verflechtungen enträtselbar. Ich habe Angst, Leute damit zu langweilen. Mein Leben ist ein Projekt, also ein Kunstwerk, darüber schreiben wäre Sekundärkunst. Nochn Roman. Weiter, höher, tiefer, schneller – aber irgendwann lassen die Lebensgeister sowieso nach, ich will nicht den Berufsjugendlichen spielen.

Ich müßte lernen, innerlich ruhig zu werden, zu genießen – und bin ein Opfer tausend auferlegter Zwänge. Die zurücklegte Zeit ist gerannt, die gegenwärtige Zeit kriecht.

*

Aus der Reihe: «*Historische Gedichte und alkoholische Zusammenhänge*».

Lady Jane Grey

Sie sah ihren Gatten ohne
Kopf in einer Kutsche durch
die Stadt fahren, er hatte
vor seinem Tod ihren Namen
in die Mauern des Towers
geritzt wie einen Schrei aus
Stein: JANE
Kurz darauf wurde sie
selbst enthauptet, eine

Sechzehnjährige, die gern
Platon im Original las,
gegen ihren Willen zur
Königin Englands erklärt,
nach neun Tagen gestürzt
und zum Tod verurteilt von der
blutigen Mary, nach der später
ein Cocktail benannt wurde.

27. 1.

Heute ist Verdi 100 Jahre tot. Hundert Jahre nur.

Mißstimmung nach dem Aufstehen. Beatrice hat – allerdings auf Anraten des Briefträgers («is' ja versichert») – ein Postpaket an den Absender zurücksenden lassen, das ganz durchweicht gewesen ist und auf dem «Zerbrechlich» stand. Da hat mir wohl irgendein Leser eine Flasche Wein geschickt und wird jetzt sehr enttäuscht sein. Man hätte, finde ich, so tun müssen, als sei sie heil angekommen und habe geschmeckt.

Aber Bea sagt, so kann der Absender von der Post Schadensersatz verlangen. Das ist auch wieder richtig. Das Paket sei zudem ungewöhnlich leicht gewesen und die Scherben darin hätten nicht wie Flaschenscherben, sondern wie die von Christbaumkugeln geklungen. Hm.

Was mich richtig sauer macht, ist, daß Bea sich den Namen des Absenders nicht gemerkt hat. Grobe Gedankenlosigkeit.

Lege zu Verdis Ehren Musik auf, Falstaff, erster Akt, unter Solti – ein Akt, der u. a. deshalb so genial geworden ist, weil der uralte Verdi hier sich nicht zu groß war, um noch von Puccini zu lernen.

Darüber ist bislang wenig geredet worden – aber wieviele Pucciniana in der ersten halben Stunde des Falstaff enthalten sind! Man müßte die ersten Akte von Falstaff und La Bohème einmal nebeneinanderstellen und sich in aller Ruhe erstaunen lassen.

Mein voraussichtlicher Gegner morgen in der Regionalliga Süd-Ost ist im selben Jahr geboren, in dem Richard Strauss gestorben ist. So nahe ist alles noch.

Bereite mich eine Stunde lang vor. Mehr Zeit ist nicht drin. Gibt aber auch wenig Partienmaterial von Wert.

In der Post nochmal ein ganzer Schwall von Leserbriefen zu meinem ZEIT-Artikel, manche kritisch, aber diesmal keiner dumm. Etliche von Schülern zwischen 15 und 18 Jahren.

Einige mißverstehen mich. Ich will ja weder den Zweifel als intellektuelle Gesellschaftsinstanz grundsätzlich aus dem Weg schaffen, noch die Technik zum Religionsersatz erheben – da wäre die Kunst doch besser geeignet.

Ich habe in dem Artikel nur Selbstverständliches gesagt, daß

1. der Intellektuelle von dem, worüber er redet, etwas verstehen sollte, anstatt den Zweifel in unpassenden Phrasen verkommen zu lassen.

2. daß der Pragmatismus der einzig gangbare Weg ist, Risiken, die mit der Gentechnik verbunden sind, zu minimieren.

3. daß der Wunsch, «Gott» zu werden und den Tod zu besiegen, programmatisch im Menschen angelegt ist und nichts ihn davon abhalten wird. Und daß dieses Spiel – oder Spielchen, wie man will – ziemlich spannend war und ist und noch werden wird – jedenfalls in meinen Augen.

Ich habe auch keine Züchtung *gefordert*, habe nur festgestellt, daß die Prädisponierung der Haar- und Augenfarbe oder des Geschlechts eines Kindes noch keine Züchtung bedeutet.

Das Recht der Frau, einen Embryo mit schweren gesundheitlichen Schäden abtreiben zu dürfen, existiert doch längst, also weswegen sollte man solche – vergleichsweise – Albernheiten übertrieben inkriminieren? Da geht es um Design, nicht um Züchtung. Und das Design macht eben vor niemandem Halt, auch vor den Allerkleinsten nicht.

Jemand schreibt mir, daß wir, unsterblich geworden, doch noch sehr viel schneller an Langeweile leiden würden als jetzt. D'accord, absolut. Der Tod ist die genialste Erfindung der Natur, und als Theoretiker würde ich alles so mortal belassen wie es ist. Als Allzumensch jedoch würde ich zu ein paar geschenkten Jahrzehnten nicht nein sagen, wirklich nicht.

*

Im Wohnzimmer liegt das Monatsheft der Rampe/Stuttgart – darin ein Interview mit Thea Dorn, das mich überrascht. Bin zwar nicht mit allem einverstanden. Aber diese Passage hier wirkt wie ein Kommentar und gefällt mir sehr. Spricht mir aus dem Herzen, wie man so sagt.

Ein hübsches Bild eigentlich: Herzklappe auf, Vogel raus tschilptschilp, Herzklappe zu.

Thea Dorn:

die antike ist mir sehr nah, vielleicht weil ich von einem humanistischen gymnasium komme. zum einen leuchtet mir das weltbild der antike, nämlich das polytheistische, mehr ein als alle monotheismen. es gibt nicht einen gott, der alles weiß und der lobt und straft, sondern die höhere dimension ist ein merkwürdig zerstrittener haufen, der auch nicht weiß, wie es geht und was er will. das und die damit verbundene idee, dass alles, was auf der welt passiert, ein mal besseres und mal schlechteres drehbuch zur unterhaltung von launischen göttern ist, war mir als erklärungsmodell immer sympathischer. zum anderen beschäftigt mich, was in der antike extrem angelegt ist, nämlich das permanente streben des menschen, sich selber zum helden oder halbgott zu überhöhen, etwas, das ja gerade heute durch die gentechnologie wieder ein riesenthema geworden ist. der ständige versuch des menschen, seine grenzen zu übersteigen. deshalb verstehe ich auch die hysterie dieser debatte nicht, denn gerade das abendland definiert sich seit seinem beginn durch den antrieb, das menschliche in richtung göttliches zu überhöhen.

*

Wir fuhren gegen 14 Uhr in die Stadt, mit dem Auto – zwei von drei Parkhäusern sind voll. Wenn man einen Parkplatz sucht, werden alle Passanten häßlich. Sehr kalter Wind. Die Leute, aufgedreht im Kaufrausch, wir wollen nur ins Kino, uns endlich *Tiger&Dragon* ansehen.

Hmm. Naja. Okay, für das Martial-Arts-Genre ist das ein Meilenstein. Was will man über so einen Film schreiben, wenn man mit Martial Arts nix anfangen kann? Wahrscheinlich haben ihm deshalb alle Kritiker rote Sterne gegeben und die Klappe gehalten. Spielt in der Sagenzeit, die Kämpfer haben übermenschliche Fähigkeiten. Wenn man das mal auf deutsche Lokalitäten ummünzte, was hätten wir dann? Sie laufen levitiert durch die Gegend, springen über Häuser, ohne Schwerkraft an den Füßen, so wie man manchmal in sehr schönen Träumen läuft, wiewohl noch eine Grenze besteht zum Fliegen, ich habe noch nie geträumt, daß ich fliegen kann, aber solche Sprünge machen, ja, das kenn ich. Zwischendurch gibt es noch merkwürdige Balzrituale, die mich an die bei uns zuhause erinnern.

Schöne Bilder, ja, sicher, sehr schöne Bilder, aber die Charaktere – sind mir so wurscht …

Bea: «Für mich wars okay.»

«Dann isses für mich auch okay.»

Auf der Heimfahrt kostenloses Himmelskino. Kupferfarbene Cumuliketten in beinahe italienischem Licht. Die Sonne steht so tief, daß es wirkt, als würden die Häuser von unten angeleuchtet. Und vor uns im Westen ein Wolkenklumpen wie aus geschmolzenem Metall, mit einem schwarzen Kern darin. Die Cumuli veränderten ihre Farbe in Richtung Rosa oder Zimt. Daneben eine noch ganz helle Cirrus und im Hintergrund ist der Horizont mit kleinen Schwarzwolken garniert.

Zum Abendessen Bolognese, die Beatrice zubereitet wie niemand sonst. Dazu mal wieder: *Der Exorzist.* Grauenhafte deutsche Synchro, davon abgesehen erschreckt der Film niemanden mehr. Ist jetzt schon viel zu lang. Wie soll erst der Directors Cut aussehen, der Februar ins Kino kommt?

✳

Passage aus dem Interview mit Eric Brinkmann, die manifest scheint:

Ich will Theater machen für Menschen, die im Internet surfen und einen Fernseher besitzen. Ich will Leute ins Theater locken, die sich diese Mühe normalerweise sparen. Auf Vertreter der Sorte Lordsiegelbewahrer, die sich selbst als mühsam emporgehaltenes Relikt einer scheinbar kultivierteren Zeit begreifen, kann ich gern verzichten. Theater soll wieder zum Fest werden, das man am Abend feiert, weil man es sich verdient hat. Eine spontane Veranstaltung, die Lust bereitet. Ich selbst gehe lieber ins Kino als ins Theater. Ich habe nicht das Gefühl, daß um mich als Zuschauer gekämpft wird. Vielleicht wird sich das ändern, und eine neue Generation von Autoren nimmt den Kampf auf, statt die großen Stoffe von vornherein dem Film zu überlassen und das Theater zu einer Spielwiese textgeladener Zombies zu verunstalten. Viele Autoren schreiben Stücke, die besser in ein Gedicht gegossen wären, stattdessen aber zwei Stunden langweilen, und nur weil es ein paar pseudoelitäre Zahnarztgattinnen auch noch erhebend finden, wird diese Art von bigotter Leichenschau weiter subventioniert, aus einer kranken Angst heraus, zu gefallen. Man lese die Tagebücher von Samuel Pepys, der abends ins Theater ging, weil er unterhalten werden wollte, und, süchtig nach Unterhaltung, einige sehr treffende Urteile über die schlechten Stücke Shakespeares abließ, und da gibt es ja einige, was man sich heute kaum noch zu sagen trauen darf. Hamlet z. B. ist ein mit genialen Stellen gespicktes beschissenes Stück, das nur deshalb noch lebt, weil es noch nie funktioniert hat.

Ich glaube, daß die guten neuen Stücke oftmals nur deshalb nicht existieren, weil die Autoren glauben, solche heute nicht mehr schreiben zu dürfen. Es fehlt nicht am Talent, es drückt die Last einer perversen Theorie, die nicht länger den einfachen Zuschauer in den Mittelpunkt ihrer Wertmaßstäbe gestellt hat, sondern ein verkopftes Theorem, demzufolge am Theater Unerhörtes passieren muß, so nie gesehenes, radikal verdichtetes, um überhaupt eine Existenzberechtigung zu haben. Man übersieht dabei, daß der Zuschauer von 2000 sich nicht arg von dem von 1690 unterscheidet. Ich rede keiner Verflachung das Wort. Aber so komplex die Inhalte der Stoffe heute geworden sein mögen, so muß sich der Autor, verflucht nochmal, Gedanken darüber machen, wie er diese Komplexität, diese Vielfalt der Stimmen in seinem Kopf, auf einen Nenner bringen kann, der dem Publikum Pläsier verschafft. Das ist der Punkt. Kultur in ihrer Basis als Unterhaltungsunternehmen begreifen. Auf dieser Basis kann viel aufgebaut, subtil vermittelt werden. Aber das Fundament muß gefallen. Basta. Sonst degeneriert das Theater endgültig zur musealen Kunst, in der immer das Erprobte, Vertraute, Abgehangene siegen wird. Erstaunlich, daß ich das sage, der dem Elitären in der Kunst immer vertraut und es hochgehalten hat. Aber Wahrheit, und um die geht es schließlich, baut immer auf Konsens. Dieser Konsens ist verlorengegangen. Nur so konnte es zu dem Mißverständnis kommen, das mich und meine Haltestelle der Spaßkultur zurechnet, die ich verachte, weil sie eben Spaß und nichts sonst will. Das ist mir zuwenig. Ich bringe mal einen obsoleten Begriff ins Spiel, den der Erhabenheit. Als Sprungturm für die Ekstase.

Ein desavouierter Begriff, aus Furcht vor zu großer Manipulation des Zuschauers. Aber ich will nichts anderes, als den Zuschauer zu manipulieren in meinem Sinne. Und ich will, daß der Zuschauer sich an meiner Hand wohlfühlt, wohin ich immer ihn mitnehme. Wenn ich das Gefühl habe, Theater nur noch für Tote zu machen, auf Zimmertemperatur, dann soll das Krematorium her.

*

Aus einem Autographenkatalog:

Canetti, Elias: Eigenhändiger Brief mit Unterschrift. London, 25. März 1982. An den Hamburger Fernsehredakteur, Lektor und Publizisten Gerhard Lütke. DM 1500.–

Entschiedene Absage des offensichtlich gekränkten Elias Ca-

netti an das Ersuchen Lütkes, für die Kurzgeschichtensammlung der noch unbekannten Autorin Ruth Domino-Tassori ein Vorwort zu schreiben: «Über Ihren Brief habe ich mich nicht wenig gewundert. Ich kann ihn mir nur durch eine völlige Unkenntnis meines Werkes erklären ... Es ist richtig, daß ich sie zum Schreiben ermuntert habe. Aber die Vorstellung, daß der Verfasser der ‹Blendung› sich dazu veranlasst fühlen könnte, etwas über ihre kleinen Geschichten zu schreiben, scheint mir grotesk und ist wenn es von ihr selber ausgehen sollte, nur durch Anmaßung zu erklären ...» *Hübsches Dokument, das die Eitelkeit des damals 77jährigen Autors der «Blendung» bezeugt.*

Da sieht man mal: Es kommt alles ans Licht. Und trotz der überzogenen Schärfe des Briefes kann ich mich in Canetti gut hineinversetzen. Es gibt diese Stimmungen, die einen entgleisen lassen, und die Situationen, wo man deutlich werden muß – auch weiß man nicht, in welcher Weise Canetti vorher gepiesackt worden ist.

*

Früh zu Bett getrunken. Vorher noch Lektüre Marai/Musil und Briefe geschrieben. Mit Vorsicht.

28. 1.

Aufgestanden, im letzten Moment noch ans Geburtstagsmail für Andrea gedacht, hoffentlich war ihr Tag besser als meiner. Wir traten heute gegen Landshut an, ich hatte plötzlich das Gefühl, daß sich mein Gegner (ein anderer als der, auf den ich mich vorbereitet hatte) auf mich sehr gut vorbereitet hatte, ich spielte dann zwar noch das angenommene Damengambit, aber eine andere, nicht präparierte Variante und zerbrach mir am Brett den Kopf, weil ich die kritische Partie Gelfand-Anand, Linares '93, nicht mehr aus dem Gedächtnis abrufen konnte. War einfach weg. Dann wich mein Gegner von der dortigen main line ab – und ich dachte, mit dem Läuferpaar schnell Ausgleich zu haben. Sein Angriff war aber selbst ohne schwarzen Läufer lange unangenehm bohrend. Ich mußte sehr präzise die Löcher in der Stellung stopfen, glaubte aber an meinen Vorteil. In der Zeitnotphase, als ich mit einem Remis hätte zufrieden sein müssen, stellte ich auf haarsträubende Weise einen Bauern ein und die Partie.

Wir verloren 3:5.

Zu Hause stelle ich fest, daß ich die Varianten verwechselt habe. Gelfand-Anand war ohne Sf3 und Sf6. Mein Gegner hat ganz richtig gespielt und erst später eine Neuerung (10. Sd2) gebracht.

Soviel für heute zum Thema Verfall.

Nach so etwas besteht der Rest des Tages aus Frustfressen und Wunden lecken. Magenkrank bin ich auch.

(Für Interessierte: 1. d4 d5 2. c4 dc: 3. Sf3 Sf6 4. Sc3 c5 5. d5 e6 6. e4 b5?! 7. Sb5: Da5+ 8. Sc3 Se4: 9. Ld2 Sd2: 10. Sd2: ed: 11. Sd5: Ld6 12. Lc4 0-0 13. 0-0 Sc6 14. Se4 Le5

15. Dh5 Le6 16. Se7+ (Sg5! h6! Se6: und S hat Kompensation) Se7: 17. Le6: Lf4 18. Lb3 Tac8 19. Tad1 Dc7 20. Td3 De5 Von hier ab hohe Zeitnot auf beiden Seiten. 21. De5: Le5: 22. Td7 Sc6 23. Sg5 Tc7 24. Tc7: Lc7: 25. Te1 g6 26. Le4 Sb4 27. Lc4 Lf4?? (Sc6=) 28. Sf7: Kg7 29. Te7 Kf6 30. Ta7: und nach ein paar belanglosen Zügen 1-0)

In Wijk an Zee wurde die Schlußtabelle recht langweilig, weil den realen Kräften ungefähr entsprechend. Kasparow vor Anand und Kramnik und Iwantschuk. Dann Adams, Morosewitsch und Shirov. Leko hätte man weiter oben erwartet, Iwantschuk ein bißchen weiter unten. Der alte Timman wird Letzter, verlor die letzten vier Partien en suite, hatte keine Kraft mehr.

Kam mir heute selber schon wie ein alter Mann vor, war erschöpft und seelenlos, hatte an nichts mehr Freude. War kaum anwesend. Oder doch. Wenn man anwesend als «Im frühen Stadium der Verwesung» deutet.

Wenigstens mal wieder eine Super-*Southpark*-Folge, jene mit Chefkoch, von dem Alanis Morissette ein Lied geklaut haben soll. Und Beatrice, die Viennetta-Eis mit Sauerkirschen kredenzt. Heute kaum allergische Reaktion. Leider sind die Kirschen bitter.

Später denke ich, was soll das? Warum kann ich einen Tag nicht mehr genießen, bloß weil ich so ein unwichtiges Spiel verloren habe? Und neben mir sitzt die Liebe und die Schönheit und will spielen, das wahre Spiel, das, das zählt. Und ich dachte daran, daß ich einmal als wirklich alter Mann an diese Zeit zurückdenken und mich fragen könnte, warum ich nicht viel mehr daraus gemacht habe, warum ich sie mit solchen Nichtigkeiten vollgestellt habe. Die

Wahrheit ist wohl, daß das Leben zum größten Teil aus Nichtigkeiten besteht, bestehen muß, sonst verlören die großen Momente an Größe – und daß die Nichtigkeiten gar keine sind, sonst würde man sie nicht so ernst nehmen. Und nur wenn man sie ernst nimmt, wenn man das Spiel wie eine heilige Handlung vollzieht, haben diese Dinge einen kreativen Nährwert. Dann wird es einerlei, ob man sich an ein Gedicht oder eine Partie setzt.

Ist alles schon ganz richtig so. Verlieren ist eben scheiße.

*

Sahen uns die Extras der *Anatomie*-DVD an. Der Set sieht wirklich heiß aus, aber wer hat diese grausamen Dialoge verbrochen? Franka hat sich ein Bein ausgerissen, um daraus noch was zu machen, aber retten konnte sie's auch nicht. Nur Traugott hat Text, der erträglich ist.

Auf Pro 7: *Red Corner* mit Richard Gere und Zhou Bai Ling, der schönsten Asiatin, die ich je gesehen habe. Bea spricht daraufhin den Rest des Abends pseudochinesisch, was sehr süß klingt. Der Film ist nicht übel, vor allem in der kargen Gerichtsatmosphäre eindringlich, und man hört selbst dann noch genau zu, wenn minutenlang ohne Untertitel chinesisch geredet wird. Fürs Fernsehen absolut okay.

*

Was macht man mit so einem Sonntag? Habe beschlossen, meinen Innenproll spazieren zu führen, Bier aus dem Keller zu holen und mir bis vier Uhr morgens das Superbowl-Endspiel anzusehen. Jawoll. Die Baltimore Ravens spielen gegen die NY Giants.

Football ist ein Spiel, das ich mit 20 toll fand, als ich es dann verstanden hatte, wurde es wieder langweilig. Aber das Superbowl-Endspiel hab ich mir fast jedes Jahr angesehen, meistens mit Bernhard irgendwo in München auf Großleinwand, mit Live-Cheerleaders und so. Bernhard. Geht das jetzt einfach so vorüber, nach über zwanzig Jahren? Wir haben uns auseinandergelebt. Ist es fair, dem anderen dauernd vorzuhalten, daß er nicht mehr derselbe ist, daß wir uns ihn anders wünschen? Ihm wegen seiner Veränderungen sogar Vorhaltungen zu machen? Nein, und solange man das nicht unterlassen kann, soll man Abstand halten.

Football und Schach haben viele Gemeinsamkeiten. Bei beiden Sportarten geschieht in wenigen Zügen unglaublich viel, dynamische Entwicklungen von kaum überschaubarem Ausmaß und einiges Unvorhersehbare, das nicht kontrolliert werden kann, das hinterher gerne als angestrebt ausgegeben und analysiert, mit einer post-mortem-Logik versehen wird.

Lieber in der Luft zerrissen
als im Grund verscharrt
lieber zugeschissen
als zugenäht und aufgebahrt.

Ob ich da nicht was verkläre, das dem reifen
Autor peinlich, was zu Überwindendes
sein muß? Mein Ich ist was Verschwindendes.
So siehts aus. Ich saufe, um das zu begreifen.

Das Spiel läuft an mir vorbei. Scheißegal, was da passiert. Die Axe-Werbung ist daran das Beste. (Die mit den Sprüchen, die Mann mal aus dem Mund von Frauen hören möchte.) Anhand der Cheerleader – fast jede sieht geil aus – wird Geilheit entheiligt.

Ist Schlimmeres vorstellbar, als sich jeden Tag unter Cheerleadern eine aussuchen zu dürfen, die man wie den Morgenkaffee zu sich nimmt? Es wäre immer noch besser, ein Leben lang leer auszugehen, als die Gier, die Sehnsucht, den Wahnsinn zu verlieren – und wenn mich auch alle Notgeilen dieser Erde verfluchen werden, es stimmt. Und manchmal hätte ich doch zehn Jahre meines Lebens hergegeben, um einmal an diesem oder jenem Mädchen züngeln zu dürfen. Die Ravens gewinnen am Ende 34:7.

Wenn der Boden des Glases
zum Fernrohr ins All wird,
alles verspricht & nichts hält.

Jeder gute Wein ist eine
Flaschenpost von oben,
der man manchmal auf den Grund
geht, manchmal auf den Leim.

29. 1.

Manche Tage sind eine einzige Nachwirkung. So auch heute. Aber wenn ich einen Whiskyschädel hab, kann ich mich oft erstaunlich gut konzentrieren und komponiere an dem neuen Stück weiter, für Streichorchester, soll eine elegische Filmmusik werden, sehr herbstlich und lichtvoll. Schreibe den ganzen Satz, fast fünf Minuten, in zwei Stunden fertig. Naja, es ist sehr breite, flächige Musik ohne Ornamente.

In der Post der neue Rowohlt-Katalog. SN wird irgendwo in der Mitte versteckt. Und das Foto gefällt mir auch nicht, hab darauf ein Doppelkinn. Die *Thelma & Louise*-DVD ist angekommen. HGR schickt, was ich sehr nett finde, einen Artikel über den Mörder Romand aus dem Observer.

Älteste Frau der Welt wird 126. Lebt auf einer karibischen Insel und ernährt sich nur von Naturprodukten.

*

Wenn man erstmal in der Musik ist, kommt man nicht so schnell raus.

Hörte mir spaßeshalber die *Musik für dreieinhalb Klaviere* in einer Fassung für eine Shamisen und sieben Taiko-Drums an. Kam sehr sehr heftig. Das Stück könnte ruhig in drei oder vier verschiedenen Versionen auf die CD. Asiatische Einflüsse sollen aber erst auf der Nachfolgerplatte erscheinen. Das wäre sonst zuviel.

Hab heute nochmal die Stücke 5b und 9b gehört – zum

Wahnsinnigwerden schön, nur muß noch ein beide verbindendes drittes Stück her.

Inzwischen finde ich, daß unsere Musik nicht krampfhaft «undeutsch» sein wollen muß. Wir kommen nunmal von hier – und die Welt wird uns sowieso immer durch die deutsche Brille sehen. Global sein, heißt eben auch ein bißchen deutsch sein. Und ich liebe musikalisch durchaus Riesenräume und Stahlgewitter – das kann sehr wohl Eleganz besitzen. *Die dunkelste Eleganz* – schöner Stücktitel.

Brief an U. Samel geschrieben und soviel wie möglich in der Schwebe gehalten. Wäre mir gar nicht recht, wenn da zu schnell etwas konkret werden würde, hätte gar keine Zeit dazu.

Andererseits, ein bißchen Glut muß geschürt werden.

Schlagzeilen: BORIS! WARUM SIE? und WAS HAT SABRINA, WAS BABS NICHT HAT?

Ekelhaft. 20 000 Tote in Indien. Warum die?

Früher stürzten sich die Medien auf Themen, über die die Leute redeten. Heute sagen sie den Leuten, worüber sie zu reden haben. Eine neue Form des Terrorismus gegenüber der eigenen Klientel. Und das Volk wird kalbgleich folgen.

*

In den Marai-Tagebüchern viel Unausgegorenes, oft auch sehr reaktionäres Zeug, das man so bei Jünger nur selten finden würde. Man merkt auch, daß Marai gegenüber Jünger zwar der bessere Romanschriftsteller, aber als Visionär und Denker ihm weit nachrangig ist. Man könnte allerdings das Defizit auch zum Vorteil erklären – wo Jünger alles weit hinauf ins Abstrakte, fast Mathematische erhebt, mischt Marai viele Ebenen, die des Zeitgenössischen mit der Utopie, der Vision mit der Bewahrung, der Folklore mit dem Heimweh, der Elite mit dem Politischen und alles noch mit dem katholischen Glauben sowie einer Kunst, die sich noch im Besitz von Maßstäben wähnt. Daraus entstehen sehr viele Einträge, die etwas Richtiges enthalten, bei denen man aber anhaftenden Unsinn abmeißeln – streichen möchte.

Manchmal ist zuviel Sentimentales, zuviel auf die Pointe hin Gedrechseltes zu finden. Das ist bei Schriftstellern, die auf menschliche Weise Tagebuch führen, selten schlimm, aber bei solchen, die eine Art meditatives Best-Of, also eine Aphorismen-Sammlung anstreben, von Nachteil, die hohe Ebene gerät ständig ins Kippen, das Buch lädt aber auch nicht zum Suhlen und Wälzen ein. Also schwankt man als Leser manchmal wie auf einer Leiter hin und her, das ist kein angenehmer Zustand. Marai neigt oft zu genau jener «Geistreichelei», die er Anatole France vorwarf. Nichtsdestotrotz ist er selbst im Irrtum groß, auch heute wieder bemerkenswerte bis fabelhafte Einträge: (alle von 1955)

Jani erkundigt sich, wie es mit Ulysses und den Sirenen eigentlich war. Als ich ihm erzähle, daß Ulysses die Ohren seiner Genossen mit Wachs verstopfte, sich selber aber an den Mast fesseln ließ, antwortet er nachdenklich: «Ulysses war also ein Mann, der den Gesang hören wollte …» Ja, er war ein solcher Mensch.

Und ein Eintrag, der Diskussionen mit mir begann:

Gides Roi Candule: *ein schönes, poetisches Spiel mit dem Sinn, daß Glück nur dann möglich ist, wenn kein Fremder etwas davon weiß. Es hat aber den Anschein, als ob Gide irgendwo hinter der Wahrheit zurückgeblieben wäre: es ist wahrscheinlicher, daß die Möglichkeit zum Glücklichsein nur dann besteht, wenn auch jene, die eben glücklich sind, nichts davon wissen. Sobald sie es «wissen», entsteht ein beklemmender, schuldbewußter, unruhiger Zustand, also kein Glück.*

Das Wort «schuldbewußt» stört mich, das aus Marais Katholikentum herüberruft. Nein, dieser Zustand ist nicht schuldbewußt. Er ist todesbewußt.

Schuld verspürt man nicht ob einer zurückliegenden erfüllten Zeit, nein, man spürt höchstens die Schuldigkeit an sich selbst, auch die kommende, noch leere Zeit mit etwas Ähnlichem zu füllen. Man merkt, daß man einen Zustand bewahren, einen Stand halten will, daß man Stagnation begehrt – und das Bild gefriert in einem zur Zwangsvorstellung, zum KZ-Theater, bis der Tod ein Tuch drüberwirft. Daran denkt man.

Ein chinesischer Kellner bedient mich in einem altmodischen Restaurant von Greenwich Village. Während er mit einer Brille auf der Nase hin und her schuffelt und herumkramt, redet er leise vor sich hin. Was brummelt er unter seiner Nase? Was planen diese kleinen gelben Menschen für die Zeit der kommenden hundert bis zweihundert Jahre? Es wäre gut dies zu wissen, denn sie planen offensichtlich etwas. Sie haben zwei machtvolle Waffen: viele Menschen und viel Zeit.

Da spricht jemand, dem von Osten aus viel Unrecht geschah, und der wohl befürchtet, daß von noch weiter östlich noch viel mehr Unrecht zu erwarten ist ... Embryonale Ahnung von der chinesischen Expansion, die mich auch lange beschäftigt hat. Früher glaubte ich, daß der letzte kulturelle Konflikt vor der Errichtung des Weltstaats zwischen Europa und China ausgetragen würde, wenn Nordamerika längst bedeutungslos geworden, innerlich verfault wäre. Heute denke ich, daß Prognosen nicht mehr möglich sind, zuviele Faktoren und Variablen werden, je nachdem, wann sie interagieren, in diese oder jene Richtung führen. Vielleicht wird die ganze Welt zu Amerika, und die U.S.A. tauchen darin unter? Zuvieles hängt von Individuen ab.

Marais Lebenstragik liegt nicht nur in der Vertreibung und im Exil, sie liegt auch in seinem Stolz und der Unfähigkeit, die Fremde zu vereinnahmen, wie es Nabokov gelungen ist. Den Gipfel dieser Tragik bildet sein Selbstmord im Februar '89.

Wieviel es ihm bedeutet hätte, den eisernen Vorhang fallen zu sehen, triumphal zurückzukehren nach Ungarn. Andererseits beschleicht mich das Gefühl, diese Wendung war für ihn nicht vorgesehen. Er mußte erst sterben, um reanimiert zu werden. In diesem Licht wird die Tragik zur Vollendung der eigenen Lebensdramaturgie. Der alte, kranke Mann, der zurückkehrt, dessen Freunde von damals tot sind, der entdecken müßte, daß sein geliebtes Ungarn ihm nach vierzig Jahren fremder erscheint als jede Fremde davor – schreckliche Vorstellung.

✳

Beatrice ruft mich. Das Sky-Car ist da. Mixtur aus Auto, Helikopter und Flugzeug. Entworfen von Paul Moller. Sieht sehr schnieke aus. Werden wir in zwanzig Jahren auch so eins haben?

«Ich möchte das jetzt schon haben!»

Keine Chance, sag ich. Geht in zwei Jahren frühestens in Serie. In zehn Jahren wird es bezahlbar. In fünfzehn Jahren wird die dafür notwendige Luftraumverteilung und

Logistik installiert, und dann werden wir noch dreimal durch die Führerscheinprüfung fallen.

Bea malt mir mit Kugelschreiber lauter Schweine mit Narrenkappe aufs Bein.

«So. Du weißt, was das bedeutet.»

«Ja. Ab jetzt gehöre ich dem Schwein mit der Narrenkappe.»

✳

Rührend bei Marai ist auch folgende Stelle:

Überall Nachrichten und Rechenschaftsberichte über die Vorzeichen der Automatisierung. Die meisten amerikanischen Fabriken werden nach einem Jahrzehnt durch Automaten in Gang gehalten werden. Das Problem ist nicht die existentielle Versorgung der überflüssigen Arbeitskräfte – es wird einen zwanzigstündigen Lohn und ein Jahresgehalt für die Arbeiter geben – sondern die Überwachung der Freizeit der Menschen. Sie wollen keine Kunst, und für den Sport sind sie zu träge und faul. Was werden sie dann tun? Toynbee glaubt, daß sie religiös sein werden. Jedoch jemand, der täglich acht Stunden schläft, drei Stunden arbeitet und in den übrigen Tagesstunden religiös ist, nenne ich noch keinen religiösen Menschen, nur einen, der nicht weiß, was er mit seiner Zeit anfangen soll.

Wenn man das liest, kommt man auf den Gedanken, die Spaßkultur sei von besorgten Konservativen erfunden worden, um das Volk im Freizeitgehege bei Laune zu halten.

Im Bezug auf Sport hat sich Marai geirrt. Das Volk hält sich fit, solange es Sex haben will. Ein Wort wie Sexualität taucht bei Marai selten auf, von seiner eigenen redet er nur andeutungsweise: «Die Beziehung zwischen Künstler und

Eros ist selten harmonisch. Es gibt selten ein Genie, in dem sich die Sexualität veredelt und sich sinnlich-spirituell erhebt.» Von Casanova spricht er als «letztem Lustreisenden Europas». Gelegentlich lobt er die Bisexualität, zitatweise, indem er die Sünde benennt, vom Angebot nur einen Teilaspekt wahrzunehmen. Von seiner Frau redet er nie, obwohl seine Ehe sehr glücklich gewesen sein soll.

Beatrice meint, daß die Esoterikwelle doch in gewisser Weise Toynbee Recht gibt und meine «virtuelle Religion» ja auch von anderen – wenn auch noch meistenfalls unbewußt – ausgeübt wird. Daß eine Rückkehr der Götter, wie von Jünger prognostiziert, immer wahrscheinlicher wird.

Ja, sicher, aber von der Reizüberflutung durch die Medien, von der Tagesgestaltung durch das Fernsehen und der Innovationskraft der Kommunikationstechniken, die dem Menschen eine Gegenwelt, eine Zuflucht aus montierten Bildern gewährt hat, davon ahnte Marai gar nichts. Dem Phänomen Fernseher gönnt er, als neugieriger Mensch in New York, kein Wort.

Das erklärt vielleicht auch das vorübergehende Verschwinden seines Werks, es war antiquiert, ein Relikt, und brauchte eine Auszeit, um auf höherer Ebene erneut modern zu werden.

Das Bizarre: Wäre Marai (Jahrgang 1900) 1938 etwa gestorben, seine Rezeptionsgeschichte wäre vermutlich wie die eines Klassikers vom Schlage Roth oder Schnitzler verlaufen.

Er schreibt selber (zum Tode Ortega y Gassets): «Die großen Zeitgenossen überleben sich manchmal in unschicklicher Weise.» Nur ein toter Autor ist ein guter Autor.

Bizarr, Teil zwei, ich habe eine Gänsehaut, denn: Eben lese ich ein paar Seiten weiter – und da steht:

Thomas Wolfe. Wurde 1900 geboren, starb im Alter von achtunddreißig Jahren. In seinen Werken fehlt der Reflex. Wenn der amerikanische Schriftsteller Talent hat, setzt er nicht etwas reflektierend fort wie der europäische Schriftsteller, sondern beginnt die Literatur von vorn.

Aha. Der Tod hat im Jahr 1938 Marai holen wollen und versehentlich Wolfe mitgenommen. Man spürt Marais leise Verbitterung ob dieses Fauxpas.

*

Ich besitze dreitausend CDs und höre im Radio das Nachtkonzert, wo ist die Zeit, da ich 15 LPs besaß und jede mir so teuer war wie eine Freundin?

Früher hörte ich etwas im Radio und konnte mit hoher Wahrscheinlichkeit sagen, wer da dirigierte. Heute weiß ich manchmal nicht mal mehr, von welchem Komponisten das stammt.

*

Zum Abendessen Rosenkohl. Nie wieder. Fühl mich wie ein Luftballon, der dicht über Scherben hinwegfliegt.

*

es stört mich, wenn ein paar sich so sehr als paar definiert, daß man keinem von beiden ein mail schicken kann, ohne zu wissen, daß es beide lesen werden. das ist aufdringliche zweisamkeit.

So. Heute viel gemacht. Gedanken, Musik, Mist und Spaß. Im Nachtkonzert das KV-626 Requiem. Jetzt noch ein Gedicht, das wärs.

«Wie wärs mit dem hier?»

Satans Klinkenputzer holt ein sehr kurzes aus seinem Musterkoffer. Vierzeilig.

«Ach nee, hatt ich gestern schon ein paar …»

«Und wie wärs mit dem?»

Ein Sonett. Ganz okay, ich nehm es, verlange aber Rabatt.

«Dann hab ich hier noch was ganz Schräges – für meine besten Kunden.»

Bester Kunde. Klingt wie ‹liebster Trottel›. Ich laß mir das Gedicht aufsagen. Der Klinkenputzer lispelt dabei, und es ist wahrhaftig ein bißchen komisch. Vielleicht auch ein bißchen zu albern für mich. «Nein, nein», sagt er, «das paßt wunderbar.» Ich lass mich überreden.

Am Ende hält er mir ein Formular hin, ich unterschreibe, absichtlich krakelig und unlesbar.

Ob er morgen wiederkommen soll? Nein, morgen nicht. Morgen soll wieder der Vertreter der himmlischen Musik antanzen. Er setzt einen verächtlichen Blick auf und verschwindet in einer Ritze. Meine versammelten Innenautoren, sieben davon Lyriker, mustern die Ware und haben einiges dran auszusetzen. Still, sage ich, sonst werdet ihr ebenfalls ausgesetzt. Das wirkt.

*

nachtkonzert

da fließt Musik, die kenn ich gut,
ein lichtermeer aus tönen dringt

abgedunkelt, dick wie blut
in schwarze zonen vor, das klingt

wonach? verflucht. ich kenn es doch.
und weiß es nicht, bin irritiert,
vor ein paar jahren hätt ich noch
erraten, wer da dirigiert.

musik, die sich mit göttern mißt.
im strom der toten lichter steh ich
ganz allein, ganz klein, allmählich

wird mir klar, daß jeder, der
an sich festhält, weder er
noch irgendjemand sonst ist.

✳

Die Sache mit dem Zwergchamäleon

– Iff hab waf fiffen den Fähnen – kannft du ma nachfehn?
– Oh, tatsächlich, da sitzt ein Zwergchamäleon.
– Efft? Waf mafft dafri da?
– Jetzt wird es beige, jetzt rot … Gott ist das süüüß.
– Mein Fahnfleif ift ganf gefwollen. Maff daf weg!
– Ich finde, daß es dir überaus gut steht.
– Trotfdem!
– Es wird sich von Essensresten ernähren.
– Keine Diffkuffion! Fiehf rauf!
– Wie denn? Es krallt sich ja fest.
– Benütf eine Pinfette!
– Da würde ich ihm aber sicher wehtun.

– Feif drauf! Fieh mir daf Feifvieh auf den Fähnen!
– Schau! Jetzt wird es ganz weiß vor Angst.
– Daf ift mir wurft. Au! Ef hat mir in die Funge gebiffen!
– Stimmt. Jetzt wird es wieder rot. Hach, wie süß …
– Fluff damit! Gib mir einen Fahnftocher!
– Nein! Wenn du *das* tust, lass ich mich scheiden!

Foweit die Fituation.

Feitdem lebe iff mit einem Fwergchamäleon fiffen meinen Vorderfähnen.

Fungenkrebf wäre flimmer, fagt meine Frau. Daf ftimmt. Aber waf flimm iff:

daff fie dauernd daf Vieh ftreicheln muff wenn wir bumfen.

30. 1.

Neuer Krach am Schauspielhaus, der Geschäftsführer hat hingeschmissen. Stromberg schickt mir eine Mail, entschuldigt sich endlich für die Absetzung des Stückes – und was er heute in den Zeitungen sagen würde, meine selbstverständlich nicht das Stück, sondern die Produktion. Das hilft mir auch nicht weiter. Er macht mich zu seinem Bauernopfer. Das Stück wurde wegen Krankheit zweier Schauspieler nicht wieder aufgenommen. Und Stromberg geht hin und tut so, als würde er einen Fehler eingestehen und das Stück zurückziehen. Um die Presse zu beschwichtigen. Das hält er wohl noch für intelligent. Dieser Wahnsinn schafft es, mich erneut den ganzen Morgen zu Boden zu keulen. Da hat man die vielleicht längste Praline der Welt geschrieben und nur weil irgendwelche Arschwixerdeppen und Kleintrottelschweine sich in den Kopf gesetzt haben, einen Intendanten nicht zu mögen, wird das Stück mit Kopfkissen erstickt. Sehe meinerseits keinen Grund mehr, gewisse Absprachen einzuhalten. Warum hab ich das Stück nach Hamburg gegeben? Jedes Theater hätte es mit Handkuß genommen. Na gut, ich bin volles Risiko gegangen und auf Grundeis gelaufen. Plötzlich habe ich auch wieder Bedenken wegen der Schmerznovelle. Die Reaktionen auf *Haltestelle* waren ja noch viel euphorischer. Jeder, der es las, glaubte, daß Mühlheim praktisch schon entschieden wäre. Und dann das.

*

In der Post die *Entrata*, in der Genie&Handwerk-Fassung, frisch aus dem Studio. Geil. Conde hat das hingekriegt. Ja. Das ist neu, das ist brutal. Aber man müßte das Stück «Musik für sauteure Anlagen» nennen. Ich überlege gerade, was davon bleibt, wenn mans über ein Billiggerät abspielt – zuckender Brei wahrscheinlich. Aber egal. In wenigen Jahren werden auch die billigsten Geräte eine taugliche Klangperformance haben.

Postkarte von Gabriele aus Hamburg:

«Lieber Helmut,

vorgestern wollten wir endlich Dein Stück sehen, aber diese Ärsche hatten heimlich den Spielplan geändert – es gab Tschechows Möwe – stark gekürzt, dafür aufgemotzt mit Zwischenliedern in einer Art Englisch! Grauenhaft. Und in der Schlange vor der Sektbar sagte eine Dame zur anderen, Tschechow sei ja veraltet, in dieser Form jedoch recht amüsant.»

Postkarte zurück:

«Liebe Gabriele, tatsächlich fehlen in Puchers grandioser Inszenierung, die das Stück endlich zu sich selbst zurückbringt, etwa zehn Zeilen. Die Lieder sind in Englisch und völlig okay. Tschechow ist nicht veraltet, er ist tot, und das schon ziemlich lange. Wenn man tot ist, altert man anders.»

*

Mittags in die Stadt. Vorher zum Kiosk. Einmal Abendzeitung bitte. «Aber erst abends lesen.» Gott, wie mich das traurig macht.

Habe zwei neue Schauspielführer durchgesehen. Einen von Reclam und einen von Kroener. Stehe in beiden nicht drin. Nichtmal mit *Lederfresse*, das bald seine hundertste Inszenierung feiert und derzeit in Athen, Cordoba, Buenos Aires und ab März in Mailand gegeben wird. Nicht, daß sowas wichtig wäre, aber es wundert einen doch, und wer so paranoid ist wie ich, denkt sofort an eine Verschwörung.

Ich meine, das gibts doch einfach nicht. Man will mich als Dramatiker aus der Welt schaffen.

Neue DVDs: *Magnolia, Breaking the Waves, Das Wiegenlied vom Totschlag, La Vita e bella.*

Der Merkur im Tal hat immer noch die Alpenmilchschokoladentafel in der Hand. Anscheinend hat es nicht mal ein Penner nötig, sie herunterzuholen. Wahrscheinlich fürchten alle, sie sei vergiftet.

Bei Hertie gibt es in der Gewürzabteilung den neuesten Gag: «Senf für Männer» und «Senf für Frauen» und jede Menge Idioten, die sich von beiden Sorten ein Glas mitnehmen. Auf der Suche nach dem kleinen Unterschied.

✳

Idee für einen Filmanfang. Mann betritt ein Geschäft, sagt: Es geht um Leben oder Tod, geben Sie mir bitte schnell 1000 Mark, ich bringe sie in einer halben Stunde wieder zurück.

Der Verkäufer tippt sich an die Stirn. Der Mann sagt: Geben Sie mir bitte die 1000 Mark, sonst muß ich zur Waffe greifen, es ist ungeheuer wichtig. Ich will nicht ins Gefängnis, weil ich Sie überfallen habe, und ich will Ihnen auch gar nichts tun, aber ich (crescendo) brauche binnen einer halben Minute diese tausend Mark, ich wiederhole, es geht um Leben oder Tod.

Verkäufer (ein bißchen arrogant-debil): Sie haben doch gar keine Waffe. Der Mann zieht eine Pistole, schreit: Sie Idiot! Halten Sie es für so unmöglich, daß es in meinem Leben Umstände geben könnte, in denen mir Ihr Scheißleben scheißunwichtig ist? (zielt auf ihn)

Sind Sie jetzt zufrieden? Mußte es unbedingt soweit kommen?

Schwarz und Titel.

Klingt nach Pulp-Fiction-Stil, durchaus, warum nicht? Schon formt sich eine Handlung drum herum. Das wäre ja auch eine superspannende Frage: Was kann so wichtig sein, daß ein Mensch einen Raubüberfall begeht, andererseits aber nur tausend Mark braucht, keine höhere Summe. Es ist auch genau die Grenze, bei der ein gutgläubiger Verkäufer vielleicht noch über den eigenen Schatten springen könnte.

*

Saß heute in der S-Bahn einer Achtjährigen gegenüber, die immer wieder dieselbe Melodie summte. Ihrer Mutter erklärte sie, das sei von Mozart, den Titel hätte sie vergessen.

Was sie summte, war vom Original ziemlich weit entfernt, aber plötzlich kam ich drauf. Es war «Singt dem großen Bassa Lieder» aus der *Entführung aus dem Serail.* Habe ich lange nicht mehr gehört. Hab ich dann zuhause aufgelegt, in der Aufnahme mit dem John Alldis Choir unter Colin Davis. Gibt sicher bessere Aufnahmen. Seisdrum: Was ich hörte, war Pop.

Nicht etwa der Urbeginn des Pop, sondern bereits dessen früher hundertundeine Sekunde langer Höhepunkt.

Mail von HCS, der den Film vielleicht sogar auf englisch drehen und die Rolle des Romand mit xx besetzen will (hab den Namen vergessen – der Krankenpfleger aus *Magnolia*).

Schnittke, dritte Symphonie gekauft. Höre ich beim Abendessen. Ein Kessel schwarz-weißes Allerlei. Streifzug durch die Musikgeschichte, von Bach bis Ligeti. Und was soll das? Erschließt sich mir nicht. Blubbernder Zitatenschatz, ohne Ziel und Richtung.

Schrecklich langweiliger Film mit Ben Affleck und Sandra Bullock, hab den Titel vergessen, irgendwas mit *stürmisch*.

Gute Folge von Ally, danach Schmidt – okay. Hab vergessen, worums ging.

Stelle fest, daß ich viel schneller betrunken werde, wenn im Zimmer Stille herrscht. Wirkt irgendwie logisch, aber wie das Phänomen erklären? Saugt die Musik Promille ab? Trinke ich schneller? Keine Ahnung.

Spät noch Briefe geschrieben, an Susanne Häberle und Madonna. Komme mir dabei wie ein Kind vor. Schätze dabei Madonna nicht sonderlich. Ist rein geschäftlich. Das hilft mir, den richtigen Ton zu treffen. Es gibt ja diese These, daß man jeden Menschen dieser Welt über höchstens sechs andere Menschen, die einander kennen, erreichen kann. Wenigen ist klar, daß für einen Prominenten eine viel kürzere Menschenkette nötig ist. Meist nur zwei, höchstens drei. Eine Verbindung zu Madonna zu knüpfen ist viel leichter als etwa zu einem chinesischen Reisbauern.

*

Zu den Lexika nochmal: Man freut sich immer, wenn man den eigenen Namen irgendwo manifestiert findet. Aber es bedeutet so überhaupt nullnichts. So null-null-nichts.

Man blättere zum Beispiel in einem Komponistenlexikon von 1950 und lese sich die Namen durch. Falls einer von denen geglaubt hat, er habe es geschafft, weil er in diesem Verzeichnis steht, muß er reichlich doof gewesen sein. Ungeheuer groß ist der Müllhaufen der Zeit.

Und doch kenne ich Kollegen, die auf derlei einen noch viel ungeheuerlicheren Wert legen. Die so fest mit beiden Füßen in der Gegenwart stehen, daß ihre Augen kaum noch aus der Grube ragen.

Man denke eine Fliege, die ohnehin nicht alt wird – und da ist ein Licht hinterm Fensterglas, sie sieht es und bumpert zeitlebens dagegen, darf das Licht sehen, aber nicht darin verbrennen. Das ist Tragik. Das ist Glück.

Nahezu allen tragischen Figuren der Geschichte wurde ein Ausweg geboten, still und ohne Aufsehen lange zu leben und relativ glücklich. Sie haben diesen Ausweg nicht genommen, stanzten sich lieber ins Geschichtsbuch als Filmstoff. Ein wenig verlächerlicht das Wissen um jene Wahl, die sie hatten, das tragische Dekor. Man bringt kein Mitleid mehr auf, sagt nurmehr: Aha, so war das. Na gut. Der Weg zum erfüllten Leben war verseucht von blöden Ideen, von daraus resultierender Geltungssucht. Okay. Der nächste Fall. Man bemitleidet höchstens diejenigen, die sich noch mit den tragischen Protagonisten haltlos identifizieren.

Jede zu erfindende Geschichte muß sich gegen solche Rituale wehren und sie überlisten.

*

Für UC:

Wie leichtsinnig wir waren, wie verspielt und naiv und groß, wieviel wir riskierten, mit jedem Satz. Die Liebe, die wir viel zu schnell gewannen, wurde leichtfertig aufs Spiel gesetzt, weil alles Spiel war und Experiment, Abenteuer und Entdeckungsfahrt, alles neu, es gab soviel zu lernen, soviele Ekstasen abzuleben, ein unerschöpflicher Vorrat, in dem wir hausten, unsterbliche kleine Götter, denen die Welt gehörte. Und wir verstanden nichts, nichts. Kein Prozent unsrer Möglichkeiten, litten sogar unter der Tatsache, erst mühsam alles, was wir zum Leben brauchten, erobern zu müssen, hielten Eroberungen für Arbeit und nur den Sieg für ein Vergnügen.

Das letzte der vier letzten Lieder von Richard Strauss. Ganz unheimlich. Der längst verkalkte Genius bietet als Gespenst seiner selbst noch einmal eine Ahnung, ein Traumbild seiner einstigen Kraft, aber es ist nicht mehr lebendig, nicht mehr Fleisch, ist halb von Haut und halb schon vom Jenseits umhüllt. Das ist eines der Rätsel, die mich aufs Alter neugierig machen. Jemand wie Strauss, der praktisch seit 1923 nichts mehr von Wert komponiert hat, über die *Daphne* kann man streiten, findet spät noch, nach ganz entsetzlichen Arbeiten, zum *Capriccio*, das immerhin ein paar der alten Qualitäten vorweisen kann. Wieso kann Erfindungskraft plötzlich versiegen? Und wie kann man vor sich selbst damit leben? Und ist das Capriccio und das letzte der vier letzten Lieder wirklich eine solche Durststrecke wert?

30 Jahre lang nichts von Wert zu komponieren – würde ich so leben wollen? Ja, wenn ich das Leben genießen könnte, ja. Warum denn nicht? Es klingt so leicht, man lebt von Erspartem, nutzt die Welt mit Minderwertigem aus, im Bewußtsein, daß es bezahlt wird und schnell von

einem abfällt, nein, nein, ich könnte das nicht. Alle anwesenden Götter beschwöre ich, mir so etwas nicht zu erlauben. So altmodisch es klingt, ich würde lieber tot sein, als Gespenst.

31. 1.

Den ganzen Morgen mit Korrespondenz verbracht. Was man in der Zeit alles schreiben könnte. Einladung vom Merkur, Zeitschrift für europäisches Denken. Lieber Hartmut Krausser ... Die wollen eine Erzählung. Da könnte ich vielleicht die Screening-Story aufpeppen. Andererseits muß ich mir nicht noch jeden Kleinscheiß aufhalsen. Hartmut Krausser wohnt hier nicht.

Heute die sehr unangenehme Pflicht, einem Leser zu antworten, den man nicht treffen will, dessen Textprobe mir überhaupt nicht gefallen hat. Man denkt: Schweigen ist auch eine Antwort, und schweigt – aber meistens kommt dann noch ein Brief – und dann muß man antworten. Und weiß nicht, wie man nett sein soll, ohne zu lügen. Hasse das.

Nachmittags zum Einkaufen nach Germering, wo vor dem AEZ der erste mir bekannte Pommes-Automat steht. Nicht ausprobiert, was mich jetzt reut.

Aus USA mit der Post gekommen: *Fitzcarraldo* und *Night of the Living Dead* – 30th Anniversary Edition. Der Postbote knöpfte mir 27 Mark Zoll ab.

NOTLD – der Film ist in zwei Versionen drauf, die normale und eine mit zusätzlichen Szenen, aber nicht etwa solche, die damals gestrichen wurden, sondern welche, die man jetzt *dazugedreht* hat. Völlig unnötig und trashig, aber auch wieder lustig.

Ich finde nach wie vor, daß NOTLD zwar ein Meilenstein war, aber den Nachfolgern unterlegen bleibt. Es gibt noch soviel Unlogisches darin. Z. B. als der Friedhofszombie (richtiger: der Friedhofs-Ghoul) Johnny getötet hat – warum beginnt er nicht einfach, ihn zu fressen, warum muß er der Schwester nachjagen?

Bea: «Männer eben.»

Außerdem sind die Frauen in dem Film alle so hilflosdoofe Lieschen, die im entscheidenden Augenblick irgendwo mit ihren Kleidern hängenbleiben.

Bea: «Frauen hatten damals noch wenig Erfahrung mit Zombies.»

Und der Friedhofszombie läuft auch viel zu schnell für einen Zombie.

«Auch Zombies hatten damals noch wenig Erfahrung.»

✳

Die Lederfresse-Truppe aus Leipzig sendet mir ihre guten Kritiken, lädt mich ein. Hätte fast Lust, mir das Stück mal wieder anzusehen, hab aber keine Zeit wg. Berlinale.

Langweiliger Monat, dieser Januar.

Mit Conde über das neue Stück diskutiert. In der letzten Kurve fehlt noch was. Die Gitarren wirken kahl, alleingelassen. Holzbläser vielleicht, die Intarsien in den Klang schnitzen?

Moritz schickt mir die Adresse eines Komponisten, der ein Liebesgedicht von mir vertonen will. Im Internet die neuen Fotos, die Peter Peitsch von mir gemacht hat. Nicht ganz so schlimm wie die alten.

HR ruft an. In der morgigen FAZ werde unter der Überschrift *Haltestelle.Krise.* über die Situation am Hamburger

Schauspielhaus gelästert. So wird der Name des Stücks über Jahre hin als Flop-Synonym gebrandmarkt.

*

Madonna: «Ich werde erst glücklich sein, wenn ich bekannter als Gott bin.»

Hm. Dann sei doch glücklich. Niemand ist unbekannter als Gott.

*

Neulich ein sehr richtiger Satz im ZDF: ausreichende, selbst optimale Information über das 3. Reich macht nicht automatisch resistent gegen NS-Gedankengut. Wer das glaubt, setzt voraus, daß Pubertierende bereits über selbsterarbeitete ethische Prinzipien verfügen, und verkennt, daß Gewalt und Protest und Auflehnung gegen die Doktrin, selbst gegen humanistische Grundwerte, in einem gewissen Alter schlicht und einfach als geil empfunden werden. Nicht von jedem, aber von vielen. Mit neun Jahren las ich zum ersten Mal den Nürnberger Prozeß. Und malte Hakenkreuze an die Wand. Weil das geil war. Danach las ich Brecht und wurde – denn erst das war richtig geil und brachte meine Eltern in Rage – zum Kommunisten. Undsoweiter.

Geilheit kann man nicht, oder nicht allein, im Kopf bekämpfen. Man muß der Geilheit eine alternative Plattform bieten. Aufklärung, besonders wo sie widerlich daherkommt, also hysterisch und gutmenschlich vollbetroffen, kann extrem kontraproduktiv wirken. Letzlich ist Entertainment gefragt. Here we are now – entertain us – der Sachverhalt, von Kurt Cobain auf den Punkt gebracht. He was not amused enough – folgerichtig erschoß er sich. Eine Heldentat, denn jedem, der sich erschießt statt andere, bin ich dankbar. Die Revolte ist eine notwendige Phase der individuellen Entwicklung. Sie kann – vielleicht – in gewisse Bahnen gelenkt, aber keinesfalls durch Diskussionen stillgelegt werden. Sie braucht ein Feindbild, eine provokante Position.

In einer Gesellschaft, die glaubt, alles beschützen zu müssen, die glaubt, mit Gesetzen und Verboten den turbokapitalistischen Werteverlust kompensieren zu können, in einer Gesellschaft, die normativ die Stelle lethargischer Eltern eingenommen hat, richtet sich die Revolte zwangsläufig nicht mehr gegen die Eltern, sie richtet sich gegen die Gesellschaft selbst und kokettiert, wo sonst keine Provokation mehr greift, mit den letzten ethischen Tabus – dem Rassismus, Antisemitismus, Fremdenhaß. Umso affirmativer sich die große Mehrheit der Bevölkerung zum herrschenden System der fetten Mitte bekennt, umso gewaltbereiter werden die extremen Minderheiten am linken und rechten Rand.

Man muß die Vision einer besseren Gesellschaft entwikkeln. Eine große Gegenvision zum Status Quo, etwa die eines neuen Sozialismus, hat aber nicht den Hauch einer Chance. Man muß punktuell vorgehen. Man muß, ohne das zweifellos Erreichte mit dem trübgewordenen Fruchtwasser auszuschütten, genau differenzieren, welche der jüngsten Entwicklungen zu verurteilen oder zumindest in Frage zu stellen sind. Bisher benannten die obligaten Kulturpessimisten schlicht die falschen Symptome. Was sie für Kulturverlust hielten, war oft viel eher ein Kulturgewinn und umgekehrt. Dem Literaten sollte es eine Ehre sein, wenn nicht gar eine Pflicht, ein neues – *sein* neues – ganz subjektives Wertesystem publik zu machen und zu begründen. Und mit den kanonischen Lügen aufzuräumen. Aber das traut sich kaum jemand, aus Angst, aus einem System herauszufallen, das er doch für fähig hält, ihn gesellschaftlich nach oben zu bringen, das also von fast niemandem ganz abgelehnt wird und werden kann, weil es zweifellos das bisher optimalste darstellt. Bisher. Es verwandelt sich – und wo ich früher geglaubt hätte, daß sich alles automatisch, wenn auch wellenförmig, in einem eigendynamischen Prozeß zum Besseren hin verwandelt, bin ich mir heute dessen nicht mehr so sicher. Der Autor, ob er Wirkung erzielt oder nicht – und ich glaube nach wie vor, daß ein gutes Buch ungeheure Wirkung erzielen kann – sollte sich wieder mit dem Gedanken vertraut machen, eine Verantwortung zu haben. Es kann auf jeden Fall nicht schaden und erhöht das Selbstwertgefühl. Zum Autor gehört eine bewußte ethische Autorschaft.

*

Lektüre diesen Monat: wenig. Hemingway, Marai, Thor Kunkel (großes Talent), Musil (zum zweiten Mal), Tacitus, anonyme griechische Lyriker, Sachbücher. Der Winter steht für die Zeit, in der zu lesen wäre. Im Winter sehe ich lieber Filme. Beatrice z. B. mag nur im Freien lesen. Im Freien.

*

Die meisten Menschen hinterlassen nichts. Höchstens einen Fettfleck oder undankbare Kinder oder eine nicht näher genannte Summe dem Tierschutz.

Wenn man sich erinnern will, verlorene Bilder herbeibetet, mühevoll Überwundenes herauskratzt aus der Haut.

Ich lerne zu verachten, was an mir verachtenswert ist.

Ich liebe umso stärker das, was nur vom Verachtenswerten ermöglicht wurde.

Es ist nach Mitternacht. Januar erledigt. Nein, mein Leben ist nicht sehr aufregend. Man regt sich zwischendurch mal auf – aber sonst – geht alles seinen Gang. Beinahe bürokratisch.

*

dorische fragmente

zeilen aus dem meer.
ohne lippen. sichtlich
heilig. menschenleer.
das vermächtnis wessen
dichters ist nicht wichtig.

zeilen, die am galgen
hingen, die vergessen,
überwunden schienen,
im wasser lagen, algen
hängen jetzt an ihnen.

zeilen, die vom wind,
vom regen und der zeit
porös geworden sind,
vom kadaver dessen,
der sie schrieb, befreit.

Februar

Tagebuch des Februar 2002

Motto:

Es ist, als ob eine Schlange ihre Häute sammeln wollte, statt sie den Elementen zurückzugeben. Aber man sieht doch einigermaßen, wie man war, und das ist sehr notwendig, wenn man erfahren will, wie man ist. Das ganze Leben ist ein verunglückter Versuch des Individuums, Form zu erlangen; man springt beständig von der einen in die andere hinein und findet jede zu eng oder zu weit, bis man des Experimentierens müde wird und sich von der Letzten ersticken oder auseinanderreißen läßt. Ein Tagebuch zeichnet den Weg.

Hebbel (1843)

1. 2., Freitag

Gestern: Vorstellung wieder ausverkauft, Publikum begeistert, Schauspieler enthusiastisch, engagiert, und die Presse: tz und SZ dümmlich bis saublöd. Merkur halb halb, nur AZ positiv. Ich kapier es nicht. Aber das Stück wird voll sein bis Sonntag, und die Zuschauer vom Fach schwelgen in Hymnen. Die Reanimation von *Haltestelle.Geister* ist geglückt. Dirk hat eine schöne Inszenierung hinbekommen. Bea und Michael waren beide sehr glücklich damit, immer ein wichtiges Zeichen. Man könnte aus dem Stück noch etliches mehr machen, aber es ist relativ zu Hamburg ein großer Schritt nach vorn. Irgendwann werde ich dieses Trauma überwinden. Theater Heute ist sich zu fein, um einen Kritiker zu schicken. Unfaßbar. Lassen im Jahresrückblick ihren Kritiker über eine Inszenierung (die in Hamburg) schreiben, die der nie gesehen hat, eine Kritik, in der auch die Schauspieler beschimpft wurden – unglaublich (ich hätte einen großen Skandal draus machen können, hätte ich tun sollen), und jetzt besitzt dieses Arschblatt nicht mal das nötige Schamgefühl, um ein bißchen was wieder gut zu machen.

Haltestelle.Geister ist eine der besten Komödien überhaupt. Das weiß ich jetzt endgültig. Und etliche andere wissen es nun auch. Der Kampf geht weiter.

Unsere Zeit ist so dermaßen blöde, krank, geschmacksunsicher, verlogen, unter aller Sau, und dennoch zweifle ich keinen Moment daran, daß genau das bleiben wird, was wert ist, zu bleiben. In meinem Weltbild ist einfach zuviel in Ordnung, um echte Verzweiflung vorzutäuschen. Leider entspricht meine feste Überzeugung nicht meinem weichen Inneren.

Beinahe jede Beschimpfung trifft mich, selbst jetzt noch.

*

Ultrachronos – ich habe die ganze Speisekarte bestellt und keinen Hunger mehr. Wieviel Arbeit dieser Roman benötigen würde, wie wenig ich im Moment zu leisten bereit bin. Ganz unmögliche Aufgaben habe ich mir aufgehalst. Stückchen für Stückchen kämpfe ich mich vorwärts, in diesem Wust aus Text und Sehnsucht. Muß mit jeder Zeile mein Ich überwinden. Mein Ich ist ein Konvent mürrischer, larmoyanter Innenschweinchen.

Man sammelt Material, unendlich viel Müll, reduziert den, in der Pfanne, im Glauben, jede Essenz wäre schon ein Weg zur Kunst.

Quatsch. Ich bin noch ganz am Anfang eines Alptraums. Und doch resultiert aus der Arbeit ein Glücksgefühl, man hat immerhin was auf der Pfanne und es ist ganz egal, ob es heute schon gelingt, oder erst in der zweiten, dritten oder vierzehnten Generation, man hat etwas angedacht, in Auftrag gegeben, bei der interstellaren Behörde angekündigt. Da darf man ruhig scheitern, das Individuum ist außer Kraft gesetzt, man selbst muß gar nicht reüssieren, man wälzt das Wesentliche notfalls auf die Nachfolger ab. Das ist bequem und gönnerisch, pragmatisch und vernünftig. Geradezu altruistisch. Auch aufdringlich. Kunst ist aufdringlich.

Wenn erstmal ein einziger Mosaikstein an der richtigen Stelle liegt, weiß man auch sofort, wie die umgebenden vier Steinchen aussehen müssen. Gefunden sind sie damit noch nicht.

*

Susanne möchte sich gern Haltestelle ansehen. Wird für eine Nacht aus Weimar nach München kommen. Das ist schön.

Warum verklage ich Theater Heute nicht einfach? In einem sehr vergleichbaren Fall mußte eine englische Zeitung dem geschädigten Autor 60 000 Pfund zahlen. Das würde sich doch lohnen. In Deutschland sieht man klagende Künstler nicht gern, Relikt romantischer Denkart: Der Künstler hat sich nicht mit dem Pöbel abzugeben. Nonsens. Der Künstler muß sich andauernd mit dem Pöbel abgeben, wird Zeit, daß der Pöbel dem Künstler was abgibt.

Hildegard Knef gestorben.

Langer Spaziergang im Wald. Sonnig. Windig. Auf dem Froschteich immer noch, wenn auch dünne, Eisschichten. Seltsam. Die Erlen und Haseln tragen schon Kätzchen. Sogar die Salweiden.

Letztes Jahr war ein turbulentes, prachtvolles Jahr. Die ersten beiden Monate mau, danach Fest über Fest. Sevilla im Februar war ein freundlicher Ausblick. Die englische Übersetzung von Melodien, aus eigener Tasche bezahlt, wurde fertig, noch viel besser, als erhofft. Die Schmerznovelle-Lese-Tour (Leipzig, Wien, Köln, Hannover, Hamburg, Berlin, Darmstadt). Entgegen allen Erwartungen sehr befriedigend. Der Erfolg der Novelle. Die Reunion-CD. Geil!

Endlich. Die Musik, die ich immer machen wollte. Und Oberbayrischer Schachmeister bin ich geworden, als ich das längst nicht mehr für möglich gehalten hatte. Berlin. Die Wohnungen in Berlin. Gut gemietet für den Sommer hier, dann ein überstürzter Glückskauf dort. Die neue Wohnung auszustaffieren hat viel Spaß gemacht. Der ernsthafte Anfang zum Ultrachronos, pure Euphorie, schoß endlich raus aus mir. Zweimal Paris. Die Reime fürs Collagen-Buch. Viele schöne Gedichte für den zweiten Lyrikband, wenig Geldsorgen. Das Nibelungendrama, an dem ich mehr als fünf Jahre herumgewerkelt habe – dann Sturzgeburt. Das Montag-Dramolett – auch ganz nett. Neue Freunde. Eher Freundinnen. Ich kann mit Frauen scheinbar besser. Hab alle Ausschweifungen so eben knapp unter Kontrolle behalten. Genuß ohne Reue. Verfilmungsprojekte: Thanatos. Könige über dem Ozean nun wieder unter Wolfgang Panzer. Schmerznovelle: gleich drei Bewerber. Nicht so toll: Die im Grunde verschwendete Zeit mit der Drehbuch-Arbeit für Franka. Desillusionierend. Film bringt mir kein Glück. Da wissen einfach alle alles besser als ich, darum brauchen die mich nicht. Bin kein Mannschaftsspieler. Hab die Sache immerhin genau zu dem Zeitpunkt hingeschmissen, den ich mir für meine Selbstachtung vorgemerkt hatte. Das Schmerznovellen-Hörspiel: Naja. Die Musik dazu aber super. Gesundheitlich ließ der Dezember zu wünschen übrig, wieder sieben Wochen krank. Alles in allem: 2001 war ein aufregendes, bis an den Rand gefülltes Jahr, eins der besten überhaupt. Und jetzt, im Februar, meldet das Thermometer tagsüber bis 19 Grad, Beatrice fand im Wintergarten einen verfrühten Junikäfer. Ich verkaufe nach und nach die billigeren Stücke meiner Münzsammlung, hänge viel im Netz rum, gebe mein überschüssiges Geld seit neuestem für Ölgemälde aus. Nein, materiell gibt es wenig zu beklagen.

Seit gestern habe ich einen neuen Rowohlt-Chef. Mal sehen, wie das wird. Nicht auszudenken, wieviel die Schmerznovelle mit ein bißchen Werbung verkauft hätte. Vorgestern kam auch das Hörbuch endlich unter Dach und Krach. Arabella soll Haltestelle ins Englische übersetzen.

Heute kam die französische Ausgabe von Schweine und Elefanten. *Cochon et Eléphant.* Zweimal Singular, seltsamerweise. Absicht oder Fehler? Ansonsten sieht das giftgrüne Buch recht schön aus. Ein so grünes hatte ich noch nie.

*

Globalisierungsgegner in der Stadt. Die City macht dicht. Dumpfe Brut. Globalisierungsgegner wissen meistens nicht mal genau, gegen was sie da sind. (Die beste Chance, die die Welt seit langem hatte.) Auch für Gegner der Militäraktion in Afghanistan habe ich null Verständnis. Überhaupt keins. Nada. Schon als die Taliban die Buddha-Statuen sprengten, gab es nur einen Gedanken: einmarschieren, dieses Volk befreien, die Monstren vernichten. Wer gegen diesen Kampf gewettert hat, verspielte mein Verständnis. Habe mich deswegen mit einigen angelegt, auch mit Freunden. Ausgerechnet ich mußte plötzlich die Solidarität mit den USA einfordern. Und der schnauzbärtige Althippie, der den PEN leitet, ist immer noch im Amt. Ich müßte mal austreten. Vieldeutiger Satz. Nachtreten, pissen, alles schwingt da mit.

Am meisten haben mich jene selbsternannten Experten genervt, die Afghanistans Bergregionen für uneinnehmbar erklärten und den Amerikanern prophezeiten, sie würden sich in einem langen Winter blutige Köpfe holen. Romantiker.

Jetzt rennt Konstantin Wecker protestierend auf dem Marienplatz rum und wundert sich gegenüber der AZ, wo die anderen Intellektuellen alle sind. Das muß man sich mal auf der Zunge zergehen lassen. Hallo.

*

Susanne kann nun doch nicht nach München kommen. Könnte schon, aber der Aufwand ist ihr zu groß. Sie berichtet, daß in Italien ein Mangel an Briefmarken herrsche. Die Hertziana-Bibliothek habe noch 20 francobolli, wenn diese verbraucht seien, werde der Postverkehr bis auf weiteres eingestellt. Auf italienisch klingt das noch rührender:

Mauro Pimpolari è in possesso ancora die 20 francobolli. Quando la sua scorta sarà esaurita, il servizio verrà sospeso. Le Poste Italiane attualmente non sono in grado di prevedere i tempi di consegna dei nuovi francobolli.

Mauro Pimpolari – herrlicher Name, ich bekomme ihn nicht mehr von der Zunge.

Und – darüber ist Su sehr erschrocken – in der Kirche am Südstern hocken jetzt die aggressiven Christlichen Fundamentalisten, die derzeit Deutschlands Plakatwände mit der Werbung für ihr blaues Buch zukleben.

*

Fischsemmeln sind was für den Sommer – aber vorgestern hab ich mir eine gekauft – und sie schmeckte sehr geil. Fauser schrieb in *Alles wird gut,* die besten Fischsemmeln auf dem Viktualienmarkt gebe es bei Nordsee, aber das ist Vergangenheit. Nichts schlägt die Jumbo-Fischsemmeln von Fisch-Witte. So. Die Gastro-Topographie der Stadt hat ein neues Update bekommen.

Abends ferngesehen, Internetschach, Ebay-Auktionen. Mail an Franka geschrieben. So ganz kann ich von dem Stoff noch nicht lassen. Wär ja schade drum. In der morgigen WELT ist ein großes Porträt von Michael Töteberg. Titel: «Könnte der Krausser da nicht mal ein Drehbuch draus machen?» Stört mich ein bißchen, so viel habe ich wirklich nicht für den Film gearbeitet, daß ich in diese Schublade passen würde. Und nichts davon wurde bis jetzt realisiert.

*

– ich fühl mich gut, weil du mich magst.
– ich würde mich auch gut fühlen, wenn ich
  mich mögen würde.
– magst du dich denn nicht mehr?
– naja, schon – aber wenn man jemanden so lange
  kennt wie ich mich, ist das feuer einfach raus.

Wenn ich mich mögen will, lese ich meine Gedichte. Von einem mir bis dahin verhaßten Dichter las ich neulich ein Poem, das nett, niedlich, auf niederer Ebene recht gelungen war. Und sofort war ich nicht mehr fähig, diesen Menschen zu hassen. Meine Ehrfurcht vor der Kunst scheint ungebrochen groß.

Kürzlich auch, nach vier vergeblichen Anläufen (Lushins Verteidigung, Mashenka, Lolita, Erzählungen), ein großartiges Buch von Nabokov gelesen: Gelächter im Dunkel (Empfehlung von Albert). Toll. (Viel filmhafter geschnitten als man mir in letzter Zeit andichtet.) Und sofort war eine Wunde geheilt, eine kosmische Störung in Ordnung gebracht, waren alle Mißtöne ausgeräumt. Gleich war die Welt um ein großes Stück gerechter geworden. Jeder Autor, der auch nur ein tolles Buch geschrieben hat,

hat jedes Maß an Ruhm verdient. Seither preise ich Nabokov und küsse die Spuren seiner Schuhe im Sand.

*

Ich habe mir die Vanitas Vanitatum CD des Ensembles Tragicomedia gekauft. Italienische Musik um 1670 – unglaublich langweilig und, obwohl ich diesem Ensemble blind vertraue, eindeutig ein Fehlkauf. Es scheint, als sei die Ära nicht sehr ergiebig gewesen, das wußte ich vorher schon, doch hoffte ich, Tragicomedia hätte für mich ein paar Perlen ausgegraben. Von wegen. Es deprimiert mich, daß es in der Musikgeschichte solche Phasen gegeben hat, ich leide mit jenen, die in solchen Phasen lebten. Andererseits demonstriert es die Notwendigkeit starker Individuen. Von selbst geschieht nichts.

Januar – 31 Leichen.
Februar
wird
mit Sicherheit
verlustärmer

2. 2., Samstag

Strahlender Sonnenschein, 17 Grad, der schönste Februarbeginn seit 1899, unsre beiden Perserteppiche sind gekommen. Sehr schwere Teile. Den einen habe ich teuer ersteigert, für den anderen habe ich nur ein Spaßgebot abgegeben – und ihn prompt bekommen, es ist der Schönere von den beiden, wir legen ihn aus und verkaufen den anderen wieder, packen ihn nicht einmal aus, sparen uns Arbeit. Beatrice singt und hampelt für mich: «You are my Sunshine, my only Sunshine …»

Das Wohnzimmer sieht jetzt sehr wohnlich aus. Ich neige immer mehr zum Biedermeier.

Nein, im Ernst: stolze schlichte Biedermeiermöbel, vor allem Kanapees und Bücherregale seh ich inzwischen viel lieber als schwülen Jugendstil oder viktorianischen Ornamentenwust.

Interview:

«Ich lese nur noch gute Kritiken. Ich bin bescheiden geworden.»

«Was hat denn das Eine mit dem Anderen zu tun?»

«Ich lese nur noch die Kritiken, die ich mir auch verdient habe.»

Langer Spaziergang, die Weidenallee Richtung Alling hinauf. In so einem unnatürlich warmen Februar entstehen schwer benennbare Farben, die Landschaft hat einen Stich ins Orange bis Grüngelb, letzteres durch den Bewuchs auf den Weidenstämmen. Viele Modellfliegerkapitäne auf den Feldern. Und Pferde in schimmernden Lebkuchenfarben.

✳

Birgit war gestern nochmal in der Vorstellung, berichtet, die Leute seien bis zur Straße rausgestanden. Satisfaktion. Aber in dieser Sache keine Vergebung. Ein paar der Schweine, die damals das Stück verrissen haben, möchte ich gerne baumeln sehen. Wer war das? Heine.

Heine schreibt irgendwo: Ja, ich habe fünf, die mich gequält haben, und die ich hängen sehen möchte, denen ich vielleicht unter Tränen vergeben würde, aber baumeln müßten sie trotzdem.

✳

Lektüre zur Zeit: Hebbel-Tagebücher, zu Anfang schwach und langweilig, dem Lebensalter des Autors entsprechend und von daher doch wieder typologisch interessant. Da kenn ich vieles wieder.

Sehr lustige und rührende Stelle, in der sich der junge Hebbel Sorgen macht, wie man sein erstes Theaterstück geben wird:

«Es kommt mir so vor, als ob mein Stück unaufführbar sei. Holofernes z. B. wird geköpft. Wie soll das gemacht werden? Soll man immer einen wirklichen Sünder in Bereitschaft halten, den man als Holofernes einkleidet und den nun die Schauspielerin statt des Henkers durch das Beil vom Leben zum Tode bringt? Vorher geht Judith mit Holofernes in die Kammer: wird das Publikum nicht lachen? Und hat es nicht recht, zu lachen? Die Poesie will ich wohl vertreten, aber das Theatralische macht mir große Sorgen.»

In der Tagesschau: Deutsche Kriegsschiffe vor Somalia. Ich wundere mich, daß ein Wort wie Kriegsschiff noch nicht der Sprachkosmetik zum Opfer gefallen ist. Schlachtschiff klingt noch martialischer. Militärschiff wäre möglich.

Manche Leute müssen nur einmal den Mund aufmachen, schon weiß man, daß man nichts mit ihnen zu tun haben will. Sehr zuvorkommend. Ich weiß das inzwischen zu schätzen, und die Erleichterung übersteigt den Ekel. Schlechte Menschen als mißglückt oder behindert zu qualifizieren, nicht als böse – euphemistisch, aber hilfreich.

Manche Menschen kommen mir vor wie fehlgeschlagene Tierversuche drogensüchtiger Götter.

*

Abends viel Arbeit erledigt, durch den neuen Flachbildschirm scheint die Strahlenbelastung nicht wesentlich geringer geworden zu sein, meine Erwartungen sind enttäuscht worden. Vielleicht liegts gar nicht an der Strahlung. Habe Bernhard heute ein SMS geschickt, er solle sich doch mein Stück ansehen. Keine Antwort. Viele Münchner Freunde sehen offenbar keinen Grund, sich ein Stück von mir in München anzusehen. Seltsam. Susanne ist schlecht drauf, will nicht sagen, warum. Franka mailt zurück, daß wir uns gerne treffen können, streiten lieber nicht. Na gut. Ich bin ja selber sehr harmoniebedürftig. Mit Menschen, die ich mag, zu streiten, und seis auch nur im Spaß, fällt mir schwer. Morgen werde ich voraussichtlich zum letzten Mal in dieser Saison für meinen Club einen Mannschaftskampf spielen. Die Termine ließen keine andere Entscheidung zu. Ich fühle, daß der Zusatz «in dieser Saison» vielleicht auch gestrichen werden könnte. Habe keine Zeit, mich adäquat vorzubereiten. Die nötige Inbrunst für derlei Kraftakte ging verloren.

✳

Stammtisch-Parabeln.

das leben ist eine brücke. darunter fließt der fluß.
das leben ist ein fluß, darüber spannt sich die brücke.
die brücke ist der fluß. daneben ist das leben.
der fluß ist der tod, die brücke ein grabstein.
der grabstein ist das leben, der fluß schaut nicht hinauf.

Beatrice zeigt mir ein Musiklexikon von 1896. Lese den Eintrag über Verdi, der endet: *Der greise Meister schreibt derzeit an einer neuen Oper – Falstaff, nach Shakespeare*. Toller Satz. In diesem Lexikon ist Verdi noch am Leben und arbeitet. Eine Subzone des Ultrachronos.

Ab einem gewissen Zeitpunkt hört man auf damit, das eigene Weltgebäude, ob man es selbst erstellt oder aus den Gedanken anderer extrahiert hat, immer diffiziler und präziser auszugestalten. Es ist zu komplex geworden und zu kompliziert, das geistige Modell kann nicht mehr in Sprache überführt werden, ohne daß man vom Hundertsten ins Hunderttausendste käme und zwanghaft zum Bürokraten würde, dabei auch noch der eigenen Entwicklung immer hinterherschriebe. Das Modell löst sich in emotionale Strukturen auf, denen man das eigene Denken vertrauensvoll überträgt. Auch ist man sich bewußt geworden, daß sehr viele andere Modelle existieren und funktionieren, gerade als Erzähler hat man gelernt, drängende Fragen in mehr als nur dem eigenen Modell zu erörtern und die Ergebnisse beinahe gleichberechtigt nebeneinander zu stellen, gelten zu lassen. Das Weltgebäude, das solipsistisch entstand, erlangt mit der Verwandlung zur multiplen Person einen Anstrich von Universalität. Es gibt keinen Impetus mehr, sich und sein Schreiben theoretisch zu fundieren, zu rechtfertigen. Man kann, man muß dem Gefühl vertrauen.

Eine Poetik des Gefühls wird von mathematischen Naturen meist mißtrauisch beäugt.

Dabei gibt es für ein fehlerhaftes Wesen wie den Menschen nichts Erstrebenswerteres als ein sicheres Gefühl, das, ohne die Wege dorthin detailliert preiszugeben, zum richtigen Ergebnis führt.

*

Als ich *Mulholland Drive* sah, wurde mir klar, daß Lynch Ultrachronos verfilmt hatte, so wie er ursprünglich (1997) geplant gewesen war. Und daß ich nun noch ein, zwei Scheite mehr aufs Feuer legen muß, besser fünf oder sechs. Das Problem ist nur: Im Film darf man einiges nicht verstehen, man bleibt bei passender Bildgewalt dennoch im Kino sitzen. Wenn ein Leser zuvieles nicht versteht, klappt er das Buch zu, und aus die Maus. Die Suggestion muß so stark sein, daß sie ihm Aussichten, Ahnungen eines Verstehens gewährt, bzw. muß er sich in seinem Nichtverständnis so selbstreflexiv suhlen können, daß er sich willfährig auf einen Trip ins Ungewisse begibt und die Verständnisdefizite, die ich ihm aufzwinge, zu lieben beginnt, weil sie seine ganz persönlichen widerspiegeln.

*

Ich freue mich auf Malta, aber nur auf die Nächte. Bei Salzluft und Meerblick schreiben können. Die Tage werden irgendwie rumgebracht werden müssen. Tiefblickenlassende Voraussetzungen für einen Urlaub. Urlaub ist, wenn ich unter herausragenden Bedingungen arbeiten kann. Kür, nicht Pflicht.

3. 2., Sonntag

Wofür tue ich mir diese Tortur noch an? Das war heute mein letzter Mannschaftskampf, Schluß, aus. Ich hätte wirklich einen schöneren Abschied verdient. Oh Mann. Spielte, weil Terzic ausfiel, gegen meinen alten Kumpel Tommy Lochte, hatte nach 12 Zügen eine Gewinnstellung, nach 16 Zügen hätte er aufgeben können, müssen, aber er, der Glücksritter, spielt weiter, mit Minusturm – und dieses unfeine Gebaren wird auch noch belohnt, nicht etwa nur mit Remis, nein, nein. Ich schmiß die Partie in Zeitnot sogar noch ganz weg. So etwas deprimiert mich für den Rest des Tages. Spaziere danach mit Beatrice auf dem Steinberg unter tiefblauem Himmel herum, ein wunderschöner Tag – und nichts kann mich trösten. Ende. Das Ganze setzt mir auch körperlich schwer zu, bin überhaupt nicht in Form, bin ein loses Nervenbündel.

Wenn man die Hand über die Augen hält, kann man das Flackern der Spinnennetze auf den Äckern erkennen, ein dichtes Gewirk, zauberhaft.

*

Im Ohr habe ich die Worte Tacitus', als er eine folgenlos gebliebene Untat an Unschuldigen folgendermaßen kommentiert: «Daraus ersieht man, wie gleichgültig die Götter gegenüber Gut und Böse sind» – interessanter Satz. Tacitus behält die Kategorien Gut und Böse bei, leitet deren Unterscheidung aber nicht mehr numinos her, sieht Ethik nicht mehr als von der Religion verordnete Instanz, wirft den Göttern ihre Teilnahmslosigkeit vor, spricht ihnen letztlich auch jede Entscheidungsbefugnis ab. Ihre Existenz stellt er deswegen nicht in Frage. Man ahnt, wie weit das römische Reich hier schon in Richtung einer virtuellen, verspielten, individuell definierten Religiosität vorgedrungen war. Sehr modern.

Götter dienen dem Denker nurmehr zur Reflektion, sind imaginäre Instanzen geworden, weit außerhalb des eigenen, ungebändigten Egos. Spiegel, in denen sich das eigene Handeln betrachten und überprüfen läßt. Daß sie noch Gesichter haben und Namen tragen, ist unerheblich. Es sind Götter, deren hinzuphantasierte Meinung nicht weiter ernstgenommen werden muß, die dem Gläubigen jede Freiheit belassen, sich so oder so zu entscheiden. Und doch sind sie zu Zeiten Tacitus' noch wichtig genug, um nicht abgeschafft zu werden. Das hat noch fast dreihundert Jahre gedauert. Eine lange lange Zeit, die von den Historikern oft unter Wert abgehandelt wird, als wären es drei Wochen gewesen. Ich las gerade zum dritten Mal die Tagebücher des Samuel Pepys, dreihundert Jahre vor meiner Geburt entstanden: wie hat sich die Welt verändert seither.

*

Man muß die pompösen arkadischen Barock-Palazzi und Gärten Roms gesehen haben, auf alten Ölgemälden gesehen haben – um eine Ahnung dessen zu gewinnen, wie wenig Zeit der Mensch benötigt, um Landschaft zu unterwerfen, in Kultur zu verwandeln und wieder zu zerstören. Es dauert oft keine drei Generationen.

FCB schlägt Leverkusen 2:0, das hebt meine Stimmung ein bißchen.

*

Abends mit Heiner in die letzte Aufführung von Haltestelle. Man hat diesmal alle reingelassen, die Leute saßen teilweise auf dem Boden. Langer, starker Applaus für das gesamte Ensemble. Danach mit den Schauspielern gefeiert, getrunken. Nikolaus Paryla, der sich das Stück viermal angesehen hat, sagte mir, es sei ein funkelnder Kosmos voller Trauer und Hoffnung, sowas habe er in einem derart verzahnten Nebeneinander noch nicht erlebt. Draußen ist ein Sternenhimmel zu sehen, wie ich ihn zu dieser Jahreszeit noch nicht erlebt habe. Jetzt bin ich froher Dinge. Eine der Tussen sah sehr scharf aus. Wie scharf müßte das Stück erst in Idealgestalt aussehen. Die Kostüme waren diesmal super, wenn ich da an die Hamburger Scheiße denke, unfaßbar, welche Kleider man meinem Text angezogen hat.

Musik war okay, ginge aber noch schmissiger. Hatte eine Vision, daß ich als alter Mann einmal Regie führen, mir zu eigenen Ehren eine Gala gestalten darf. Die Mühe wärs mir wert. Für die englische Fassung weiß ich jetzt alle Striche, die notwendig sind.

Happy End. Vorläufig. *Lederfresse* wurde bei der Premiere in Hamburg ja auch zerstört und jetzt sind wir bei 129 Inszenierungen. Gutes hat Zeit. *Spät weit weg* müßte mal wiederkommen. Ist nicht viel schlechter als Haltestelle. Ich habe große Lust auf Theater. Jetzt wieder. Und mein bestes Stück, *Unser Lied* (das Nibelungendestillat) steht noch aus. Es ist manchmal wirklich nicht schlecht, Helmut Krausser zu sein. Heute nacht würde ich mit keinem tauschen wollen.

Ich habe bei der großen Behörde vorgesprochen, für den Posten als Gott der vereinigten Zonen, lief alles prima, ich hatte den Job schon beinahe in der Tasche, dann wollten die ein Gesundheitszeugnis. Sterblichkeit: 100 %. Das wars dann. Scheiße.

Ich weiß ja ganz genau, daß alles so sein muß, durch Nacht zum Licht, per aspera ad astra, kein Zuckerschlecken hier, dann Gnadenhonig dort, weiß ich, schon klar. Wär ja schlimm, wenn alles sich sogleich fügen würde, kein Traum bliebe übrig, schonschon, aber meine Verzweiflung (Zustand, in dem die Zweifel den Glauben überwiegen) läßt sich damit meist nicht unterlaufen, es ist für das irdische Glück eine unverschämte Portion Glück nötig, und die Götter sind in meinem Fall zumeist recht generös. Das muß zu ihrer Ehre mal gesagt werden.

Dann wieder sind sie auch anspruchsvoll. Den Ultrachronos werden die mir nicht einfach schenken, nein, leider. Kurz vor Mitternacht kam übrigens eine Antwort-SMS von Bernhard: er habe heute keine Zeit, werde sich das Stück aber später ansehen.

Was soll das? Ausflucht? Dummheit? Immerhin: er hat sich gemeldet.

4. 2., Montag

Schwerer Brummschädel, mittags in die Stadt, Reiselektüre gekauft. Für Beatrice: *Engel* von Denis Johnson. Girgl preist auf der U4 das Buch in höchsten Tönen. Nach der Probeseite, die ich im Hugendubel las, hätte ich es nicht gekauft. Vom Hebbel nehm ich nur den ungelesenen Teil mit nach Malta, es macht Spaß, Reclambücher zu zerreißen, hübsch barbarischer Akt.

Wieder ein herrlicher Tag, zu schade, um ihn in Videokabinen zu verbringen. Hätte Lust auf Freiluftsex. Es müßte Nutten für die Fußgängerzone geben oder für den englischen Garten, mit kleinem Zelt auf dem Rasen oder so. Oder Lutscherinnen, die am Wegrand hocken wie die Wahrsagehexen. Blowjobservice mit gleichzeitigem Schuheputzen – wär doch was. Für xxxxx (keine Rücksicht, ich hab seinen Namen schlicht vergessen) von der FAZ ist ein unreifer Mensch einer, der noch über eine Libido verfügt.

Habe einige Kompositionen durchgesehen, die ich mit Birgit heute abend bespreche, freue mich darüber, wieviel ich in den letzten 16 Monaten dazugelernt habe.

In der FAS (fürchterliches Blatt) erschien eine ziemlich alberne Liste der führenden deutschen Intellektuellen. (Nummer 1, 2, 3: Grass, Handke, Enzensberger. Wenn das nicht albern ist.) Zur Grundlage der Rangliste wurden die Treffer bei den Suchmaschinen Google und Alltheweb gemacht. Natürlich guck ich sofort nach: bei Google hab ich 1250 Treffer, bei Alltheweb 902, demnach müßte ich auf der Liste irgendwas um Platz achtzig belegen. Tue ich aber nicht. Bin überhaupt nicht drauf.

Unbegreiflich, daß sich eine Zeitung wie die SZ jemanden wie Thomas S. leistet. Die müssen wirklich davon ausgehen, daß ohnehin kaum mehr jemand Feuilleton liest.

✳

Ich frage X., wieviel er von seinem Buch verkauft hat. X. sagt: knapp zehntausend.

Beim Abendessen meint Beatrice, daß X. damit doch sehr zufrieden sein könne, ich verneine das.

«Wieso nicht? Zehntausend sind doch viel für so ein Buch.»

«Er hat nicht gesagt zehntausend, er hat gesagt *knapp* zehntausend, das bedeutet fünftausend.»

✳

Eingepackt für Malta: Ovid, Amores, Heidegger, Über den Humanismus, Hebbel, wie gesagt, und wenn Bea den Johnson okay findet, kann ich den ja noch lesen.

✳

Goebbels ist als Figur derartig groß, weil exemplarisch an ihm gezeigt werden kann, daß er sich in jede denkbare Richtung hätte entwickeln können, seine Substanz war gering, und nur der Zu-Fall, die Zeitumstände haben aus ihm den rhetorischen Moloch, den Nazi-Dämon gemacht. Eine flexible, sehr menschliche Figur, der sich durchaus positive Züge abgewinnen ließen. Genau deshalb von einer allzumenschlichen Dämonie, die unser Interesse bis heute wachhält. Die Kafka-Tagebücher enden, als die von Goebbels beginnen. Wollte diese Konstellation schon längst mal theatralisch verarbeiten. Ein Treffen zwischen den beiden, sagen wir: 1922. Stelle ich mir sehr spannend vor.

*

Habe heute in der Zeitung lesen müssen, daß «Die Starenschwärme von Rom», die uns während des Tagebuchnovembers mit ihren Flugfiguren so in Erstaunen versetzt haben, längst Klischee und Wahrzeichen geworden sind. Sie bevorzugen aus irgendeinem Grund Rom mehr als andere italienische Städte und kommen jedes Jahr. Mario Adorf weiß auch nicht genau, warum. Ärgerlich, wenn etwas, das uns so besonders erschien, ins Gewöhnliche abstürzt und die Berichterstattung darüber nachträglich leicht ahnungslos wirkt. Aber vielleicht waren die Stare ja 1998 zum ersten Mal in so großer Zahl da, dann wärs wieder gut.

*

Der Abend mit Birgit wurde sehr nett, habe Sauerbraten gemacht. Sahen uns einige Kompositionen in Hinsicht auf ihre Streichfähigkeit an, na, wie sagt man das – auf ihre Eignung für Streichergegebenheiten – da muß ich noch manches lernen. Birgit führte uns ihren neuen Geigenbogen vor. 70 Mille. Mark, nicht Euro, sagt sie beschwichtigend – also ein Schnäppchen. Für einen *Bogen*. Bitte sehr. Beas Kartoffelbrei – in Birgits Worten: Erdäpfelpüree – ein Traum. Später versuchten wir noch, eine exotische Pflanze (Plumeria) im Internet zu ersteigern, Bea wollte bis 20

Euro bieten. Ich gab kurz vor Ende, als das Höchstgebot bei Euro 39 stand, Euro 60 ein, um ganz sicher zu gehen – und doch hatte jemand noch mehr geboten, was mich erbost, denn die Pflanze ist höchstens die Hälfte wert. Beatrice kommentiert es mit den Worten Homer Simpsons: «Du hast dein Bestes gegeben und versagt.»

✳

Am 11. September hatten wir letzten Aufnahmetag fürs Hörspiel Schmerznovelle, im 5. Stock des BR. Wir sahen den zweiten Flugzeugaufprall live im Fernsehen, oder knapp danach als Aufzeichnung, das weiß ich nicht mehr genau. Bilder vom Pentagon. Wir verlängerten die Kaffeepause um zehn Minuten, dann saßen wir im Studio, Bernie Jugel, Christian Berkel, die Jungs von der Technik und ich, und wir redeten eigentlich sehr vernünftig und reflektiert über die historische Bedeutsamkeit dessen, was wir gesehen hatten, was sich daraus folgern ließe, und wann die ersten Drehbücher dazu entstehen würden. Dann nahmen wir den letzten Take auf und gingen nach Hause. Beatrice war sehr betroffen von den Anschlägen, aber sie sagte, das war gegen 18 Uhr, daß die Einschläge der Flugzeuge für sich genommen von gewaltiger Schönheit seien, man könne die Augen nicht abwenden davon. Und wie sie das sagte, mit verheulten Augen, das war in keiner Weise kaltblütig oder zynisch, sondern in tiefstem Sinne wahr, ich empfand es genauso, hätte nur vielleicht ein anderes Wort als schön verwendet. Prachtvoll vielleicht. Ja, im fünften Stock des BR, beim ersten Sehen, dachte ich: prachtvoll.

Obwohl mich das Ereignis sehr mitgenommen hat, konnte ich die Bildkraft sofort von der Empörung trennen.

Als ich Beatrice davon erzähle, weist sie es von sich, ein Wort wie schön verwendet zu haben, *gewaltig* vielleicht, *gewaltig* bietet sie mir an, ich weiß es aber noch wie heute, und ich muß an Zeilen aus Thanatos denken: *Je länger ich hinsah, umso schöner wurde das Schreckliche auch. Je länger ich hinsah.*

‹Schön› ist ein ethisch neutraler Begriff, wo man die Ästhetik des Schreckens als schwarzen Bereich der Skala akzeptiert.

Sie hat unbewußt das richtige Wort benutzt, damals, im Wissen um die noch vor uns liegende, weit entfernte Wahrheit. Ja, es gibt Wahrheiten, die erst wahr werden müssen, die noch zu jung sind, um schon wahr zu sein.

✳

Susanne hat keine guten Neuigkeiten: die Stare waren schon '92 nichts Neues, als sie ein Jahr in Rom wohnte. Erklärt hat das Phänomen allerdings bisher niemand.

E-Mail eines Fans – er sei gestern bei der Vorführung gewesen, habe mich lange beobachtet, sei nahe neben mir gestanden, habe aber nicht gewagt, mich anzusprechen, weil ich mit dem Regisseur diskutierte. Hm. Gruselig, irgendwie. Hätte er mal machen sollen. Ich fühle mich nicht gern beobachtet. Schon das ist ein Grund, echte Prominenz nicht anzustreben. Außerdem standen in dem E-Mail etliche Fragen, die ich mündlich viel schneller und ausführlicher hätte beantworten können.

Die Verachtung gegenüber Prominenten, die, ohne es nötig zu haben, Öffentlichkeit pflegen – eigentlich ist es Mitleid, auch ein Überlegenheitsgefühl, das erst unter materiellem Druck ins Wanken gerät.

Unser nächstes Auto wird ein Chrysler Cruiser. Das Ding sieht einfach toll aus. Bissig. Wehrhaft. Wie ein Auto, das Kater Karlo fahren würde.

*

Was ich nicht verstehe: Paulus 1. Korintherbrief 11,14: *Lehrt euch auch nicht die Natur, daß es für einen Mann eine Unehre ist, wenn er langes Haar trägt, aber für eine Frau eine Ehre, wenn sie langes Haar hat?*

Könnte er so geschrieben haben, wenn ihm Jesus als langhaarig beschrieben wurde? Bei der Paulisierung des Saulus erschien der Gekreuzigte ja nicht. Saulus hörte nur Stimmen. Aber bestimmt hat er sich bei den Aposteln nach dem Aussehen des Meisters erkundigt. Demnach müßte man sich Jesus mit Kurzhaarschnitt vorstellen und die gesamte christliche Ikonographie umschmeißen. Oder langhaarig anders definieren. Es gibt die Geschichte des Wustan, Bischof von Worcester, der obige Bibelstelle zum Anlaß nahm, mit der Schere durchs Land zu laufen und zu lang geratene Mähnen abzuschnippeln. Wie konnte er das, wenn sein Heiland stets mit mindestens schulterlangen Haaren dargestellt wurde? Und warum denke ich über solche Dinge nach? Das Revival des Christentums in der spirituell entleerten Konsumwelt des Westens macht mir große Sorgen. Heidnische Esoterik ist meistens keinen Deut besser. Es kommt darauf an, was die Gläubigen aus ihrem Glauben machen. Nicht jeder, der sich für den Katholizismus entscheidet, ist dumm oder reaktionär, er kann auf einer Ebene sehr intelligent, auf einer anderen eben hilflos sein, und bedürftig nach dem Gemeinschaftszelt der zugegebenermaßen bildmächtigsten Weltreligion. So wie ein Opernfreund eine heimliche Leidenschaft für

Musicals haben kann. Der Mensch ist sehr verletzlich; was er zu seinem Schutz in sich zuläßt, darf nicht als Symptom seiner Geisteskraft gelten. Früher hätte ich gesagt, daß jeder gelebte Monotheismus Ausdruck geistiger Beschränktheit sei, das stimmt nicht. Wer nur Kraft für Gott, nicht für Götter hat, ist schwach, nicht einmal unbedingt schwach, eher platzsparend, effizient, konzentriert. Eine große Rolle spielt, welche Macht man Gott oder den Göttern zuweist. Ich kann mir einen gelebten Katholizismus vorstellen, ohne einen Gott, dem normative oder gar missionarische Befehlskraft verliehen wird. Das ist dandyhafte Religion, nahe am theologischen Zynismus, aber wenn sie erfüllend wirkt, bitte. Religiosität ist oft genauso körperlich wie Sex – man kann gegen die eigenen Perversionen, so sie existieren, nichts unternehmen, als sie zu unterdrücken, und in der selbstgemachten Leere zu vegetieren. Wer gottlos unglücklich ist, soll machen, was er will, die Ratio ist eine zu vernachlässigende Hürde, das eigene Glück viel wichtiger. Mir ist ein zufriedener Christ lieber als ein Atheist, der eher als sich selbst die gesamte Menschheit in Frage stellt.

*

Heute in der AZ: die Todesanekdote mit der Schneelawine.

1992 löste Lawrence Duff (44) bei der Abfahrt vom Mount Carlyle eine Lawine aus, blieb mit gebrochenen Beinen in den Schneemassen liegen. Georgia Bakke (42) hatte das Drama beobachtet, alarmierte mit ihrem Handy die Bergwacht. Der Schwerverletzte wurde gerettet.

Ein Jahr später heiratete Duff seine Lebensretterin. Jetzt, zehn Jahre danach, wollten sie gemeinsam die Route abfahren, auf der Duff damals verunglückt war. Eine Schneewalze riss Duff und sei-

ne Frau 300 Meter talwärts, begrub die beiden. Sie konnten nur noch tot geborgen werden.

Man kann das lesen und amüsiert sein, auf der Seite des Berges sein, der spät doch noch die damals entgangene Ernte einfährt. Das Mitleid mit Tiefschneefahrern hält sich in Grenzen. Der Tragik verloren geht jeder, der bewußt solch ein Risiko wählt. Und ein Ehepaar, das zusammen stirbt, stirbt wenigstens zusammen. Neulich war eine Meldung in der Zeitung, die mich wirklich stundenlang deprimierte: Ein Vater ging mit seinem Sohn an der schottischen Küste spazieren. Von dickem Nebel und Flut überrascht, fanden sie nicht zum Ufer zurück. Der Sohn alarmierte mit dem Handy die Küstenwache, gab an, daß er auf den Schultern seines Vaters sitze, der schon bis zum Hals im eisigen Wasser stehe. Man fand beide zehn Minuten zu spät, ertrunken, zehn Meter vom rettenden Ufer entfernt.

✳

Bei Hebbel der Satz: *Eine Welt, in der nur einmal ein Hund unschuldig verprügelt wird, kann nicht vollkommen sein.* Na gut, aber liegt die Vollkommenheit unfertiger Wesen nicht gerade in der Unvollkommenheit? Natur ist grausam. Unnatürlichkeit ist Zukunft.

Gespenstisch: Jahre später (1845) kommt mir Hebbel mit seinen Ansichten entgegen. Es ist, als würde ich mit ihm reden.

«Es wird, wenn man beweisen will, daß diese Welt von allen möglichen trotz Not und Elend die beste sei, gewöhnlich der Fehler begangen, daß man, während man dartut, wie gewisse Eigenschaften der menschlichen Natur nur durch die ihr in dieser Welt

entgegentretenden Hindernisse entwickelt werden können, übersieht, daß alle diese Eigenschaften dem Menschen eben nur notwendig sind, weil die Welt ist, wie sie ist, und daß er ein ganz anderer sein dürfte und sein würde, wenn sie eine andere wäre.»

5. 2., Dienstag

Leserbriefe beantwortet. Der Tag begann mit Beethoven, op.59, F-Dur, sehr schmissige, dabei transparente Aufnahme des Münchner Streichquartetts. Allerdings live – und die Mikros wirken nicht perfekt ausgerichtet. Kann auch an den Einstellungen meiner Anlage liegen.

Die Sache mit meinen Nebenhöhlen zieht sich endlos hin. Beatrice hat heut Ohrenstöpsel gekauft, falls ich in Malta zu sehr schnarche.

Su schickt mir eine Briefstelle von Arnold Zweig zur Polygamie, die mir ein wenig faselig vorkommt. Was ich davon halte? Ich weiß es nicht. Der Text ist so mies geschrieben, daß einige grammatische Bezüge nicht klar werden. Also kann er so und so interpretiert werden.

Anruf von Uwe. Fünf Theater wollen *Montag. Über Los.* machen. *Lederfresse* gibts in Rostock im Plattenbau, mit Übertragung ins Internet. Für die Nibelungen interessieren sich Köln und Bonn. Und besonders begeistert von *Montag* seien die Jungs vom Hamburger Schauspielhaus gewesen. Denen habe er es ohne meinen Namen darauf geschickt. Als sie dann hörten, wer der Autor sei, waren sie traurig, nahmen nicht an, daß ich nochmal was mit ihnen zu tun haben möchte. Aber da bin ich pragmatisch, das ist ja was ganz anderes, das Stück liefe im ehemaligen Kino – eine ideale Spielstätte.

Hab ein wenig in alten Manuskripten geblättert, gefunden im Keller, in einem schwarzen Koffer. Bin vor Scham versunken, passiere gerade den Kern der Erde und sinke noch immer.

Oder steigt man ab da wieder empor?

✳

Habe aus nostalgischen Gründen mal wieder Corridor 7 heruntergeladen und im Major-Level gespielt. Und erinnerte mich. 1995 war ich zum letzten Mal glücklich wie ein Kind. Also aufgeregt glücklich, voller Adrenalin und ein wenig virtueller Angst. Danach kamen immer bessere Spiele, aber nie mehr dieses Glück von Corridor 7.

✳

Sahen uns einen Film («Doppeltes Dreieck») von T. C. Fischer an, der bei «Schmerznovelle» Regie führen soll. Naja. Getüftelt, bieder, präzise. Morgen läutet Tom die Berlinale ein. Toms Ex ist die Frau von T. C. Fischer. Kleine Welt. «Heaven» ist ein wundervoll bebildeter, schöner, also manchmal kitschnaher Film, insgesamt sehr gut, aber sicher nicht Toms bester. Man kann aus einem beschissenen Drehbuch keinen perfekten Film machen, er hat rausgeholt, was ging. Naja, den Schluß, als zu viele Antiterrorkräfte in grotesker Weise auf zu engem Raum rumstehen, kann man als Toms Fehler kritisieren. Cate Blanchett ist für meine Begriffe eine Fehlbesetzung, aber das konnte vorher niemand wissen. Ribisi ist toll.

Ich bin Toms Freund. Und weiß nicht, was ich eher fürchte: Daß «Heaven» morgen bejubelt oder bebuht wird.

Im Licht der Öffentlichkeit stehen heißt, einem Bannstrahl ausgesetzt zu sein, einem Trägerstrahl, der einen in die Scheinwerfer zerrt und träge dort verharren läßt, vergessen läßt, weshalb man unterwegs gewesen ist.

✳

S. ist in einem schweren Tief, ihr ist alles langweilig. Mir fällt auch nichts ein, um ihre Stimmung zu heben. Würde ich bei der Telefonseelsorge arbeiten, die Zahl der Selbstmörder stiege sprunghaft an. Heute hörte ich, daß Zigarettenautomaten künftig einen Altersnachweis fordern, man wird nur noch mit EC-Karte die Packung ziehen können. Aberwitzig. Eher traurig. Obwohl. Das Flair der Verbotenheit wird das Rauchen zusätzlich aufwerten, das ist gut. Die Zigarette ist eine für Jugendliche adäquate Droge. Mehr braucht es noch nicht.

✳

Ich hätte Lust, ein paar Fische auszunehmen. Wie ich mich davor mal geekelt habe. Heute ist es mir ein Genuß, mit dem Kurzmesser im Fischbauch herumzukratzen, Schuppen abzuschaben, den Kopf vom Körper zu trennen, Gräten zu entfernen, eine tote Kreatur gastronomiefähig zu gestalten.

✳

Sex ist aufwendig. Mühsam. Schweißtreibend. Ich sehe vielen Frauen hinterher, die ich gern hätte. Aber das reine Ansehen genügt zunehmend. Dieses Jahr hab ich gegen die Depressionen Prozac ausprobiert. Seltsames Ergebnis: Ich wurde depressiv und impotent. Nach fünf Pillen hab ich Prozac abgesetzt. Vielleicht verträgt es sich nicht mit Johanniskraut.

*

Die Abgehobenheit, die Gewöhnung daran, sich alles, was man braucht, gleich kaufen zu können. Neulich, als der neue blaue Kühlschrank kam, war Beatrice den ganzen Tag glücklich, und ich dachte, aha, so ist das also mit dem Glücksbegriff … aber dann dachte ich nach und sah mir den Kühlschrank an, und er sieht einfach toll aus, ist praktisch geschnitten, riesig, günstig war er auch noch – und warum soll man sich deswegen nicht einen ganzen Tag lang freuen?

*

Man schimpft gerne auf die Konsumdemokratie, aber sie gewährt den Warenfluß zum angemessenen Preis, auch die Kunst ist Ware, will nicht unter Wert bezahlt werden, die Konsumdemokratie schafft Werte, in der zumindest das Unterhaltende der Kunst einen Unterhalt genießt.

*

Der Nimbus des Sakralen in der Kunst ist vor Profanisierung und Ironie nur noch in den Klausen der Eliten sicher, aber: wenn das Tradierte nicht auch im Freien, in der Gefährdung, überleben kann, durch sich selbst, seine Kraft und Gültigkeit, dann nirgends sonst. Problem: Vieles vom ehemals Heiliggesprochenen taugt schlichtweg nichts, wurde nur als lange Schleppe mitgeschleift. Man darf, man muß sich über vieles der alten Könige lustig machen, solange dem wirklich Großen Ehrerbietung zugesichert bleibt. Sonst geht jeder Qualitätsmaßstab endgültig verloren.

*

Ich bin durchaus korrupt – aber nur gegen Cash.

6. 2., Mittwoch

Um neun holt uns das Taxi ab, um zwei sind wir in Malta. Tamarisken und Eukalyptus. Am Wasser Zypressen und Palmen. Erster Eindruck: Mischung aus Kreta, Las Palmas und Casablanca. Zimmer 625 super. Groß, fast eine Suite, englische, italienische und zwei deutsche Sender. Mordsterrasse, schönes Bad. Hotelanlage sehr pompös. Langer Spaziergang, bis kurz vor Valletta. In der ersten Dämmerung zwei Fledermäuse. Sie flattern keinen halben Meter über unseren Köpfen. Gutes Omen. Der Felsstrand ist sehr zerklüftet. Linksverkehr. Das Surfen in der prunkvollen Executive Lounge kostet 25 Euro die Stunde, genau das zehnfache von dem, was es im Internetcafé zwei Straßen weiter kostet. Das Abendessen in einer gewaltigen Halle, deren Decke sich im übernächsten Stockwerk wiederfindet. Neojugendstil mit arabischen und römischen Elementen. Ein riesiger Springbrunnen plätschert zwischen den Tischen. Man kann uns von einer Empore aus zusehen. Das Buffet ist fünfzehn Meter lang, herausragend finde ich nur die Muschelcremesuppe. Octopus zu trocken. Das Nationalgericht, Kaninchen, ist ein gefährlicher Kampf mit Knochensplittern. Abends blieben wir auf dem Zimmer, müde, Beatrice geht um elf zu Bett, ich kann mir Harald Schmidt nicht ansehen, könnte schon, unterlasse es aus Rücksicht. Ärgere mich. Im Internetcafé hieß die letzte Meldung aus dem Ticker, Toms Heaven sei freundlich aufgenommen worden. Trinke noch ein Bier im nahen Pub, bin der einzige Gast, lese Hebbel, der mir heute nichts zu sagen hat. Rufe bei Susanne an, Mailbox, immer nur Mailbox, warum hat sie sich das Handy eigentlich gekauft?

Kein SMS. Auf Paperball erste Kritiken zu Heaven. Ganz gut bis mittelprächtig. Und dennoch: Was heute im Blätterwald an Vorabpresse und Interviews erschien, deutet die endgültige Inthronisierung Toms als Deutschlands Vorzeigeregisseur an. Das freut mich sehr. Nach dem passablen Chardonnay Marsovin 2000 eine Flasche Double Matured Lagavulin. Von 1984. Da kamen Bea und ich zusammen. Es ging unserer Beziehung nie besser als jetzt. Ich wünschte sehr, ein wenig von ihrer Großzügigkeit und Toleranz zu besitzen.

Was Tom und ich gemeinsam haben, ist die Unbedingtheit unseres Urteils, wir weichen kein Jota ab vom einmal gefällten Spruch, soviel wir auch miteinander reden. Das ist ein notwendiger Wesenszug für kompromißlose Künstler, ich halte mir aber zugute, von ihm hin und wieder etwas zu lernen, was ich umgekehrt nicht so sehr wahrnehme. Wir sind wahrscheinlich nicht bündnistauglich. Und warum bin ich traurig deswegen? Vielleicht, weil ein paar Götter deswegen traurig sind. Der Künstlertypus, mit dem ich zusammenarbeiten kann, muß erst noch erfunden werden. Selbst bei synästhetischen Vorhaben ist meine Vorstellung vom Endprodukt diktatorisch ausgeprägt.

Das Licht auf dem Balkon bleibt in Betrieb bis Mitternacht, danach herrscht Dunkelheit im Zimmer, bis auf die Leuchtfläche des Notebooks. Das Casino ist nur sechs Gehminuten entfernt, liegt, voluminös illuminiert, auf einer Landzunge. Die Leuchtschrift changiert zwischen lila und rosa. Dahinter, auf dem Meer, die bunten Lichter eines Kreuzfahrtschiffes. Mein Leben ist sehr komplex geworden, viele Ebenen unter einem breiten, aber dünnen Hut, bei Nacht schimmert alles durch, mischt sich. Und ich will es nicht anders haben, obgleich es Mühe macht. Herauszubekommen, was man braucht, ist entscheidend, wie man alles unter den Hut bekommt, nebensächlich. Man verschwendet oft viel zu viele Gedanken darüber, wie sich alles zu allem verhalten wird, übt sich in verfehlter Dezenz, schottet sich ab gegen das, was das Vorhandene gefährden könnte und spricht den Dingen die Möglichkeit ab, sich unter dem Hut selbst zu organisieren.

Ich hab noch ein paar Kupfermünzen übrig – geiler Satz, so ähnlich von Goscinny.

Als Birgit mir neulich sagte, ich sei sehr treu, auf meine Weise, hat mich diese Einschätzung einer Leserin glücklich gemacht, denn es stimmt, ich bin den meinen treu. Sehr sogar. Oft weit über die Vernunft hinaus.

In der FAZ gestern drei ganz interessante Artikel: Über das Gedächtnis von Putzerfischen (können über 100 Kunden als Einzelwesen sowie Raub- und Friedfische generell unterscheiden), über die Nichtautonomie einer realen Mathesis, und über neueste Nachmessungen zur Lichtgeschwindigkeit. Die Definition lautet: *Licht breitet sich unabhängig von der Strahlungsquelle und von einem Beobachter immer mit dem gleichen Tempo aus. Nicht einmal von mir kann es beschleunigt werden.* Und die Definition stimmt, weil sie im Präsens geschrieben steht. Würde man das Verb ‹ausbreiten› ins Futur setzen, würde ich das nicht unbedingt unterschreiben. Eines Tages kommt der Lichtbeschleuniger, und dann gehts rund.

7. 2., Donnerstag

Aus dem Frühstücksangebot ragte der Koch heraus, bei dem man sich scrambled eggs nach individuellen Wünschen braten lassen kann, ich wählte heute als Zutaten ham, onions and chilis. Die Zwiebeln beließ er roh und legte sie am Ende in die entstandene Rolle.

Ansonsten wirklich alles da, was man sich vorstellen kann. Wunderte mich, wie fett geräucherter Schwertfisch ist. Mit dem Bus nach Valletta. Der Bus stammt aus den 50ern, völlig heruntergekommen, wie zerquetscht und wieder hingebogen, die Sitze fallen auseinander, der Innenraum ist mit viel Holz repariert, keine Scheibe ohne Sprung. Ein Gewackel war das – und Geräusche, als säße man im Darmtrakt eines furzenden Brontosaurus.

Sliema und Floriana. Bea bemerkt, daß die Schönheit hier im Detail, nicht im Gesamteindruck zu suchen sei. Stimmt, der bleibt etwas disparat.

Valletta ist wundervoll, mit nichts vergleichbar. Große Höhenunterschiede auf engem Raum, ähnlich Siena. Ein Schmuckkästchen von einer Stadt. Jeder Quadratmeter eine Attraktion. Zuerst ins Archäologische Museum, das sich nur wegen der Venus von Malta lohnt. Dagegen lohnt sich das Kriegsmuseum schwer. Über die Rolle Maltas im WKII wußte ich bisher wenig. Viele unscheinbare Exponate, die, wenn man sie länger ansieht, lange Geschichten erzählen. Und mit einem Verzeichnis der britischen Schlachtschiffproduktion zum Beispiel tritt einem der Wahnsinn jener Epoche wieder so unvermittelt vor Augen, daß man nur eine Devise ziehen kann: Vergnüg dich, so lange du noch kannst. Alte Männer sahen in die Vitrinen, ich dachte, natürlich, die waren damals dabei, es gibt noch lebende Zeitzeugen, die damals gekämpft haben, die heute Achtzigjährigen. Wo es inzwischen so unendlich weit weg liegt, vom Millennium in eine andere Zeitdimension gebeamt. Jetzt weiß ich, wie Benson&Hedges-Dosen damals aussahen. Schlichtes Mittelrot mit Silberschrift. Sehr apart. Eine Zeitung an der Wand stammt vom 11. 7. 43. Da wurde ich gerade minus 21.

Der Fischmarkt ist längst dicht, als wir ihn mittags passieren. Beißender Gestank. Glitzernde Schuppen auf der Straße. Machten Photos schlafender Katzen, deren Vielzahl sie entniedlicht. Viele wunderbare kleine Architekturfunde. Mittagessen in einem kleinen Laden, wir haben inzwischen einen Instinkt, Touristenfallen zu umgehen. Danach St. Johns Cathedral – überwältigend, definitiv großartigste Kirche die ich bisher gesehen habe. Und gar nicht überladen. S. Maria in Trastevere oder San Giovanni in Laterano, das sind überladene Kirchen. Diese hier ist auf eine Weise noch viel voller – aber es paßt alles, ergibt einen starken Organismus. Herrlich die bunten intarsierten Grabplatten, nein, das heißt nicht intarsiert bei Stein, inkrustiniert? Na, egal, jedenfalls lohnend, jede einzelne, knallig, oft mit verstecktem Witz und manchmal fast comichaft in den Schnitterdarstellungen. Nahm viel Material mit zur Erinnerung, auch für Su die hier unbedingt mal her muß. Das Bildnis von Carlo Borromeo (gemalt von Masucci) war abgehängt. Ärgerlich. Es fand sich auch nicht im Museum, wo die beiden bekannten Bilder von San Caravaggio hängen und wo die Monstranz mit dem rechten Arm von Johnny dem Täufer doch unerwartet starken Eindruck macht. Wir blieben dort mehr als eine Stunde – für meine Verhältnisse ungewöhnlich lange. S. hätte dafür drei gebraucht. Mindestens. Wenn ich ein Bild zehn Sekunden ansehe, kenne ich es. Mit dem Bus zurück. Im Internetcafé neue Kritiken zu Heaven. Die in den großen Blättern alle positiv. Es hat bei der Premiere einzelne Buh-Rufe gegeben. Nicht zu fassen, aber was soll ich da erst sagen, nach der Erfahrung mit Hamburg. Der Internet-Blumenhändler kontaktiert mich wegen der entgangenen Plumeria. Ob ich noch an einer Interesse habe. Klar. Wir vereinbaren 50 Euro inc. Versand. Ha! Das freut mich riesig, weil Beatrice sich riesig freuen wird. Dabei ists nur noch eine scheißgrüne Pflanze mehr im Haushalt. Später ins toll ausgestattete Gym, probiere einige Geräte aus, die meinem Rücken gut tun sollen, hoffentlich fang ich jetzt nicht auch noch mit der Fitneßkacke an, aber Rudern hat Spaß gemacht, ja, und ins noch tollere Hallenbad, mit Kneippbecken und Dampfsauna. Die Dämmerung ist sehr kurz, als ich aus dem Dampfbad komme, ist es schon dunkel. So muß eine römische Therme ausgesehen haben, mit Säulen im Wasser und Mosaiken auf dem Grund. Sehr reizvolle Spanierin auf dem Laufband. Hatte schnellen Sex mit ihr, aber sie merkte davon nichts. Manchen Frauen würde man gern die Möse küssen, manchen auch einfach nur die Beine. Mehr will man nicht von ihnen. Wie bekommt man das hin?

Ich glaube, das Alter wird gar nicht schlimm, insofern man irgendwie die Libido ausblenden, sublimieren kann. Vielleicht erledigt sich das von selbst.

*

Die Malteser scheinen ein sehr freundliches Volk zu sein. War heute bei einem Straßenhändler und wollte eine Flasche Wein und Wasser kaufen, umgerechnet 8 Euro, und stellte fest, daß ich kein Geld mehr hatte. Ich sagte, ich müsse ins Hotel, Geld holen, käme später zurück, der Händler aber drängte mir die Ware auf. «I trust you. Pay me tomorrow.»

Sowas gibts hier noch. Eine schöne Malteserin hab ich bislang nicht erblickt. Nicht mein Typ, dieser Genpool, arabisch, türkisch, englisch (der geringste Einfluß) und italienisch.

✳

Susanne ist endlich wieder besser drauf und sehr neidisch, als ich vom Kuchenbüfett erzähle. Lacht, als ich die Muckibude erwähne. Sie (32) habe sich heute die erste Augencreme ihres Lebens gekauft. Noch sind es nur die Milchzähne der Zeit, aber zerbissen fühlt man sich dennoch.

Dauernd dieses Gejammere, der Typ ist 37 und gut gehts ihm auch noch.

Heute keine Zeitungen. Überhaupt keine Lektüre. Harald fällt aus. Durch die halbgeöffnete Terrassentür rauscht das Meer herein.

War noch im Casino Dragonero. Riesig, viele Tische, viele davon unbenutzt. Verlor beim Blackjack 35 Maltesische Pfund, was 90 Euro entspricht. Der Dealer hatte einen ärgerlich langen Lauf und übte seinen Job ein bißchen zu leger aus, warf die Karten aus der Hüfte auf den Tisch und bekam einmal nicht mit, daß ich bei 13 gegen 20 noch eine Karte wollte. Womit man, gelinde gesagt, rechnen muß.

✳

Für Ultrachronos habe ich mir eine neue Arbeitsweise zugelegt, die mehr der eines Malers als der eines Komponisten gleicht. Ich skizziere vieles, lasse es unausgeformt, betrachte es später, detailliere einige Striche, radiere andere heraus, ein riesiges Gemälde entsteht, ich überlasse viele Stränge einer schnellen Evolution, spinne jene weiter, die sich gegenüber den anderen durchsetzen. Übermale. Treibe Details in Abstraktes. Anderes wird fast kubistisch reduziert. Lasse manche Entwürfe unausgearbeitet stehen, wenn ihr Wesentliches dem Leben gleicht. Von der Anlage des Romans her genieße ich alle Freiheiten und habe manchmal Skrupel, auch wirklich alle zu benutzen. Der Leser darf sich nicht genasführt vorkommen.

Ich bin glücklich, weil ich scheitern kann. Eine Arbeit zu finden, bei der man scheitern kann, bedeutet: Man hat nichts Unwichtiges vor.

Sich keine Sorgen um Geld mehr machen zu müssen ist die schönste Form von tödlicher Langeweile.

✳

Hebbel: *die Toten sind nicht mehr krank.*

Das Leben sei eine sexuell übertragbare Krankheit, hab ich irgendwo gehört. Genau, auf der neuen Lakaien-CD. Steht aber auch schon im Januar, als Äußerung eines Lebensmittelexperten.

Krankheit, das Wort stört mich. Geschwür ginge an. Es schwärt etwas, gutartig, bösartig.

Polymorph. Ich mag einfach nicht glauben, daß die Erde sich von mir befallen fühlen könnte.

Ja, du hast dich lieb, das wissen wir inzwischen.

✳

ich bin ich, aber ich existiere bereits als figur meiner selbst. die figur richtet sich nicht immer nach meiner entwicklung, aber wenigstens richte ich mich noch nicht nach der figur.

Blasse Behauptung. Eitel, der Geschichte zuvorkommend und so gegenstandslos, als stünde auf einem Grabstein: Ego. Bitte nicht füttern.

8. 2., Freitag

Wir bestiegen nach dem Frühstück eine der orangegelben Rumpelkisten und fuhren über Valletta zur Westküste, stiegen dort die Klippen herab. Gigantischer Anblick, das Meer königsblau, davor leuchtender Sandstein, mit sattfeistem Grün und gelben Sauerkleeinseln, die ich für Butterblumen hielt. Auch die blühende Wolfsmilch sah geil aus.

Bei aller Fülle – vom Leben sozusagen durchgewunken zu werden, wie in einem Erlebnispark, ist auf seine Weise auch wieder demütigend. Da wünscht man sich zwischendurch ein Wüstenkaff ohne Geld und Weiber – und schon besitzt man alle Zeit der Welt, beziehungsweise scheint sich die Zeit zu fein, einen weiter mitzuschleifen.

Unten konnte man ein kleines Boot mit Außenbordmotor mieten und die blaue Grotte befahren, eigentlich vier verschiedene Grotten mit unterschiedlichen Blaufärbungen, unmöglich, das angemessen zu beschreiben. Faule Sau. In der Hauptgrotte herrscht fast Dunkelheit, aber man kann gut die bonbonbunten Mineralien an der Decke erkennen. Die letzte Grotte bietet ein Blau von überirdischer Schönheit, das Wasser ist so klar, daß man zehn Meter hinuntersehen und gut den Sandboden erkennen kann. Der Wellengang war rauh, es schmiß uns hin und her, aber der Bootslenker hatte das Nußschälchen bewundernswert präzise im Griff. Auch Beatrice fiel keine adäquate Bezeichnung für dieses Blau ein, Lichtblau eben, wie von unten angestrahlt, Indigo-Mint, ein Hauch Ultramarin und Türkis. An anderen Stellen saphirfarben. Die Küstenfelsen fielen steil herab, wären wir gekentert, wir hätten uns fast nirgends in Trockene bringen können. Es heißt, die blaue Grotte hier wäre schöner als die in Capri. Kann ich nicht bestätigen, mangels Erinnerung, ich war als Kind in Capri und deshalb über die Maßen beeindruckt, das weiß ich noch. Auch bilde ich mir ein, die Capri-Grotte sei ausgeleuchtet gewesen, was die Sache aufgemotzt hätte.

Auf Malta tragen viele Häuser einen Namen, unterschiedlichster Couleur, Ars et Labor zum Beispiel, Mirage, Kangaroo oder Sophie. My Way, Desiree, The Golden Thistle.

Gefiel mir. Ein Haus wie ein Schiff zu behandeln. Wahrscheinlich tauft man die Mauern mit Schampus. Überall wären reife rote Kaktusfeigen zu ernten, aber das läßt man ohne Handschuhe lieber.

Gingen in Valletta noch einmal zur St. Johns Cathedral, ich kaufte noch mehr Broschüren und Postkarten für Susanne und mich selbst.

Elisabeth Mann-Borgese gestorben. Die Sympathischste der Sippschaft.

*

Dachte an A., die damals gegen ihre eigene Lust nicht mit mir schlafen wollte, weil sie dachte, sie könne mich um so länger als Freund behalten. Komische Logik. Frauen sollten mit denen, die sie mögen, ruhig ins Bett steigen, die Lohnenden binden sie damit länger an sich, die anderen werden sie damit schneller los.

*

Spätnachmittags nochmal im Gym und am Pool. Nickte im Dampfbad kurz ein. Erotischer Traum. Der Knackarsch der Spanierin vom Laufband gestern. Wenn ich manche Frauen ansehe, habe ich bereits Sex mit ihnen, oft durchaus intensiven.

Dann Internetcafé. Hier gibt es anscheinend nirgendwo deutsche Zeitungen zu kaufen, nichtmal einheimische. Auffällig verschämte Pressekultur. Erster Verriß von Heaven auf Perlentaucher.de. Nennt die erste Hälfte stark, die zweite peinlich. Bin nicht dieser Meinung, kanns aber nachvollziehen. Es werden noch mehr Stimmen dieser Art folgen. *Krieger & Kaiserin* war einer der besten 50 Filme überhaupt (wie auch *Lola rennt*), und dennoch gabs, vor allem in Berlin, Verrisse, die vor Gift nur so spritzten.

Genie erkennt man am Aufstand der Idioten. (Swift)

Abendspaziergang zum Multiplex-Kino. 16 Leinwände. Nebenbei entdecken wir ein großes Einkaufszentrum – und einen Laden, wo es Zeitungen fast jeder Sprache gibt.

Die Hochphase des maltesischen Karnevals beginnt, überall schwingen knappgekleidete Tänzer-Girlies die leider oft kräftigen Beine. Ohrenbetäubender Lärm in den Straßen, aus großen Lautsprechern wird das Viertel beschallt. Abgehangene Disco-Hymnen wechseln sich mit Rap und Hip-Hop ab. Viele Kleinkinder tragen liebevoll entworfene Ganzkörperkostüme.

Wir gingen früh aufs Zimmer, brünftige Muskelkater maunzten unter meiner Haut. Endlich funktioniert die Eismaschine auf unserer Etage, verführt mich zu etlichen Ehrenrunden Whisky. Wieder keine Lektüre. Müßte soviel lesen.

Das Einzige, was ich einem Jüngeren neide, sind die billig zu erreichenden Ekstasen, die Palette, die riesenhafte, von der man sich einfach bedienen kann. Soviel große, zu entdeckende Musik, Literatur, Kunst, das gesamte Spektrum, das abgefeiert werden darf, abgearbeitet werden muß, aber man empfindet es ja nicht als Arbeit, man sitzt im Schlaraffenland und probiert, davon und hiervon – und es ist alles so undurchschaubar, so beeindruckend, rauschhaft. Erstaunlich, daß jemand bei soviel Genußangebot daran denken kann, das Büffet mit eigenen Erzeugnissen zu erweitern, wo man einfach nur, gelähmt und glücklich, registrieren und genießen könnte. Was müssen das für wichtigtuerische Kreaturen sein …

*

der hund will sich noch länger räkeln
auf seinem wolfspelz unter schafen

Auf Dauer kann nur bleiben, was Dispute hervorruft. Abscheu und Begeisterung zugleich. Ein Trugschluß, zu glauben, man müsse deshalb seine Gegenwart vorsätzlich provozieren, schocken oder anekeln. Dieses Rezept taugt höchstens für Kurzfristerfolge. Nein, man muß immer sein Bestes geben, das, was man selbst dafür hält, ob es willkommen ist, oder nicht. Muß versuchen, den eigenen Begriff von Schönheit der Welt aufzudrängen.

*

für UC: *ich stehe auf hotelzimmer. neutrale zonen, in denen sex nicht dauernd durch geschichten unterbrochen wird, die an den wänden hängen und erzählt werden müssen.*

*

Kurzer Eintrag bei Hebbel: «*Leute, denen damit gedient gewesen wäre, wenn Kant statt seiner philosophischen Werke die Anekdoten, an denen er bei Tisch so reich gewesen sein soll, herausgegeben hätte.*»

Oh ja, Hebbel hätte mich wohl verachtet. Dabei will ich philosophische Werke *und* Anekdoten, finde kein Ganzes ohne Beides. Mehr als die Hälfte aller Shakespeare-Stücke sind einfach nur schlecht. Wo wir gerade dabei sind.

Es ist Fasching, warum nicht die Wahrheit sagen?

9. 2., Samstag

Fuhren heute mit dem Bus zu den Dingli-Klippen, die 200 Meter senkrecht hinabstürzen. War sehr windig. Weiter Ausblick aufs blaugrüne Meer, das trotz des Windes relativ ruhig da lag, silberglänzend, am Horizont in dünnem Nebel verloren. Dicht an den Boden geduckte Champignons wachsen da oben. Fotografierten eine überfahrene Katze, deren Innenleben wie in einem Anatomieatlas auf der Straße ausgebreitet lag. Weiter unten kleine Frühlingsmeere aus gelbblühendem Ackersenf.

Ein Highlight des Tages: Sahen, unweit der Katze, einen toten Igel. Ich rief. «Look down, an Igel!!» und Bea brach vor Lachen fast zusammen. Der Witz funktioniert aber nur für Leute, die die englische Lachswerbung kennen, mit dem boxenden Bären, dem der Lachsfänger zwischen die Beine tritt. («Look up, an Eagle!»)

Merkwürdig, daß ich Hemmungen habe, sowas aufzuschreiben. Ich werde in 50 Jahren noch wissen, warum das lustig war – und die Tagebücher sollten doch vor allem für mich selbst geschrieben sein. Ja, das ist Priorität. Tagebücher werden nicht automatisch interessanter, je intimer sie sind. Vor allem, wenn das Intime Hermetik verursacht.

Medina, die «Schweigsame», über Erwarten lohnend, Festungsstadt in arabisch-italienischer Mischarchitektur, für Autos gesperrt. Sowas wie das San Gimigniano Maltas, mit engen, wunderbar leuchtenden Gäßchen und protzigen Palästen und Kirchen. Viele rote Türen und grüne Balkone machen den Sandstein noch bunter. Hier könnte man ein

Kapitel aus 1001 Nacht ebenso wie eine Goldoni-Komödie ohne Gondeln spielen lassen. Besonders gefiel uns en detail ein kupferspangrüner Türklopfer, Dämonenkopf mit Fledermausohren. Am Eingang der Stadt eine fast vierzig Meter hohe Araukarie, die bisher perfekteste, die mir vor Augen kam. Sieht sowas von nach Plastik aus, ich könnte wetten, die brennt nicht, die schmilzt.

Tranken eiskaltes Kinnie aus dem Automaten, das uns immer besser schmeckt, ähnlich dem römischen Crodino, eine Art Pomeranzenlimo, gewürzt, leicht bitter. Sahen uns noch das Foltermuseum an, in den alten Verliesen gelegen. Recht nett, zwar für uns Abgebrühte weder neu noch arg schaurig, aber gar nicht so lächerlich und geschmacklos, wie der Reiseführer behauptet. Wie könnte man abgeschlagene Köpfe und Gliedmaßen denn viel realistischer modellieren? Auf den Tafeln viel Wissenswertes über die Geschichte der Insel. Ich verstehe nicht, warum die Malteser gegen Napoleon rebellieren mußten, der sie von der Inquisition (!) befreite. Sehr merkwürdig waren vier reproduzierte Zeichnungen eines Laien aus dem 17. Jahrhundert, die die grausame Hinrichtung einiger Verschwörer darstellten. Wirkten überaus modern, als entstammten sie der gewollten Naivität eines Schlichter-Schülers.

In Valletta lange Umzüge der Karnevalswagen, die kaum anders aussehen als jene in Köln oder Düsseldorf. Noch das allerkleinste Kind trägt Kostüm, und alle sind auf den Straßen.

Hebbel findet erstaunlich positive Worte zu Napoleon. (Dessen allerletztes Hemd bald in Paris versteigert werden wird.) *«Ob man, wenn man zu Napoleons Zeit gelebt hätte, ihn richtig gewürdigt haben würde? Ich zweifle. Großen Erscheinungen gegenüber regt sich zunächst immer der Selbsterhaltungs-*

trieb, die kleine, die von ihr verschlungen zu werden in Gefahr steht, muß ihr widerstreben, wenn sie auch, sobald sie wirklich verschlungen ist, die Notwendigkeit und den Nutzen davon erkennt.»

Napoleon hat uns den Code Civil gegeben, war Verfechter eines europäischen Rechtssystems und visionierte als Erster die «Vereinigten Staaten von Europa». Daß er den Weg dorthin mit Feuer und Schwert unternahm, unternehmen mußte, lag auch in seiner selbstherrlichen Grausamkeit, mehr aber noch in der Renitenz seiner kleingeistigen Gegner begründet. Lützows barbarischen Freischärlern wurden in Deutschland Denkmäler gesetzt. Ekelhaft.

*

Bei der Heimfahrt kleines Abenteuer: Der Busfahrer gerät mit einem aussteigenden Passagier in Streit, der Passagier ruft ihm von der Straße etwas nach, darauf dreht der Busfahrer völlig durch, haut mit beiden Fäusten aufs Armaturenbrett, brüllt «FUCK YOUUU!» Läßt den Bus an, setzt ihn auf die Straße, brüllt wieder, und dann reißt er das Steuer rum, lenkt den Bus auf die Gegenfahrbahn, gibt Gas, Kamikaze, und erst als der entgegenkommende Wagen nurmehr 30 Meter entfernt ist, schleudert er den Bus mit einem heftigen Ruck auf die linke Spur zurück. Großer Aufstand im Bus. Protest. Der Fahrer bremst, Vollbremsung, das quietscht und scheppert und würfe die Stehenden um, hätten nicht zufällig alle Fahrgäste einen Sitzplatz. «YOU WANNA GET OFF?» Ein weißhaariger Engländer antwortet: «I get off, because you are out of control.»

«SO FUCK YOUUU!» Er zeigt dem alten Mann den Mittelfinger. Einige Passagiere schließen sich dem Alten an, aus Angst oder Solidarität. Bleiben wir, sag ich zu Bea, das ist lustig. Ich will nicht auf den nächsten Bus warten. Und die cholerische Klimax scheint auch schon vorüber. So ist es. Der Fahrer prügelt noch einmal seine Armaturen, dann beruhigt er sich.

Zum Abendessen gabs heute ein Special-Seafood-Buffet, man briet einen meterlangen Lachs. Mir schmeckte der Monkfish noch besser, muß nachsehen, wie der auf deutsch heißt.

Octopus können sie nicht. Teppichmuscheln und Sepia auch nicht besser. Nirgends ein Spritzer Zitrone, alles zu trocken oder zerkocht. Das Essen hier war wohl zu lange englischen Einflüssen ausgesetzt, um wirklich erstklassig zu sein.

Danach Kino. Ich schickte Beatrice in *The Others*, den ich schon gesehen und noch Bild für Bild im Kopf habe. Das allein sagt bereits, daß es kein schlechter Film sein kann. Selber ging ich in *Jeepers Creepers*, der sehr stark beginnt und echten Grusel bietet, bis zum Ende des ersten Drittels. Danach wirds eine alberne Klamotte, wie meistens bei übernatürlichen Bösewichten. Das Monster sieht aus wie eine Melange aus Freddie Krüger und der Creature from the Black Lagoon. Immerhin: annehmbares Popcornkino. Niedlich-witziger Schluß.

«Wie weit gehört das Wunderbare, Mystische, in die moderne Dichtkunst hinein? Nur so weit es exemplarisch bleibt. D. h. die dumpfen, ahnungsvollen Gefühle und Phantasien, auf denen es beruht und die vor etwas Verstecktem, Heimlichen in der Natur zittern, vor einem ihr innewohnenden Vermögen, von sich selbst abzuweichen, dürfen angeregt, sie dürfen aber nicht zu konkreten Gestalten, etwa Gespenster- und Geistererscheinungen verarbeitet

werden, denn dem Glauben an diese ist das Weltbewußtsein entwachsen, während jene Gefühle selbst ewiger Art sind.»

Diese Worte Hebbels sollte man allen Horrorfilmern auf den Rücken tätowieren.

Beatrice ist ganz meiner Meinung, was *The Others* betrifft. Gut gemacht, gut gespielt, sehr spannend. Leider gibt der Film meiner Meinung nach viel zuviele Hinweise, so daß man ab der Mitte etwa das Ende vorausahnt, vor allem, wenn man *Sixth Sense* gesehen hat. Tom steht inzwischen mit seiner Meinung («einfach nicht spannend, und insgesamt zu schwach, um durchzugehen») ganz allein da. Ich verstehe nicht, wie er so einen Film schmalreden, aber ein gescheitertes, um zwei drei geglückte Szenen herumgebasteltes, zuletzt peinliches Mogelpäckchen wie *Das weiße Rauschen* hochloben kann. Natürlich wird *Das weiße Rauschen* in Deutschland etliche Preise abkassieren, aber doch nur, weil die meisten Kritiker Muffe haben, einen Wackelhandkameraerstling mit diesem Thema – paranoide Schizophrenie – deutlich abzuwatschen. Man sah es an der letzten Bundesfilmpreis-Verleihung: Wieviel Scheiße da ausgezeichnet wurde, unglaublich, Filme, von denen nichts, aber auch gar nichts bleiben wird. Selbst so ein Dreck wie Gran Paradiso bekam noch einen Preis für die beste Nebendarstellerin, ganz unverdient, das liebe Mädchen hat fünf Sätze, mehr nicht. Lars Rudolph ging dafür leer aus.

The Others, Das weiße Rauschen und *Die Klavierspielerin,* drei Filme jüngster Zeit, bei denen ich mit Tom diametral auseinanderlag.

Die Klavierspielerin, eine Stunde lang ganz nett, dann nur noch unsinnig. Verschiedenste erotische Obsessionen zusammengemanscht, dramaturgisch in keinster Weise plausibel, schwach ausgestattet, politisch zu korrekt, nein, Haneke ist gut, aber dieser Film nicht. Fast noch schwächer als *Intimacy*, der miserabel genug war. Aber sowas wird für den Felix nominiert, nur weil genügend Zuschauer reingehen, die sich einen Porno versprechen, aber fürs Pornokino zu verklemmt sind. Und ich geb mir Mühe, für den Filmmarkt etwas zu schreiben, was gut ist *und* Kasse machen könnte – und höre nur Gemäkel, zersetzende, aufweichende, konventionelle Verbesserungsvorschläge, solange, bis ich entnervt das Handtuch schmeiße. Um dann lesen zu müssen, in Deutschland gäbe es keine Drehbücher, die lange genug umgeschrieben würden, bis sie endlich gut seien. Quatsch. Die meisten deutschen Drehbücher sind so grausam, weil sie unendlich oft umgeschrieben werden und weil haufenweise Leute dreinreden, die kaum einen ansehnlichen Brief zusammenbekämen. Natürlich stimmt es, daß die meisten Drehbuchautoren weder Genie noch Handwerk besitzen, aber warum? Weil es masochistische Fuzzis sind, die aus Geldgeilheit übriggeblieben sind, während alle ernsthaften Autoren sich nach den fürchterlichen Erfahrungen mit dem Filmmarkt auf sowas nicht mehr einlassen wollen. Tom tut sich da einfach, als sein eigener Drehbuchautor, mit der Vision der Verwirklichung im Hinterkopf. Aber für sich genommen war sein Drehbuch zu K&K nicht gut. Ein anderer Regisseur als er hätte daraus kaum etwas Ansehnliches zustandegebracht. Mittelmäßige Drehbuchschreiber soll man von mir aus quälen, aber zu den Guten muß man Vertrauen haben, sie wissen soviel mehr als irgendwelche Produzenten und Schauspieler. Obgleich Kino nun mal Mannschaftskunst ist, glaube ich an die notwendige Autonomie der zuliefernden Parteien. Ich habe aus dem Thema, das Franka mir vorgab, das Beste gemacht, einen schönen Wohlfühl-Kassenfilm, wenn sie partout lieber Polanskis *Ekel II* haben will, dann halt nicht. Ich fürchte, sowas wie *Das weiße Rauschen* ist genau das, was ihr vorschwebt – und dafür geb ich meinen Namen nicht her, der ist eh schon verbunden mit zwei schwachen Filmen, für die ich nichts kann.

*

Tausende Girlies waren heute nacht auf der Straße, aufgestylt bis zur Nuttigkeit, dabei kaum 12 oder 14 Jahre alt. B. und ich zeigten einander die hübschesten oder spektakulärsten Exemplare. Ich stelle mir vor, wie an der bauchnabelfreien Laufband-Spanierin mein Saft ihre Wirbelsäule entlang in ihre Pofalte rinnt, und sie geht weiter, weiter, einfach weiter, in diesem Rhythmus, dieser Haltung, die man nur auf dem Laufband erreicht. Wann fließt der Saft ihre Schenkel herab?

Beim Warten darauf schlief ich ein.

10. 2., Sonntag

2 tassen tee, rühreier mit chilis, tomaten und petersilie, 2 gläser grapefruit-, 2 gläser o-saft, ein weichei (geköpft), 2 scheiben vollkornbrot mit schinken, gurken und zwei tomatenvierteln, eine schüssel rhabarberkompott, eine nußzimtschnecke mit him-, brom- und blaubeeren.

Valletta. Sonntagsmarkt. Panorama des Hafens. Karmeliterkirche. Eine der schönsten Kuppeln, die ich je gesehen habe. Eiförmig, weiß, mit blauen Fenstern im hohen Aufsatz. Konnten keine Fotos machen, Gottesdienst. Als wir später wiederkamen, zu. Zwischendurch am Great Siege Square ein Pornokino entdeckt, das auch heute, am Sonn- und Feiertag Non-Stop-Programm zeigt. Sehr alt, hoch, dunkel und gemütlich, der Film brauchbar. Hätte man vom erzkatholischen Malta (wo es noch immer keine Scheidung gibt) nicht gedacht. Es gibt in Valletta ein winziges Rotlichtviertel, in der Strait Street, in der früher Duelle ausgetragen wurden. Das Rotlichtviertel besteht aus drei oder vier Bars, die Brecht sofort inspiriert hätten. Roy Bar. Die sehr vagantenhaft verludert-idyllische Ansicht der geschlossenen Tür der Roy Bar in Valletta, Malta. Da werde ich ein Stück spielen lassen. Titel: Roy Bar.

Herrliche Straßenansichten. Valletta ist großartig, ich muß alle meine Freunde davon überzeugen. Die St. Pauls Cathedral ist überraschend winzig, aber recht stilvoll und typisch anglikanisch mediterran. Doppelchörig. Der kleine weiße Säulentempel gegenüber dem Altar gefiel mir.

Liebes Mail von Su. Hat sich frischen Lippenstift und Nagellack gekauft und scheint wieder guter Dinge. Sie hätt ich gleich fragen können, wie man den Kuppelaufsatz nennt. Laterne? Komisch, hab ich sie das nicht neulich schonmal gefragt? Klar, Laterne. Mein Gedächtnis entleert sich mehrmals täglich, wahrscheinlich war es in früheren Leben eine Harnblase und ist versehentlich befördert worden.

Nachmittags Strandspaziergang. Der Fels bietet Hunderttausende von Trichtern und Kavernen, in denen sehr viele kleine Eisenteile verrosten, keine Ahnung, woher die stammen. Wir entdeckten einen toten Kormoran. Der Wind wehte sehr heftig aus Nordost.

Aufgrund des trüben Wetters ist das Schwimmbad heute ‹kinderverseucht›. Wie B. sich ausdrückt.

*

Abends *Vanilla Sky*. Vieles erinnerte mich – der Identitätstausch besonders – an Ultrachronos, und ich dachte bereits, o Gott, diesmal bin ich zu spät, die Zeit stieg über mich hinweg. Aber dann gibt einem der Film eine alles umfassende glatte Erklärung und zerstört das, was zuvor ohnehin viel verstörender hätte sein können, sein müssen. Wir gingen beide etwas unbefriedigt aus dem Kino, obwohl der Film nicht langweilig war oder schlecht. Gegen Ende gibt es eine Bilderflutsequenz, die ich mir ungefähr so einmal für Eros vorgestellt habe. Muß Tom bei Gelegenheit fragen, was daran so teuer sein soll. Cameron Diaz sieht Ellen Barkin immer ähnlicher. Tom Cruise ist, wie fast immer, großartig. Ich will über *Vanilla Sky* noch nicht urteilen, habe einige Dialoge nicht verstanden, waren zu genuschelt, unter Maske gesprochen, oder von Penelope

Cruz. Die Fresse von Jason Lee kann ich nicht ab. Warum müssen Schriftsteller im Film immer so unsexy aussehen? Und Timothy Spall – woher kenn ich den? *Intimacy*. Ja.

*

So ein Luxus, dieses Hilton. Kaum nimmt man einen Schluck aus dem Wasserglas, schon schenkt ein Kellner nach. Unangenehm. Ralf Schumacher, der kleine Bruder, hat sich neulich für 14 Millionen eine Yacht gekauft.

*

für UC: *Heute ist mir eingefallen, wieviel 20 Mark mir mal bedeutet haben. 20 Mark. Man konnte damit eine Nacht zum Fest erheben. Man hat sich Zigaretten gekauft und Wein oder Bier, lud den einen besten Freund zum Fest und setzte sich auf den Hügel überm Dorf, dort wurde über vieles geredet, Wichtiges, glaube ich, bin mir nicht sicher, aber wenn der Morgen kam und die Müdigkeit, und die Musik aus dem Recorder durchgehört war, dann standen wir im Tag, vom Licht bestrahlt, wie junge vom Himmel vergessene Götter, und unsere Zukunft war die Zukunft überhaupt, undenkbar, daß die Welt jemals ein andres Ziel als uns gehabt haben konnte. Manchmal haben wir auch in ein Feuer gesehn, Fleisch gebraten, auf Äste gespießt, ich erinnere mich an die Gier, als unsre Zähne sich in ein Steak oder Halsgrat verbissen, als wir lachend die Namen der Frauen erwähnten, die wir nicht erobert hatten, Namen, die nichts bedeuteten, nichts, weil das, was wir mit 20 Mark besaßen, schon soviel mehr war, als alles, was wir uns damals wünschten. Jung und frei und dumm waren wir – und voller Inbrunst, ein alles niedermähendes, selbstbewußtes Wollen.*

Nach Mitternacht schrieb ich noch die erste Skizze für ein sehr wichtiges Kapitel, die Offenbarung der Sibylle aus dem letzten Buch, in einem Guß, mit viel Genuß. Was für ein Roman wird das. Vom Konkreten langsam hinein ins Abstrakte, aber dann immer wieder ins Konkrete zurück, zu vielen scheinbaren Lösungen im Kleinen, die jedoch den Zauber der großen Geheimnisse unangetastet lassen. Sehr gewöhnungsbedürftig, vermutlich. Man wird mir das erstmal um die Ohren hauen. Vielleicht zu Recht. Das hängt an seidenen Fäden. Beim Schluß bin ich mir noch nicht sicher, ob ich das wirklich so machen kann.

«Mein Roman ist gerade sehr spannend. Er ist immer ganz spannend, aber im Moment besonders. Ich wüßte wirklich sehr gern, wie es weitergeht.»

Bea: «Aber du willst es dir nicht verraten?»

«Nein, dann wäre das Schreiben so langweilig.»

11. 2., Montag

Die blöde Schickse von der Reisebetreuung hat uns heute früh zum dritten Mal versetzt. Als sie dann mit einer halben Stunde Verspätung kommt, ist sie durch nichts als Betreuung erkennbar. Fettarschtrine mit Pickeln, Strickpullover und ausgebeulten Jeans. Rief sie über Handy an, sie meldete sich fünf Meter neben mir, ins Gespräch mit einer Schweizer Familie vertieft. Was sie uns überhaupt noch Wichtiges mitzuteilen hätte, fragte ich. Nichts eigentlich, antwortete sie frech. Ich drehte mich um und ging wütend in den wunderschönen Tag.

Die maltesischen Münzen und Geldscheine sehen äußerst stilvoll aus. Nicht zu bunt, nicht zu karg, und hübsche, staatsferne Motive, z. B. Krabbe, Wiesel oder Blaumöwe. Mit das hübscheste mir bekannte Geld. In ein, zwei Jahren wird auch hier der Euro Einzug halten, von dem man Ähnliches nicht sagen kann, schon gar nicht von den phantasielosen deutschen Rückseiten.

*

Mail von Walter. Der Deadman-Comic werde nun doch nicht erscheinen, er habe das Projekt «geteicht», man dürfe den Bogen nicht überspannen. Schade. Als Fünfmarkbüchlein wärs doch gegangen. (Problem: das Buch hätte aus 50mal demselben Bild bestanden, einem toten Mann im Sarg. In einer Folge schwebt eine Fliege auf die Nase des Toten, dieses Kapitel heißt: Deadmans größtes Abenteuer. Und in der Weihnachtsfolge steht ein Tannenbaum hinter dem Sarg. Walter hatte mit Elvira gewettet, daß er in zwei Stunden ein ganzes Buch zeichnen und binden könne. Und hat verloren, er hat zweieinhalb gebraucht.) In unserem Briefkasten läge bereits sein neuestes Opus: *Der Fönig,* ein legasthenisches Märchen. Walter will einen Tip für den Titel der englischen Ausgabe von «Eine wilde Reise durch die Nacht». Wörtlich übersetzt, klänge das im Englischen angeblich zu harmlos. Tuts doch im Deutschen auch schon. Ich schlage ihm, frei nach Eugene O'Neill, *A Long Night's Journey to the Stars* vor.

✳

Immer noch Karneval. Wir mischen uns unters Volk und machen Witze über die fetten Kinder von Malta. Dabei sind sie auch nicht fetter als anderswo, wir haben nur zufällig am ersten Tag besonders viele Dickerchen gesehen, auf diesem Sockel des ersten Eindrucks ruht unser Blick und sucht in der Menge nach Bestätigungen des Schnellgerichts, nicht nach Gegenbeispielen, von denen es genügend gibt. Shandy getrunken, schmeckt wie sehr zitroniges Radler. Apropos.

Wir haben bisher hier noch keinen Radfahrer gesehen. Auch keine Möwe. Eben als ich diese Erkenntnis auf Diktaphon spreche, kommt von links ein Radfahrer ins Bild und von rechts eine Möwe.

Später mit dem Bus zur «Pretty Bay», die ihrem Namen Ehre macht, auch wenn der Ausblick aus dem – allerdings recht bunten – Containerhafen besteht. Sahen in einem vom Meer abgetrennten Schwimmbecken eine tote Gans. Die Rubrik: *Leichen aus Malta* füllt sich. Beatrice fand zwischen den Riffs einen gelben Kristall, vermutlich ein Calzit. Zu so einem Fund an einem vielbewanderten Strand gehört schon eine massive Portion Glück. Fotografierten einen gestrandeten und erstickten Knurrhahn, dessen Augen noch klar waren.

*

Abends *The 51st State* mit Samuel Jackson und Robert Carlyle. Nette Klamotte mit ein paar sicher guten Witzen, die wir nicht verstanden haben. Mußten trotzdem lachen.

Michael meldet sich nicht. Obwohl ich ihn darum gebeten habe. Er könnte doch, wenn alles glatt gegangen ist, mich aus meiner eigenen Wohnung, auf meine Kosten, kurz mal anrufen.

Die Straßen erbeben von 120 Beats per Minute, gnadenlos.

Was mich an Techno bzw., von der Musik mal abgesehen, am Techno-Ambiente vor allem gestört hat, war das Asexuelle der Bewegung. Natürlich haben sich die Tänzer auf dem Rave – aber in welch verklemmter, verspießerter Weise – entkleidet, Gaffer scharf gemacht, aber jeder Techno-DJ wird mir zustimmen: Da gab es immer eine Grenze, die stillschweigend gezogen und allgemein akzeptiert wurde. Tanz war sonst doch im Wesentlichen Anbahnung zum Sex. Bei Techno wurde 20 Stunden getanzt, und dann, vielleicht, ausnahmsweise, fünf Minuten gevögelt. Tanz wurde Sexersatz. Ein Hirnfick mit sich selbst, auf der Basis der Bewußtseinsbetäubung. Wurde Narzißtenspasmus. Techno war eine Sublimationsbewegung.

Paßt sich im historischen Blick gut in die Aids-Ära ein. Steril an der Musik war ihr Defizit an Melodie, Komplexität, Klangfarbendifferenzierung und Kunst im Sinne von mühsam erworbenem Können verbunden mit individueller Kreativität und Innovation. Techno war im positiven Ergebnis nie Kunstgenuß, viel eher ein neuronales Stimulans ähnlich dem Höhen- oder dem Geschwindigkeitsrausch. Ihr Manifest war die Diktatur des Proletariats unter anderen Vorzeichen. Der Tod des Individuums in der Masse der Feiernden. Nicht dionysische Ekstase, sondern das Aufgehobensein in der entrückten Gemeinschaft. Pazifistischer Linksfaschismus, der schließlich von der Spaßkultur aufgesogen wurde, bis Gottfried Fischer Teil der Love-Parade werden konnte. Und doch auch insofern kapitalismuskonform, als die Botschaft lautete, jeder Dilettant könne aus der Masse zum Master aufsteigen.

Priester des Techno wurden die DJs. Nicht dem Komponisten, nicht dem Musiker, dem Tertiären wurde gehuldigt. «Es gefiel mir, daß man für diese Sache eben nicht 100 Jahre ein Instrument lernen muß», sagt einer jener Priester ganz ehrlich und schamlos. Die Absage an die Idee der Musik als Kunst. Die Absage an die Kunst als Spielfeld der Elite.

«Kunst ist schön, macht aber viel Arbeit.» (Karl Valentin) Ich habe mit Musik, die nicht das Ergebnis eines künstlerischen, sondern eines entweder schamanisch oder kommerziell motivierten Prozesses ist, nichts am Hut. Techno ist Aidsmusik, bös gesagt. *War* Aidsmusik, richtiger gesagt.

✳

S. erzählt, sie habe in *Literaturen* ein Jugendfoto von mir gesehen, über eine Schreibmaschine gebeugt, von Ohlbaum geschossen. Jugendfoto? Das war Anfang '94.

In einem französischen Internet-Forum wird über eine Stelle aus Melodien gestritten, die betrunkene Tirade von Krantz gegen die neue Musik.

Immer wieder furchtbare Erkenntnis: Es ist für sehr viele Leser gar nicht wichtig, ob man etwas sehr kunstvoll oder ganz schlicht erzählt. Wenn ihnen eine Aussage nicht paßt, für deren Schöpfer sie nicht eine Figur, sondern den Autor halten, lehnen sie das Drumherum ab, egal, wie es gestaltet ist.

Seltsamerweise emanzipieren sich mit dem Tod des Autors die Figuren seiner Bücher in den Augen der Leserschaft, die danach objektiver, gelassener liest. Ganz eigenartiges Phänomen.

Der lebende Magier ist Feind, er hat seine Figuren losgesandt, uns zu verhexen.

Die Figuren des toten Magiers sind aus seinem Besitz in die Freiheit/Freiverfügbarkeit übergegangen und nicht mehr wirklich gefährlich. Vormals böse Sporen, nunmehr nette Marionetten.

Da fällt mir ein, daß wir im Schwabinger Hochhaus die Mädels von Mario, dem Zuhälter, Marionutten nannten.

Die Nacht mit Limericks und Sprachspielchen verbracht. Nicht vergeudet, nein, wenn man betrunken ist, gibts kaum was Schöneres, auch wenn man den Kram morgens wegschmeißt.

astrologisch passen wir
einander in die gegend.
ich bin krebs, und sie ist stier.
ich hab geld, und geb ichs ihr
wird sie stierisch krebserregend.

Völliger Quatsch übrigens, die Stiere in meiner Nähe sind alles andere als geldgeil. Ich verstehe Autoren, die Reime ablehnen. Reime verbiegen die Wahrheit. Euphemistisch gesagt: Sie erweitern die Wahrheit. Wahrheit ist eine um ihre vergebenen Möglichkeiten und Seitenpfade reduzierte Sammlung darniederliegender Fakten. Wahrheit ist die größte Lüge von allen, ist eingenäht in ein Kleid aus toten Embryonen. Wahrheit ist eine nackte Leiche, die im Leben nach der Mode ging. Obiger Limerick funktioniert auch nur im süddeutsch-österreichischen Raum, wo ‹stier› gleich ‹pleite› bedeutet.

*

Ich glaube an einen gemeinsamen Bewußtseinsstrom aller Lebewesen, an ein verknüpfendes Band der Geister, das auch postmortal noch fortbesteht. Wenn ich schreibe, manchmal auch wenn ich Musik höre, kann ich die Nähe solcher Schatten spüren. Shakespeare zum Beispiel, als ich seinen Cäsar neu übersetzte, sah mir zu, Puccini ist oft bei mir zu Gast, während Rilke mich nicht mag, ich fühls, er sieht sich zwar an, was ich so mache, anerkennt auch manches, aber meine Natur ist ihm fremd. Manche Geister sind sehr schwach, haben kaum eine Spur hinterlassen, andere haben sich zurückgezogen aus der Welt in die nächste, wieder andere zeigen sich noch geradezu eitel interessiert an dem, was hier entsteht. Manche sind destruktiv, spotten und zweifeln an allem, einige versuchen zu helfen, Einfluß zu nehmen. Besitzergreifend ist keiner. Direkte Kommunikation existiert nicht. Ich glaube, daß auch kein Weg dorthin führt. Mit Séancen oder ähnlichen Prozeduren ließe sich der Bewußtseinsstrom nicht verstärken, er findet in Ahnungen statt, im Flügelschlag eines Nachtschattenworts, man wird ihn vielleicht nie verifizieren, erkunden oder dirigieren können. Mir bleibt eine durch nichts zu belegende Gewißheit, daß ich als Individuum eingebettet bin in mir verwandte Geister, denen ich nicht ganz egal bin. Die Kunst, als Essenz geistigen Schaffens, als Verwirklichung der innersten Realität, mag eine Art Medium darstellen, in dem man sich über die engen Distanzen der eigenen Lebensspanne hinaus verständigen kann. Ich glaube auch, daß Kunstwerke, Bücher, Bilder, Musik, ein eigenständiges Leben führen können, als kleine Binnenwelten von manchmal erstaunlicher Kraft. Sie unterhalten sich miteinander, über ihre Schöpfer hinweg. Vielleicht ist mancher Traum nur das Resultat des Besuchs einer solchen Inselwelt auf unserer inneren Plattform, von der aus wir hinter die Sterne sehen könnten, wären wir durch zuviel Leben nicht noch mit Blindheit geschlagen.

Aus alledem leite ich nicht etwa den Glauben einer individuellen, gar bewußten Existenz nach dem Tod ab. Das erscheint mir sehr unwahrscheinlich. Wozu sollten wir in einer neuen Umgebung die bleiben, die wir in der alten gewesen sind? Nach meinem Glauben sind wir ja ohnehin irgendwo im zehndimensionalen Kosmos noch fleischlich lebendig, jeder Moment unseres Menschseins existiert irgendwo als Gegenwart, selbst wenn wir hier oder irgendwo anders schon lange Staub und Asche sind. Dieses Modell des Seins, niedergeschrieben im November-Tagebuch überzeugt mich immer mehr, alle Fragen, Probleme, Ängste werden damit gelöst und beantwortet. Es ist eine Heilsbotschaft. Wäre ich geschäftstüchtiger, würde ich hintreten vors schmachtende Volk, künden und kassieren.

12. 2., Dienstag

Heute fuhren wir in den Norden der Insel, zur Golden Bay, einem kleinen Sandstrand. Beatrice fand schon wieder einen Kristall. Wie langweilig. Der Inselnorden gefällt uns nicht, häßliche Bauten, für Touristen hochgezogene Städte, besonders Qawra, besteht praktisch nur aus Souvenirshops und Lokalen, an jeder Ecke belästigten uns dort Restaurantanwerber: «Sprechen Sie deutsch?» Einer, ein junger Deutscher, wohl ziemlich frustriert, wurde sehr unflätig, als wir ihm einfach keine Antwort gaben. («Haben Sie schlechte Laune? Reden Sie nicht mit jedem? Sind Sie ein unfreundlicher Knilch? Ein Arschloch vielleicht?») Hatte Lust, ihn zu pfählen oder zu vierteilen. Sowas geht heutzutage nicht mehr ohne weiteres. Leider. Ich Idiot hab das bisher als Fortschritt betrachtet.

Einen Raubzug der Türken, um Menschen zu fangen und als Sklaven zu verkaufen, nannte man *Razzia*. Sahen uns den Festungsturm des Großmeisters Wignacourt an, gebaut, um solche Razzien zu verhindern. Die engste Wendeltreppe der Welt. Der Raum oben, Tonnengewölbe, ganz gemütlich. Mit Bettstelle, Schreibtisch, Kochnische und Plumpsklo. So etwas, ohne Leiter nach unten, ohne Telefon und Internet, bräuchte ich, nur einen Monat lang, um das beste Buch aller Zeiten zu schreiben. Aber das wäre gemein gegenüber den Nachfolgern.

✳

Nachmittag am Pool verbracht. Ein junger Engländer unterhält sich mit seinem Mädchen vom Begleitservice. Sie (Es) ist bis morgen früh gebucht. Ich sitze neben den beiden im Dampfbad, beide gehen das Programm des Abends durch, seine Finger spielen an ihrem Knie herum, sie sieht nicht besonders reizvoll aus, breites Gesicht, Mandelaugen. Ob er für die Nacht Kondome habe, fragt sie ihn. Er sagt ja und fragt zurück, ob sie anal zu haben sei. Ja, sagt sie, aber nur einmal, öfter vertrage sie es nicht. Originelle Antwort. Die beiden nehmen mich kaum wahr.

Das Dampfbad tut meinen Nebenhöhlen sehr gut, ich werde es vermissen. Muß mal das in Neukölln ausprobieren.

Vor dem Abendessen Internet. Meine Münzen erzielen bei der Auktion heute kaum den adäquaten Preis. Franka meldet sich nicht, Michael, Walter und Marcel melden sich nicht, keiner meldet sich. Große Frustration, wenn man einen ganzen Tag gewartet hat, und dennoch im I-Café keine Nachricht auf einen wartet. Große Frustration, größere Pastaration. Ab morgen wird gefastet. Kinnie gibt es jetzt auch in Deutschland zu beziehen. Lichtblick.

Gran Cavalier Syrah, Barrel Matured, 1999. Einer der melancholischsten maltesischen Weine. Scharfer Abgang voll Thymian und Salbei. Und bitteren Rosen, wenn es solche gibt.

Morgen wird man uns um 4:30 wecken. Unmenschlich. Früher hätte ich durchgemacht, im Casino, in den Clubs, sonstwo. Aber morgen wartet soviel Arbeit auf mich, daß ich jeden Partikel Energie benötige. Im TV *La morte ti fa bella* auf Rete4.

*

Inderinnen, welterfahren, wirsch, reiben den Wiedergeborenen im Bus träge rein, dass einer schwer Bares dort hinüber trägt.

✳

Dieser blöde kleine Satz hat mich eine Stunde Arbeit gekostet. Das Dorthin ist das jetzt, in das der Künstler von irgendwoher zielt, außerhalb der Zeitrechnung.

der mensch ist an eine unvollkommene welt ideal angepaßt. in einer vollkommenen welt käme er sich fremd und unbehaglich vor. in dem grad, in dem der mensch die welt vervollkommnen wird, wird er selbst sich verändern müssen, um seine ataraxia zu finden.

in hundert jahren, glaube ich, wird jeder mensch, ob häßlich, fett oder dumm, sex nach seinem gusto haben, wann und wo er will, ganz unverschämt und selbstverständlich. aus einer solchen ständigen befriedigung heraus werden sich umwälzende evolutionen der psyche ergeben. nach der totalen saturierung physischer gelüste muß das ausgeleierte emotionale spannungsfeld durch ein gegengewicht aus neuen unerfüllten wünschen gestrafft werden.

welche könnten das sein?

Ich weiß genau, was es in hundert Jahren alles nicht mehr geben wird, weil alles das heutzutage bereits ein abzusehender, lästiger Anachronismus ist und man nur das Absterben soundsovieler Idioten abwarten muß, bis das Vorhergesagte spruchreif wird. Viel Sehertum ist dafür weiß Gott nicht nötig. Aber die neuen *Hürden*, die in der Zukunft überwunden sein wollen, nein, die kann ich mir nicht recht vorstellen. Von daher vielleicht meine Angst vor einem geschichtlichen Crash, vor einem zivilisatorischen Rückfall vom Ausmaß des Christentums etwa.

*

Heidegger: Über den Humanismus.

Wir bedenken das Wesen des Handelns noch lange nicht entschieden genug. Man kennt das Handeln nur als Bewirken einer Wirkung. Deren Wirklichkeit wird geschätzt nach ihrem Nutzen. (Nutzen? Eher doch nach ihrer Auswirkung) *Aber das Wesen des Handelns ist das Vollbringen.* (nie darüber nachgedacht, wie philosophisch die Vulgärfloskel «Das bringt es voll» doch ist) *Vollbringen heißt: etwas in die Fülle seines Wesens entfalten* (Faltboot aufblasen), *in diese hervorgeleiten (?), producere. Vollbringbar ist deshalb eigentlich* (eigentlich ist manchmal ein wichtiges Wort – die Anstrengung der Frankfurter Schule, dieses Wörtchen auszumerzen, zeugt von Barbarei) *nur das, was schon ist. Was jedoch vor allem «ist», ist das Sein.* (wie kann etwas «vor allem» sein? Meint er «von Beginn an» oder «ohne jedes Zutun»?) *Das Denken vollbringt den Bezug des Seins zum Wesen des Menschen. Es macht und bewirkt diesen Bezug nicht. Das Denken bringt ihn nur als das, was ihm selbst vom Sein übergeben ist, dem Sein dar. Dieses Darbieten besteht darin, daß im Denken das Sein zur Sprache kommt. Die Sprache ist das Haus des Seins.* (schön) *In ihrer Behausung wohnt der Mensch. Die Denkenden und Dichtenden* (letztere kommen etwas plötzlich, sollten vielleicht in ihrer Unterschiedenheit von den Denkenden eingeführt und definiert werden) *sind die Wächter* (zu martialisch. Bewachen wovor? Eher: Verwalter oder Archivare) *dieser Behausung, Ihr Wachen* (aha, also meint er mit Wächter nicht Behüter sondern einfach wache Geister?) *ist das Vollbringen der Offenbarkeit* (Öffentlich-Werdung?) *des Seins, insofern sie diese durch ihr Sagen zur Sprache bringen und in der Sprache aufbewahren.* (Sprache als Gefäß? Als Schublade? Eher: in die Sprache einreihen, bös gesagt: der Sprache aufzwingen.) *Das Denken wird nicht erst dadurch zur Aktion, daß von ihm eine Wirkung ausgeht oder daß es angewendet wird.* (Ich bin der Meinung, daß vom Denken immer sofortige Wirkung ausgeht. Man stochert wie in einer Wunde. Wirkung «tritt aus». Wie Blut. Oder Eiter.) *Das Denken handelt, indem es denkt.* (Sag ich doch. Hm.)

Danach wirds wüst, pendelt zwischen Esoterik, Bürokratie und Wortklauberei. Aber der Satz: *Die Sprache ist das Haus des Seins.* gefällt mir sehr. Man könnte ergänzen: Manche Kunstwerke sind Fenster in diesem Haus. Wiewohl keine Türen oder sonstige Übergänge. Kunst, die dem Tod Konkurrenz machen will, stürzt nicht einmal ins Nichts hinab, sie schlägt sich einfach nur die Nase blutig an irgendeiner Wand im Haus des Seins.

Passend dazu eine Stelle von Hebbel, nach der man Künstler oder Philosoph sein müsse. Beides ginge nicht.

Ich würde sagen: Seit Nietzsche geht das nicht mehr.

*

Domitian – Stoff, der nach wie vor in mir wühlt. Sehr komplexes Leben. Als Filmstoff zu innerlich, aber wenn jemand den Domitian spielen müßte, dann David Thewlis, die Ähnlichkeit ist frappant.

13. 2., Mittwoch

Wagners Todestag. Also kann uns nicht viel passieren.

Um 4:35 rollt das Frühstück ins Zimmer, um 5:05 stehen wir vor dem Hotel und warten darauf, abgeholt zu werden. Werden wir nicht. Nach Kreta schon das zweite Mal, daß uns das passiert. Nehmen um 5:30 ein Taxi. Flug geht glatt, stehen um 10:45 an der eigenen Haustür. Unglaublich viel Post abzuarbeiten. Die beiden Bilder sind gekommen. Die Winterlandschaft ist hübsch, leider nicht so hübsch, wie sie im Internet gewirkt hat. Die expressionistische Straßenszene ist grauenhaft. Ganz andere Farben, miese Maltechnik, wertloser Kitsch.

«Dann verschenken wirs halt.»

«Wen hassen wir denn so?»

*

Bis zum späten Abend gearbeitet. Der Berg ist kaum kleiner geworden. Einige Wünsche kann ich beim besten Willen nicht erfüllen. Susann Rehlein bittet so nett um einen Anthologie-Beitrag, daß ich gerührt bin. Aber woher soll ichs mir abzapfen? In Holland gibts ein Festival, auf dem *Melodien* und *Thanatos* der Hauptprogrammpunkt sein sollen. Dennoch abgesagt. Töteberg meldet, daß es in drei bis vier Wochen grünes Licht für die Verfilmung von Könige geben könnte, Chancen stünden sehr gut. Würde viel finanziellen Druck von mir nehmen. Marcel ist bereits in der neuen Wohnung in Eppendorf, hat St. Pauli hinter sich gelassen und schwärmt von der Arbeit mit dem neuen Chef. Michael meldet sich immer noch nicht. Die Sterbekerbe für

Jandl wird in einem Schulbuch erscheinen, ist allerdings völlig verkehrt gesetzt, ich kann das telefonisch noch korrigieren. Die Programmhefte *Lederfresse* aus Saarbrücken und Coburg sind da – und beide sehr hübsch. Kunstmann-Buch hat arg Verspätung. Vom angekündigten Fönig auch nix zu sehen. Die auf dem Video getimten Sendungen sind alle zum Ende hin abgeschnitten. Showview funktioniert nicht. Die Oscar-Nominierungen sind ein Witz. *Mulholland Drive* nur in der Sparte Regie nominiert. Naomi Watts, auf die ich all mein Geld gesetzt hätte, wurde außen vor gelassen. Ebenso *The Man Who Wasn't There. Lord of the Rings,* bildgewaltiger, doch letztlich öder Film nach einem primitiven Buch, sahnt massiv ab.

*

Diskussion mit Beatrice, ob eine intakte Ehe neben der eigenen Frau eine echte Vertraute zuließe. Klar, warum nicht. ‹Vertraute› ist ein schwammiges Wort. Bea meint wohl jemanden, mit dem ich vertrauter wäre als mit ihr. Wie wäre sowas in einer Symbiose wie unserer möglich? Ich interpretiere das Wort «Vertraute/r» legerer, als jemanden, der mir so vertraut ist, daß ich keine Geheimnisse vor ihm habe, außer jenen wenigen, die einem das Taktgefühl verbietet. Wen ich mag, vor dem habe ich wenig Geheimnisse. Ob ein sexuelles Moment hinzukommt, ist nachrangig. Das findet auf einer anderen Ebene statt, und die Ebenen addieren sich nicht, geschweige denn multiplizieren sie sich. Die gealterte Schauspielerin Uschi Glas will sich von ihrem Mann trennen, weil der seit neun Jahren eine Geliebte, Vertraute, Gespielin, was immer hat.

Das finde ich krank, gerade aufgrund der Länge dieser Nebenbeziehung. Wenn Uschis letzte neun Ehejahre glücklich waren, heißt das doch, ein friedvolles Nebeneinander war möglich. Wenn sie nicht glücklich waren, hätte man sich ebenso gut früher trennen können.

Habe ein nettes zweitaktiges Motiv auf der Zunge, summe es, summe es lange, habe keine Zeit, es zu notieren, peng – und es ist für immer verloren.

*

Höre, daß der Rekord für Tiefentaucher (ohne Sauerstoffflasche) bei 162 Metern bzw. 8 Minuten Tauchdauer liegt. Den Tiefenrausch stelle ich mir ähnlich vor wie das, was sich manchmal am Schreibtisch einstellt. Aber am Morgen sind alle gesehenen Schätze am Grund geblieben, nur man selbst treibt auf dem Wasser, aufgeschwemmt und glasig.

14. 2., Donnerstag

Lange Debatte mit Tessa über meinen Auftritt in Köln in exakt einem Monat. Ich will keinen Zirkus mitmachen. Originelle synästhetische Veranstaltungen hasse ich. Straighte Lesung, Signieren, Ende. Ich dachte, Tom wäre mit seiner eigenen Show geladen, jetzt soll er sowas wie den Conferencier für mich machen, gar mit aus meinem Buch lesen. Ist doch absurd. Ich kann zudem lesen und locker plaudern nicht verbinden. Dazu bin ich viel zu angespannt vorher und ausgeleert hinterher. Jetzt muß Schadensbegrenzung betrieben werden. Tom darf das nicht in den falschen Hals bekommen, aber sowas ist nicht mein Ding.

In die Stadt. Bei Müller im Tal schmeißen sie Klassik-CDs zum Spottpreis raus. Das Wetter macht mich trübsinnig. Kurz bei Su angerufen, soll heute abend mal bei mir vorbeigehen und gucken, ob alles in Ordnung ist. Bin ein zwangsneurotischer Kochplattennachseher.

Die Begeisterung für Computerspiele ist erkaltet.
Die Begeisterung für das Internet ist erkaltet.
Die Begeisterung fürs Handy ist erkaltet.
Die Begeisterung für DVDs ist erkaltet.
Die Begeisterung für Quizshows ist erkaltet.
Die Sonne scheint.

Mit der Post angekommen: Das Klett-Cotta-Buch von Bernhard Setzwein «Spaziergänge durch die Geschichte von München». Sehr schön ausgestattet, mit hellblauem

Lesebändchen. Bin dreimal erwähnt, unter anderem sogar auf der U4. Werde der «bekannteste deutsche Autor meiner Generation» genannt. Danke, sehr freundlich. Schön wärs.

Eine Eichborn-Anthologie bittet um Mitarbeit. Hat Stellen aus den Tagebüchern vorsortiert. Zum Thema Abscheu. Anscheinend sondere ich viel Abscheu ab in den Tagebüchern. Ja, aber die Tagebücher warten auch ein ganzes Jahr lang darauf, als Mülleimer für Frust und Ekel zu dienen.

✳

Für UC:

Es gab einen Punkt, an dem der Held unserer Geschichte der Lösung aller Geheimnisse überraschend nahe war. Seine Gegner hatten bereits resigniert und warteten darauf, daß Arndt die letzte Tür aufstoßen und in ihre schamerfüllten Gesichter sehen würde. Arndt jedoch ging an der Tür achtlos vorüber – später fand er sie nicht wieder. Nie mehr.

Im Hebbel eine unschein-, aber wunderbare Stelle, die mich sehr rührt:

Dankwart versprach mir seine Unterstützung und erbot sich, Erkundigungen einzuziehen, wie es mit dem Fonds stünde. Als ich in sein Palais trat, begegnete mir ein Mädchen mit Kränzen, von denen sie mir einen anbot. Ich gab ihr ein kleines Almosen; möchte der Kranz mir etwas Gutes bedeuten!

✳

Abends sahen wir mit großem Vergnügen die DVD von *Evil Dead II*. Auch heute noch lustig, wenngleich die Stop-Motion-Technik manchmal eher mitleiderregend wirkt. Damals, '87, fand ich den Film im Kino stellenweise wirklich schaurig, das muß man sich mal vorstellen, und noch mehr Phantasie braucht es, sich vorzustellen, warum die FSK diesen Film einst zensiert hat. Finstere Zeiten. Das Making Of ist auch hochkomisch. Ich bekomme meinen Husten nicht los.

*

Günter Wand ist gestorben. Der beste aller Brucknerdirigenten, ich hätte so gern noch einmal die Achte unter ihm gehört. Wenn er dirigierte, traten aus der Luft, wie Adern aus einem Körper, Linien hervor, die sich nach allen Seiten zu gewaltigen Konstruktionen vernetzten. Was aus seinen Händen entstand, war präzise, logisch, groß und vergeistigt, deswegen aber niemals kühl oder mathematisch. Musik – das Blut der Seele. Günter Wand brachte es zum Fließen, leitete es in Kanäle, baute gleich noch Brücken darüber. Ein Pontifex.

*

Im Übereifer zur Rettung des Genitivs schießen manche zu hoch hinaus, heute auch Harald Schmidt. *Gegenüber des Kanzlerhauses* sagt er, und: *gerade noch mal in den Genitiv gerettet.* Neulich auf der Lesung in Darmstadt tadelte mich jemand, weil ich nicht *gegenüber des Casinos,* sondern *gegenüber dem Casino* geschrieben und gelesen habe. Aber gegenüber steht nun mal mit Dativ. Im Internet war ein lustiger Verriß zur Schmerznovelle zu lesen, in der man mir mangelnde Präzision und fehlende Demut vor der Sprache attestierte, mich einen schlampigen Formulierer nannte.

Alle vermeintlichen Belegstellen dafür waren rettungslos fehlerfrei. «Herrn Schmerzers krausse Novelle» war das Pamphlet übertitelt. Da ist vor überquellendem Mitleid gar kein Platz für Zorn mehr übrig. Auch im Spiegel wurde ein völlig korrekter Satz inkriminiert. «Ich plazierte sie vorläufig in die Schublade der Scheuen und Verträumten.» Volker Hage meinte wohl, daß es ‹in der Schublade› heißen müsse. Das Feige an solch rausgerotzten Schulmeistereien ist ja, daß die Mäkler meist im Unklaren lassen, was genau sie beanstanden.

Das Allertollste war ein Rezensent, der den schönen Satz «Ein schwerer September lastete auf dem Ort» als ‹verquer› anprangerte. Warum eigentlich? Ich bat ihn freundlich per Mail um Auskunft.

Er schrieb zurück: Nun, zwar sei auch er grammatisch nicht hundertprozentig perfekt (wie nett), aber es müsse doch wohl – Subjekt mit Objekt (sic) – *lastete auf den Ort* heißen.

Ein Fluch lastet auf mich.

✳

Manche attestieren mir Größenwahn. Aber mich zu kritisieren, hielte keiner von denen auch nur entfernt für Größenwahn.

✳

In der Lyrik, vor allem in der metrisch präzisen, gereimten, auf grammatische Korrektheit Wert zu legen, abgesehen von den üblichen, individuell erarbeiteten Eigenheiten gegenüber dem Duden, macht enorm viel Überstunden nötig, und ich frage mich oft, ob man in der Lyrik nicht zwangloser schreiben darf oder muß. Es gibt oft klanglich perfekte Zeilen, die einen kleinen grammatischen Lapsus beinhalten. An denen man dann so lange herumdoktert, bis eine korrekte Verschlimmbesserung gefunden ist.

Apropos Sterbekerbe. Als Jandl starb, hab ich ein Gedicht-Triptychon zusammengestellt, das nie herauskam, weil damals Einträge ins Kondolenzbuch drei Zeilen gefälligst nicht übersteigen durften. Trauerbürokratie. Es findet sich immer Zeit genug, Ernst Jandls zu gedenken. Gedenken wir einfach nochmal.

zweierlei handzeichen

ich bekreuzige mich
vor jeder kirche
ich bezwetschkige mich
vor jedem obstgarten

wie ich ersteres tue
weiß jeder katholik
wie ich letzteres tue
ich allein

sommerlied

wir sind die menschen auf den wiesen
bald sind wir menschen unter den wiesen
und werden wiesen, und werden wald
das wird ein heiterer landaufenthalt

nachreime

in der summe war ernst jandl
alles, bloß kein zwetschkenmandl,
auch wenn er sich bezwetschkigt hat
vorm pflaumenbaum. und wie ers tat,

das werden wir nun nie erfahren.
am freitag starb er, mittelalt
in wien, mit vierundsiebzig jahren.
und wird jetzt wiese, wird jetzt wald.

*

Man spürt oft, daß ein Komponist sehr viel sagen wollte, auch wenn es dazu nicht gelangt hat. Dann bekommen triviale Kompositionen eine Patina von Wehmut, Sehnsucht und Versagen, die ich schätze, wohl weil ich Leid mit jemandem teilen kann. Dafür gibt es im Deutschen kein Wort, nur Formulierungen wie «sich an jemandem hochziehen» oder Ähnliches. Aber das trifft es nicht. Jene trivialen Kompositionen berühren mich in ihrer von zuviel Ambition entstellten Menschlichkeit tiefer als so mancher Geniestreich, den man in Augenhöhe gar nicht genießen kann, weil eine unsichtbare Treppe existiert, sagen wir ruhig: ein Altar, der sich zwischen uns und dieses große Musikstück schiebt. Distanz gebietet.

Triviale Musik spielt sich unter uns, im besten Falle neben uns ab. Indem man sogleich Einblick gewinnt in die Schwächen des Dargebotenen, erhöht sich das Maß an Verständnis.

Wenn dieses Verständnis sich nicht in anmaßende Überlegenheit verwandelt, sondern in echtes Mitgefühl, kann man außerordentliche Hörerlebnisse verbuchen. Vielleicht muß man ein gewisses Alter erreicht haben zu dieser Art von Genuß, muß das Gros der großen Musik schon kennen, mag sein. Es fällt einem dann auf, wie gnadenlos und unbarmherzig man zuvor geurteilt hat. Was indes folgerichtig war. Wer heute in die Welt hereingeboren wird, hat schon verdammt viele Testamente zu öffnen, bevor er endlich auf die Höhe der Zeit gelangt. So viele Hinterlassenschaften, Ekstasen, Genüsse.

15. 2., Freitag

Sehr verständnisvolles Mail von Tom, bin sehr froh.

Der Hörverlag akzeptiert meine Gagenforderung sofort und mit einem unterdrückten Juchzen. War ich wohl mal wieder zu bescheiden.

Wieso nennst du das bescheiden? Du hast dich taxiert, deinem Wunsch wurde entsprochen. Du bist nicht bescheiden, du bist nur nicht unverschämt gewesen – und rechnest dir das bereits als Guttat an.

Schönes Mail von Andrea und Alwo.

«Seid froh, daß Ihr über Fasching weg wart. Ganz Frankfurt wurde überrannt von halbhohen Harry-Potter-Klonen mit pointy hats. Cowboy ist ja sowas von out (nie war Fasching so leise wie dieses Jahr, alle mit Zauberstäben bewaffnet, herrlich).»

Habe endlich die Amouren für den NDR sortiert. Vor lauter Arbeit keine Zeit zum Frühstücken. Su schreibt, daß in der Wohnung alles in Ordnung ist. Gegen Mittag ein wenig Leber und Zwiebeln eingeworfen. Und weiter. Entdecke durch Zufall, daß Lederfresse morgen in Berneck (Südtirol) Premiere hat. Der Verlag teilt mir inzwischen sowas gar nicht mehr mit. Wahrscheinlich haben wir die 130 Inszenierungen schon längst überschritten. Es hat auch eine zweite Inszenierung in England gegeben, '98.

Birgit meldet sich zwischendurch per Mail vom Dienst: «Rihm, totale Scheiße, du glaubst es nicht, sind alle kurz vor der Klapsmühle …»

In der Post endlich *Der Fönig* von Walter. Sofort durchgelesen. Genial, obwohl es auf einem simplen Dreh beruht. Quatsch. Genial, *weil* es auf einem simplen Dreh beruht.

Dann gearbeitet bis um vier, tausend Sachen gemacht, sortiert, verschickt. Fand meinen Kopf in einem Zimmereck, jemand hat ihm einen Apfel in den Mund gesteckt und Petersilie ins Haar. Schmerznovelle-Hörbuch-Vertrag ist endlich unterzeichnet.

Noch eine SMS von B. direkt aus dem Konzertsaal. *Diese fette, schleimige, schmierige Arschgeige von Rihm verpennt die ganze Generalprobe, schläft sich einen weg. Kotzt mich an. Gruß live vom Wahnsinn, die entnervte B.*

O ja, das ist live. Man hörts.

✳

Die FAZ will schon wieder einen Beitrag, diesmal über Wagners Liebesverbot, über das ich viel zu erzählen hätte, aber nicht jetzt. Früher hätte ich sowas schnell mal mit reingenommen.

Früher muß meine Energie ungeheuerlich gewesen sein.

✳

Kurzer Spaziergang auf dem Waldfriedhof, waren wieder mal an Renés Grab. Es liegt inzwischen in zweiter Reihe. Schräg davor, auch 1987 gestorben, Martin Freitag. Den kannte ich, aber an sein Gesicht erinnere ich mich nicht. Urlaubsfotos abgeholt. Ein paar sind recht hübsch geworden, darunter auch das von der verschlossenen Roy Bar.

✳

widerlich dümmlicher artikel in der morgigen literarischen WELT.

der maulheld z. schaukelt die eier des maulhelden b., nebenbei wird ernst j. als schreibender käfersammler und geistiger blockwart tituliert, aber jeder gegner der political correctness als rüpel abgetan.

die frage allerdings, wer mehr talent besitzt, z. oder b., könnte wohl nur ein käfersammler entscheiden …

Schrieb einen Leserbrief, bereute das sogleich. Schluß mit Leserbriefen. Nie mehr. Schenkt man Feinden Autographen? Baut man Schweinen Mausoleen?

Ein Problem unsrer Zeit ist, daß Arroganz so negativ besetzt ist. Es gibt keinen Respekt vor Autorität, und zu Recht, da die Autorität von so vielen Scharlatanen behauptet wird. Man darf sich in keiner Debatte herausnehmen, etwas besser zu wissen als der andere, muß mühsam und langwierig durch geschickte Argumentation überzeugen. Dazu ist in den Medien kaum Zeit. Nichtmal in Büchern. Man muß einfach zu viel Wissen beim Leser voraussetzen, um etwas wirklich Interessantes zu äußern. Arroganz ist ja nicht nur die Darstellung vermeintlicher, sondern gelegentlich auch tatsächlicher Überlegenheit. Und selbst wenn man recht hat und darauf beharrt, wird man dafür Kritik ernten, weil alle denken, wir spielen ein großes Big-Brother-Spiel. Unsre Gesellschaft legt keinen Wert mehr darauf, von Schriftstellern belehrt zu werden. Das geht höchstens noch durch die Hintertür der Unterhaltung. Aber vielleicht ging es immer nur so.

*

Birgit ruft nochmal an, läßt ihrem Frust freien Lauf über ein bißchen Lukas-Evangelium, ein bißchen Holocaust, viel Pianogezirpe, ‹schierche› Flageolets, ein wenig sulla ponte Geknirsche – und die Leute jubeln. Dabei verschlägt sich der Dirigent noch dauernd, obwohls nur Dreier und Vierer sind, das Orchester spielt irgendwas – es fällt niemandem auf.

Neue Wasa-Werbung: *Du bist, was du isst.*

Wer möchte denn ein Knäckebrot sein?

✳

Haider zieht sich angeblich mit sofortiger Wirkung aus der Politik zurück. Aus diesem Kerl werde ich nicht schlau. Was sollte der Besuch bei Saddam, gerade jetzt? Sich nochmal vor allen Kameras zeigen, dann in die Frührente verschwinden? Das muß doch bewußter politischer Selbstmord sein. Hm. Egal. Der Spuk ist vorbei. Oder nicht?

Das einzige, was ich an den Winterspielen interessant finde, ist ausgerechnet das als langweilig verschrieene Curling.

Ich freue mich, auf der letzten Seite des heutigen Stern die Big-Brother-Manu wiederzusehen, die ich gemocht habe. Wie kann ich erwarten, daß jemand meine Kunst mag?

✳

Sex and the City ist eine geschwätzige, hölzerne Aufklärungshilfe für verklemmte Amis, scheinbar provokativ, aber zutiefst spießig im Korsett der sexual correctness eingenäht. Über einen Arschfick wird lange lange geredet, aber am Ende ist er doch irgendwie widernatürlich, nur wird das nicht so gesagt, man findet einen dramaturgischen Ausweg («Ich will über Analverkehr nicht urteilen, Henry, vielleicht ist das ganz nett, aber ich will nicht diejenige sein, mit der du deswegen angeben kannst, ich will nicht deine in den Po Gebumste sein.» Blabla ...) *Southpark* bietet wieder ein paar gute Folgen, aber das Konzept der gelinden Tabuverletzung geht inzwischen mit final-moralischen Bekehrungsübungen einher, die man versöhnlich bis bieder nennen könnte. Sprengkraft gleich Null. Obgleich ich selbst Moralist bin, schäme ich mich auch dafür. Bösartigkeit schafft oft gute Kunst. Maßlosigkeit dehnt die Grenzen. Furor ist der entscheidende Begriff. *In der Moral zählt die Absicht, in der Kunst nur das Ergebnis.* (Montherlant)

*

Ich werde älter. Ich würd mich nicht mehr bedenkenlos ficken. Es ist schwierig vorstellbar, daß nach mir ein noch bedeutenderer Lyriker leben wird. X. und Y. und was sonst noch so alles gegenwärtig gehypt wird – es ist mir gegenüber so winzig, bestenfalls niedlich – ich muß wie ein alttestamentliches Ungeheuer wirken – aber viele sind sogar zu doof, um neidisch auf mich zu sein.

16. 2., Samstag

Morgens Telefonat mit Hettche, der von mir erklärt haben will, warum er mit Updike nichts anfangen kann. Ich sage etwas von Diskrepanz zwischen musealem Stil und zu gegenwärtigem Erzählstoff. Zu wenig Leidenschaft, zu große Distanz. Updike hätte vielleicht über Troja schreiben müssen, nicht über die amerikanische Mittelklasse. Aber – man muß endlich mal akzeptieren, daß es verschiedene Sorten von Lebewesen gibt, darunter Menschen, deren Köpfe in einer Weise konstruiert sind, daß ihnen Updike-Lektüre zum hohen Genuß werden kann. Gibts. Hat evolutionär vielleicht nicht ganz so viele Chancen, gibt es aber.

Redeten noch darüber, daß ich wohl nie mehr einen Zugang zu Pynchon finden werde. Die ZettelsTraumZeiten sind vorbei, da ich mir für Literatur übertrieben viel Mühe machen möchte. Ich will vom Autor auf einem Surfbrett durch die Wogen getragen werden. Geht Thomas auch so. Ob das ein schlechtes Zeichen sei? Es ist nun mal, wie es ist. Ich steh dazu.

Beatrice hat Denis Johnson sehr gelobt. Bin gespannt. Von den Amis finde ich ja nur O'Nan erträglich. Thomas hat vom Arbogast schon 28 000 Stück verkauft, mehr als das Doppelte der SN, das macht mich ganz neidisch. Ich gönns ihm ja, aber neidisch bin ich trotzdem. Das geht seltsamerweise zusammen. Er fragt mich über B. S. aus. Eine Frau, die öfter mal vergißt, sich die Zähne zu rasieren.

✳

Habe gestern gearbeitet wie ein Lastesel. Habe mir ein paar freie Tage verdient.

Bea: «Schweif dich mal wieder richtig aus!»

*

Flug nach Berlin. Setzwein liest sich gut. Ich sei der «poète maudit» der Stadt. Na, das ist doch schon ne Weile her. Vom letzten maltesischen Hartgeld hab ich mir, weil sonst alles zu teuer war, drei maltesische Radiergummis gekauft. Super. Ich benutze fast nie einen Bleistift. Das Radiergummikontingent für den Rest meines Lebens.

Auf dem Flug sehe ich mir ein Paar an. Freie Phantasie über Menschen aus der Business Class. Er ein farbloser Geschäftsmann, 40, in Anzuguniform, geschniegelt, blass. Sie – auf kalte Weise schön. Frau mit kurzem, glattem Haar, braun, Pagenkopf, sanftes, bleiches Gesicht, trägt Lodenmantel über dunkelblauem Hosenanzug. Eine Art Familienstewardeß für konservative Besserverdiener, ihr Mann liebt sie sicher mehr, als er seine heimliche Geliebte liebt. Aber der nie ganz zu Ende entwickelte Sexus seiner Gattin, der sich früh schon dem Ziel der Mutterschaft, nicht dem der Erotik unterwarf, zwingt ihn zum Ausbruch, zu verborgenen Verhältnissen. Er hat ein reines Gewissen dabei, denn auch nur bei einem Hauch von Komplikation würde er zu 100 % zu seiner Familie stehen, und alles, was diese bedroht, verleugnen, bekämpfen, notfalls vernichten. Seine Liebe zur Geliebten wird niemals Seele besitzen. Die Ehefrau mit dem sanften Gesicht ahnt nichts von der Existenz dieser vermeintlichen Rivalin. Sie wäre traurig und enttäuscht, wenn sie es erführe, wäre beleidigt, aber mit Recht? Eigentlich müßte sie für den Status Quo dankbar sein, ihr Mann belästigt sie sehr selten mit Dingen, die sie nur sehr selten braucht. Manchmal treffen sich zwei Seltenheiten zu einer schönen Viertelstunde, beide sind prompt zufrieden. Ihr Mann ist auch zufrieden, trotz einer gewissen Verspannung und Gehetztheit. Wie seine Gattin ist er, das überrascht vielleicht, der Meinung, daß Sex keine allzugroße Rolle spielt. Nur in gewissen Momenten, ja, dann durchaus, dann müsse etwas dagegen unternommen werden. Er rechnet diesen Hormondruck, ohne es sich bewußt zu machen, den Krankheiten zu. Den *natürlichen* Krankheiten, sagen wir: den Unpäßlichkeiten. Er geht zur Geliebten wie zu einer Krankenschwester.

Seine Frau würde sich, so wie sie aussieht, sicher trennen von ihm, erführe sie davon. Was Unsinn wäre. Sie würde sagen: nicht, daß er eine andere vögelt, wäre das Schlimme, sondern seine Unehrlichkeit. Wiederum Unsinn. Eine heimliche Geliebte, die man zugibt, wird zur unheimlichen Geliebten, allen dreien ist das Miteinander verdorben. Nein, ich glaube, selbst vor dem Menschen, mit dem man ein ganzes Leben in Liebe verbringt, darf – und muß – man Geheimnisse haben. Jemandem etwas von sich vorenthalten, heißt zu einem guten Teil auch immer, jemandem etwas von sich zu ersparen.

*

Wie ich mich auf Kreuzberg freue. Berlin-Mitte finde ich immer noch scheußlich, aber Kreuzberg habe ich seit letztem Sommer sehr ins Herz geschlossen. Die Gegend ums Fraenkel-Ufer ist himmlisch. Fontanepromenade, Dieffenbachstraße, auch Bergmannstraße und Marheinekeplatz. Südstern auch und Hasenheide – wunderbare Gegend, und ich hab verdammt viel Glück gehabt, hier so günstig was zu bekommen. Michael hat in meiner Wohnung kaum eine Spur hinterlassen. Es ist sonnig, kühl. Susanne bringt Milch und Zitronen vorbei. Und Kuchen. Habe sie lange nicht mehr gesehen, freue mich sehr. In der Post die neue Johnny-Cash-Biographie von Franz. Später Essen in der Espresso Bar, die Involtini waren gut, leicht säuerlich, wie ich sie gern habe, aber nicht mehr sehr heiß. Der Wein dort ist für seinen Preis einfach fabelhaft.

Schwache Southpark-Folge. Viel Chardonnay. Redeten über Vergils angebliches Grab, über Seneca, Schütz-Motetten, das Irak-Dilemma, Goethes unsinnige Sucht nach Vollendung, Charlotte von Lengefeld und die Stärken Schillers, sowie über die Frage, ob das sinnliche, emotionale Erfassen von Kunst ihr Verständnis gegenüber einem sofortigen analytisch intellektuellen Zugriff eher verzerrt oder verstärkt. Verstärkt natürlich. Su war meiner Meinung, stand mit der in einer Diskussion neulich aber fast alleine da. Ich glaube, jeder Weg zum Verständnis von Kunst führt zuerst über eine emotionale Brücke, danach erst setzt das Interesse (das Inter-esse) und aus dem Interesse die Analyse ein, und aus der Analyse heraus kann ein zweiter, tieferer emotionaler Zugriff entstehen. (Das, was ich in der Musik «das Vierte Hören» nenne.) Man kann nichts angemessen analysieren, was einen nicht berührt, das Verstehen liegt in der Berührung. Ob der Künstler einen Affekt intendiert hat, ist egal, der Affekt stellt sich von selber ein. Kunst kann dich streicheln, betatschen, dich vor den Kopf stoßen oder dir in die Fresse hauen. Sie berührt dich. Wenn sie das nicht tut, dann hast du sie als Kunst gar nicht anerkannt und wahrgenommen. Warn sehr betrunken und gut gelaunt. Echter humanistischer Bildungsabend mit massiv Chardonnay und Streicheleinheiten. Es ist jetzt alles an seinem Platz. Die Himmelskörper haben die Balance zwischen Anziehungs- und Fliehkraft gefunden und ihre Bahn eingenommen. Das kreist sich.

*

Ich bin kulturell konservativ, für eine Hierarchie, für Subventionen der Hochkultur, für die Förderung der Elite, bin für einen starken Sozialstaat, bin für Fortschrittsdenken und Wachstum, für Gentechnologie und Raumfahrt, bin gegen Religionsgemeinschaften und Militär, bin gegen Ökohysterie, bin für eine europäische Identität, bin gegen eine Überfrachtung des Alltags durch Gesetze, gegen die Kriminalisierung des Eros unter dem Vorwand des Behütens und Beschützens, bin gegen Zensur in jeder Form, bin aber für eine handlungsfähige und wirkungsvolle Exekutive bei allen Gewaltverbrechen, ich zöge im Zweifel Law & Order der Ghettoisierung vor, plädiere für einen liberal gehandhabten Privatbereich, bin gegen Quoten und Gleichmacherei auf Kosten der Qualität und der natürlichen Gegebenheiten. Bin für multikulturelle Städte, aber auch für eine Pflege der Tradition im Regionalen.

Alles das wird in Deutschland von einer Partei nicht vertreten.

*

Die frucht- und furchtbare Diskrepanz im Menschen ergibt sich daraus, alles als nichtig zu begreifen, wonach man also ein unbeobachtetes Leben führen könnte, angenehm, ohne jemandem etwas zuleide zu tun, anderseits die eigene Existenz in den Dienst des großen Spiels zu stellen, wonach jeder verpflichtet sei, wenigstens eine kleine Anekdote zum Buch der Menschheit beizutragen.

Aber noch die geringste Anekdote benötigt, um Witz und Symbolkraft zu haben, typisch menschliche Unmanieren, die wir im Kern als kindische Hoffart bemitleiden, als Regisseure aber als notwendig erachten, um dem Stoff dieser menschlichen Tragi-Com nichts wegzunehmen. Alles ist ein Spiel – und alles ist egal. Mit beidem leben müssen.

Weil man lebt. Und weil der Genuß zwischendurch den Grad des Unbezweifelbaren erreicht.

17. 2., Sonntag

Wunderschön draußen, beschließe, die Nachmittagsarbeit sausenzulassen und mit Su auf den Flohmarkt am 17. Juni zu fahren. Ich brauch noch einen Schirmständer und einen Dielenspiegel, dann ist die Einrichtung abgeschlossen. Su trägt sehr toll geschnittene Stiefel, und eine Art Wollcape, das sie ihre «Pferdedecke» nennt. Très chic.

Nichts gekauft – und kein Gefühl des Unbefriedigtseins gehabt. Na also, geht doch.

Auf eine Wan-Tan-Suppe plus Glasnudelsalat zu Monsieur Vuong. Immer noch der angesagteste Indochinese von Mitte, es gibt nur sechs oder sieben Gerichte (einschließlich Dessert) und zwei Preise, den für Vorspeisen (6 Eu) und Hauptgerichte (12 Eu). Die Leute drängen auch um 17 Uhr hinein. Beobachtete das Publikum. Mitte-Typen. Groß, schlank, sportlich, dumm. Hauch von Öko trifft Hauch von Armani. Gesundheitsbewußte Versager. Schluffis zwischen Arroganz, Versagensangst und Karrieregeilheit. Sie zeigen mit ihrer Frisur noch, daß sie Grünenwähler sind, zücken dann ihr Edelhandy, löffeln ihren Joghurt, so als wollten sie zeigen, daß sie eher antiautoritär erzogen wurden, manche verdienen gut, andere suchen einen Job in der Hauptstadt – und diese beiden Gruppen achten sehr darauf, daß man sie von außen schwer unterscheiden kann. Der Nichtshaber zieht sich besser an, der Vielhaber pflegt Understatement. So treffen sie sich in der Mitte. Alles Mitte. Die Spezies Mitte. Zeitgeistdackel, die jeden Scheißtrend mitmachen, bis hin zur knittrigen Jeans, zwei Nummern zu groß. Irgendwann landen die meisten von ihnen bei so seltsam undefinierbaren Firmen wie Consulting-Product-Management-AG. Oder: Construction-Public-Project GmbH. Was solln das sein? Werbeagenturen vermutlich. All diese Arbeit von fragwürdigem Nutzen, die früher irgendjemand noch nebenher gemacht hat. Die Frisuren sind so gekonnt auf Wildwuchs gestylt, wie das Darunter spießig ist. Alles frühe Sechziger Jahre revisited, nur die Kinder plant man jetzt später ein, für 35, damit man vorher ein bißchen gelebt und viel Karriere gemacht hat. Hier trifft man die geistigen Gummibärchen der Republik, letztes Mal war Illies da. Aber das Essen ist fantastisch.

Su: «Ist es nicht immer schön, von Mitte wieder nach Kreuzberg zu fahren?» Stimmt. Sie erzählt einen Witz.

Sagt die Frau im Bett dem Mann ins Ohr:
«Sag mir ein schmutziges Wort …»
«Küche.»

Wunderschöner Satz für UC: *Als Erklärung genügt, daß es immer so gewesen ist.*

Im TIP ein lustiger Artikel über die neueste Folge von Peymanns Peinlichkeiten. Der Typ ist schon gar nicht mehr wahr, so weg ist der.

Beatrice meldet, sie habe Elke Naters' *Mau-Mau* in einem durchgelesen, es sei etwas seltsam konstruiert, aber durchaus wieder gut. Ich verstehe nicht, wie man gegen diese schwebende, präzise, unprätentiöse, raffinierte, geschmeidige Prosa irgendwas haben kann.

*

Die Berlinale-Entscheidungen sind, um es mal vorsichtig auszudrücken, überraschend, aber ich habe beide prämierten Filme nicht gesehen, kann dazu nichts sagen. Beinahe alle fühlen sich von den Entscheidungen der Jury provoziert, um nicht zu sagen: verarscht. Es heißt, die Juroren hätten die Preise jenen Filmen gegeben, bei denen davon auszugehen sei, daß sie sonst nirgends etwas gewinnen könnten.

✳

Diese verfluchten Wixer, die vorne an der Kinokasse anfangen, ihr Kleingeld zusammenzukratzen. Fast so schlimm wie Rucksackträgerabschaum in Buchhandlungen und Restaurants. Wunderbare Szene: Die Kassiererin sagt zu den Ökos vor mir:

«Geben Sie mir einfach einen Schein, ich kann den schon wechseln, sehen Sie nicht die Schlange hinter Ihnen?»

Ich hätte die Kassiererin küssen mögen.

Dogma Nr. 12. *Italienisch für Anfänger.* Sehr nett, trotz einiger Längen und einzelner schwer nervender Figuren. Eine schon recht faltige Frau fand ich ziemlich attraktiv.

Dramaturgisch nach dem Haltestelle-Prinzip gebaut, mit beinahe soviel Toten. (Das Haltestelle-Prinzip hat nichts mit einem Reigen-Prinzip zu tun, eher mit einem Pulp-Fiction-Prinzip.) Wieder ein Film, der ohne Dogma-Regeln weitaus besser sein könnte. Die Darstellerin der Friseuse erinnert mich sehr an Frances McDormand.

Danach noch auf einen Hemingway ins Wirtschaftswunder. Unser Lieblingsdrink in diesem Jahr, konkurrenzlos.

Und noch ein schneller Fleischspieß beim Curry 36. Ich habe drauf gedeutet und ‹Schaschlik› gesagt, aber die Verkäuferin sagt, Schaschlik gibts hier nich, das isn Fleischspieß, Schaschlik wird mit Leber und Innereien gemacht. Naja, das war mal so, das ist ja nur noch aufm niederbayrischen Dorf so. Und dieses dedeerrische Wort: *Fleischspieß*. Schmeckte aber.

✳

Pest in Indien. Vier Tote.

Tolles Bild vom Eisschnellaufen in Salt Lake City. Auf der Zielgerade verkeilen sich die vier Führenden, stürzen, der Fünfte, krasser Außenseiter, kommt als Erster ins Ziel – und diese Haltung, die ihr Glück nicht fassen kann und sich zu jubeln schämt – dafür müßte ein eigenes Adjektiv erfunden werden.

Gruselige Meldung: hinter einer Kirche in Florida wurden hunderte Leichen entdeckt. Der Betreiber des dortigen Krematoriums hatte kein Geld um seinen kaputten Ofen zu reparieren, deshalb verscharrte er die Leichen und gab den Angehörigen Holzasche mit.

✳

Um Mitternacht brennende Langeweile. Müdigkeit, die den Schlaf stolz von sich weist, weil sie sich erst noch mit Trophäen bekleckern will. Legte die Rheingold-DVD ein, sah nach bestimmt sieben Jahren erstmals wieder das vierte Bild in der Chereau-Inszenierung, und alles, alles war wieder da, der frühere Gott und sein andersbuntes Sperma, das Krallensperma, der Kosmos als Klang, ich zitterte, bekam Gänsehaut, hatte Tränen in den Augen, mir wurde klar, daß ich für Ultrachronos viel mehr wollen muß, um das zu erreichen, was ich bisher gewollt hab. Du mußt dein Leben ändern, blöde Sau. Dann mach das halt.

es gibt die lebensmusik, die mit dem, was sie sagt und singt, dich zum äußersten rand deiner fähigkeiten treibt. und es gibt die totenmusik, die dich in ihr maß zwingt, die dir vergibt, dich empfängt, dir am ende geborgenheit verheißt, die aufgehobenheit deines wesens in den oberen ordnungen, die aufgehobenheit auch aller gesetze, die du für dein dasein aufgestellt hast. Gefasel, Gefasel, Gefaseladiselabasela SCHNAUZE!

dazwischen gibt es begleitmusik vielfältiger natur, die im hintergrund an dir vorbei läuft, und dich manchmal streichelt, manchmal peitscht, aber nie im innersten berührt.

meine lebensmusik ist der ring, meine totenmusik der tristan.

Wo Kunst zur Illustrierung menschlicher Gefühle dient, wird Wagner immer als der größte Pionier der Kunst gelten. Er hat uns Möglichkeiten gezeigt, Gefühle musikalisch auszudrücken, die vorher kaum adäquat angedeutet werden konnten: Die Ekstase, die Macht, den Haß, die Bosheit, die Gewalt, den Trieb und die Lust – all das in Tönen hören zu können, verdanken wir Wagner. Sein Erscheinen in der Welt war für die Evolution der Musik ein Sprung, wie wir ihn sonst nur Monteverdi und Mozart verdanken.

Mit dem heutigen Tag ist Ernst J. vier Jahre tot. Nicht der Jandl. Der andere.

18. 2., Sonntag

Prompt heute indirekt (über den diesjährigen Stipendiaten) Post von EJs Witwe. Man bietet mir ein EJ-Stipendium an.

Mit Wohnrecht in einem rumänischen Käffchen. Wer will das denn? Kann ich nicht annehmen. Es ist auch an der Zeit, daß der Name EJs sich an meinen hängt, nicht, wie bisher, umgekehrt.

Was ich an EJ immer mehr schätze, ist sein Humor. Viele werden EJ nicht mit Humor in Verbindung bringen, aber es ist eben ein sehr feiner, süffisanter, leiser Humor, der sich niemandem aufdrängt, ja der schlichtere Gemüter gar nicht erst mit sich behelligen möchte.

*

Mein Rad ist geklaut. Ausm Hof heraus, bei zwei schweren Ketten dran. Unglaublich. Wer macht sich denn soviel Mühe für so eine geringe Gewinnerwartung? Das ist Berlin.

Sechs Stunden Einkaufstour. Beute: ein schöner grüner Designer-Mixer, ein billiger Trödler-Spiegel, eine gebrauchte Porno-DVD, ein günstiger massiver Schnittblock mit inneliegenden Messern. Dazu tausend Dinge des täglichen Bedarfs, und viel zu viele Lebensmittel.

Andrea G. wird auch bald hierher ziehen, ans Paul-Lincke-Ufer. Die Gegend, die ich mag, füllt sich mit Leuten, die ich mag.

Mein Rad ist doch nicht geklaut. Jedenfalls noch nicht ganz. Mein neuer Nachbar und Hausmeister, der alte zahnlose Pole, hat, als ich ihn danach frage, im Keller ein rotes Rad gesehen, er zeigt es mir, ja das ist meins.

Wer das da runtergestellt hat? Sicher nicht zum Zweck, es vorm Regen zu schützen. Die hatten wohl nur noch keine geeignete Stahlsäge zur Hand. Vielleicht wars der Hausmeister selbst? Nein, er leugnet. Aber wem dieser Keller gehört? Ihm, sagt er. Also hat er es doch runtergestellt? Nein, sagt er. Wer denn außer ihm Schlüssel für diesen Keller habe.

Niemand, sagt er, und sagt alles in einer solchen Entschlossenheit, daß ich ihm glauben will, fast muß. Schon aus Dank für diese Darbietung.

*

Ich leide an einer Melancholik.

*

Robbie Williams – der wird (ist er ja schon) der ganz ganz große Superstar auf lange Zeit hin. Hält sich sehr klug alle Möglichkeiten offen, macht nur interessante Projekte, nie auf die schnelle Billigmasche. Verneigt sich vor Frank Sinatra. Und der SPIEGEL zieht vorschnell Vergleiche, in denen er Robbie eine Niederlage attestiert. Das ist der SPIEGEL. Ich würde Robbie-Williams-Aktien kaufen.

Jemand wie Thomas Steinfeld wäre ebensogut durch einen Hund zu ersetzen. Bißchen kläffen und knurren und dünn in der Gegend rumkacken …

Aha! Michael hat sich die oberste Porno-DVD angesehen. Aha. Ausgerechnet die. Aha.

Mails von Walter (gleich 2), Arezu, Girgl, Susann R. (ich kenne eindeutig zuviele Susannes, sieben oder acht sinds jetzt schon.) Girgl schreibt:

Hallo, mein Lieber,

tut mir leid, dass ich mich solange nicht gemeldet habe – ich war in Kenia, deutschen Auswanderern beim Verrotten zugucken. Darüber schreibe ich jetzt ein Stück. Schade, daß Du für ‹Akzente› keine Zeit hast. Ich habs mir fast gedacht, doch wir wollten nicht versäumen, Dich zu fragen. Was treibst Du denn in Berlin? Wieder Drehbuch schreiben? Big Money verdienen? Erzähl' mal kurz.

Mein lieber Girgl,

da ich keine Kinder habe und Mandanten, wegen denen ich klar in der Birne bleiben müßte, lasse ichs mir gutgehen hier in endlosen Orgien mit wüsten Drogen, krachender Musik und sexuellen Exzessen aller Art. Rausch und Ausschweifung. Nebenbei schreibe ich zwar ein Tagebuch, aber das meiste davon erledigen gewissenhafte Angestellte aus meiner Werkstatt, ich setz dann nur noch mein Kürzel darunter. Ebenso verhält es sich mit dem Roman. Schreibst Du noch selbst?

Lieben Gruß
H.

Das Mail von Arezu wie immer ewig lang und wunderschön:

«Wir waren in wales, genauer: in einem ort, der portmeirion heisst und an dem es aussieht, als hätten sich dort die verschiedenen epochen der menschheit getroffen und wären nie wieder fortgegangen. es ist ein dorf mit schloss, park, hotel, geschäften, einem hafen, einem strand, einem wald und gästehäusern. ein schrulliger reicher brite baute die anlage zwischen 1925 bis 1976 auf seinem privatgrund, um zu beweisen, dass naturschutz und architektonisches dummes zeugs einander wundersam ergänzen. eine in england berühmte fernsehserie aus den sechzigern ist dort gedreht worden – the prisoner. dorian hatte sich das ganze als überraschungsurlaub ausgedacht, und ich wusste nicht, wohin wir fahren würden. helkie, als wir durch das rosafarbene eingangstor kamen, ging gerade die sonne unter, und ich war von der ersten sekunde an begeistert. ich habe ein märchenland für spinner gefunden. alle häuser waren bunt angemalt, und überall sah man blumen und bäume und springbrunnen. da gab es einen goldenen buddha in einem kleinen tempel, eine statue von atlas, die weltkugel über einem löwenfell auf den schultern, grosse blumenbeete, palmen, zedern, tannen, büsche und hecken, die schräg in den himmel wuchsen. nichts hat gestimmt, aber alles passte zueinander. am hafen lag ein schiff aus stein vor anker und dort gab es auch eine blaue höhle, die aus weissen muscheln in den fels gebaut worden war. es gab einen strand und einen leuchtturm. daneben ein wald, in dem ich mein erstes rotkehlchen seit 20 jahren sah. es pickte an meinen schwarzen schuhen. natürlich hatten wir elvis dabei. es gibt ein schönes bild von ihm neben einer statue von napoleon am meer. wir wohnten in einem rosafarbenen cottage aus stein, mitten im dorf über einem keramikgeschäft gegenüber einem viktorianischen torbogen, der in den park führte und auf dem frierende blaue putten sassen. nur um dir noch ein bild zu machen, sassen wir abends auf mit inka-mustern bestickten sofas an einem grossen kamin aus stein, in dessen fries man sah, wie ein römischer feldherr einem afrikanischen entgegenritt. auf dem sims standen elf ägyptische katzenfiguren, hinter uns hing ein bild vom ausbruch des vesuv – vor uns die gezähmten flammen. andere gäste gab es zwar auch, doch sie waren schweigsam, portmeirion ist ein ort, an dem man guckt, sich freut, vielleicht nachdenkt, doch die klappe hält. (bis auf die amerikaner wenigstens, obwohl so eine verallgemeinerung ja sinnlos ist. gibt es eigentlich «sinnvolle» verallgemeinerungen auf der welt?) ich habe selten einen wundersameren urlaub verbracht. wales ist herrlich. berge, büsche, seen, flüsse, ein weiter himmel. beinahe so schön wie schottland, nur gibt es eben immer und überall steine, im schlimmsten fall riesenhafte schieferhaufen, denn die leute haben dort ordentlich gebuddelt. bergbau. idioten. die natur sieht aus, als habe sie überall blaue flekken. ich meine nicht die kleinen mauern aus schiefer, sondern die berge von schutt. man fährt unter einem weiten himmel durch grüne hügel, und auf einmal liegen dort massen von grauen steinsplittern herum. wir haben an einem besonders grossen angehalten. es stellte sich heraus, es war ein elektrischer berg – ein kraftwerk, das elektrischen strom erzeugt, indem wasser aus einem see auf dem gipfel in einen anderen see am fuss des bergs geleitet wird. alles hochmodern und natürlich auch gut für die umwelt, sagen die von edison electronics. ich habe sonst nicht viel gelernt, denn die frau, die uns alles erklärte, war waliserin, und leute aus wales versteht man schlecht, auch wenn sie englisch reden. walisisch ist eine laut-sprache. wenn man nicht weiss, wie die buchstaben ausgesprochen werden, ist man aufgeschmissen, weil man noch nicht mal sagen kann, wo man hinwill, wenn man sich verlaufen hat. die orte heissen dort glynfrdwddy oder llwedryrddwy. es gibt aber auch einfache worte. ysgol heisst schule. araf heisst langsam. und henoe heisst alte leute – soviel habe ich von den strassenschildern aufgeschnappt. in dem elektrischen berg gab es übrigens auch welche. strassenschilder und bürgersteige 500 meter unter der erde! dort unten sah ich am strassenrand unter einer der leuchten, die dort immer brennen, ein paar farnpflanzen. klein. giftgrün. wie frisch geschlüpfter wald. dorian sagte, sicher seien die samen durch die luft hier nach unten geflogen. aber ich finde den gedanken, dass sie im erdreich gesteckt haben, viel aufregender. vielleicht war das prähistorischer farn. kleine grüne ur-ur-ur-alte gewächse, die das letzte mal, als sie licht sahen, von einer prähistorischen sonne beschienen wurden. (ich habe natürlich auch darüber nachgedacht, wie sie es wohl finden, unter einer leuchtstoffröhre zu erwachen. vermutlich entsetzlich.). als wir aus dem berg wieder rausfuhren, erzählte ich der walisischen führerin von dem farn. sie sagte, dort unten gibt es auch eine strassenreinigung, einen wagen, der mit bürsten die bordsteine ausfegt und vermutlich auch den farn beim nächsten mal ausrupft. ich hätte eine pflanze mopsen sollen, ich trottel. ach, helkie, es ist eigentlich auch egal, ob du das benutzen kannst oder nicht. ich musste es dir mailen, damit du verstehst, warum ich so gern auf dieser insel wohne. man findet immer wieder jemanden, der nicht alle tassen im schrank hat. die briten nehmen das einem nicht übel – im gegenteil. hier gilt ein gewisser sinn für spinnerei als zivilisiert.

hab liebe grüsse
deine
arezu

Walter schreibt:

«Alles, was ich von Heaven höre, klingt irgendwie abschreckend. Gerade eine zwar wohlmeinende, aber trotzdem schlechte Kritik in der VARIETY gelesen. Werde diese Woche dann mal reinsehen. Wird wohl ein halbiertes Vergnügen sein, wenn überhaupt. Bin bei Filmen, die mich mit Tiefe oder Schwere überwältigen wollen, gerne unduldsam.

Was mir an Tykwer gefällt, sind die fotographischen Resultate, die er aus seinen Kameraleuten herausholt, die Stories viel weniger. Technisch ist er unser bester Mann, wie Wenders das ja auch mal war. Hoffentlich schlägt er nicht dessen grausamen Weg ein. Auch bei Wenders gibt es ja diese verhängnisvolle Neigung zum Überirdischen. Dagegen habe ich (in der Kunst) grundsätzlich nichts, aber wenn man es ohne jeden Humor macht, wie in Engel über Berlin, dann wird es furchtbar.

Wieso ist das so bei uns, diese rigorose Trennung zwischen Humor und Ernst? Entweder Himmel über Berlin oder gleich Schuh des Manitu, dazwischen läuft nichts.»

Jedenfalls wenig.

*

Zum ersten Mal den China-Imbiß ums Eck ausprobiert. Einwandfrei, bei sehr großzügigen Portionen. Da bin ich froh. Es ist extrem wichtig, im Notfall schnell ums Eck gehen zu können und gutes Essen auf den Tisch zu zaubern.

Abends mit Su *Rosemaries Baby* auf DVD genossen. Brillante Schärfe. Und immer noch großartiger Film. Nach Mitternacht noch per AOL mit Tom telegrafiert. Er ist mit der

Berlinale ganz zufrieden, nennt die Preisvergabe ‹gaga› und lobt den «Felsen» von Dominik Graf.

✳

Schlaffer: Eine kurze Geschichte der deutschen Literatur: Öde, dumm und feige. Ohne jede Ahnung dessen, was in den letzten 20 Jahren vor sich ging. Wer hat die schon?

Würde die deutsche Literatur von der Kritik gefeiert werden, dort, wo sie groß ist – und wir haben einiges zu feiern, zuletzt den «Arbogast» – würde auch das Ausland sich wieder die Mühe machen, sie zu lesen.

Aber die Kritik erkennt nichts, was groß ist, weil sie selbst viel zu klein ist. Sie kann einem Autor aus ihrer Sichthöhe zwar breite Kniescheiben zubilligen, aber keinen schönen Kopf – zu dem sieht sie gar nicht hinauf. Das ist so, war immer so, wird immer so sein – Größe ist Größe, weil die Rezeption erst hinaufwachsen muß, um ihr ins Gesicht zu sehen – warum rege ich mich auf?

19. 2., Dienstag

Beatrice bedankt sich überschwänglich für die Plumeria. Das Kunstmann-Buch ist immer noch nicht da. Die hätten ruhig zwei Euro mehr ausgeben und es mir express schikken können. Das sind die Kleinigkeiten, die schlechten Stil von gutem unterscheiden.

*

Frauen, die am ganzen Körper aus falschen Hälsen bestehen.

Die letzten Pestfälle in Europa gab es 1932 auf Malta.

*

Die Mülltonnen für Plastik und Weißblech im Hof werden einfach nicht mehr geleert, solange, bis der falsche (Haus-) Müll entfernt und in die richtige Tonne gewandert ist. So verkündet es der Text auf den Klebestreifen. In diesem Haus hier lebt schon ein großer Haufen White Trash – als wär ich wieder 20.

Ich bin jeden Tag mehr verliebt in das runde Öl-auf-Blech-Bild, das im Flur hängt. Idyllische Flußlandschaft mit Kalkbrennerei. Sehr günstig, spätes 17. Jahrhundert, unbekannter Meister.

Wohl eher deutsch (hing mal in Chemnitz), als, wie man zuerst vermutet, niederländisch. Andrea D. und Su meinten übereinstimmend, ein Meister lokalerer Bedeutung, sie haben bestimmt recht, aber je länger ich hinsehe, desto vollkommener erscheint mir das Bild.

War viel spazieren, heute in den Trödelläden an der Urbanstraße. Keine Funde. Kaufte aber in der Bergmannstraße das etwas kitschige, aber handwerklich gute Porträt einer jungen Dame, für 180 Euro, und bin mir ziemlich sicher, daß ich das für das dreifache weiterverscherbeln kann. Dergleichen macht mir seit neustem enormen Spaß, obgleich selbst diese Gewinnspanne den Zeitaufwand kaum rechtfertigt. Ich habe meine Krämerseele entdeckt.

Meine Allergie gegen Äpfel, besonders Granny Smiths, ist inzwischen so schlimm, daß schon ein einziger Biß meine Zunge verpelzt, Nase und Augen zum Jucken bringt, fast eine Stunde lang. Kam aus dem Nichts, diese Allergie, in meinem 35. Lebensjahr. Kiwis, Kirschen, Pfirsiche und Erdbeeren vertrage ich auch nicht mehr. Nichtmal Lychees in Sirup.

Wenn mir einer vor zehn Jahren glaubhaft versichert hätte, daß ich stundenlang umherziehe, um einen hübschen Schirmständer zu finden, hätte ich mir sofort das Leben genommen.

*

Viel gearbeitet. Harald Schmidt super. Die Nacht danach ein Fest. Sitze um 5 Uhr morgens am Schreibtisch. Fühle mich erschöpft, bis zum letzten Tropfen ausgesogen und glücklich. Mahlers Dritte bleibt jedoch seine schwächste Symphonie.

20. 2., Mittwoch

Mildes Wetter. Kottbusser Tor. Zum Frühstück eine Paca (Lammfleischsuppe) beim Türken.

Fahrt mit der U1 zum KDW. Gibt dort endlich eine günstige Saftpresse. Aber als ich sie in der Hand halte, denke ich, ich brauch überhaupt keine Saftpresse.

Das Kunstmann-Buch ist bei Bea angekommen, hier aber nicht. Sie sagt, es sehe sehr gut aus.

Hat sich heute morgen die Pressevorführung von *Amadeus* – Directors Cut gegönnt. Ganz toll, die neuen Szenen, bis auf eine kleine. Sie will mir nichts verraten.

Su klagt über Kopfschmerzen und Schnupfen.

Einige der Eigentümer hier sind mit ihrem Wohngeld im Rückstand. (insg. 25 000 Euro) T&S-Immobilien erklärt sich bei den laufenden Kosten für zahlungsunfähig und fordert brieflich eine Sonderüberweisung von 250 Euro. Wie bitte? Ich soll für die Säumigen mitzahlen? Das kann doch nicht ernst gemeint sein.

Einer von T&S erklärt mir, ich müsse ja nicht zahlen. Könnte aber sein, daß das Gas gesperrt wird. HÄ? Naja, sagt er, er persönlich würde sich nie in eine WEG einkaufen, da gehöre einem zwar die Wohnung, aber auch wieder nicht. Ich verstehe nur Bahnhof und Panik. Die können doch dem Haus nicht das Gas abstellen. «Nein, werden sie wohl auch nicht.» Ich begreife immerhin, daß die Zahlungsaufforderung nichts ist als ein Bettelbrief.

Bald wird es Wegwerf-DVDs geben, die billiger sind als ihre für die Ewigkeit gebrannten Kollegen, aber eben nur einmal anzusehen. Sie sind mit einer Schicht behaftet, die an der Luft oxidiert und die Scheibe binnen 48 Stunden zerstört. Vorteil: Man muß Leih-DVDs nicht mehr zur Videothek zurückbringen.

Conde kommt zum Fußballgucken, FCB bei Boavista, Boavista meint wohl Bellavista, Bellevue, wenn also ein Proll Boa! sagt, ist er vielleicht einfach nur ein begeisterter Portugiese.

Conde ist ja jetzt auch auf die Eigentümerseite gewechselt. Debattieren den halben Abend über Vor- und Nachteile. Erwähnt als jüngsten Musik-Hype Lambchop, deren neueste Platte Karl B. in der SZ zu den 10 besten aller Zeiten gezählt hat. Ein Grund, mißtrauisch zu sein. Karl B.'s Musikgeschmack ... naja, lassen wirs. Dann erzählt er von Mexico, wo er eben Goethes Erben auf Tour gemixt hat. Wir beschließen, im nächsten Jahr mehr Filmmusik zu machen. C. sieht sich von seinen Charaktereigenschaften her als den idealen Filmkomponisten. Boavista-FCB 0:0. Ich habe bei Intertops 100 Eus auf Bayern-Sieg gesetzt und verloren, aber die beiden anderen Wetten: Liverpool-Galatasaray und Nantes-Manchester, beide unentschieden, stimmen, holen mir noch einen ansehnlichen Gewinn heraus. Später kommt noch Su vorbei, für die Schmidt-Show.

Grand Prix Eurovision, 1982, Nicole, «Ein bißchen Frieden». Keine Ahnung, wie wir darauf kamen. Brüllend komisch, wie Su ihre damalige Lehrerin für Staatsbürgerkunde imitiert (Frau Fuchs, klein und drahtig), die den Text von «Ein bißchen Frieden» in der Klasse durchnahm. («... zeigt sich das verlogene Gesicht des Imperialismus, die kaltschnäuzige, bewußt sich einer unbedarften jungen Sängerin bedienende heuchlerische Ideologie des Westens ... Ein bißchen Frieden ist so irrational wie ein bißchen schwanger, der Kapitalismus erklärt sich zum Krieg bereit ...»)

Wir trinken einen fülligen Simonsig Chardonnay Stellenbosch Südafrika 2000. 13,5 %. Dementsprechend schnell schläfrig geworden, habe mich am Schreibtisch noch ein bißchen unnötig gequält, gehe gern zu Bett, was selten ist.

21. 2., Donnerstag

Morgens ein absurdes Mail von W. vom NDR, bei dem ich meine Amouren-Musik-Collage machen wollte. Dem gehts dort oben offenbar zu gut. Schnellen Strich gezogen, bevor er sich noch länger meinen Kopf zerbricht. Seine Phantasie reiche nicht hin, um sich zu den Liebesgedichten eine Erzählstruktur vorzustellen. Deshalb bin ich ja auch der Künstler und du nur ein popliger Redakteur.

Dabei ergibt sich die Struktur quasi von selbst. Zwangsläufig.

Aber was überhaupt erzählt werde?

Was wird denn in der Dichterliebe erzählt? In den Carmina Burana? In den Lesbia-Gedichten? Da ziehts einem die Schuhe aus.

Erstmal in die Markthalle, bißchen was einkaufen, eine Dampfwurst essen. Schönes Tagesanfangsritual. Dabei ist es schon drei Uhr nachmittags.

Ich freue mich auf den Sommer, Nächte an der Ankerklause.

Schöne Sonnenuntergangsfärbungen über der Kottbusser Brücke, links orange aufgeladen, rechts schon purpurn verhuscht. Im Adese – dem türkischen Kaufhaus – Lebensmittel gekauft, darunter als Mitbringsel für Bea knallgrüne Auberginen-Marmelade. Countdown-Schilder in den Geschäften: In 9-8-7 Tagen können keine D-Mark mehr angenommen werden. Wen kümmerts? Die Leute haben sofort und bedingungslos auf die neue Währung umgestellt. Das Alte wird gnadenlos abgestoßen. Wichtiger evolutionärer Wesenszug des Menschen.

Theodor Mommsen hat schon vor hundert Jahren auf Kalkriese als wahrscheinlichsten Ort der Varusschlacht hingewiesen. Ich muß nochmal sein Grab besuchen, das gleich hier um die Ecke liegt, verwahrlost, vergessen, selten geschmückt. Mommsens Stil ist heute kaum mehr lesbar; sein Wissen war außerordentlich, bedenkt man die Kenntnislage im 19. Jahrhundert.

*

Vor der Saison setzte ich 200 Mark auf Hertha als kommenden Meister, weil mir die Quote relativ zum Potential der Mannschaft viel zu hoch schien (26:1). Jetzt endlich siegt sie, ist nur sieben Punkte vom ersten Platz entfernt. Wenn man Röber früher gefeuert hätte, wäre alles drin gewesen. Wenn man Lorant früher gefeuert hätte, wäre ich auch um 1000 Mark reicher, denn auf ihn hatte ich gesetzt, als es um die erste Entlassung der Saison ging.

Ich verliere Geld, nur weil sentimentale Präsidenten zu lange an ihren verbrauchten Trainern festhalten, das ist nicht mein Begriff von Sportlichkeit.

*

Habe mir auch gleich die Lambchop-CD gekauft. Bereite danach Abendessen zu, ziemlich aufwändig.

Spinat-Leber-Reis, dazu Putenrouladen mit einem Paprika-Zwiebel-Kapern-Salat. Letzterer zu trocken geraten, zu wenig Essig verwendet, bin auch zu faul gewesen, die roten Paprika zu schälen.

«Mit Blitzen kann man die Welt erleuchten, aber keinen Ofen heizen.» (Hebbel).

Ich bin des Glaubens, Hebbels Tagebücher wären sicher viel interessanter zu edieren, wenn der Reclam-Herausgeber Meetz mehr private, scheinbar banale Stellen ausgewählt hätte, statt uns wirklich noch die allerletzte redundante metaphysische Reflexion als bedeutsam zuzumuten.

Das Kunstmann-Buch ist endlich auch hier angekommen. Hübsch. Aber die haben die Schlußstrophe weggelassen.

(ihm wurde klar, daß er, der «star»
für gwendolin nur irgendein
ganz austauschbares spielzeug war
und jetzt – zuletzt – verdammt allein.)

Dadurch ist das Ende etwas abrupt. Und die Ab-Art-Manifest-Strophe ist aus der Mitte des Buches ans Ende gewandert. Nicht optimal.

Vor allem: Warum hat man mich nicht gefragt? Wenn man die Schlußstrophe zu moralvondergeschichtmäßig gefunden hat, hätt ich auch eine andere schreiben können.

✳

Mail von Joha. Seine Freundin macht eine Facharbeit über Fette Welt, zieht den völlig richtigen Schluß, daß Hagen von Judith erlöst, von seiner Schizophrenie befreit wird. Was denn auch sonst. Aber die Lehrer nennen das einen Irrtum. Ein Interview mit mir, in dem ich mich klar zur Tannhäusernähe des Finales äußere, wird von denen als «nicht ernst gemeint» abqualifiziert. Genauso beigelegte Magisterarbeiten. Alles «Irrtümer» oder «nicht ernst gemeint», aber die beiden kleinen Deutschlehrer am Stadtrandgymnasium – die haben recht und den Durchblick. Unfaßlich.

✳

22:30 Babylon. *Heaven* (OmU). Su hat den Film ja noch nicht gesehen. Ist sehr begeistert, viel mehr, als sie gehofft hatte, und auch mehr als ich dachte. Diskutierten lange. Sie meint auch, daß, je länger man über den Film nachdenkt, das Störende hervortritt. So z. B. die Figur der Philippa, die den 19jährigen Filippo einfach in den Tod mitnimmt. Sie, die schon erwachsene Frau, könnte ihn ja auch verlassen, also vor sich retten, könnte ihm ein Leben schenken, könnte sich auch erschießen, nachdem sie Rache genommen hat, aber nein, alles ist ihr ab der Tunnelfahrt egal – und sie widerspricht damit alledem, was wir in der ersten Hälfte über sie erfahren haben. Da war sie rigoros und moralisch agil, konsequent. Der Film strotzt eine Stunde lang vor Wahrhaftigkeit. Su lobt jede Kameraeinstellung innerhalb des Polizeipalastes in höchsten Tönen – zu Recht, das ist alles sehr intelligent gemacht. Ab der Tunnelfahrt wird alles mythisch überhöht, wie ein Traum – der Fehler nur: Es ist kein Traum. Ich hätte am Schluß, nach der Hubschrauberfahrt in den Himmel zwei sich öffnende Augen gezeigt – Gegenschuß: Die Deckenbeleuchtung des Turiner Dachbodens. So hätte man das Kitschnahe als Traum wahrhaftig machen können, hätte ein tolles offenes Ende gehabt.

Schlimm empfand Su die Aufdringlichkeit Philippas in Montepulciano: Sie muß auch noch ihre beste Freundin reinreißen, obwohl das überhaupt nicht nötig ist. Im Freien unterm Baum ficken kann man überall. Su hat völlig recht. Warum sieht Tom sowas nicht? Warum hört er manchmal nicht auf die einleuchtendsten Verbesserungsvorschläge? Ich meine gar nicht solche wie den hier, über den man sich noch streiten kann, ich meine z. B. in *Krieger & Kaiserin* die sture Verwendung eines dämlich klingenden Wortes, obwohl ich ihm die korrekte Alternative genannt habe. Versteh ich nicht. Die Freundin sagt zu Philippa: Ich habe gehofft, daß ihr nicht kommen würdet. Und Philippa grinst. Sie grinst einfach. Ab diesem Moment verachtet man sie, nachdem man vorher bereit war, ihr zu vergeben. Ab der Tunnelfahrt sind Philippa und Filippo zwei grenzdebile, kahlgeschorene schlenkernde Kinder, in weißen Sünder-T-Shirts, die Eis essen und fröhlich grinsen. Sie verlieren jede Persönlichkeit – und der Film verliert seine Figuren, auch wenn seine bildliche Suggestivkraft noch bis zum Abspann anhält. Danach erst beginnen die Fragen, beginnt der Zersetzungsprozeß. Cate Blanchett hat mir beim zweiten Sehen besser gefallen. Vieles liegt an ihrem papierenen, aufgesetzten Text. Großartig ist der Vater, Remo Girone, ein Wunschtraumvater, großartig die Trio-Szene vor der Kirche, die dann brutal zerstört wird, durch das lange Zögern Philippas auf die Frage, ob sie Filippo liebe. Man weiß überhaupt nicht, was das soll, wozu sie es sagt, ob sie es meint, oder nicht, es wirkt peinlich auf mich, ich meine sowieso, eine Frau von 28 Jahren kann doch nicht mehr von Liebe sprechen, wenn sie den Betreffenden nur zwei Tage kennt. Hierin widerspricht mir Su. Es gebe viele Arten von Liebe, ich hingegen würde immer nur eine als des Namens würdig anerkennen. Gut, geschenkt.

Philippa macht zwar einen Versuch, Filippo zu retten, sagt zu dessen Vater: Es würde mich freuen, wenn Sie ihn mitnähmen – aber der Versuch ist sehr halbherzig und gerade in seiner lausigen Halbherzigkeit auffallend ärgerlich.

Einig sind wir uns, daß Philippa gegen Ende eine apathisch-egomanische, gewissenlose Kuh und deshalb auch ex posto die Ermordung des Drogendealers ein fragwürdiger Akt der Selbstjustiz wird. Das ist die Crux des Drehbuchs immer gewesen. Su bemerkt, daß ihr jetzt, wo sie den Film gesehen hat, klar geworden sei, daß in den vielen Kritiken nichts, fast nichts gesagt worden ist. Stimmt. Die Rezensenten überboten sich an Oberflächlichkeit.

Welcher Teil ist eigentlich in Oxfordshire gedreht? Muß ich Tom bei Gelegenheit fragen.

Neben unserer Diskussion lief die neue Lambchop.

«Wie muß man drauf sein, um das als eine der besten CDs aller Zeiten zu deklarieren?»

«Da muß man ziemlich abgeschlossen haben mit sich.»

Genau. Das ist es also, was Karl B. immer hören wollte. Unspektakuläre Mischung aus Cat Stevens, Leonard Cohen und Badly Drawn Boy. Klingt wie Improvisiertes von Lou Reed aus seiner schlimmsten Phase. Ähnliches Geschrammel, nur besser, haben wir '85 in Condes Wohnzimmer gemacht. So ein Zeug komponiere ich jederzeit in zehn Minuten, aber ich käme nie auf die Idee, es jemandem vorzuspielen.

Spät noch eine Idee: Ob Frau in der Brandung als Theaterstoff taugen könnte? In Spiegel Online erfahre ich gegen halb fünf morgens, daß Franka ab Anfang März in USA eine Liebeskomödie mit Elijah Wood dreht. Aha. Deshalb meldet sie sich seit zwei Wochen nicht.

Hm. Das wird nichts mehr mit uns, glaub ich. *Frau in der Brandung* ist ein Super-Drehbuch – warum kaufen wir die Rechte nicht einfach zurück und arbeiten mit einer anderen Darstellerin, einer anderen Produktionsfirma? Vielleicht geben uns Claussen & Wöbke das Buch sogar gerne – gegen eine Handvoll Euros. Aber sie werden wohl irgendeinen mittelmäßigen Lohnarbeiter an das Script setzen, solange bis ihm alle Kunst ausgetrieben ist. Muß drei Gläser Whiskey trinken, um schlafen zu können.

22. 2., Freitag

Es hat geschneit, und wie. Berlin versinkt im Chaos.

Der schneefreie Februar – dieses Jahr hätte ichs beinahe geschafft, ihn zu erleben.

*

Bea strukturiert zuhause unseren Keller um, schraubt den ganzen Tag Regale zusammen.

Marcel bietet mir eine Liebeslyrik-Anthologie an. Macht viel Arbeit, gibt wenig Geld. Und die Zwänge, die damit verbunden sind, wenn es wirklich ein Best-Of sein soll: Manches aus dem Kanon muß rein, auch wenn es jeder zur Genüge kennt, dann die Frauen-Quote, die mir zu erfüllen sehr schwer fallen wird, und der Prozentsatz von unerhört neuen Funden und Ausgrabungen muß auch stimmen. Von sich selbst darf man als Herausgeber höchstens ein eigenes Gedicht verwenden, um nicht als unbescheiden zu gelten, und wen nimmt man von den Zeitgenossen, und wen verprellt man etc. Und kann ich z. B. Goethe, dessen Liebeslyrik einfach grausig ist, weglassen?

Alwo und Andrea werden mich wohl erst im Juli hier besuchen. Die andere Andrea löst gerade ihre Wohnung in Frankfurt auf – von der ich gar nichts gewußt hab.

Anruf beim Kunstmann-Verlag, Ob die Tilgung der letzten Strophe Fehler oder Absicht gewesen sei?

«Was für eine letzte Strophe?»
O-o.

Das Heaven-Filmbuch ist gekommen, das bei Michael erscheint. Etwas broschürenhaft geworden. Beim Lesen des Töteberg-Interviews mit Tom sehe ich wieder mal, wieviel Gedanken er sich macht. Aber es scheint mir, als wüßte er manchmal nicht genau, worauf es vorrangig ankommt. Bzw. scheint er beim Verformen der Details die Struktur des Überbaus aus den Augen zu verlieren. Ein Architekt, der sich zuviel innen aufhält, wo er hin und wieder mal einen Blick von außen auf das Gebäude werfen müßte.

✳

Abends in die Torstraße, Mitte, ins Nickelodeon. Su bekommt Zustände. Das Gebäude sieht aus wie ein Frühachtziger DDR-Jugendclub. Man hat versucht, es mit ein wenig Orange aufzuhübschen, aber es bleibt gräßlich, vielleicht mit Absicht, hier springt uns so eine DDR-Nostalgie-Kultur an, mit antikapitalistischen Vorfilmen und erniedrigten Eintrittspreisen für Arbeitslose und Rentner. Die Kopie des Filmes ist alt, er reißt zweimal während der Vorführung. *Stranger than Paradise*. Wohl kaum ein Film hat mich Mitte der Achtziger so stark geprägt, Askese, Wortkargheit, Lakonie, wir Verlierer von damals fanden eine ästhetische Hülle. Ja, der Film spiegelt unser damaliges Weltverständnis sehr genau, auch das radikal traurige Amerikabild. Alles Lower East Side oder zugefrorener Erie-See. Ich weiß noch, Bernhard kopierte damals den Gang von John Lurie, und dieses gewisse kleine Schlenkern ist er bis heute nicht mehr losgeworden. Wir waren Zocker und Nichtsnutze, Biertrinker und Gelegenheitsdiebe, aber tief drinnen auch Poeten – und der Film gab unserem Alltag einen poetischen Rahmen. Gab uns einen Stolz. Und wie laut wir damals, beim ersten Sehen gelacht haben über inzwischen unbegreiflich kleine Scherzchen ...

Heute finde ich den Film nicht mehr so groß, nicht mehr so witzig, nicht mehr so wichtig. Er ist mit einer gewissen Ära verbunden, auf Gedeih und Verderb. Er gehörte mal zu meinen Top Ten. Ernsthaft. *Down by Law*, der Nachfolgerfilm, der damals in der Undergroundszene auf herbe Kritik stieß (Kommerzialisierung! Publikumsanbiederung! Selbstverrat! Klamotte!) ist mir dagegen immer noch nahe.

✳

Hatten noch viel Spaß dabei, über die Lyrikanthologie zu debattieren, wen man unbedingt berücksichtigen müsse. «Bachmann?»

«Nein, die hatte einen einzigen lodernden Moment im Leben, aber danach war sie gleich tot.»

«Lasker-Schüler?»

«Da muß ich kotzen.»

«Aber auch du wirst bei Walther von der Vogelweide anfangen müssen.»

«Njet. Nix mit Schlusselin, sollst in mir sin. Wir sind doch nicht im Kindergarten.»

✳

Ich werde bei Marcel durchsetzen: Keine Quoten. Jeglicher Art. Es sollen MEINE hundert Lieblingsliebesgedichte werden. Dann darf ich alles. Andererseits sollen mindestens

60 % der Texte rechtefrei sein, das ist eine Vorgabe der Kalkulation, die ich hinnehmen muß.

*

Lambchop ist öde, ideenlos hingeschrammelte Barmusik. Totaler Fehlkauf.

23. 2., Samstag

Aller Schnee schon wieder weggetaut.

Bin ins Auktionshaus Zossenerstr. zur Vorbesichtigung. Nur Scheiß. Danach zu Altus, aber da waren die Gemälde gestern schon dran. Hab nichts versäumt. Kaufte en passant einen kleinen Fernseher fürs Schlafzimmer. 30 Euro. Bei Rahaus gibts eine hübsche Kommode «Atlanta», die ich dann doch zu teuer finde. Vorm KDW Tierschützer, die unverständliche Parolen brüllen, aber in genau dem metrischen Duktus von «Deutschland den Deutschen, Ausländer raus».

Ich glaube, es hängt von ganz winzigen Zufällen im Leben ab, ob man für Tiere oder gegen Ausländer brüllt. Wie man brüllt, verrät den Charakter viel eher als die Sache, die man sich auf den Leib geschrieben hat.

Su sagt (aber das stammt nicht von ihr, ich habs nur noch nie gehört): eine Frau ab 40 habe nur zwei Optionen – Ziege oder Schwein. Entweder faltig werden oder füllig.

Faltig.

*

Ein großer Comic- und Merchandisingladen am Nollendorfplatz, wo ich für Beatrice als Mitbringsel einen kleinen Godzilla kaufe. Die Verkäufer dort, herrliche Klischees: Fett, bärtig, gutmütig, Karohemd-, Jeans- und Zopfträger.

Die Zeit, als es der Himmel war, mit einem guten Comic und einer Cola im Bett zu liegen, ging bei mir viel zu früh vorüber, so mit acht oder neun. Aber wenn ich diese beiden Verkäufer sehe, denke ich plötzlich, denkt eher etwas in mir – es mag gar kein so banales, unerfülltes Leben sein, seine Zeit auf Erden mit Comics und Cola und dem Sammeln von Star-Wars-Figuren zu verbringen – wer das Glück hat, damit zufrieden sein zu können, soll sich doppelt glücklich schätzen. Vielleicht könnte man sich irgendwie wieder dorthin reduzieren?

Die eigene Senilität wie einen Fallschirmsprung in ein gemachtes Bett hineinlenken.

*

Der 11. September war das Datum, an dem seit langem zum ersten Mal wieder Politik groß genug wurde, um Risse in persönliche Freundschaften zu stemmen. Als M. über einen BBC-Dokufilm über Verbrechen der Taliban (gedreht lange vor dem 11. 9.) meinte, das sei nichts weiter als Kriegspropaganda, habe ich ihn für einen Moment lang intensiv verabscheut. So scheuklappig war das.

Aus der Vernunft ebenso wie aus dem Gefühl und dem persönlichen Anstand heraus im Dienst einer guten Sache auf Seiten der Amerikaner einen Krieg gutheißen zu müssen, das überforderte das verkrustete Blockdenken vieler. Sie schützten sich mit irrationalsten Argumenten («Ruanda war viel schlimmer»). Im Moment, an dem sie zur Wirklichkeit und ihren Erfordernissen ja sagen, ihre pazifistischen Betonüberzeugungen hätten zerschlagen müssen, flüchteten sie wie Kinder vor den Monstern unter die Bettdecke.

(«Geht doch den Amis nicht um die Taliban! Da stecken doch ganz andere Interessen dahinter!») Ja, vermutlich der Reichtum Afghanistans. Lächerlich.

Das Böse wird gerne abstrahiert, vermutlich, weil sich die meisten Individuen zu fein sind, es näher zu benennen. Denn sowas könnte unter Umständen ja Umstände machen. Könnte eine ethische Forderung nach sich ziehen. Und man hat ja noch so viel anderes vor. Man möchte seine Zeit nicht damit verschwenden, gegen das Böse konkret da und dort etwas tun zu müssen. Das ist ja auch in Ordnung. Jeder muß selbst entscheiden, ob er sich für wichtiger hält als das, was da draußen auf der Welt passiert. Viele sind wichtiger als das, was draußen passiert. Aber es gibt auch einen Punkt, an dem es zuviel wird, an dem in jedem eine moralische Instanz erwacht, eine Schwelle, an der jeder, der noch ein Herz und eine Seele im Leib hat, aufstehen und sich überwinden muß. Er muß deswegen nicht zum Gewehr greifen und nach Afghanistan radeln. Aber er muß auch nicht blöd daherreden.

Der dümmste Satz des letzten Jahres: *«Eine Zivilisation, die andere der Barbarei bezichtigt, kann so zivilisiert nicht sein.»* (Ulrike D.)

Tatsächliche zivilisatorische Überlegenheit wird nicht zwangsweise weniger tatsächlich, nur weil sie auf die eigene Überlegenheit hinweist, also sich selbst zwischen Phänomenen positioniert, eine Wertigkeitsskala erstellt. Nicht jede behauptete Überlegenheit ist tatsächlich, aber eine Überlegenheit, die sich nicht behauptet, wäre kopflos.

*

Gerade gelesen: Tom im Interview:

«Es ging mir in dieser Szene darum, den Dealer auch als Menschen zu zeigen, der mit seiner Frau telefonieren muß, wenn er später nach Haus kommt. Kein Mensch stellt ‹Das Böse› dar. Wenn man einen bösen Menschen tötet, tötet man nicht ‹Das Böse›.»

Nein. Aber einen Teil davon. Und irgendwo muß man anfangen. Dostojewski ging davon aus, daß wir nicht entscheiden könnten, wer zu töten ist. Das solle man Gott überlassen. Er ließ aber auch keinen Zweifel daran, daß Gewalt durchaus hilfreich wäre, wenn sie die richtigen träfe. Es gibt zweifellos Menschen, in denen ‹Das Böse› sich konzentrierter findet. Ihre bösartige Relevanz hängt maßgeblich von ihrer weltgeschichtlichen Position ab.

Das ist ja das große Irak-Dilemma. Saddam zu töten, würde vermutlich genügen, um das Land zu befreien und in die Demokratie zu führen. Diese Möglichkeit hat man verpaßt. Und jetzt? Gar nichts zu tun, wäre von Seiten der Amis wahrscheinlich ein Verbrechen gegen das eigene Volk, aber eben nur wahrscheinlich. Darf man einen Angriffskrieg führen, zur vorausgreifenden Selbstverteidigung?

*

In der WELT heute ein gar nicht übler Artikel von M. Lau über das sehr reflektierte, recht vernünftige Manifest der 58 amerikanischen Intellektuellen, und über die Reaktion einiger berufsmißtrauischer deutscher Kollegen. (Man muß immer dazu denken, daß auch ein Roger W. sich für einen Intellektuellen hält, also deckt der Begriff fast alles ab, was einen Kugelschreiber in der Hand halten kann. Von W. stammten übrigens die widerlichsten 11/9-Texte, solche, die wirklich vor gar nichts zurückschreckten.) Peter Schneider z. B. nennt das Manifest ein «Dokument der Anmaßung und intellektuellen Blindheit, quasi eine Gotteslästerung, denn die Unterzeichner schrieben ihrem Land und ihrer Regierung implizit gottgleiche Qualitäten zu». Stimmt gar nicht. Aber natürlicherweise wird von der realen Macht der USA ausgegangen. Macht als evolutionärer Faktor zieht moralische Forderungen nach sich. Sie muß eingesetzt werden, oder sie geht verloren. Und Überlegenheit, geistige wie militärische, ist sehr wohl ein Kriterium. Ist vielleicht das einzige Kriterium.

Selbstverständlich fühle ich mich als fortschrittlicher europäischer Abendländer der Restwelt überlegen. Wozu hab ich denn die ganze Aufklärung mitgetragen und bezahlt? Hm?

In dem Manifest heißt es: «Wir kämpfen, um uns selbst zu verteidigen, aber wir kämpfen auch, um die universellen Prinzipien der Menschenrechte und der Menschenwürde zu verteidigen, von denen wir glauben, daß sie die größte Hoffnung der Menschheit sind.»

Ja. Hundertprozentig. Der Artikel schließt: «Wenn es in Texten heißt (...) nur die Opfer könnten über die Gerechtigkeit oder Ungerechtigkeit eines Krieges befinden, weiß man schnell, womit man es zu tun hat: mit blankem Zynismus.»

Genau, Frau Lau. Das stimmt.

Ich finde es dennoch schwülstig, von gerechten oder ungerechten Kriegen zu reden, dazu ist die dahinterstehende Moral zu subjektiv, das Wort gerecht klingt sehr leicht selbstgerecht. Ich höre lieber von einem notwendigen Krieg.

Auf Seite Neun ist noch ein interessanter, lange überfälliger Artikel von Matthias Horx.

«Die Welt geht einfach nicht unter. Allzulange haben wir Katastrophenszenarien gefrönt und waren der Öko-Religion verfallen.»

Mal was ganz schlicht gesagt: Wer gegen den Import von embryonalen Stammzellen gestimmt hat, ist dumm. Basta. Die Grünen wieder. Partei der schwanzlosen Gehirnamputierten. Meine Tagebücher werden darunter leiden, daß soviel Selbstverständliches (also Uninteressantes) darin gesagt und gefordert wird, was zum Zeitpunkt des Aufschreibens alles andere als selbstverständlich gewesen ist. Der Konflikt drumherum wird nur so gut vergessen sein, daß er im nachhinein gar nicht richtig da war. Schlimmer: Man wird mich als notorischen Rechthaber aburteilen. Bloß, weil ich so oft Recht habe. Das ist ungerecht. Rechthaber! Rechthaber! Rechthaber!

*

Machte abends einen langen Spaziergang über den Mehringdamm, war versucht, eins der gelben oder roten Lokale aufzusuchen, mich zu betrinken und nach irgendeiner Form von Erregung zu suchen. Aber ich konnte die Erregung, die ich suchte, nicht spezifizieren, wohl weil es keine fleischliche war. Man streift durch die kalten Straßen und weiß, daß man nur einfach zu Hause ein gutes Buch lesen müßte, aber man streift weiter, denn die Erregung, die man sucht, hatte einmal mit nächtlichem Umherstreifen zu tun. Sie in einem Buch im Wohnzimmer zu finden, zeitigt ein romantisches Defizit, kommt einem wie Sublimierung, wie Second-Hand-Ivresse vor. Man sucht die Verlorenheit. Die geile Verlorenheit der frühen Jahre.

Ohne Ziel und Plan. Es ist Strom, kein Blut. Strom in mir.

*

Die Pizza vom Pizza-Max ist wirklich exquisit, vor allem die Mista Cheesy, mit Mozarella im Rand. Schmierte einige gehackte Chilischoten drauf und bereue jetzt die meisten davon.

Die Verlorenheit der frühen Jahre
wiederfinden und mit der
wiedergefundenen Verlorenheit
durch die Straßen von damals gehen,
als noch nichts erobert war
im Häuserkampf noch nichts wuchs
im Zielfernrohr, als
die Nacht einer zickigen Frau glich,
die sich manchmal zu einem herabließ.

Mit jeder Zigarette, jedem Schluck,
jeder Zeile, die ein wenig taugte, kamen
wir uns näher.
Zeit, nicht totgeschlagen, eher lebend
aufgebahrt, in Brand gesteckt, verfeuert.
Manchmal die Musik,
das Echolot im Kopf,
oder eine warme Mahlzeit
früh um Vier, eher selten:
das Lächeln eines Mädchens,
berauscht genug, um keine
Angst vor mir zu haben.

Su ruft um ein Uhr nachts an, will noch vorbeikommen, ich sage ok, komm vorbei.

Um halb zwei ein Anruf, sie käme nun doch nicht, wolle auf meine Arbeit Rücksicht nehmen.

Hat mich zweimal angerufen, gestört, zwischendurch

hab ich mich auf ihren Besuch gefreut und das Wohnzimmer aufgeräumt – und nun war alles umsonst, und S. ist auch noch irritiert, weil ich ranzig reagiere. Sie will dann doch noch vorbeikommen, jetzt hab ich aber keine Lust mehr und verschiebe das auf morgen, beide sind wir jetzt sauer.

*

Auszüge aus dem Horx-Artikel:

«Was war geschehen? In seinem Buch belegt Lomborg akribisch, dass 99 Prozent aller Meinungen über die Negativentwicklung unserer Welt – vom Artensterben über Waldsterben, Überbevölkerung, Hunger und Armut, Umweltverschmutzung und so fort – auf tönernen Füßen stehen. Unsachliche Statistiken, willkürliche Zahlenreihen, verzerrte Wirklichkeitswahrnehmung weist er nicht nur vielen Ökologen, sondern auch den Globalisierungsgegnern nach. Der eigentliche Skandal seines Buches aber – und der wahre Grund, warum Heerscharen von Warn-Denkern mit den übelsten Verbalinjurien über ihn herfallen – liegt in der zentralen These begründet. Sie lautet schlicht: ‹Uns geht es immer besser.› In Sachen Gesundheit, Bildung, Ernährung, Umwelt geht es bei den meisten Menschen auf diesem Planeten immer ein kleines, aber entscheidendes Bisschen voran. Dies wird anhalten. Wenn wir uns bemühen.

Lassen wir die Häme, die viele gegenüber den Grünen empfinden, beiseite. Es geht um weitaus mehr. Dem Glaubenskern der Romantik zufolge – und sind wir nicht alle Romantiker gegen die ‹kalte Welt der Moderne›! – ist ‹das Natürliche› eine heilige Macht. Naturromantik, so werden wir uns selbst immer wieder auch in unserem Alltag gewahr, hat eine verblüffende Weltordnungsfunktion. Es teilt das ‹Böse› (= Unnatürliche, Künstliche, Plastikartige, Un-Authentische, Globalisierte, Kapitalverseuchte) vom ‹Wahren› (= Echten, Einzigartigen, Handwerklichen, Unentfremdeten, Heimatlichen). Natur ist das Schwache, Unterdrückte, ‹Zivilisation› ist das Böse, Gemeine, Technische.

In der Tat ist diese Dichotomie an die Stelle das alten Klassenkampfes getreten. Man erkennt Freund und Feind an den zarten Frontverläufen. (...)

Ökolozismus – das ist die eigentliche Religion unseres Breitengrades (in der Tat weisen Religionsstudien dies nüchtern nach; die Deutschen glauben an die Natur als «großes Wesen»). Diese Religiosität reicht bis tief in die hysterisierten Mittelschichten und deren angsterfüllte Seelen. Ist nicht der Elektrosmog für, zum Beispiel, die Zunahme der Hyperaktivität von Kindern verantwortlich? Solche Theorien liest man täglich noch in den seriösesten Blättern, von seriösen Wissenschaftlern verfasst. (...)

Umfragen zeigen, dass jeder zweite Deutsche am liebsten «sofort» aussteigen und der bösen Zivilisation den Rücken kehren möchte. Raten wir, wo er gerne leben würde: natürlich, auf einer Almhütte, inmitten «unberührter Natur» und «möglichst wenig Technik». (...)

In seinem Pionierwerk von 1996, «A Moment on the Earth», hat der US-Autor Gregg Estrebrook in einer wunderbaren Sequenz die Vielfalt der Arten in einer der «menschenverseuchtesten» Städte der Erde beschrieben: Im New Yorker Central Park herrscht die höchste Artenvielfalt der Erde. Unglaublich, aber wahr. Im Streit um Lomborg geht es darum, ob Umweltschützer, Mahner und Apokalyptiker sich den Gesetzen der Wahrheit und Wirklichkeit beugen müssen oder ob für sie Ausnahmen gelten. Regeln, die Lomborg-Gegner Stephen Schneider im «Scientific American» so beschrieb: «Wir sind nicht nur Wissenschaftler, sondern auch menschliche Wesen. Und wie die meisten Menschen möchten wir, dass sich die Welt verbessert. Dafür brauchen wir breite Unterstützung, wir müssen die öffentliche Meinung für uns gewinnen. Das heißt auch: Medienaufmerksamkeit. Deshalb müssen wir auch Angstszenarien anbieten, vereinfachte Stellungnahmen verbreiten und unsere Zweifel hintanstellen.»

Dies ist der eigentliche Skandal: Im Namen der «nutzvollen Übertreibung» ist in den letzten drei Jahrzehnten ein dichtes Netzwerk «guter Lobbyisten» entstanden, deren wahre Intentionen nur noch schwer zu beurteilen sind. Sind die Warner und Mahner wirklich selbstlos und menschensgut? Oder verfolgt der Klimaexperte, der öffentlich von fünf Grad «Erderwärmung» spricht, nicht auch die Etaterhöhung seines Instituts? Wäre es nicht menschlich, allzumenschlich, wenn Greenpeace «seine» Wale auch noch über deren wirkliche Bedrohung hinaus spendengünstig vom «Abschlachten» und «Biozid» bedroht sieht?

Wir wissen es nicht mehr, und in der Folge glauben wir immer weniger. Wir werden «untergangswurstig». Und hier liegt die eigentliche Gefahr des Alarmismus: Dass er uns früher oder später in einen Haufen Zyniker verwandelt und unsere gesunden Reflexe gegen reale Probleme, die es ja unabweislich gibt, immunisiert. Dass er die Gesellschaft hysterisiert, sie auf immer größere Dosen der Droge «Untergangsgefahr» eicht, die die Medien bereitwillig per Titelseite verabreichen. Und auf diese Weise eine Gesellschaft entstehen lässt, die vor lauter Waldsterben die Bäume nicht mehr sieht – und nicht mehr zu vernünftigen und demokratischen Entscheidungen fähig ist.

Wer sich mit der grünen Religion anlegt, legt sich mit weit mehr an als nur mit harmlosen Meinungen oder den Interpretationen von Statistiken. Längst geht es um Lebenswerke, ums Eingemachte, um den Wesenskern der Weltbilder. (…)

Es ist höchste Zeit, dass wir einen neuen, frischen Blick auf die Mythen werfen, die sich in unsere retro-modernen Weltbilder eingeschlichen haben. Vielleicht können wir dann besser schlafen, klarer handeln, frischer denken, uns gezielter engagieren. Vielleicht verschwindet mit dem Mehltau der düster-grünen Gesinnungen endlich auch der Nebel im Kopf. Wie sagen Dirk Maxeiner und Michael Miersch so schön auf ihrer Website: «Es macht uns Spaß, die ewigen Endzeitpropheten mit einer Welt zu konfrontieren, die sich hartnäckig weigert unterzugehen. Die rechten und linken Schubladen öden uns an. Den Grünen sind wir zu optimistisch und anti-ideologisch, den Konservativen zu progressiv und unberechenbar, den Sozialdemokraten zu staatsfeindlich und marktfreundlich. Die Gesellschaft sortiert sich neu, und im allgemeinen Durcheinander werden zwei gegensätzliche Lager erkennbar. Auf der einen Seite jene, die die Zukunft als Bedrohung empfinden und ihr im Schutz von Verboten zu entkommen trachten. Ihre Vorstellung vom Morgen hat den Charme einer energieoptimierten Erziehungsanstalt unter der gütigen Führung des Club of Rome. Wir gesellen uns deshalb lieber zu denen, die sich darauf freuen, an einem dynamischen, evolutionären und niemals endenden Veränderungsprozess teilzunehmen.»

*

Meldung: Immer mehr Vögel bleiben wegen der zunehmend milden Winter hier oder kehren früher aus dem Süden zurück. Frage: Woher wissen die Vögel in Spanien oder Nordafrika, welches Wetter sie hier erwartet? Und warum bleiben die anderen hier, obwohl sie ja nicht wissen können, wie hart der Winter werden wird. Ist mir rätselhaft. Gibt es eine Kommunikation derjenigen Pioniere, die hier bleiben, mit den anderen, die die Reise nach Süden unternommen haben? Spricht das nicht alles für eine telepathische Verbindung aller Vögel untereinander, weltweit? Morphogenetisches Nachrichtensystem.

Pioniere, die hier bleiben. Erstaunliche Formulierung.

*

Mauro Pimpolari. Mauro Pimpolari. Mauro Pimpolari.

24. 2., Sonntag

Sonnenschein, heftige Winde, hin und wieder Regengüsse.

Mit Su (Mißverständnis bereinigt) nach Mitte, Kultursonntag. Wieder eine lange Schlange vor der Nationalgalerie – Su berichtet, es sähe da drin hervorragend aus, historisch angemessen rekonstruiert, stil- und geschmackvoll, überhaupt nicht protzig und schwülstig, wie es mich der notorisch miesgelaunte, dabei fast immer ahnungslose A. im Kulturreport glauben machen wollte. Hab ich mir ja schon gedacht. Aber Schlangestehen bei dem Wind – nein.

In einem Andenkenshop unter den Linden sehen wir eine Reichstagskerze. Reichstag aus Wachs mit Kerzendocht. Apart. Hätte v.d. Lübbe sich wohl nicht träumen lassen.

Vor der Humboldt-Uni werden Bücher feilgeboten. Das Richard-Strauss-Werkverzeichnis 25 Euro. Halber Neupreis. Finde ich, weil etwas klamm und gewölbt, dennoch zu teuer.

Gingen ins Guggenheim-Museum. Videokunst von Bill Viola: *Going Forth By Day.*

Ein einziger Raum. Fünf direkt auf die Wände projizierte Filme, jeweils exakt 35 Minuten lang. Alle mit jenseitigen Motiven und Topoi.

Eine Fruchtwasserfeuerphantasie, eine Totenwache mit Lethe, Wächter und Boot, das mit Mobiliar beladen wird und übersetzt, eine herrlich drastische Darstellung der Sintflut. Gethsemane, Resurrection, der reinigende Pfad durch einen Pinienwald auf einer sieben Meter breiten unbewegten Weitwinkeleinstellung, optisch glänzend umgesetzt, alles, auch die Himmelfahrt einer Wasserleiche, Zitate von Magritte und Hopper bis zurück zu Giotto. Riesige Tiefensogwirkung. Bin schwer berührt und begeistert. Spirituell (Wort, das ich ungern benütze), ein Konglomerat der letzten Dinge, ein Fingerzeig der großen Zyklen hinter und unterhalb der Zeit. Öffnet ungeheure Räume, spielt dabei virtuos mit dem Archiv der archetypischen Bilder, ohne auch nur eines davon als Klischee zu mißbrauchen. Witz hat es auch noch. Detailfreudig werden ohne Worte hunderte kleiner Geschichten erzählt, choreographisch unglaublich präzise. Das ist ganz ganz große Kunst. Doch sicher gibt es auch hier Betrachter, die aus Selbstekel und Engstirnigkeit ein Kitschurteil aus der Arschtasche ziehen und unbewegt bis maulend von dannen wanken. Manchen Menschen ist nicht zu helfen. Tatsächlich soll eine der blöden Kulturkrampfhennen in der taz von *Eso-Kitsch* geredet haben.

*

Seltsam: Zwei Leute tragen einen Teppich. Nichts sonst. Das zu sehen, macht mich maßlos glücklich. Keine Ahnung, warum.

Wir gingen danach zum Verkehrsministerium auf dem Bebelplatz. Dort ist ein großes Modell vom Berliner Regierungsbezirk des frühen 20. Jdt. aufgebaut. (1:200) Durch die Adlerperspektive auf das Modell verstehe ich im Nu alles, was sich zu Fuß im realen Fragment mir nie erschlossen hat. Das sah schon sehr prachtvoll aus. Su ist wütend, weil über den Wiederaufbau des Schlosses debattiert wird, bevor der Finanzplan für die Museumsinsel steht, dem absolute Priorität gelten sollte.

Auf dem Gendarmenmarkt jedenfalls steht ein Denkmal, Beleg für die massive Schillerverehrung des 19. Jahrhunderts. Auf Tafeln um Schiller herum ein strammer Kanon der damals wichtigen Namen: Lessing, Herder, Kant, Michelangelo, Beethoven, Shakespeare, Goethe. Letzterer bedeutet Su sehr viel, mir immer weniger, wir frotzeln uns oft deswegen, aber sie ist nicht der Typ, der deswegen eifern oder streiten würde, was ich sehr angenehm finde. Für die hochgelobte Mies van der Rohe-Ausstellung brachte ich keine Energie mehr auf. Stattdessen nochmal zu Monsieur Vuong, Wan-Tan-Suppe und Glasnudelsalat.

*

Abends *Remains of the Day* – immer wieder groß. Vorbildlich ausgestattete DVD. Bei zwei der entfallenen Szenen hängt oben ein Mikro ins Bild. Ob das der Grund für ihr Entfallen war? Sicher nicht, es gab zwingende dramaturgische Gründe dafür. Trotzdem – wie kann das jemandem wie Ivory passieren? Oder hätte man diesen Lapsus im Fall einer Verwendung der Szenen noch beheben können?

Su nennt den Artikel von Horx teilweise begrüßenswert, teilweise zynisch. Ich weiß nicht, was daran zynisch sein soll. Provokativ, ja. Spottlustig, übertrieben, ok. Wir trinken einen Planeta Cometa. Weißwein mit 14,5 %.

*

Bin Laden lebt angeblich noch. Hatte ich nicht geglaubt, Su dagegen schon. Bin froh, mit etwas mal nicht recht zu behalten. Ich hätte den Faktor Verrat aus Gier bei der Summe der ausgesetzten Belohnung für durchsetzungsfähiger gehalten.

Lustige Schachanekdote aus der Europa-Rochade:

Der Hamburger Meisterspieler Paul Krüger (1871–1939) nahm in den Zwanziger Jahren an einem kleinen Lokalturnier teil und wurde vom Reporter des Kreisblattes interviewt. Es stellte sich heraus, daß der Reporter nicht die leiseste Ahnung von Schach besaß, und Krüger ließ sich die Gelegenheit nicht entgehen, ihn kräftig zu veräppeln. Am nächsten Tag lasen die erstaunten Abonnenten des Blättchens: «Die spannendste Partie der gestrigen Runde wurde zwischen dem Hamburger Meister Krüger und unserem Spitzenspieler M. ausgetragen. M. eröffnete als Anziehender diesmal mit den schwarzen Steinen. Der Gast parierte mit der gefürchteten Königstigervariante des Damenspiels, und es gelang ihm, den König frühzeitig ins Spiel zu bringen. In einer Serie kraftvoller Züge griff der weiße König die schwarze Dame an, jagte sie über das Schachbrett und lockte sie schließlich in eine tödliche Falle.»

Manche Rezensionen zur Schmerznovelle lasen sich ähnlich. Leider werden Leute wie die xxxxxx zwar stündlich blöder, aber deshalb nicht komischer. Auch ein interessantes Phänomen des letzten Jahres: Wenn man xxxxxxxxxx beleidigt, wehrt sie sich inzwischen nicht mehr persönlich, schickt stellvertretend ihren Samenspender, der sie einmal im Jahr zum Zweck der Kindserzeugung penetrieren darf (sogenannter «Haarwaschtag»).

*

Southpark heute blöde. Auch die Simpsons hab ich endgültig abgeschrieben. Der Einfluß amerikanischer Serien auf meinen Alltag hat in diesem Jahr arg abgebaut. «Generation Ally» – der Begriff macht die Runde. Angeblich fühlen sich viele Frauen um die 30 wie Ally und suchen wie sie nach dem Glück zwischen Karriere, Sex und Familie.

Vielleicht sollte man mal erwähnen, daß Ally McBeal sich – vor allem ab der Staffel mit dem gottähnlichen R. Downey Jr. – einfach nur strohdoof verhält, peinlich lebensunfähig? Das lese ich nirgends, als würde es niemand außer mir so empfinden. Außer dir selbst sind ja alle doof, nicht wahr?

Spät am Schreibtisch noch eine letzte Flasche Wein damit verbracht, obszöne Gedichte übelster Sorte zu schreiben, für die ich zu Recht in die Literatenhölle kommen werde.

Reiche harte Wünschelrute
sucht zarte weiche Wundertüte.
Gerne eine leicht verblühte
abgebrühte Dreilochstute.

Sollte man mal in den TIP als Kontaktanzeige setzen schmeiß es doch lieber weg! und sehen, wer so alles drauf antwortet.

25. 2., Montag

Der Taxifahrer wählt eine sehr eigenwillige Route nach Tegel. Flug nach M geht glatt. Wilde Freude. 10 Tage ohne Beatrice sind einfach zuviel. Sie trägt neue superschönerotische Stiefel. Rahmensprengende Begrüßungstänze. Ich freue mich auch an unserem neuen Wohnzimmer, das endlich Stil und Gemütlichkeit vereint. Das Buch von Heiner ist da. Lese es quer, muß viel lachen. Wenig Post für einen Tagebuchmonat. Tom meldet: 100 000 Besucher am ersten Wochenende. Und in Oxfordshire stand der Flugsimulator – deswegen. Auch stimmt er mir in Sachen Bill Viola zu, den er schon lange verehrt. Ich schäme mich, weil mir der Name Viola bis gestern nichts gesagt hat. Bin nicht so gebildet, wie ich es vor mir selbst für nötig erachte. Schäme mich für mannigfaltige Nachlässigkeiten, zum Beispiel habe ich die schöne Übung, jeden Monat eine andere Opernpartitur durchzuarbeiten, seit September nicht mehr durchgehalten. Sehe mir den Rest des Tages die Berichterstattung über das Turnier von Linares an. Danach etwas lange Notwendiges: Ich schreibe die Music for Charles von Streichorchester auf Streichquintett um. Schaffe 30 Takte in zwei Stunden. Klingt nun viel intimer und erhöht auch die Aufführungschancen. Birgit bedankt sich für die Postkarte aus Malta. Und etwas fast Unheimliches: Ich habe gestern Nacht meinen Freunden noch eine Rundmail geschrieben, sie sollten sich Bill Viola ansehen.

Anja antwortet, sie sei gestern auf Kurzbesuch in Berlin gewesen und habe sich die Ausstellung angesehen, etwa zur selben Zeit wie wir. Sie stand demnach mit mir im selben verdunkelten Raum, nur wenige Meter entfernt, und wir haben einander nicht bemerkt.

Ich mache Musik. Es ist nicht nur irgendwelche Musik, es ist die Musik. Auf die ich soviele Jahre gewartet habe. Musik, wie sie dieses Jahrhundert braucht.

Die Welt und ich – wir könnten so vieles zusammen unternehmen, vorantreiben, aber sie kapiert es meistens nicht – und ich bin verdammt dazu, in einem wüsten Sud aus Mittelmaß und Mißgunst für blinde Fische vergeblich vor mich hin zu leuchten.

Mann, das wissen wir inzwischen.

Die Indifferenz ist die Kapitulation der potentiellen Macht aus Unlust am Kampf.

Der Ennui ist die Sündeneinsicht des seiner Pflicht nicht bewußten Zufrühgekommenen.

Einer Entität als reiner Zeitgenosse ist Weltekel obligat.

Nur in der Linie lebt es sich gewinnend. Was eine Positionierung verlangt, der Toten als Teil ihrer selbst, wie der noch Ungeborenen auch.

Die Toten haben Namen. Den anderen geben wir vorläufig welche. Wir haben eine Geschichte zur Verfügung, die wir, mit uns gemischt, zu Geschichten machen.

Schaffen Konstrukte. Entwerfen die Geworfenheit von Schülern auf Abruf.

Die uns verwerfen werden. Zu leben läßt nichts anderes zu.

Entwicklung ist das Riskieren des Erreichten für eine nochmalige Bestätigung samt Surplus.

Das Versprechen der Geister über den Wassern, manchmal eingelöst, immer aufgelöst.

Gehts nicht nochn bißchen verschwurbelter?

Immer schien mir das Leben gleichbedeutend mit dem Kampf ums Leben.

Das Leben, das wahre Leben, fand für mich nur statt, solange ich mich am eigenen Schopf nach oben zog, hinauf in ein ästhetischeres Dasein. Erobern. Leben hieß, ein Krieger zu sein, den bisherigen Zustand zu überwinden, und alleine im mehr, im immer immer mehr gewann ich das Gefühl, ein Tag sei wert gewesen, gelebt zu werden. Ich darf keine Zugewinnexistenz mehr führen, das ist das Schlachtfeld der Junghungrigen, muß ihnen überlassen sein. Es wäre dumm, die eigene Entität an einem ziellosen Weg entlangzuhangeln. Dahinter stünde nur eine verfeinerte, gut getarnte Kultur des Leidens. Ich bin in einer neuen Phase angekommen, darf in die früheren nicht verfallen, nur weil die Sehnsuchtsklientel weiterhin bedient werden will.

Das Wichtigste ist Ehrlichkeit. Vielleicht gibt es in dieser neuen Phase noch einiges zu erzählen, was bislang die Eitelkeit mißverstandenen Künstlertums zu unterdrücken gewußt hat. Entspanntes Schreiben, ohne die Sucht, sich verwirklichen zu wollen. Das ist bloß Kunst für Gespenster. Als Gespenster kommen wir alle auf die Welt, setzen Fleisch an, manche erlangen niemals ein Gesicht, andere wehren sich sogar dagegen und enden doch als feiste Fratze. Als Karikatur, weil sie nicht fähig sind, sich im Spiegel als etwas Abgehaktes zu betrachten. Im besten Fall: als etwas Erlöstes.

*

In den Feuilletons wurden 2001 Themen als neu behandelt, die in meinen Tagebüchern schon vor sechs Jahren aufgeworfen und abgehandelt wurden, z. B. die Abkehr von der

Lakonie, von der Ironie, zu der sich einige amerikanische Autoren jüngst entschlossen haben. (Um über eine neue Ernsthaftigkeit zu einer weniger glatten, uncooleren Form der Ironie zu gelangen.) Man ist in solchen Momenten nicht stolz, man ist wütend – nicht nur aufs deutsche Feuilleton, auch – abartigerweise – auf sich selbst. Elke Naters sagte mir mal, daß es genauso falsch sei, zu früh zu kommen wie zu spät. Ich nahm das nicht ganz ernst, Kunst ist nicht gleich Sex, hab ich geantwortet, was geschrieben steht, das bleibt und wartet auf seinen Einsatz – aber von einem gewissen Standpunkt aus hat sie völlig recht gehabt. Nämlich von dem der Gegenwart, die sich ein wenig schneller hätte verändern können, wäre der Vorläufer später aufs Spielfeld getreten, dann nämlich, als schon Zuschauer auf den Rängen saßen. Man behält Recht – aber der Nutzen für die Allgemeinheit hätte optimiert werden können.

✳

Ultrachronos muß exklusiv zu jenen sprechen, die Ohren meiner Bauart haben. Darf sich ums Mundwerk der anderen nicht kümmern.

✳

oben auf der hügelkimme
korn sein einer feuerwaffe
die viel weiter zielt als ich.

Bäh, pfui Teufel, schreib doch gleich für den Kirchentag!

So gewaltig und großartig Salome und Elektra auch sind, komme ich mehr und mehr zur Einsicht, daß, obwohl jene die wichtigeren, besseren und auch wertvolleren Opern waren, Strauss doch erst mit der Ariadne den Gipfel seiner Kunst erreicht hat. Dieses Paradox ist nicht leicht zu erklären. Seiner Musik ging der revolutionäre Furor verloren, hat dafür etliches andere gewonnen, das sich wohl erst ab einem gewissen Lebensalter voll würdigen läßt, und auch dann genießt man diese Musik zu sehr mit dem Kopf, während Bauch, Herz und Schamteile als Resonanzkörper fast unbenutzt bleiben. So besitzt die Ariadnemusik bereits das lichtvolle, asketisch-transparente Leuchten eines Ab- und Schwanengesangs, sogar in ihrer Erotik, die zur Metapher transzendiert ist und Triebhaftigkeit nurmehr sentimental zitiert. Vermutlich wollte Strauss, der ähnliches konzedierte, es sich mit der Frau ohne Schatten noch einmal beweisen, oder wenigstens das revolutionäre Alte mit dem reaktionären Neuen verbinden. Im Ende entstand ein Potpourri, ein Monster, immer noch von höchstem technischen Niveau – aber es gab keinen Weg zurück zur alten Kraft, wohingegen das Zarte, Lichtgewebte vom Riesenorchester erdrückt wurde. Künstlerisches Siechtum begann, bedingt auch durch eine zunehmende Unsicherheit der Stoffauswahl. In der Ägyptischen Helena zum Beispiel finden sich ja durchaus noch Bemühungen um klangliches Neuland, in den relativen Grenzen seines harmonischen Spektrums – aber der lebhafte Geist, den die Partitur im ersten Akt noch atmet, wird ihr durch den schwachen Text bald ausgetrieben.

Die Arabella schließlich war der Tiefpunkt, süßliche Selbstkarikatur, ein berechnetes Machwerk aus Tantiemendenken, daneben ein fast manisch-ironisches Kokettieren Strauss' mit dem Umstand, daß die Zeit über ihn hinweggegangen war, er aber seinen letzten, zeitlosen Stil fürs Alter nicht gefunden hatte. Erst Capriccio birgt zwanzig Jahre später in sich ein kleines Happy End, eine Versöhnung mit sich selbst.

Es ist bestimmt ein Fehler, zu glauben, daß man einmal erlangte Gipfel immer wieder erklimmen kann, man kann es nicht. Sonst hätte man zum Zeitpunkt ihrer Bezwingung unterhalb der eigenen Möglichkeiten agiert. Wir sind da und dort im Leben zu etwas imstande, und entweder schaffen wir es dann oder nie. Ich glaube aber auch, daß es immer neue Höhepunkte anzustreben gibt, auch wenn die primäre schöpferische Kraft nachläßt.

Es gibt anderes, das dieses Defizit ausgleichen kann, Erfahrung zum Beispiel, Klarsicht, Weisheit, man muß nur den passenden Stoff finden – und wissen, an wen man sich noch wenden will.

Es muß schrecklich oder sehr schön sein, etwas wie das Terzett aus dem Rosenkavalier geschrieben zu haben, man hat testamentarisch verfügt, daß es über dem eigenen Grab gesungen werden wird, man weiß, Größeres wird man nie mehr komponieren, man könnte sich zurücklehnen, zufrieden sein. Schrecklich. Oder sehr schön.

26. 2., Dienstag

Heute kommen sie wieder, die Leserbriefe. In einem wird, so ganz nebenbei, eins meiner allerbesten Poeme (Großer Vogel) teilweise kitschig genannt, die zweite Strophe «nicht wirklich gut». Das verdirbt mir, obwohl es völlig idiotisch ist, den ganzen Morgen. Und der Brief war im Ganzen sogar noch freundlich gemeint.

✳

Meldung aus dem Teletext:

Robustes Schaf muß nicht zum Scheren. Jahrhunderte lang hat der Mensch Schafe gezüchtet, um möglichst viel und gute Wolle zu bekommen. Nun präsentiert ein Schafzüchter aus Bielefeld ein Tier, das keine Extrawolle mehr produziert. Grund: Das Scheren des Schafes kostet mehr als der Verkauf der Wolle einbringt. Wolle aus Neuseeland ist von feinerer Qualität und günstiger. Für kleinere Herden sei es zunehmend schwierig, überhaupt noch einen Scherer zu finden.

Anruf von der FAZ: Man möchte zur Leipziger Buchmesse die 25 besten Bücher der letzten 20 Jahre kanonisieren, von mir hat man Fette Welt ausgesucht. Nun möchte man ein Gruppenphoto aller 25 Autoren machen, bis auf W. Sebald, der ja tot sei, und alle müßten sich beim Termin nach Herrn Kracht richten, weil der von am weitesten angereist käme. «Klassenfotos finde ich albern. Flieg ich raus aus dem Kanon, wenn ich das nicht mitmache?» «Könnte passieren.»

«Ach, Sebald hats gut. Ich möchte auch endlich so behandelt werden, als sei ich schon tot.»

Zuletzt abgesagt, mit Hintertürchen. Du hättest den Hörer hinknallen müssen.

✳

Schwer begeistert ist man in Norwegen vom Fund von über 4000 Hamsun-Briefen. Und wo hat man die gefunden? Unglaublich: Auf dem Dachboden seines letzten Wohnsitzes.

✳

Hebbel schreibt für scheußlich «scheuselig», ein Wörtchen, dem in diesem Hause sicher bald Flügel wachsen werden.

✳

Habe mir eben die Baustelle Keller angesehen. Beeindrukkend, was Beatrice da mit dem neuen Regalsystem aufzieht – und wieviel Platz die Belegexemplare meiner Bücher in den diversen Ausgaben wegnehmen. Der ganze Tischtennisraum ist voll davon. Zwei Kubikmeter Manu- und Typoskripte. Mir muß im Leben oft langweilig gewesen sein.

Ich bekomme Leserbriefe nicht mehr so gern wie früher. Viele schicken CDs mit Musik und erwarten lange Stellungnahmen, z. B. zu irgendwelchen vergessenen, wiederentdeckten Symphonien des 19. Jahrhunderts. Ich liebe Post. Aber ich hasse es, aus Zeitnot nur flüchtige oder floskelhafte Antworten zu schicken, denke aber, das ist immer noch besser als nichts. Ich habe selbst etlichen Leuten geschrieben, die mir nie geantwortet haben (Nyman, dieser arrogante Sack), und weiß, wie sehr das verletzt. Manchmal antworte ich nicht. Wenn mich jemand drum bittet, beispielsweise, ihm drei oder vier Manuskriptseiten aus dem oder dem Roman zu überlassen, damit er seinen Großeltern zur Goldenen Hochzeit etwas Angemessenes schenken kann, denn die beiden läsen mich so gern. Das ist mehr als weltfremd und unverschämt. Und wenn dann nach drei Wochen so ein Folgebrief kommt, der ungefähr lautet: «Leider mußte nun die goldene Hochzeit meiner Großeltern ohne das von Ihnen erbetene Geschenk vonstatten gehen. Ich hoffe, daß Sie sich dereinst wieder daran erinnern werden, was Sie der Liebe Ihrer Leser zu verdanken haben ...» Etc.

Beatrice ist, was den Horx-Artikel betrifft, völlig meiner Meinung. Beruhigend.

✳

Telefonat mit Girgl, der wie meistens keine Zeit mehr für Fußballabende hat. Ich habe heute den Denis Johnson angefangen, für den er sich auf der U4 so ins Zeug legt. Moniere die entsetzliche Meridien-Schrift, viel zu enge Zeilenabstände, auch die etwas gesuchten Metaphern. («Die Schwere des Zorns wich der Schwerelosigkeit ihrer Angst, während der Bus in den Schlund hinabsegelte, den die Scheinwerfer bildeten.») Sowas schreib ja nicht mal ich. Girgl sagt, ihm ging es genauso, beim ersten Lesen habe ihn das Buch genervt, er habe nach zehn Seiten aufgesteckt. Erst beim zweiten Anlauf sei er mitgerissen worden.

✳

Bis zum Abend Korrespondenzen. Zwischendurch die getigerte Katze der Nachbarn mit Landrahm gefüttert. Sie macht unschöne Geräusche, als habe sie genausoviel Schnupfen wie Hunger.

Schach geguckt. Karpov gewinnt gegen Leko – aber wie. Sein Eröffnungsrepertoire mit Weiß ist ein gräßlich defensives Rumgewurschtel in Grünfeld mit g3, Halbslawisch und Anverwandtem, er muß die aktuelle Theorie vermeiden, weil er mit dem Fleiß der Jüngeren nicht länger Schritt halten kann, muß drei Viertel seiner Bedenkzeit darauf verwenden, mit Weiß in eine nur leicht schlechtere Mittelspielstellung zu kraulen, dann laviert er am Rande der Niederlage so lange herum, bis der Gegner überzieht. Zuletzt würgt er aus einer leichten Endspielüberlegenheit den ganzen Punkt heraus. Es macht keinen Spaß mehr, das zu verfolgen. Mit Schwarz, vor allem wenn Caro-Kann aufs Brett kommt, spielt er ganz anders, selbstbewußt, immer noch im Stil eines Champions. Unbegreifliches Paradox, das den Wert des Anzugsvorteils zu relativieren scheint. Ich spiele in letzter Zeit auch erfolgreicher mit Schwarz, deswegen beschäftigt mich das wohl so sehr. Weiß hat Aufschlag, ja, aber Schwarz kann ein wenig mehr darüber bestimmen, in welche typologische Schienen die Eröffnung geleitet wird. Darüber fehlt bislang eine wissenschaftliche Untersuchung. Karpov reagiert nurmehr gut, spielt vor allem in Zeitnot brillant. Und agiert schwach, das volle Zeitpolster scheint ihn zu lähmen. Sein Potential ist also noch immer groß. Vermutlich ist das eigentliche Problem des Alterns nicht der physische Abbau, sondern die zunehmende geistige Faulheit, das daraus entstehende schlechte Gewissen, das sich wiederum in fehlendem Selbstbewußtsein manifestiert. Weil die Zeit so einseitig in eine Richtung, die des Verfalls, verläuft, glaubt man viel zu früh Relikt der Zeit zu sein, wenn man sich in Wahrheit als vollreife Frucht begreifen müßte. Du vollreife Frucht, du.

*

Abends kommt Michael vorbei zum Fußballgucken. Wir diskutieren lange über Amerika, Irak, China und den Rest. Verhärtete Fronten. Ton war leidenschaftlich, blieb aber herzlich. Als Altlinker mag er nicht gelten, das weist er von sich. Er gibt eher den Anarchisten, mit einer mir in gewissen Punkten unheimlichen Nähe zum Nihilismus. Ihm ist es egal, wo ein Anschlag passiert, er denkt wie ein Vulkanier. Egal, wo Menschen sterben, es berührt ihn angeblich auf immer dieselbe Art. Kann ich nicht glauben.

Selbstverständlich gibt es Menschen erster, zweiter, dritter und vierter Klasse.

Erster Klasse: Solche, die ich kenne und schätze. Freunde.

Zweiter Klasse: Solche, die ich kenne.

Dritter Klasse: Solche, die ich zwar nicht kenne, die aber in einer mir vertrauten Umgebung leben.

Vierter Klasse: Solche, die ich nicht kenne, irgendwo am Arsch der Welt.

(Wie jemand daraus schließen kann, daß man Menschen ab Klasse 4 für unwertes Leben hält? Das war zum Beispiel eine der rhetorischen Freislereien Roger W.s gegenüber einem andersdenkenden Kollegen.)

Selbstverständlich sind mir die Toten der Twin Towers näher als die in Ruanda.

Nein, ich kannte keinen der New Yorker Toten persönlich.

Viele meiner Freunde haben die Twin Towers besucht, standen da oben, eine gute Freundin nur sechs Tage vor dem Attentat, das genügt doch schon, um mehr Bezug herzustellen, als es mir zu einem toten Hutu oder Tutsi oder Hindu je möglich wäre. Und warum soll man das so nicht sagen dürfen? Ich teile die Welt nicht rassisch auf, nur bedingt religiös, schon gar nicht national, aber sie in kulturell nähere oder fernere Regionen zu sortieren, kann ich meinem Empfinden nicht verbieten.

✳

Der FCB schießt das Siegtor erst in der 81. Minute.

Johnny Cash wird 70. Harald Schmidt singt ihm zu Ehren: (Life is hard for) a boy named Sue.

Su hat Fieber. Falls ich am 11. März doch zum FAZ-Klassenfoto nach Berlin gekommen wäre, wäre Bea gern mitgekommen, um sich Bill Viola anzusehen. Ausgerechnet an diesem Tag übernachtet Su in meiner Wohnung, weil sie Gäste aus Italien bei sich schlafen läßt. Bea meinte, das sei doch kein Problem, wir hätten für Su doch ein Schlafsofa übrig. Großartig. Für manche Menschen stellt die Welt kein Problem dar, sie nehmen sie einfach, wie sie ist.

✳

Ich unterhielt mich mit Susanne neulich über einen Satz von Moers: «Wenn egal wer dich liebt, dann liebst du den auch ein bißchen zurück.» Ähnliche Formulierungen bei Geibel und Dobler. Oder, passend antonym dazu, ein Satz aus Haltestelle: «Wenn jemand mich zum Kotzen findet, finde ich den auch zum Kotzen, das ist so ein Automatismus bei mir.» Ja. Ich könnte mich durchaus in wen verlieben, aber wenn diejenige partout kein Interesse an mir zeigte, würde ich mich sehr schnell entlieben, könnte von daher nicht oder nicht lange unglücklich verliebt sein. Das fand Susanne eigenartig bis befremdlich, dabei ist es nur natürlich, pragmatisch und sehr praktisch. Sie hat mich halb drum beneidet, unterstellte mir aber zugleich ein wenig Gefühlskälte. Was dann wiederum ich eigenartig fand. Man ist doch kein hilfloser Teenager mehr. Ich könne, sagte Susanne, mir eine so abgehobene Position leisten, weil ich meine große Liebe bereits gefunden hätte.

Hat doch damit gar nichts zu tun. Versteh ich nicht, so lange ich darüber grüble.

✳

In der Innenwelt erfahren wir Schreibenden, wie der geborene Nimbusträger ein das Sein erschwerbares Dorthin überträgt.

Nein, das ist nett, nicht elegant, und von mäßigem Sinn. Kallikrates schuf ein von vier Pferden gezogenes Elfenbeinwägelchen, das kleiner als der Flügel einer Fliege war. Und es soll ihm gelungen sein, Verse von Homer in ein einziges Hirsekorn zu ritzen.

Welchen Sinn macht das? Aber es ist schön.

Von meinen Romanen ist mir *Thanatos* der liebste, *Fette Welt* der näheste, aber wenn ich versuche, objektiv zu sein, muß ich annehmen, daß *Der große Bagarozy* der gelungenste ist. Nie vorher und nachher war ich so Herr über einen Stoff, nie habe ich ökonomischer und überlegter gearbeitet – und beinahe alles gelang wie von selbst, jeder Einsatz, jede Farbe kam traumhaft sicher. Einige meiner Leser halten es für einen Ausflug ins Seichte, gar einen Tiefpunkt meines Schaffens, dabei handelt es sich um einen so facettenreichen Text, die ganze Palette zwischen Komik und Tragik, in einem komplexen, mehrfach gebrochenen Gleichnis. Und wieviel Poesie in diesen Sätzen steckt, schlanke, grazile, unaufdringliche Poesie. Ekelhafte Selbstbeweihräucherung. Und wen interessierts denn? Mich. Ach so.

*

Hebbel bringt oft urkomische Formulierungen, die, da wette ich jede Summe, so nicht gemeint waren, die also unfreiwillig komisch sind. Andererseits ist das nicht beweisbar und letztlich auch egal. Ich lege, genau wie viele Kritiker, etwas gegen den Autor aus, selbst dort, wo er mich zum Lachen bringt, wofür ich ihm einfach nur dankbar sein müßte. Zum Beispiel heute die Stelle, wo er in einer langen Jeremiade den Tod seines Kindes beweint.

«Stromweis rannen meine Tränen, wenn mir irgendein konkreter Zug, das Lächeln des Kindes, sein Auge, vor die Seele trat, ja, wenn ich nur etwas, das ihm angehört hatte, erblickte, sein Mützchen, oder was es war. Unendlich haben wir gelitten, die arme Mutter und ich, denn wir haben das kleine Wesen geliebt, als ob es statt sieben Wochen sieben Monate, ja Jahre alt gewesen wäre. – Gestern um 4 Uhr nachmittags, wurde es beerdigt, bei Regen und Wind, in seinem eigenen Grabe, das ich für 35 Gulden kaufte, so daß ich jetzt Landbesitzer geworden bin.»

27. 2., Mittwoch

Ein Numismatiker, der seit 35 Jahren in Algerien lebt, berichtet von fast unberührten Römerstädten, für die sich kein Archäologe interessiert, wo die Bauernkinder mit Münzen und Tonscherben spielen.

✳

Ich kann es nicht haben, wenn ich etwas suche und nicht sofort finde. Heute ist es die Tusculum-Heraklit-Ausgabe. Ich suche sie fast eine Stunde lang, finde sie endlich, sehe nicht mal hinein, stelle sie fast genau dorthin wieder zurück, wo sie war.

In der Stadt ein paar DVDs gekauft, Flugtickets für Paris im Mai, Post aufgegeben.

Ein paar Lyrikanthologien durchgesehen, darunter die «100 schönsten Liebesgedichte» bei Insel. Haufenweise Scheiße. Alle fünf Goethe-Beiträge scheiße. «Gott weiß, wie mir so wohl geschicht (sic!) Ob ich dich liebe, weiß ich nicht.» Das muß man sich reintun.

Es gibt Tausende wunderschöner Liebesgedichte, warum druckt man derlei Mist?

Weil es Mist von Goethe ist. Und was zum Beispiel Bürgers Pfarrerstochter von Taubenhain in so einem Band zu suchen hat, wüßt ich auch gern (Geschichte einer Kindsmörderin, die auf dem Rad endet, deren hohler Schädel düster auf das Grab ihres getöteten Kindes blickt).

Langen Brief an den Verleger geschrieben. Ich muß selbstbewußter auftreten. In den Tagebüchern müßte ich bescheidener sein, im Leben bin ichs oft dort, wo ich es auf keinen Fall sein dürfte.

✳

Gestern wären alle Fußballwetten richtig gewesen, aber ich vergaß, zu setzen. Heute alle Wetten falsch und nichts vergessen. 200 Euro in den Sand gesetzt.

✳

Abends wie tot. Birgit lädt mich für morgen zum Tafelspitz ein. Su geht es leicht besser.

Blättere in Hausmann-Übersetzungen einiger Anakreontiker. So durchdacht und gewissenhaft wie ohne Zukunft. Schrott hat auf gewissenlose Weise doch mit vielem in die richtige Richtung gearbeitet. Als Übergangslösung hat das seinen Wert.

«Der Kommunismus kann momentan siegen, d. h., er kann sich so lange behaupten, bis er all seine Schrecknisse entfaltet und die Menschheit mit einem für alle Zeiten ausreichenden Abscheu getränkt hat.» Hebbel, 1848 (!)

Jede geringere Potenz hat das Recht, sich eine Zeitlang gegen die höhere aufzulehnen, ohne daß diese darum gleich befähigt wäre, jene zu vernichten, denn jene ist zur Probe berechtigt und diese verpflichtet. Dies hat jedoch seine Grenze.»
Schön gesagt – hat Hebbel das einem Kritiker geschrieben?

✳

Robert Gernhardt als Gast bei Harald Schmidt. Kabarett. Rattebak. Katebart. Warum hat der Meister das nötig?

*

In meinem Haushalt ist einfach nichts alphabetisch oder sonstwie geordnet. Früher wußte ich den Aufenthaltsort jeder CD, jedes Buches auswendig. Jetzt bin ich vom Chaos umfangen, dem Zufall ausgeliefert. Beas Großmutter (sagt man: meine Schwiegeroma?) hat es mir oft gesagt: Wenn sie gewisse Dinge verlegt gehabt, an einem gewissen Ort dreimal gesucht – und nicht gefunden hat: Hingekniet und zum heiligen Antonius gebetet. Prompt sei der vermißte Gegenstand genau da gelegen, wo sie vorher schon dreimal gesucht hatte.

Heiliger Antonius – jaja ... In Wahrheit befinden sich solche vermißten Gegenstände in einer Art Quantenzustand, werden erst durch Berechnung an einen Ort gefesselt – so suchte ich z. B. heute nach dem knallgelben Reclamheft des Kirschgartens und zwar zweimal, vergeblich, in einer ANSONSTEN LEEREN schwarzen Jutetasche.

Das ganze Haus hab ich durchsucht, dann hab ich mich hingesetzt und nachgedacht, und festgestellt, daß der Kirschgarten ‹eigentlich› in der Jutetasche sein MUSSTE. Tatsächlich war er da dann auch.

Hebbel: *«Man sieht einen Menschen im Begriff, einen Mord zu begehen, und kann ihn nur dadurch hindern, daß man ihn selbst tötet; man hat etwa eine Flinte in der Hand und jener auch, und sieht, daß er abdrücken will; aber man weiß nicht, aus welchem Grunde jener morden will; was ist zu tun?»*

Die Frage ist heute noch aktuell, wenngleich die meisten sie für beantwortet hielten: Solange der dir unbekannte Mörder nicht auf *dich* zielt, hast du kein Recht, auf ihn zu schießen. Ein Polizist würde in obiger Lage dagegen anders handeln. Illustriert ganz gut die Divergenzen zwischen staatlichem und individuellem Ethos.

*

Arabella übersetzte: *We can't pay any money for these torturegraphics.* Was um Himmels Willen sind *torturegraphics*? Im Original steht: *Wir können für diese Foltographien kein Geld zahlen.* Aha. Der Druckfehler fiel nie auf, weil das l sich zu sehr an das t schmiegt. Schon hat man ein dummes Wortspiel mehr auf dem Kerbholz.

28. 2., Donnerstag

Geträumt: Beatrice und ich kehren nach 200 Jahren außerhalb der Zeit auf die Erde zurück und besuchen unser Grab, begutachten unsere Skelette. Bea: «Die sehen doch recht zufrieden aus.» Mein Schädel wirkte klobig, ihrer grazil und sehr hübsch, ich glaubte, ihre Gesichtszüge deutlich zu erkennen, hatte aber Scheu, ihn zu berühren.

Hebbel: *«Unser Hauptfehler ist, daß wir unser bißchen Bewußtsein über den Moment zu einem Bewußtsein über alle Zeit ausdehnen möchten.»*

*

Eingetroffen: Die ungarische Ausgabe von Melodien. Sehr ungar. Noch nie ein so häßliches Buch gesehen. Auch die maltesischen Kinnies sind endlich da.

Wieder Sonnenschein. Die Tagebuch-Wintermonate haben sich wettermäßig viel Mühe gegeben, als wollten sie vor ihren Sommerkollegen nicht zu traurig dastehen.

*

Ich habe gestern eine ihren schweren Bißwunden erlegene Tafel Schokolade in den Kühlschrank gebettet, aber als ich heute morgen nachsah, war sie wiederauferstanden und noch vor Ablauf der dreitägigen Schutzfrist gen Himmel gefahren.

«Bea?»

«Hmmm?» Sie sieht mich mit großen Backen an.

Wir fuhren in die Stadt zur Pressevorführung von Resident Evil. Regisseur: Paul W. Anderson.

Verpassen Sie nicht Heike Makatsch als blutgierigen Zombie – würde man mit diesem Werbespruch jemanden in die Kinos locken? Außer mir? Der Film ist besser, als ich hoffte (gering war meine Hoffnung), er ist nicht wirklich gruselig, jedoch nicht langweilig – und sogar sexy, dank des Outfits von Milla Jovovich, das Perspektiven bis ins Eingemachte immer um gerade so eine halbe Schamhaarbreite dann doch nur verspricht. Ein Film, der brutal auf eine Freigabe ab 16 hingeschnitten ist, in den man notfalls sogar mit Kindern und Schwiegermutter gehen kann. Zombiefilm, fast ohne Blutfluß. Erstaunlich nah allerdings beim (genialen PC-) Spiel, auch was die Optik betrifft. Das Set Design ist großartig, wie schon bei Andersons *Event Horizon*. Ansonsten ist der Film ein Konglomerat, das wohl eine Art Best-Of des Horror-SF-Genres erreichen wollte und mit der Größe eines Rabattmarkenbüchleins daherkommt. Es gibt kaum eine Szene, die nicht aus einem anderen Film entlehnt, zitiert, geklaut ist. Nur als Flintenweib Rain (Jennifer Rodriguez) mit dem Blut, das aus ihrer verwundeten Hand tropft, eine Meute hungriger Zombies füttert, hat man das Gefühl, etwas Originelles zu sehen. Rain ist unverfälscht aus *Aliens* übernommen, aus *Deep Blue Sea* hat man den Trick gelernt, früh einen Actor zu opfern, bei dem es das Publikum nicht erwartet hat (hier wie dort der Quotenschwarze). Aus Cube stammen die ästhetischen Fleischwürfellaserszenen. Aus *Matrix* schnell noch ein Jump-Kick. Was Zombies betrifft, so wurde aus allen Romero-Filmen entlehnt, geklaut, zitiert, was immer. Lassen wir es als Hommage gelten. Vielleicht trieb die Produzenten ein schlechtes Gewissen, denn ursprünglich hatte man den großen George Romero beauftragt, aus Resident Evil ein

Drehbuch zu machen. Doch Romero wurde nach Abgabe des (hochklassigen) Drehbuchs zum Teufel gejagt, warum auch immer. Vielleicht wollte man von vornherein keinen erschreckenden, verstörenden Film, keinen Splatter, keine Psychologie, keine Intensität, keine Metaebene, vielleicht hielt man Romero für zu alt für die von vornherein angestrebte und nun verwirklichte seelenlose Dröhnung aus Tricks und Technik, Musik und Preßlufthammerschnittfolge. Es ist das alles sehr ansehnlich, visuell bisweilen beeindruckend, und noch die peinlichsten Dialoge nimmt man nicht wirklich krumm. Wenn man auf die 08/15-Protagonisten keinen Bock hat, kann man sich notfalls mit den Zombies identifizieren. Wer möchte nicht gern mal in Milla Jovovich beißen?

Das alles funktioniert, okay, es trägt. Gerade eben so. Die harte technoide Musik wird zunehmend aufdringlich, will Motor des Geschehens sein, schadet aber dem Suspense. Oder will sie ihn wirklich krampfhaft vermeiden?

Als man eben beginnt, sich Gedanken über eine zweite Cola und neue Käse-Nachos zu machen, werden Sitzenbleiber doch noch belohnt, mit einem recht gelungenen, überraschend mutigen Finale, dessen Schwärze leider nur vorläufig sein dürfte. Bestimmt kommt gleich ein Hubschrauber eingeflogen und bringt das vom Computer soeben fertigprogrammierte Drehbuch zur Fortsetzung.

Höre, daß Anderson «Death Race 3000» plant – mit Tom Cruise. Das Remake eines meiner (hierzulande verbotenen) Lieblingsfilme.

*

Spiegel Online: Peter Schneider und Hans-Christoph Buch befragen Kanzler Schröder nach seinen Lesegewohnheiten. Natürlich darf auch Durs G. nicht fehlen, muß etwas äußerst Wichtiges in ein Reportermikro sagen.

Thomas H. erzählte mir neulich, daß der Dichter Durs G. auf der Lesung in Freiburg eine große schwarze Ledermappe öffnete, auf der in goldenen Lettern «UNVERÖFFENTLICHTES» eingebrannt war.

Neue Leserbriefe. Sehr lang, aber schön. Sehr schön, aber lang. Zuhause angekommen muß ich mich gleich hinsetzen, damit ich das noch erledige, bevor ich wieder los muß.

Wie hell es jetzt bleibt, fast bis sechs Uhr abends. In drei Wochen schon Sommerzeit.

*

«Wenn nicht Gottschöpfer, warum nicht Gottgeschöpf. Wenn nicht ein ungeheures Individuum am Anfang, warum nicht am Ende?» (Hebbel)

«In allem Denken sucht Gott sich selbst, und er würde sich schneller wiederfinden, wenn er nicht auch mitdächte, wie er sich verlieren konnte.» (Hebbel)

«Wenn der Mensch sein individuelles Verhältnis zum Universum in seiner Notwendigkeit begreift, so hat er seine Bildung vollendet und eigentlich auch schon aufgehört, ein Individuum zu sein, denn der Begriff dieser Notwendigkeit, die Fähigkeit, sich bis zu ihm durchzuarbeiten, und die Kraft, ihn festzuhalten, ist eben das Universelle im Individuellen, löscht allen unberechtigten Egoismus aus und befreit den Geist vom Tode, indem er diesen im wesentlichen antizipiert.» (Hebbel)

Man könnte sagen, ansatzweise war Hebbel Krausserianer, stand aber zu stark unter Goethe.

(Übrigens gibt es auch von ihm eine Bearbeitung des Julius Cäsar, was in mir eine neue Saite der Verwandtschaft anklingen ließ.)

✳

Telefonat mit Marcel. Ich muß tricksen, damit mein karges Honorar für die Anthologie nicht ganz demütigend ausfällt. Jetzt bekomme ich ein Herausgeber- und ein Übersetzerhonorar, aber zusammen ist das immer noch kaum mehr als ein Trinkgeld für die Arbeit. Marcel erzählt, er habe gerade für viele hunderttausend Euro die TB-Rechte an Houellebecqs *Plattform* gekauft. Wahnsinn. Ich wette mit ihm um 50 Euro, daß er davon im ersten Jahr keine 100 000 Stück absetzt.

✳

Schachwoche: Kabul. *Das von den Taliban verhängte Schachverbot ist von den neuen Machthabern in Afghanistan aufgehoben worden. Am ersten Turnier in Kabul nahmen 138 Spieler teil. Es war nicht einfach, Bretter und Figuren aufzutreiben, da die Gotteskrieger während ihrer Herrschaft das «Teufelszeug» größtenteils zerstört hatten.*

Um halb acht zum Empfang des Hörverlags, traf Stefanie v. Lieven, Michael, Barbara, Hans Pleschinski. Michel K. sieht seit letzten März an mir vorbei, als er mir in Paris so heftig die Hand gedrückt hat, daß mein römischer Goldring wie ein Streichholz zerknickt wurde. Sonst viele Schickis anwesend. Führte mit C. C. mein Geschäftsgespräch (das gar nicht nötig gewesen wäre) und haute gleich wieder ab.

✳

Vollmond hängt käsefeist zwischen den Häusern.

✳

Mein schwaches Gedächtnis.

«Kennen wir uns nicht irgendwoher?»

«Weißgott. Wir haben letztes Jahr gevögelt.»

«Ach? Und? Wie wars?»

✳

Beatrice und ich wollen uns beide verbrennen lassen, wodurch eine Szene wie in dem Traum heute nacht vermieden werden wird. In der Müllerstraße entdecke ich einen bizarren Laden, der Gore-Utensilien führt, Skelette, Särge, Peitschen, Pentagramme, Plastikmodelle von gequälten und gefesselten Frauen oder Tom of Finland-Bauarbeitern beim Oralsex.

Gedanke: Ich hätte nichts dagegen, bisexuell zu sein. Das Angebot würde sich verdoppeln. Warum nicht die breite Palette genießen? Allein – es ist der Geruch. Der Geruch von Männern stößt mich ab. Simple Sache der Duftstoffchemie, von der Ratio nicht zu überwinden.

✳

Birgit bewirtet mich exquisit mit Steinpilzpolenta, Gemüsesuppe mit Fleischbällchen und weißem Trüffelöl, danach der Tafelspitz mit Semmelkren, gekochten Apfelschnittchen und Sauerrahm-Schnittlauch-Dip. Dazu ein Zweigelt Barrique, der langen Atem genossen hat. Gelungener, entspannender Abend. Wir kennen uns seit kurzem, reden aber über alles Mögliche sehr frei, stoßen auf das Ende des Februars an. Sie möchte ihren alten Job als Konzertmeisterin der Wiener Symphoniker zurück, ist mit München unglücklich. Photos von ihrem letzten Skiurlaub in Bad Gastein, Birgit war mit einer Freundin dort, einer langhaarigen Flötistin. Die nicht wenig entgeistert war, in Bad Gastein die Statue einer Flötistin mit langem Haar zu entdecken, deren Gesichtszüge ihren eigenen aufs Präziseste glichen. Schon spinnt sich darum eine Geschichte. Wie Schimmel auf gepflückten Früchten sport.

Auf dem Nachhauseweg erinnerte ich mich an vieles, die Winternächte mit fünfzehn, in einem Bad Gasteiner Hotel, als ich mit meinen Eltern dort war, mich nachts auf den Flur schlich, um zu rauchen und erste Gedichte zu schreiben. Ich erinnerte mich auch, dort auf dem langen Hotelflur ein scheues Mädchen geküsst zu haben, vielleicht war es sogar mein erster nicht zahmgemeinter Kuß überhaupt, unsere Zungen berührten sich, aber wie das Mädchen hieß, das weiß ich erst in 200 Jahren wieder, falls ich den Mut haben werde, meinen Schädel in die Hand zu nehmen und hineinzusehen. Bestimmt habe ich ihren Namen damals als Sgraffito in mein Schädeldach geschnitzt. Was solls.

31. 5., Freitag

Im Mai-Tagebuch fehlt der 31. 5. Aus purer Faulheit dekretierte ich den 31. Mai dorthin, wo Mai am dringendsten benötigt wird: Ende Februar. Hier ist er nun.

Susanne fragte mich neulich, ob ich das tatsächlich noch machen werde.

«Was?»

«Am 31. 5. Tagebuch führen.»

«Mal sehen, was passiert.»

*

Heute morgen, gegen elf rief Carstensen an – bei Fischer werde es einen Sammelband mit meinen bisherigen Stükken geben. Der Tag fängt gut an, dachte ich.

Dann klingelte es nochmal: Girgl wars, er habe eine schlimme Nachricht. Und ich, verzärtelt wie ich bin, dachte, aha, hat wieder irgendwer einen bösen Verriß geschrieben.

«Heiner Link ist tot.»

*

Heiner hatte sich zum 40. Geburtstag ein Motorrad gekauft, was, wenn man seine Trinkgewohnheiten kannte, einer Koketterie mit dem Tod gleichkam. Gestern abend hat er, vom Olchinger Volksfest kommend, ein Auto überholen wollen, schrammte dagegen, kam auf die Gegenfahrbahn, großer Lastwagen, aus. Aus mit 42 Jahren. Nicht lang gelitten.

Gestern nachmittag hatte ich mich hingesetzt, um Heiners neuestes Manuskript zu lesen, seinen Roman «Damen und Herren». Ich hatte es vier Wochen vor mir hergeschoben, aus Zeitmangel. Gestern endlich fing ich damit an und las die erste Hälfte in einem Schwung – was mir schon lange nicht mehr passiert ist. Dann schrieb ich Heiner ein Mail, voller Begeisterung – er wird es nicht mehr gelesen haben. Aber noch merkwürdiger für meine Verhältnisse: Ich setzte mich wieder ins Wohnzimmer und las auch den zweiten Teil, las also einen ganzen Roman an einem einzigen Tag, was bestimmt seit zehn Jahren nicht mehr der Fall gewesen ist. Kurz vor acht Uhr abends war ich fertig. Heiner auch.

Es ist ein tolles Buch.

Er, der darunter litt, daß seine Bücher sich wenig verkauften und vom Feuilleton kaum wahrgenommen wurden – manchmal auch zu Recht –, hatte endlich ein großes, hoch komisches, durch und durch eigenes Buch geschrieben. Das habe ich ihm in der Mail mitgeteilt, und es ärgert mich, daß er sie nicht mehr gelesen hat, ich bin so wütend, draußen beginnt wunderschön der Sommer, und Heiner legt sich in die Kühlkammer. Ich war zum Weinen zu traurig. Beatrice hat ihn noch vor vier Tagen gesehen, als er die geliehene Videocassette von *Fargo* zurückbrachte. Sie kann es nicht glauben, daß er tot sein soll. Wir waren verabredet, die WM geht los, Heiner hat sich so auf Biergarten und Fußball gefreut. Er hatte ein sehr großes Herz, was bei guten Schriftstellern nicht arg häufig vorkommt. Auch wenn er einem manchmal auf die Nerven gehen konnte, wenn er betrunken war und man selber noch nicht – nur schlechte Menschen hatten ihn nicht lieb.

Auch Susanne ist von der Nachricht ganz durch den Wind, obwohl sie nur einen Abend mit ihm verbracht hat, den, an dem wir uns kennenlernten.

Ich bin dann doch noch in die Stadt gefahren, wo ich mit Dirk Engler, dem Regisseur von Haltestelle, verabredet war, er gab mir das Video der Aufführung (Heiner sah sich damals eine Vorstellung mit mir an, wohl das letzte Mal, daß er im Theater gewesen ist), wir guckten nebenbei im Café Tumblinger das Auftaktspiel Frankreich-Senegal 0:1, nach der Halbzeit kam noch Girgl vorbei, erzählte neue Details, auch daß der Roman noch keinen Verlag habe, weil Krüger ihn nicht für Hanser haben wollte. Ich unterrichtete telefonisch Marcel, auch der ist völlig deprimiert, er hat fast alles von Heiner gelesen und stets abgelehnt, wenn auch mit viel Sympathie.

Den neuen Roman hätte er sicher genommen. Er ist das Vermächtnis eines sehr talentierten, reichlich undisziplinierten, dickköpfigen, am Ende großen Erzählers. Die Feuilletons morgen werden sich keine Gedenkachtelseiten abringen, nein, aber später vielleicht.

Girgl erzählte noch, daß Heiner beim letzten Treffen gesagt habe, auf eines sei er sehr stolz: er habe sich nie verbiegen lassen. Von niemandem. Das stimmt. Vom Lastwagen wußte er da noch nichts.

Bin früh heim, weil ich nicht mehr wußte, was man sagen soll, ohne zu sentimental zu klingen, ich habe eine kleine Melodie für ihn aufgeschrieben, ein paar Seiten aus Heiners «Mein Jahrtausend» gelesen, jetzt geh ich in den Keller und mache einen guten Weißwein auf, den er fast so geliebt hat wie die Frauen. Vielleicht sogar mehr. Bestimmt öfter.

Mehr ist heute nicht passiert. 0:1

Foto: Isolde Ohlbaum

Friedrich Christian Delius

«Delius zeigt mit seiner Mischung aus Empathie und Distanz, wie man politische Literatur schreiben kann.»

Der Sonntag, an dem ich Weltmeister wurde
Erzählung. 3-499-13910-3

Amerikahaus und der Tanz um die Frauen
Erzählung. 3-499-22482-8

Die Birnen von Ribbeck
Erzählung. 3-499-13251-6

Die Flatterzunge
3-499-22887-4

Der Königsmacher
Roman. 3-499-23350-9

Adenauerplatz
Roman. 3-499-15837-X

Der Held der inneren Sicherheit
Roman. 3-499-15469-2

Deutscher Herbst
Ein Held der inneren Sicherheit. Mogadischu Fensterplatz. Himmelfahrt eines Staatsfeindes. Drei Romane in einem Band
3-499-22163-2

Der Spaziergang von Rostock nach Syrakus
Erzählung
F. C. Delius' spannende und komische Chronik eines schwejkschen Abenteuers aus unserer Zeit, eines kritischen DDR-Bürgers, der einmal reisen wollte, um bleiben zu können.

3-499-22278-7

B 61/1

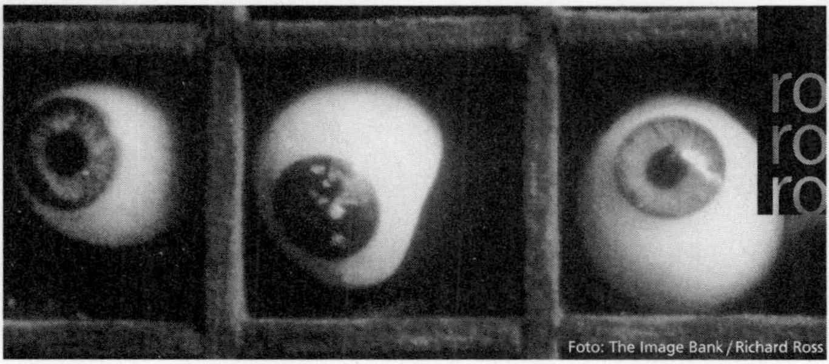

Foto: The Image Bank / Richard Ross

Deutschsprachige Literatur bei rororo

Ecstasy, die Nibelungen und die große weite Welt

Alexa Hennig von Lange
Relax
Roman. 3-499-22494-1
«Relax» ist ein Drogenroman, ein Flug durch ein Wochenende. Und es ist eine Liebesgeschichte: cool und komplett unmoralisch, schreiend komisch und doch wunderbar anrührend. «Alexa Hennig von Lange – die Antwort der Literatur auf die Spice Girls.» (Die Zeit)

Andreas Altmann
Einmal rundherum
Geschichten einer Weltreise
3-499-22931-5

Thommie Bayer
Das Herz ist eine miese Gegend
Roman. 3-499-12766-0

Thor Kunkel
Das Schwarzlicht-Terrarium
3-499-23151-4

Moritz Rinke
Die Trilogie der Verlorenen
Stücke. 3-499-22777-0

Die Nibelungen
Nachwort von Peter von Becker
Rinke ist in seiner Neubearbeitung den Fallstricken der Deutschtümelei mit feiner Ironie entgangen. Seine Fassung vermeidet brachiale Neuinterpretationen, sie besinnt sich vielmehr auf die ursprünglichen Erzählstränge.

3-499-23202-2